U0772517

本研究获教育部人文社会科学研究青年基金项目资助（11XJC751002）

文学翻译与文学革命

早期中国新文学作家的翻译研究

李 春

著

中央编译出版社

Central Compilation & Translation Press

图书在版编目（CIP）数据

文学翻译与文学革命：早期中国新文学作家的翻译研究／
李春著．—北京：中央编译出版社，2019.12
　　ISBN 978-7-5117-3716-8

Ⅰ．①文…　Ⅱ．①李…　Ⅲ．①新文学（五四）-文学翻
译-研究　Ⅳ．①I206.6

中国版本图书馆 CIP 数据核字（2018）第 296046 号

文学翻译与文学革命：早期中国新文学作家的翻译研究

出　版　人：葛海彦
出版统筹：贾宇琰
责任编辑：王　琳　景淑娥
责任印制：刘　慧
出版发行：中央编译出版社
地　　　址：北京西城区车公庄大街乙 5 号鸿儒大厦 B 座（100044）
电　　　话：（010）52612345（总编室）　（010）52612341（编辑室）
　　　　　　（010）52612316（发行部）　（010）52612346（馆配部）
传　　　真：（010）66515838
经　　　销：全国新华书店
印　　　刷：河北下花园光华印刷有限责任公司
开　　　本：880 毫米×1230 毫米　1/32
字　　　数：324 千字
印　　　张：15
版　　　次：2019 年 12 月第 1 版
印　　　次：2019 年 12 月第 1 次印刷
定　　　价：79.00 元

网　　　址：www.cctphome.com　邮　　箱：cctp@cctphome.com
新浪微博：@中央编译出版社　微　　信：中央编译出版社（ID: cctphome）
淘宝店铺：中央编译出版社直销店（http://shop108367160.taobao.com）
　　　　　　（010）55626985

本社常年法律顾问：北京市吴栾赵阎律师事务所律师　闫军　梁勤
凡有印装质量问题，本社负责调换，电话：（010）55626985

目　录

上　篇

下 篇

导　论

纵览鲁迅、胡适、周作人、刘半农、沈雁冰、郭沫若等中国现代作家的文字生涯，我们可以发现，他们既是新文学作家，同时也是翻译家。他们翻译了大量的文学作品，参与过各种各样的翻译活动，介入了形形色色的翻译论争，也提出了各有特色的翻译理论。与此前的中国文学不同，中国新文学从发生起，历经的多次转折，基本都与翻译有关。考察中国新文学的发生过程，不可忽略翻译的作用。

在一段时间里，学界流传着这样的说法，即与中国当代文学作家相比，中国新文学作家总体上具有更高的外语素养，对外国文学的关注更为密切。这一特征使得某些人在反思 20 世纪以来的中国文学时，甚至认为正是对外国文学的大量翻译和借鉴，让中国新文学具有了比中国当代文学更高的美学价值。从这一具体视角来判断中国新文学和中国当代文学价值上的优劣是否妥当，暂存而不论，但翻译与中国新文学的关系问题，确实是研究者无法忽略的。在这方面，当下学者的任务之一，就是积累足够多的个案研究，形成对中国现代翻译文学史的整体性研究，然后在此基础上，系统深入地描述翻译与中国新文学的关系。

在进行这一工作前，有必要对翻译进行清晰的定位。

对于翻译，在不同的学科中，学者们有不同的处理方法。

传统的翻译研究，也被称为翻译批评，主要从翻译的技术层面着眼，判断翻译"精确"与否，探讨以怎样的方式可以实现"精确"的翻译。

此外，比较文学研究也将翻译研究视为自身的一部分。比较文学媒介学考察某国文学、某位作家、某种思潮、某类体裁的作品进入另一国的方式或者所依赖的媒介。而翻译被视为这种媒介之一。不过，研究者们逐渐认识到，翻译过程中的变异不可避免，因此，将关注点从实证性的语言变异现象转移到了对变异现象的文化解释上，由此，翻译研究在比较文学中突破了媒介学的范围，成为一种独立的研究类型。

大约在 30 年前，翻译研究界发生了一场深刻的革命。研究者们不再着眼于技术层面的描述和探讨，而开始转向了文化层面的研究，着重从政治、经济、社会等方面来解释翻译现象；其关注的重心，也由原文转向了译文。这被称为翻译研究的文化转向（cultural turn）。翻译研究（Translation Studies）作为一门独立的学科由此得以成立。近年来，翻译研究领域出现了名目繁多的理论，如翻译与性别、翻译的政治、翻译与后殖民、生态翻译、翻译伦理等。文化转向所定下的基本格局，虽然也暴露出了不少的缺陷，但面对种种挑战和质疑，仍然显示出强大的生命力，因为"文化"这一概念具有极大的包容性。翻译研究要彻底颠覆文化转向以来的基本格局，还需时日。

由于与中国新文学的关系密切，翻译研究理应成为中国新文学研究的重要组成部分。不过，在过去的很长一段时间里，部分学者对翻译的这一地位认识不够明确。比如，在某些研究中，翻译文学被直接视为"外国文学"，翻译文学与中国文学的关系问题，也被转化成了外国文学对中国文学的影响问题，由此，译者在翻译过程中所体现出来的主体性和文化建构的努力就被忽视了。近年来，随着翻译研究相关理论、方法的输入，不少中国新文学的研究者开始致力于翻译研究，探讨翻译现象与中国新文学的关系，取得了大量富有启发性的成果。但就中国新文学的整体格局来说，这些研究还只能说是开了个头，还有大量的个案处于认识盲区，整体性的描述就更谈不上了。

在这种情况下，本书着眼于翻译对文学革命这场运动的影响，考察五四时期新文学作家的翻译理论与实践，即是想为这项浩大的工程做一点铺垫性的、探索性的工作。本书将致力于厘清个案——包括五四时期重要作家的翻译作品、翻译活动、翻译方法、翻译思想、翻译论争、翻译与创作的关系等等，然后在此基础上，宏观地认识翻译在中国新文学发生过程中的作用。同时，通过翻译问题的研究，对文学史、文化交流中的某些问题提出一些理论性的看法。当然，因为研究对象是一个风起云涌的时代，是一群个性贲张的历史人物，是一个个元气淋漓的文本，是一场场错综复杂的事件，在行文过程中，本书也将或隐或显地表这一些对这段历史的判断，因为我相信，中国当下的许多问题，仍可以从五四找到源头，而面对这些问题，我们仍可以从五四找到智慧的生发点。从这个意义上说，翻译研究不仅仅是出于学科发展逻辑的要求，也是通过展示这些耳熟能详的现代作家文字生涯的另一面，为我们进入那一段历史、走近那一群人物提供一个不同的角度。因而，本书所进行的翻译研究，虽然有自己独特的领地（相对于其他学科来说，这个领地似乎显得过于狭小），看似专业性强，但也只是进入历史的一个入口，是解决自身思想和精神困惑的一种方法。它只是话题较为特殊的一种文学史研究。

一、翻译的界定

本书要讨论的，是五四作家的文学翻译与新文学的发生之间的关系。首先，我们需要对研究对象本身作一番探讨。

关于翻译，中国历代有多种称呼。比如《周礼·秋官》中称："象胥，掌蛮夷闽貉戎狄之国使，掌传王之言而谕说焉，以和亲之。若以时入宾，则协其礼与其言辞传之。"又《礼记·王制》云："五方之民，言语不通，嗜欲不同。达其志，通其欲，东方曰寄，南方曰象，西方曰狄鞮，北方曰译。"另外，《国语·周语》又记载："夫戎、狄，冒没轻儳，贪而不让，其血气不治，若禽兽焉。其适来班贡，不俟馨香嘉味，故坐诸门外，而使舌人体委与之。"在这里，象胥、寄、象、狄鞮、译、舌人等，都是指从事翻译活动的人。当然，其具体职责，又有差别。比如，"寄"是通传东方语言的人，"象"是通传南方语言的人，"狄鞮"是通传西方语言的人，而"译"是通传北方语言的人。以"译"来统称所有的翻译，可能不仅仅是语言演进的结果，更与民族势力的消长、民族关系的发展、民族融合等历史现象有关。

从晚清到五四，仍有人以其特有的称谓来指称翻译。比如，严复称自己的《天演论》是"达恉"；梁启超、罗孝高合译的《十五小豪杰》被称为"豪杰译"；林纾的翻译是"口述"加"笔述"；另外，周作人翻译的《女猎人》被称为"假造"；郭沫若称自己的诗歌翻译是"风韵译"。由此可见，我们今天所统称的"翻译"，实际上包含着不同的语言转换活动。这些活动曾经有不同的称谓。在这些不同的称谓背后，则是人们对这一行为的不同理解。而这些理解又与特定的历史环境有关。正是在这个意义上，本书更倾向于将翻译视为一种历史实践，而尽量避免讨论翻译的本体论问题，以绕开理论化、玄学化的深渊。

在西方，翻译也有多种称呼。德国翻译理论家沃尔弗拉姆·威尔斯（Wolfram Wilss）在《翻译学》（*The Science of Translation*）一书中，谈到西方几千年来的翻译论争时说：

> 在翻译领域，有关行为指导理论和方法论问题的争论，表现在用来指称翻译行为的词汇的丰富性上；这多少为"translation"（翻译）这个基本的词语，创造了多个同义词，并证明了翻译过程的多维性和同义词各自所赖以存在的本质性目标。①

这段话提醒我们，要给翻译下一个准确的定义是很困难

---

① Wilss, Wolfram, *The Science of Translation*, Shanghai: Shanghai Foreign Language Education Press, 2001, p. 27.

的。在每一个人那里，"翻译"都有独特的含义。威尔斯举例说，在德语中，除了"Übersetzung"外，还有"Übertragung""Umsetzung""Abbildung""Nachbildung"等十个单词，可以表示"翻译"的意思，但它们的意义又有略微的差异。因而，每一种具体的语言转换行为，只能用某个特定的词语来称呼。

不过，这些用来指称语言转换行为的词汇，逐渐统一在了"翻译"（translation）这一名目下。但对具体的语言转换行为进行必要的区分，促使一些理论家开始对翻译进行分类。在这方面，影响最大的非雅各布森（Roman Jakobson）莫属。他将翻译分为三类：

1. "语内翻译"（intralingual translation 或 rewording），在同一种语言中，用另外一些语言符号（verbal signs）来对语言符号进行解释；

2. "语际翻译"（interlingual translation 或 translation proper），即用其他语言中的符号来解释某些语言符号；

3. "符际翻译"（intersemiotic translation 或 transmutation），即用非语言的符号系统（nonverbal sign systems）来解释语言的符号。①

一般来说，我们谈论的翻译主要还是第二类——"语际翻译"。但这一分类标准很难被用来讨论现代中国的翻译现象。比如严复的《天演论》，自然算不上语内翻译，也算不上符际翻译，但也很难归入"语际翻译"，因为他故意略掉了许多原

---

① Jakobson, Roman, "On Linguistic Aspects of Translation", in Venuti Lawrence eds., *The Translation Studies Reader*, New York and London: Routledge, 2000, p. 139.

文的内容，加上了自己的解说，融入了许多中国的思想、人物、典故，更像是在阅读了原文后进行的新创作。

另外，还有一种更为复杂的现象。一个人在阅读了某个外文文本后，并未用自己母语将其信息行诸笔端，而只是在头脑中形成了一定的理解和认识。这种理解和认识，甚至可能在阅读者的头脑中用自己的母语形成一种自言自语的对话，或者转化成某种观念，即所谓"mental translation"（心译）。比如，鲁迅说自己的创作全靠先前"读过的百十来本外国小说"和"一点医学常识"。这"百十来本外国小说"，鲁迅并未全部用文字翻译出来，但在阅读过程中，在头脑中会有一个类似但又不等同于翻译的过程。而常用的"翻译"概念却不允许我们把这样的现象称为"翻译"。

针对这种现象，乔治·施泰纳（George Steiner）将翻译的外延进一步扩大了。

施泰纳所理解的翻译，有两个层次的涵义：首先，是一般意义上的翻译，即将"意义"从一种语言转换到另一种语言里，这相当于雅各布森所说的"语际翻译"。其次，是广义的翻译，即对编码或者文本的理解与解释，比如，他说："所有表达性的言说与解释性的接受过程都是翻译的过程。"① 因此，翻译理论，也就是关于语言的理论，关于意义的理论，关于文学的理论，关于文化的理论。

基于这种翻译观，施泰纳将关于翻译的讨论，由两种不同

① George Steiner, *After Babel : Aspects of Language and Translation*, 3rd edition, London: Oxford University Press, 1998, p. 298. 原文为："All procedures of expressive articulation and interpretative reception are translational."

的语言之间的意义转换，延伸到了不同的文本、文学以及文化之间的关系上。由此，他提出了文化拓扑学的概念（Topologies of Culture），试图为翻译进行定位。

在《通天塔之后：语言与翻译面面观》（*After Babel：Aspects of Language and Translation*）的第六章"文化拓扑学"的一开头，施泰纳首先提到雅各布森的翻译分类：语际翻译、语内翻译，以及符际翻译。他对符际翻译这一概念作了一番发挥。他认为，符际翻译是通过任何可能的中介或者符号系统而进行的信息交换，包括通过非语言的符号来解释语言符号这一过程。由此，他甚至把生命的存在也看作是一个翻译过程："个体与种群的生命，全靠对一系列生命信息的迅速和（或）精确的阅读与解释。色彩、声音、气味、质感和姿势，都具有一个和语言一样丰富的词汇表、语法和语义学。"[1]

如果我们利用施泰纳对符际翻译的解释，反过来理解前两种翻译概念，那么，我们的视野马上就开阔很多了。翻译不再仅仅是指把某种意义从一种语言准确地转换为另一种语言。它还包括改述（paraphrase）、图示（graphic illustration）、仿作（pastiche）、模仿（imitation）、主题变化（thematic variation）、戏仿（parody）、支持性或者颠覆性的引用（citation in a supporting or undermining context）、伪托（false attribution）、抄袭（plagiarism）、拼贴（collage）等等。毫无疑问，所有这些行为，都涉及意义的转换与继承。施泰纳主张把"alternity"

---

① George Steiner, *After Babel：Aspects of Language and Translation*, 3rd edition, London：Oxford University Press, 1998, pp. 437 – 438.

（变替）或者阐释的观念引入到意义或者文化的继承这个更大的问题上来。

　　现在，重要的是，在这种继承中，哪些因素被保存了下来，哪些因素有所变化以及是如何变化的。为了表述这种变与不变，施泰纳引入了拓扑学的概念。

　　Topology 厚意是地貌，后来被莱布尼茨用来指研究"拓扑空间"在"连续变换"下保持不变的性质的学科，从而成为数学的一个分支。变换与不变，是拓扑学中的两个重要关注点，比如，从篮球到橄榄球，其外形有所变化，但它们的拓扑结构，始终一致，即都是球面空间。

　　在翻译乃至文化的传播中，变与不变是常见的现象。施泰纳在分析了不同的作曲家对同一首诗歌所谱写的不同曲子后说：

　　　　在先前的语言事件（verbal event），以及随后用另一种语言或者非语言的形式来对这一事件所进行的再现之间，所存在的这些多重的转换与重组，最好可以看作是拓扑学的（topological）。①

这些变换包括语言（verbal）、形式（formal）、主题（thematic）和模式（modual）等方面。而变换的形式包括替换（substitution）、排列（permutation）、互相激发（interanimation）等。

---

①　George Steiner, *After Babel : Aspects of Language and Translation*, 3rd edition, London: Oxford University Press, 1998, p. 447.

施泰纳列举了历代诗人对诗人之死与其作品的生命之间的关系的书写，指出有些诗人虽然并没有提及死亡或者担忧自己作品的生命，但实际上仍然涉及了这一主题。这种变与不变，从传统的翻译或者影响的视角来看，是难以发现的。而在文化拓扑学的视野下，这种联系清晰可见。

施泰纳将翻译的问题上升为一个普遍性的意义和文化的继承问题，既然是继承，就必然有完全与不完全的程度差别，有准确与偏离的差别。这样，我们的焦点从评判翻译的忠实性，转移到了一个语言、符号、心理、文化上的追问：在何种程度上，文化是已有的意义的翻译或重述（rewording）？

施泰纳将文明的存在与翻译紧密地联系在了一起。他说："在很大的程度上，我们所经历的过去是一种语言的建构。历史就是一种言说行为（speech-act），对过去时的选择性使用。""每一代人都用语言来建构一个与自己共鸣的过去（resonant past）。""艺术与文学的存在、人们在某个群体中所感知到的历史的现实性，都取决于一个从未停止的——然而通常是无意识的——内部翻译行为。可以毫不夸张地说，我们拥有文明，是因为我们从时间中学会了翻译。"[1] 施泰纳的意思很明显，文明就是一代人对上一代人的继承，而这种继承，有一个"阅读"、理解和解释的过程。这个过程，其实也是一种"翻译"。这样，将翻译理论扩展到文化关系，就是非常自然的了。

毫无疑问，施泰纳的这一理论，优缺点都十分明显。一方

---

[1] George Steiner, *After Babel : Aspects of Language and Translation*, 3rd edition, London: Oxford University Press, 1998, pp. 49 – 51.

面，它可以极大地拓展我们对翻译的理解。而将这种理论运用到中国新文学中的翻译问题上，则可以克服语际翻译概念的不足，使我们不但可以讨论哪些外语文本被翻译出来了，还可以讨论哪些外语文本被阅读过、引用过、提及过、改编过、模仿过等等。像鲁迅"读过的百十来本外国小说"和学习到的"一点医学常识"，自然也可以放在翻译中讨论。施泰纳在一种广泛的文化意义上来理解翻译，清除了一些理论和实践上的障碍。这是值得肯定的。另一方面，如果将和意义的继承、转换有关的所有现象都纳入翻译研究中，则翻译的边界就变得模糊不清了，讨论任何一个话题都会汗漫无边，无从着手。

受施泰纳的启发，本书对研究对象进行了一番折中，即将翻译视为跨语际的意义继承和转换。既不将"意义的继承和转换"无限制地发挥，也不局限于"跨语际"的具体的语言转换行为。也就是说，本书不会详尽地讨论翻译过程中的语言层面上的安排，而是将注意力放在译者对源文本中的信息（意义）所进行的重新编码、表述和传播上。作者相信，在中国新文学的发生过程中，翻译的核心作用正是在这一层面上发挥出来的。

二、文化选择中的主体建构

自人类诞生以来，许许多多的民族都曾面临过亡国灭种的危机。最终，这些民族要么消失，要么散居，要么完成自我救赎……19世纪中期，这样的危机也降临于东方的中国。从那时起，一代又一代的中国人就开始苦苦地求索挽救危亡的方式。

梁启超曾将这一探索过程分为这样三个时期："从器物上感觉不足"（从鸦片战争到洋务运动）、"从制度上感觉不足"（从维新变法到民国六七年）、"从文化根本上感觉不足"（民国六七年以后）。①从器物、制度过渡到文化，表明在面对民族危亡的时候，富国强兵或变法改制这两条道路如果一时难以取得实际的功效，那么，文化上的自我救赎，却可以相对较早地完成。

而在这段历史的划分问题上，毛泽东的新民主主义理论影响更为深远。在这一理论中，五四是最大的分界线。在这之前的旧民主主义革命时期，洋务派与维新派的理想都相继落空，

---

① 梁启超：《五十年中国进化概论》，见《饮冰室合集·文集之三十九》，北京：中华书局 1988 年版，第 43—45 页。另外，陈独秀在 1916 年的《吾人最后之觉悟》中，将明代以来中西文化交流史分为七个时期：1. 明之中叶，"西教西器初入中国"；2. 清之初世，"火器历法"传入中国，"为中国新旧相争之始"；3. 清之中世，"曾、李当国，相继提倡西洋制械练兵之术，于是洋务西学之名词发现于朝野"；4. "清之末季"，"康梁诸人，乘时进以变法之说，耸动国人"，"新思想渐拓领土，遂由行政制度问题一折而入政治根本问题"；5. "民国初元"，"一部分优秀国民渐生政治根本问题之觉悟，进而为民主共和、君主立宪之讨论"；6. "今兹战役也"，"新旧思潮之大激战"；7. "吾人最后之觉悟"，包括"政治的觉悟"和"伦理的觉悟"（见《新青年》1 卷 6 号，1916 年 2 月 15 日）。1936 年，郑振铎在谈到清末翻译小说对新文学的影响时，也曾将"中国进化发展的路线"分为三个时期，与梁的分期有类似之处：1. "西洋文化接触的时期"（1600—1894）："吸引机械工程以及其它应用科学的文明"；2. "政治教育改革时期"（1894—1917）："注重于社会科学，特别是关政治和法律一类的书一方面"；3. "伦理与文学的改革时期"（1918—现在）："发生了一切关于社会家庭的改革，一切人与人的关系，应该是从新变格了，这时期的翻译工作，便多半是从这方面的介绍"。见郑振铎：《清末翻译小说对新文学的影响》，《今代文艺》1936 年第 1 期。这几种分期法虽然视角不同，但对历史发展阶段的认识，有许多重合与相似的地方。

辛亥革命也归于失败。而五四运动则开启了一个新的时代。不但有新的政治力量登上历史舞台，也有新的文化形态，为整个民族的自我救赎提供了强大的精神资源。

五四开启了新的文化生产方式和文化形态。而在这些文化实践方案中，翻译扮演了十分重要的角色。反过来，我们也可以从五四一代人的翻译实践或翻译理论中看到他们的文化理想。因此，本书将五四作家的翻译活动视为一种文化实践，而不是单纯的语言、文学实践。借鉴施泰纳的翻译理论，将翻译视为"跨语际的意义继承和转换"，理由正在于此。

作为一种文化实践，翻译在五四时期发挥了什么样的作用呢？

从根本上说，在近现代以来的历史危机中，翻译为中国的自我救赎所提供的，不仅是知识、思想或精神资源，更是新的文化身份。在20年代初，有人谈到翻译时说："文化低弱的国家，不能不仰望比较丰富国家的帮助（物质或精神），这是不可避的事实。"[1] 西方列强在近代的全球扩张中给其他国家和地区带来的政治、军事上的挫败，往往被引申为一种文化上的挫败。翻译由此被理解成了一种精神上的"仰望"。然而，翻译对象的选择、翻译过程中的文化协商和语言协商，都使得翻译者不是被动的"仰望"者，而是平等的对话者。

这种"梦想的权利"不仅源于对自身的学习和成长能力的自信，更与对翻译的可能性（"可译性"）的设想有关。本雅明（Walter Benjamin）在其经典的《译者的任务：波德莱尔

---

[1]　东莱：《什么叫介绍》，《文学旬刊》29期，1922年2月21日。

〈巴黎的忧郁〉翻译导论》一文中指出：

> 翻译是一种模式（mode）。原作中包含着一种控制着翻译的法则。这种法则就是可译性（translatability）。一部作品是否具有可译性，包含两层意思：首先，一个称职的译者是否是从整个读者群中找到的？或者，作品的本性是否适合于翻译，以及，从这种模式的重要性来看，是否需要被翻译？……如果翻译是一种模式，可译性是特定作品最核心的特征。可译性是特定作品最核心的特征，并不是说因为它们非常重要，所以需要被翻译出来，而是说原文内在的某种独特的意义，通过自身的可译性呈现了出来。[①]

通过这段艰深晦涩的表述，本雅明提出了自己对翻译的理解。通常，人们会把对等性、共通性作为可译性的前提，而如果一种语言表达过于独特，在另一种语言中找不到对等的表达，那么，这种表达就是不可译的。比如，人们在谈论中国古诗的英译时，常常会说某些表达是"不可译的"，就因为这些表达过于独特。但本雅明却反其道而行之，认为"原文内在的某种独特的意义"，恰恰就是"可译性"存在的根源并通过"可译性"体现出来。换句话说，相同的东西根本不需要翻译。本雅明说："可以证明，如果翻译在本质上是为了取得与原作的相似性的话，那么，翻译是不可能的。"恰恰只有独特的东

---

① Benjamin, Walter, "The Task of the Translator: An Introduction to the Translation of Baudelaire's Tableaux Parisiens", in Venuti Lawrence eds., *The Translation Studies Reader*, p. 76.

西，才"适合于翻译"和"需要被翻译"。翻译就是要把一种语言中最为独特的东西，用另一种语言表达出来。这就是所谓的可译性。在此基础上，本雅明提出了"译者的任务"：

> 翻译并非两种死的语言之间的毫无意义的对等，最终，在所有的文学形式中，翻译的特殊使命，就在于关注源语言的成熟过程以及它的阵痛。在翻译中，呈现出来的是语言之间的亲缘关系，而这种呈现并不是通过改变与原作之间的模糊的相似性来完成的。亲缘关系并不一定会涉及相似性。语言之间的相关性，并不在于文学作品或者词汇之间的相似性，而在于作为整体的语言所潜藏的意图。单一的语言不能够单独获得这种意图。它只能够通过互补的所有意图的整体来实现。这个整体就是：纯语言（pure language）。[①]

译者用自己的语言表达了属于另一种语言的特有的东西。这样，语言之间的差异性和互补性（"亲缘关系"）就呈现了出来。这两种语言都隶属于一种"纯语言"。"纯语言"不是具体的语言，而是通过不同的语言所包含的不同"意图"而呈现出来的"整体"。

"纯语言"是一个高度玄学化的概念，但它通过差异性和互补性建构起了不同语言之间的关系，以及译者和源文本之间

[①]　Benjamin, Walter, "The Task of the Translator: An Introduction to the Translation of Baudelaire's Tableaux Parisiens", in Venuti Lawrence eds., *The Translation Studies Reader*, p. 78.

的关系。而这种关系最终也可以上升为不同文化之间的关系：翻译的发生，在根本上源于不同文化之间的差异性和互补性。因而，即便译者自认为在文化上处于"低弱"的地位，但通过翻译，他看到不同的语言群体之间只存在互补的关系，而不是等级的关系。这种平等意识让译者有勇气和理由重建自己的身份：虽然在现实中处于被动的地位，但在翻译中，自己却可以主动地选择、改造、重述、利用他国的文化来滋养自己，并在"纯语言"的结构中彰显自己的独特价值。

如果说，本雅明的"可译性""纯语言"显得过于玄学化的话，那么，施泰纳对可译性的理解，则更具有现实性：

> 有一种观点认为，语言的潜在结构，对所有人来说都是共通的和相同的。人类各种语言之间的种种差异，从本质上说，都只是表面上的。翻译之所以可能，正是因为那些深层次的共通点，包括遗传的、历史的和社会的因素——这些因素造就了语法——在人们的所有习惯用语中，都可以找到其位置，并被认为是有效的，不管它表面上的形式是多么的独特或者怪异。进行翻译活动，就是要跨越两种语言表面上的差异，以便将它们之间的相似性，以及，最终地，共通的存在规则，生动地展示出来。①

在施泰纳看来，翻译之所以可能，是因为存在着某种对等

---

① Steiner, George, *After Babel：Aspects of Languages and Translation*, London：Oxford University Press. 1973，p. 73.

性。这种对等性并非语言之间的对等性，而是人们对语言背后的某种共通性的想象，即不同的文化在"遗传的、历史的和社会的因素"上面存在着共通性。一种文化中的人们认为另一种文化中的人们与自己有类似的经验、情感体验、生活习性、思维方式、社会行为等等。这种相似性是人们互相理解的基础，有了这样的理解，翻译才有可能进行。

可以说，只要一进入翻译领域，任何人都会或隐或显地进行一种身份的重构。这种身份重构至少包含两方面的意义：首先，这是一个与他者平等的，可以与之沟通和相互理解的自我；第二，这个自我可以根据自己的方式来观察和对待他者，可以主动地吸收他者中的长处为我所用。翻译提供了一个精神的乌托邦。在这个乌托邦中，现实的身份的不平等被抹杀了。人们由此可以在不同的语言之间自由地穿行并进行意义的生产。翻译由此生产出了一个能动的主体。

对五四作家来说，翻译所建构的主体具有十分特别的意义。所谓"主体"（Subject），是一个西方的概念。它源于人们对自身以及作为自身的'对象'之间的关系的思考。在古希腊时期，普罗泰戈拉提的"人是万物的尺度"，苏格拉底的"认识你自己"，柏拉图的"理念世界"，亚里士多德的"实践智慧"与"理性智慧"等观念，都将人身外的对象视为某种独立的存在，并承认人类可以获得关于这些对象的客观知识。思想和存在之间、认识和事实之间并不存在真正的隔碍。人由此便是认识论意义上的主体。随后，在漫长的中世纪里，人的主体性让位于神的主体性，但获取客观知识的可能性，并未受到质疑。文艺复兴高张理性的大旗，又恢复了人的主体性。而笛卡尔则将理性主义推向了巅峰。笛卡尔也承认思想和存在的二分，但主张把目光集中在思考本身和意识的载体上。他认为，主体所能够思考的对象，就是自己的思考，同时，它所能意识到的，首先是自己的意识，因而，主体所获得的认识，实际上就是对自己的意识的认识。由此，在笛卡尔那里，意识具有自足性，可以独立于身体并无处不在。受笛卡尔的影响，康德也认为，人类的心灵可以独立于自然界，这是认识产生的前提。我们认识的对象，是存在于我们的感觉和认识之内的外在的现象世界，而不是这之外的客观实体，即"物自体"。除了在认识领域外，这个主体还可以凭借独立的理性的判断力，为道德领域立法。黑格尔则将主体视为一种"绝对精神"，是万物的本源和最高准则。到了马克思那里，主体性则建立在"改变世界"的基础上："哲学家们只是用不同的方式去解释世界，而问题在于改变世界。"① 这表明，人只有在社会实践活动过程中，才能实现自己的主体性。在后现代主义者对"主体"进行消解之前，"主体"最基本的涵义就是与"客体"相对立的哲学范畴，是认识和实践的能动性主体。

在翻译研究中，人们一般在谈论译者的创造性时，会讨论主体性的问题。这里的"主体性"，也是在最传统的意义上来使用的。在五四一代作家那里，翻译中所涉及的主体性问题主要体现在两个层面上：一是认识论的主体，即译者对待源文本和对待异域文化的方式，比如选择、增删改易、重新解释等

---

① 马克思：《关于费尔巴哈的提纲》，见《马克思恩格斯选集》第一卷，北京：人民出版社1995年版，第61页。

等；二是本体论的主体，即译者希望从翻译对象那里吸收引进，进而用于改造国民思想和精神的文化资源。

第一重主体是翻译过程中所呈现出来的现实的主体。通过对异域文化的选择、改变、解释，译者摆脱了现实中作为受侵略受压迫的弱国国民的被动地位，让自己成为了一个可以观察、了解、学习和批判的主体，而源文本及其所代表的异域文化（主要是西方文化），则变成了一个被动的客体。这种主体显示了翻译作为一种文化实践所具有的精神上的潜力。

第二重主体，实际上是一种有待实现的主体，即围绕"理想国民"的生成，通过翻译而选择、吸收的异域文化资源，所塑造出来的能够解决中国的历史危机、引导中国走向新生的根本力量，代表着历史的希望。这其中，既有具体的人物形象，如鲁迅翻译的《一个青年的梦》中的"青年"、胡适所翻译的《六百男儿行》中的英军士兵和《生死之交》中的别夏斯与达蒙、刘半农所翻译的《幸运之怪物》中的律师 Webster、周作人所翻译的《侠女奴》中的曼绮那等，也有科学、理性、世界主义、爱国主义等价值观。在这里，翻译成了现代中国人自我教育的途径。之所以说是"自我教育"，是因为译者们主动选择了相应的文化资源作为学习的对象，而不是被动地接受。

这种双重主体使翻译成了近现代以来中国人进行自我救赎、走出历史危机的重要方式。而中国的新文化和新文学，就是在这一场史无前例的民族自我救赎工程中建立起来的。

作为这种救赎的方式之一，五四作家的翻译，实际上就是这一代人在不同的文化之间，通过文学的方式来想象历史，"建构一个与自己共鸣的过去"，设计出要解决的问题和解决的方式，并在解决过程中完成历史的重造。从具体的实践来看，鲁迅、胡适、周作人等设计的问题并不相同，对中国的出路也有不同的设想，最后的历史实践也自然不同。本书正是从这个角度来考察五四作家的文学翻译的。简单地说，就是通过五四作家们对不同文化资源的选择，以及他们在这一选择过程中通过对异域文本/文化的创造性阐释和呈现（具体表现为对原文的增删改易等翻译策略），来追踪他们在一种断裂性的历史想象中如何构建新的历史主体并解决历史危机。

就中国新文学而言，翻译不但创造了新的表达方式，而且提供了新的内容和价值标准。由此带来了整个写作观念的变革。郑振铎就曾经这样指出翻译对中国文学的影响："（一）能改变中国传说的文学观念；（二）能引导中国人到现代的人生问题，与现代的思想相接触。而古典主义的作品，则恐不能当此任。"① "改变中国传说的文学观念"，就是要输入西方的"文学"概念以及相关的各种知识，并批判中国旧有的文章观念，让写作成为自我的表达渠道和主体的呈现方式。而这个"自我"和"主体"，又通过翻译引入"现代的人生问题"和"现代的思想"得以培育。从这个意义上讲，翻译所促生的，不仅仅是中国新文学，更是新的"文学"，即引入了一套新的写作、阅读、符号流通、审美方式。

作为西方知识分类体系中的一个组成部分，"文学"在现代中国的出现，是一项现代性的宏大工程，是西方的知识、观念在现代中国被吸收和制度化的结果。研究文学翻译与文学革

---

① 西谛：《杂谭》，《文学旬刊》第 46 期，1922 年 8 月 11 日。

命这场历史运动之间的关联，在一定程度上，就是回顾这个吸收和制度化的过程，回顾我们已经习以为常的某些观念和思想形成的过程。

当然，还有一点我们不能忽略，那就是任何外来的知识、观念的接受，都需要一个接受基础。没有这个基础，我们便无法理解任何陌生的东西。现代中国知识分子在接受西方文学的时候，他们所能够依赖的，仍然是自己所掌握的关于中国文学和思想的知识。这些思想和知识，必然影响到他们对外国文学的理解和判断。因此，尽管很多新文学作家对传统文学采取了批判的态度，仍然无法切断传统文学对新文学的影响。面对这一"视界融合"的现象，将主体和客体截然对立的传统的"主体"观，就显得苍白无力了，而拉康、阿尔都塞、福柯、德里达等人的主体理论，则可以显示出强大的解释能力，但这已经超出本书的讨论范围了。

还是回到翻译与新文学的发生之间的关系上。文学的发展，最主要的还是依靠创造，而不是引进和模仿。关于这一点，就是那些将很大的精力投入到外国文学翻译中的文学研究会的作家们，也是乐于承认的。因此，我们在评估外国文学对中国新文学的影响时，绝对不能偏执地宣称中国新文学就是用现代汉语书写的西方文学。中国新文学的发生和发展，尽管在很大的程度上依赖着外国文学知识，但都始终没有脱离中国的社会现实。它始终是中国作家的经验、思想和审美趣味的表达。

从这个意义上说，中国新文学的发生发展，是外国文学、传统文学和个人创造三方面合力的结果。

三、研究现状

本书的研究对象是五四时期几位重要作家的翻译活动及其与文学革命运动之间的关系。要讨论的问题，则是文学翻译为何会成为文学革命的重要组成部分，以及文学翻译在其中发挥了怎样的功能。最终的目标，则是希望从更多的侧面，来理解文学革命发生的过程。

到目前，已有不少研究者在自己的研究中触及了这一问题。这些研究大致有如下几类：

（一）文学史研究，包括通史和各种专题研究

1922 年，胡适在撰写《五十年来中国之文学》时，就注意到了翻译与文学革命的关系。在回顾晚清文坛时，他特地提到了"严复，林纾的翻译文章"。他称赞严复是"介绍西洋近世思想的第一人"，林纾是"介绍西洋近世文学的第一人"。另外，他还提到了周氏兄弟的文学翻译，认为"他们译的《域外小说集》比林译的小说确是高得多"。不过，胡适认为，他们的努力都是失败的，因为古文已经走到了末路。在谈到 1917 年的文学革命时，他又说："这一年的文学革命，在建设的方面，有两件事可记，第一，是白话诗的试验……第二，是欧洲文学的提倡。"他肯定了周作人的翻译对建设国语的贡献："在这一方面，周作人的成绩最好。他用的是直译的方法，严格的尽量保全原文的文法与口气。这种译法，近年来很有人效仿，

是国语的欧化的一个起点。"①

周作人在《中国新文学的源流》中，也谈到了严复、林纾的翻译与新文学的关系：

> 严复，林纾诸人起来，一方面介绍西洋文学，一方面介绍科学思想，于是经曾国藩放大范围后的桐城派，慢慢便与新要兴起的文学接近起来了。后来参加新文学运动的，如胡适之，陈独秀，梁任公诸人，都受过他们的影响很大，所以我们可以说，今次文学运动的开端，实际还是被桐城派中的人物引起来的。②

胡适、周作人都强调了翻译对新文学的发生所产生的影响，但没有具体展开。

陈子展的《中国近代文学之变迁》则首次在文学史中设立翻译文学专章，对翻译和新文学的关系，论述得也更为细致和深入。陈子展首先大致梳理了文学革命前的中国翻译史，并从社会形势和时代思潮的角度对之进行了解释；随后，他又从思想、语言、文体、翻译方法和翻译观念等角度，论述了严复、林纾、马君武、苏曼殊等人的翻译的基本特征。和胡适、周作人笼统的论述不同，陈子展的这一研究实际上注意到了翻译本身的独特性。最后，他仍然将这些翻译活动放到了文学史的线

---

① 胡适：《五十年来中国之文学》，见《胡适文集》第 4 卷，北京：人民文学出版社 1998 年版，第 328、340、345、392 页。

② 周作人：《中国新文学的源流》，石家庄：河北教育出版社 2002 年版，第44 页。

索中："翻译的范围愈广，翻译的方法愈有进步，而且翻译的文体大都是用白话文，为了保存原著的精神，白话文就渐渐欧化了。"① 尽管没有对翻译引发了国语的欧化这一过程进行详细论证，也没有深入研究翻译对新文学的其他方面的影响，但陈子展的研究至今仍然具有典范意义。这主要体现在这样两个方面：第一，尊重了翻译的历史独特性，把翻译作为独立的历史对象来研究；第二，始终把翻译研究置于文学史的视野中，而不是进行独立的翻译史研究。这两点对当下的研究，仍然具有十分重要的指导意义。

此外，王哲甫的《中国新文学运动史》（杰成印书局，1933）、王丰园的《中国新文学运动述评》（新新学社，1935）、郭箴一的《中国小说史》等，都有专门的章节来讨论翻译文学。不过，这种现象在后来的文学史中逐渐消失了。

在新时期，学者们又重新审视现代文学和外国文学的关系，因此，翻译的问题又重新被提出来了。唐弢的论文《西方影响与民族风格》② 特地梳理了近代翻译文学史，并认为西方影响是现代文学发生的主要动力之一。王瑶的论文《论鲁迅作品与外国文学的关系》开篇就指出："鲁迅的文学事业，是从翻译和介绍外国文学开始的。"③ 随后，他梳理了外国小说对鲁迅的影响，其中也涉及了翻译问题。严家炎的《新体白话的起

---

① 陈子展：《中国近代文学之变迁 最近三十年中国文学史》，上海古籍出版社 2000 年版，第 95 页。

② 唐弢：《西方影响与民族风格》，《文艺研究》1982 年第 6 期。

③ 王瑶：《论鲁迅作品与外国文学的关系》，见《中国现代文学史论集》，北京大学出版社 1998 年版，第 119 页。

源、特征及其评价》一文，以刘半农、周桂笙、伍光建等人的翻译作品为例，提出了一个著名的观点："新体白话是由面对民众的文学翻译'逼'出来的。"① 陈平原在《中国小说叙事模式的转变》中，在论述西方小说的影响时，"有意把中国小说叙事模式的转变简化为西洋小说对中国小说的影响过程，在挑战—应战的模式中理解中国小说形式的嬗变"。② 据该书统计，在1898—1911年间，全国出版小说1145种，其中翻译小说占647种，原创小说占498种。该书在论述中国小说的叙事时间、叙事角度、叙事结构的转变的时候，都是从近代翻译小说入手的。在《二十世纪中国小说史》（第一卷）中，他还特地在第二章《域外小说的刺激与启迪》中讨论了当时的意译风尚、翻译小说的成就以及在接受中的"误解"问题等。③ 这种把翻译现象纳入文学史研究的思路，对现代文学研究者涉足翻译研究，具有相当的启示作用。

在很长的时期里，关于翻译文学与中国新文学的关系的研究，一般都被转化成了中外文学关系的研究，包括个体作家、国别文学、文学思潮、文学体裁等方面的外来影响等。这些研究成为了中国比较文学研究中的一个重要领域。近年来，有一些现代文学研究者开始尝试以文学史的视角进入翻译研究领域。比如，秦弓的《"泰戈尔热"——五四时期翻译文学研究之一》不

① 严家炎：《新体白话的起源、特征及其评价》，《中国现代文学研究丛刊》2006年第1期。

② 陈平原：《中国小说叙事模式的转变》，北京大学出版社2003年版，第14页。

③ 陈平原：《二十世纪中国小说史》（第一卷），北京大学出版社1989年版。

但具体地讨论了新文学家对泰戈尔的翻译，还特地指出："个性解放、人性解放时五四新文化启蒙运动的重要指向，也是新文学的母题之一，因而，在泰戈尔翻译中对这方面的作品做了有意识的选择。"论者显然不再把翻译作为孤立的现象来看待了，而是引入了文学史的视角。论者还说："翻译文学从对象的选择到翻译的完成以及成果的发表，从巨大的文学市场占有量到对创作与接受的广泛而深刻的影响，都不仅仅是新文学产生与发展的背景，而且作为走上前台的重要角色，直接参与了新文学历史的建构，对此应该给予足够的重视。"① 他不但注意到了翻译本身的独特性，而且始终坚持现代文学研究的学科视角。这一思路，是值得对现代翻译感兴趣的现代文学研究者借鉴的。

（二）中外文学关系研究

20 世纪 80 年代初，随着比较文学这一学科的兴起，很多现代文学的研究者都关注过外国文学对现代作家的影响。这些研究也都直接或间接地涉及了翻译问题。

1985 年，曾晓逸主编的《走向世界文学：中国现代作家与外国文学》② 收入了王富仁、陈平原、叶子铭、方锡德、钱理

---

① 秦弓：《"泰戈尔热"——五四时期翻译文学研究之一》，《中国社会科学院研究生院学报》2002 年第 4 期。此外，他的相关研究成果还有《易卜生热——五四时期翻译文学研究之二》（《中国社会科学院研究生院学报》2003 年第 4 期）、《五四时期的安徒生童话翻译》（《涪陵师范学院学报》2004 年第 4 期）、《五四时期儿童文学翻译的特点》（《中国社会科学院研究生院学报》2004 年第 4 期）、《五四时期的儿童文学翻译》（《徐州师范大学学报（哲学社会科学版）》2004 年 5、6 期）、《五四时期对黄金时代俄罗斯文学的翻译》（《江苏社会科学》2005 年 3 期），等等。
② 曾晓逸主编：《走向世界文学：中国现代作家与外国文学》，长沙：湖南人民出版社 1985 年版。

群等人的论文，论述对象包括鲁迅、许地山、茅盾、冰心、周作人、郭沫若、郁达夫等现代重要作家。研究者们对这些作家和外国文学的关系，都有详细而深入的论述，其中也有直接涉及翻译问题的。比如王富仁的论文《鲁迅：先驱者的形象》就谈到了鲁迅早年的翻译经历以及林译小说对他的影响。吴福辉在《施蛰存：对西方心理分析小说的向往》中，还专门讨论了他的翻译作品对他的创作格调的"浸润和穿透"。

　　乐黛云、王宁主编的《西方文艺思潮与二十世纪中国文学》收入了伍晓明、温儒敏、张宇红、王宁、罗钢、孙玉石等人关于浪漫主义、现实主义、现代主义、弗洛伊德主义、人道主义等思潮在中国的传播和影响的论文。这些研究中也有不少涉及翻译问题的。比如，温儒敏的论文《现实主义观念的嬗变及文学现象》在论述晚清外来的现实主义"在当时未能形成一种自觉的思潮"时，就特地举出了林纾的例子来加以证明："如林纾的翻译，从文笔到内容（他总是喜欢改译）仍不忘媚悦旧式读者，读书界所特别感兴趣的，则是他以古文为枢轴讲述异域哀艳故事。"①

---

① 温儒敏：《现实主义观念的嬗变及文学现象》，见乐黛云、王宁主编：《西方文艺思潮与二十世纪中国文学》，北京：中国社会科学出版社1990年版。在此之后，出现了大量从文学思潮的角度研究现代中外文学关系的著作，比如，乐黛云的《比较文学与中国现代文学》（北京大学出版社1987年版）、张隆溪与温儒敏合编的《比较文学论文集》（北京大学出版社1984年版）、高利克的《中西文学关系的里程碑》（北京大学出版社1990年版）、严家炎主编的"20世纪中国文学研究丛书"、解志熙的《生的执著——存在主义与中国现代文学》（北京：人民文学出版社1999年版）和《美的偏至——中国现代唯美—颓废主义文学思潮研究》（上海文艺出版社1997年版）、肖霞的《浪漫主义——日本之桥与五四文学》（济南：山东大学出版社2003年版）、张大明编著的《西方文学思潮在现代中国的传播史》（成都：四川教育出版社2001年版）、唐正序和陈厚诚主编的《20世纪中国文学与西方现代主义思潮》（成都：四川人民出版社1992年版）、史书美的《现代的诱惑——书写半殖民地中国的现代主义（1917—1937）》（南京：江苏人民出版社2007年版）等。

除此之外，还有大量从国别文学的角度来研究现代中外文学关系的论著。王锦厚的《五四新文学与外国文学》① 分别论述了五四文学与印度、日本、希腊、被损害民族、俄苏、英国、美国、法国、德国文学的关系。该书的最大特点，就是材料翔实，并且归类整理得非常清晰，在同类著作中，罕有出其右者。另外，该书在很多地方也涉及了翻译问题，但只是一般的史实介绍。在行文过程中，作者似乎无意作过多个人发挥，全凭材料说话。但正是这种稳健的风格，使得这本著作可以成为相关研究最基本的参考书。

大多数这类研究虽然没有把翻译作为独立的历史对象来考

---

① 王锦厚：《五四新文学与外国文学》，成都：四川大学出版社 1996 年第 2 版。除此之外，这类从国别文学的角度立论的著作还有：孟庆枢主编的《日本近代文艺思潮与中国现代文学》（长春：时代文艺出版社 1992 年版）、金丝燕的《文学接受与文化过滤——中国对法国象征主义诗歌的接受》（北京：中国人民大学出版社 1994 年版）、张忆和郭建玲的《诗与哲的追求——中国现代作家与德国》（成都：电子科技大学出版社 2004 年版）、葛桂录的《他者的眼光——中英文学关系论稿》（银川：宁夏人民教育出版社 2003 年版）、靳明全的《中国现代文学兴起发展中的日本影响因素》（北京：中国社会科学出版社 2004 年版）和《中国现代作家与日本》（济南：山东文艺出版社 1993 年版）、张福贵和靳丛林的《中日近现代文学关系比较研究》（长春：吉林大学出版社 1999 年版）、陈遐的《时代与心灵的契合——十九世纪俄罗斯文学与前期创造社文学之关系》（杭州：浙江大学出版社 2006 年版）、董炳月的《"国民作家"的立场——中日现代文学关系研究》（北京：生活·读书·新知三联书店 2006 年版）、方长安的《选择·接受·转化——晚清至 20 世纪 30 年代初中国文学流变与日本文学关系》（武汉：武汉大学出版社 2000 年版）、韩长经的《鲁迅与俄罗斯古典文学》（上海：上海文艺出版社 1981 年版）、程麻的《沟通与更新——鲁迅与日本文学关系发微》（北京：中国社会科学出版社 1990 年版）、刘柏青的《鲁迅与日本文学》（长春：吉林大学出版社 1985 年版）、高旭东的《鲁迅与英国文学》（西安：陕西人民教育出版社 1996 年版）、姜铮的《人的解放与艺术的解放——郭沫若与歌德》（长春：时代文艺出版社 1991 年版）、陈建华的《二十世纪中俄文学关系》（北京：高等教育出版社 2002 年版）、殷克琪的《尼采与中国现代文学》（南京：南京大学出版社 2000 年版）、西原大辅的《谷崎润一郎与东方主义》（北京：中华书局 2005 年版）等。

察，但是，考虑到很多作家都是通过翻译来接触外国文学的，而他们的研究也清楚地说明了现代作家所接受的外国文学资源，因此，实际上，他们的思考已经隐含了翻译问题，至少在相当大的程度上，已经解决了翻译在理论传递上的功能问题。

不过，我们今天的研究，不但要把翻译看作理论旅行的中介，考察现代作家通过翻译而接受的外来影响，还要把翻译看作现代作家在文坛上的一种基本的活动方式，考察他们的翻译思想、他们对待翻译和原创的态度、他们的翻译方法、他们所参与的翻译论争等历史现象之间的复杂关系，最终通过对翻译问题的透视来呈现现代文坛更为复杂的历史面貌。因此，我们今天的研究是在已有研究的基础上的继续推进，试图从更加宏观的角度来描述翻译在现代文学史上的位置。

（三）翻译研究

除了现代文学研究者自己的努力外，不少翻译研究者又在自己的领域内，通过正面地研究翻译问题而闯入了中国现代文学这一学科。目前，这方面的研究成果大致可以分为这样三类：

第一类是翻译家的研究，比如罗德堡（Lennart Lundberg）的 *Lu Xun as a Translator*，采用了传记式的研究，讨论了鲁迅的生平、翻译活动以及思想的变化发展历程。①

---

① Lundberg, Lennart, "Lu Xun as a Translator", Stockholm, *Orientaliska Studies*, Stockholm University, 1989。这类著作还可以举出：郭著章的《翻译名家研究》（武汉：湖北教育出版社 1999 年版）、张旭的《视界的融合：朱湘译诗新探》（北京：清华大学出版社 2008 年版）、王友贵的《翻译家鲁迅》（天津：南开大学出版社 2005 年版）和《翻译家周作人》（成都：四川人民出版社 2001 年版）、刘全福的《翻译家周作人论》（上海外语教育出版社 2007 年版）、廖七一的《胡适诗歌翻译研究》（北京：清华大学出版社 2006 年版）。

第二类是翻译史的研究，比如马祖毅的《中国翻译简史（五四以前部分)》讲述了古代至五四以前中国翻译史的发展状况，论题涉及翻译的社会时代背景、翻译制度、翻译思想、翻译的成绩等，其中也包括文学翻译。①

第三类是翻译思潮与文化研究。比如王宏志的《重释"信、达、雅"——20世纪中国翻译研究》讨论了胡适、鲁迅、梁启超、瞿秋白等人的翻译思想，并努力解读出这些思想与社会时代的关系。② 刘禾的《跨语际实践》③ 运用了符号学的方法解读中国现代文学发展史上的一系列与翻译有关的现象，提出了"被译介的现代性"这一概念，为人们理解中国现代文学中的某些现象提供了新的思路。

这几类著作尽管视角不一，方法各异，论题也千差万别，

① 马祖毅：《中国翻译简史（五四以前部分)》，北京：中国对外翻译出版公司1998年版。这类翻译史著作还有：郭延礼的《中国近代翻译文学概论》（武汉：湖北教育出版社2005年版)、陈玉刚的《中国翻译文学史》（北京：中国对外翻译出版社1989年版)、王建开的《五四以来我国英美文学作品译介史1919—1949》（上海外语教育出版社2003年版)、许钧和宋学智的《20世纪法国文学在中国的译介与接受》（武汉：湖北教育出版社2007年版)、王向远的《日本文学汉译史》（银川：宁夏人民出版社2007年版)、王向远《二十世纪中国的日本翻译文学史》（北京师范大学出版社2001年版)、罗选民主编的《外国文学翻译在中国》（合肥：安徽文艺出版社2003年版)、卫茂平《德语文学汉译史考辨》（上海：海外语教育出版社2004年版)。另外还有几种专门的翻译文学史，比如：谢天振与查建明的《中国现代翻译文学史（1898—1949)》（上海外语教育出版社2004年版）和《中国20世纪外国文学翻译史》（武汉：湖北教育出版社2007年版)、孟昭毅和李载道的《中国翻译文学史》（北京大学出版社2005年版）等。

② 王宏志：《重释"信、达、雅"——20世纪中国翻译研究》（北京：清华大学出版社2007年版)。另外还有王宏志编选的论文集《翻译与创作》（北京大学出版社2000年版)、卜立德（David Pollard）编的 *Translation and Creation*（Amsterdam/Philadelphia：John Benjamins Publishing Company，1998）等。

③ 刘禾：《跨语际实践》，北京：生活·读书·新知三联书店2002年版。

但大多属于翻译史方面的研究，对某个时期、某位翻译家、某国文学的相关翻译问题，都有比较清楚的梳理，而这些翻译问题又都涉及中国现代文学本身。因此，这类研究可以帮助人们从更多的侧面买理解中国现代文学。

四、文学史视野中的翻译动机：
对象、视角、方法与论题

现在，我们之所以不会再直接把译作等同于原作而忽略了翻译，就在于译者在翻译中所体现出的主体性。翻译之所以作为问题被提出来讨论，也就在于这种主体性。

就本书要讨论的对象来说，在根本上，翻译的主体性源自翻译的动机，即"为什么译"的问题。而在具体的翻译过程中，它又体现在两个方面：一是翻译作品的"主题"，即选择什么样的内容来翻译、对翻译对象进行解说，从而对读者进行引导，也就是"译什么"的问题。具体在五四作家那里，就是要通过翻译作品来传达新的价值观，塑造新人，生成新的历史主体。二是翻译"方法"，即译者在翻译过程中通过增删改易而发挥了自己的创造性，实现自己的翻译意图，也就是"如何译"的问题。总的来说，本书要关注的就是"为什么译""译什么"和"如何译"的问题。

因此，本书的研究对象有两个：一是翻译方法和策略；二是翻译对象的主题和价值。在对这两方面进行描述的过程中，呈现译者的翻译动机，最后，再从文学史的角度来解释这些翻译动机，考察五四作家的文学翻译试图怎样以及如何推动了文学革命运动的发生和新文学的诞生。

这一研究视角使得本研究不同于常见的翻译史研究。翻译史研究着眼于翻译现象的历时性演变过程，其研究对象，必然是对这一过程有着重要影响的翻译家或者翻译作品。本研究仍然定位于中国新文学史研究，着力解释中国新文学的发生问题，要考察的对象必然是对其发生过程产生了重要影响的人物和现象，因此，与翻译史有一定程度的区别。某些翻译家因为翻译了某部重要作品或者在翻译理论、翻译方法上有所建树，必然会在翻译史上留下浓墨重彩的一笔，但这不等于他们可以在文学史上也占有同样重要的地位。在《新青年》杂志上，薛琪瑛、吴弱男、沈性仁三位女翻译家的出现，可算得上是翻译史上值得关注的现象，而20年代文学研究会的耿济之在俄国文学翻译方面成就颇高，李青崖在法国文学翻译方面也自成一家，但他们在新文学的发生发展过程中影响力相对较小，因此不是本书论述的重点。

而从研究目的上讲，本研究也与翻译研究（Translation Studies）有所区别。翻译研究着眼于对翻译现象进行文化解释。本研究也会阐释五四作家的翻译所具有的文化意义，但最终仍然服务于解释"中国新文学的发生"这一问题。因此，本书的研究事实上可以成为"文学史中的翻译研究"。

在研究方法上，虽然传统的翻译批评所使用的"忠实""精确""误译"等概念在今天显得有些过时，但这并不意味着翻译批评的对等原则已经完全失效。事实上，在翻译研究中，有时候仍然需要通过译者的"创造"来阐释翻译的文化意义。这种创造，即译文与原文的差异，仍然需要通过对照才能够显现出来。

当然，对"对等"的含义、程度和方式，不同的人有不同的理解。有的人主张意义上的对等，有些人主张语言上的对等，还有人主张所谓"动态对等"（dynamic equivalence）或"功能对等"（functional equivalence），即译本的读者在阅读译本后的反应，应该与原著的读者在阅读了原著之后的反应相一致。① 标准的不一，或者裁判权的归属不明，并不等于"对等"就是一个伪问题。本研究在适当的地方，仍然会关注那些译者的"创造"，即与原文不一致的地方。当然，这种"创造"，主要针对重要信息的增减而言，可以非常容易地辨认。

因为要阐释翻译在文学史上的意义，很明显，翻译研究在本研究中具有方法论上的重要参考意义。

翻译的文化研究源于从 20 世纪六七十年代起翻译研究界的范式转换，即由"原著中心"（source-text oriented）向"译本中心"（target-text oriented）的转变。② 翻译研究的中心由原文转到了译本。围绕着译本的一系列问题，比如翻译对象的选择、翻译活动的组织、翻译作品的出版传播和阅读、翻译的地位、翻译与原创的关系、影响和控制着翻译的诗学与意识形态因素等文学、文化和社会问题，成为翻译研究的重要议题。翻

---

① Nida, Eugene, "Principles of Correspondence", in Venuti, Lawrence ed., *The Translation Studies Reader*, NY&London: Routledge. 2000, p. 153.
② 这其中，又数伊文-佐哈尔（Itamar Even-Zohar）的"多元系统"（polysystem theory）理论、吉登·图里（Gideon Toury）的描述翻译学、安德烈·勒菲弗尔（André Lefevere）的"操控理论"等最有代表性。

译研究理论的这一转向被称安德烈·勒菲弗尔和苏珊·巴斯奈特（Susan Bassnett）概括为翻译研究的"文化转向"（cultural turn）。[①]

　　其实，严格说来，翻译研究仅仅是一种解释翻译现象的方法。至于它是否完全可以成为一个独立的学科，笔者对此持保留态度。翻译研究的最大优点，就是充分尊重各种翻译行为的历史独特性，并注重对其进行文学、文化、社会等方面的深度阐释。不过，出于学识上的限制以及研究目的方面的考虑，本书也不打算四面出击，而主要从文学史的角度来阐释各种翻译现象。

　　在确立了对翻译进行文学史描述这一原则之后，为了解释文学翻译在文学革命这场运动中的主要功能和地位，我们的主要议题包括：近代以来翻译思潮的发展变迁、翻译如何参与建构了新文学的基本理念、如何成为了新文学建设方案的一部分、这些方案如何通过文学翻译来落实、不同的翻译家之间有怎样不同的翻译理念、这些理念的分歧背后有着什么样的文学史方面的原因、文学翻译的这一功能又是如何终结的等等话题。

　　本书共九章，可划分为两大部分。第一部分为前三章，主

---

　　① 在 20 世纪 90 年代后半期，他们又在此基础上提出了文化研究的"翻译转向"这一主张。由于全球化程度的日益加深，文化研究几乎都要涉及跨文化问题。因此，文化研究最终落实到了翻译研究上。而"翻译研究也由对'对等'的无休无止的讨论，转向了与跨语际的文本生产相关的因素的讨论"。因而，文化研究和翻译研究有合流的趋势。Bassnett, Susan, "The Translation Turn in Cultural Studies", in Bassnett, Susan & Lefevere, André ed., *Constructing Cultures: Essays on Literary Translation*, Shanghai: Shanghai Foreign Language Education Press, 2001, p. 133.

要考察文学革命的理论与方案。

第一章"从'律德来久'到'文学'：新文学观念的形成"主要讨论"literature"这一概念的译介所带来的"文"的观念的变革，以及翻译这种知识生产方式在文学革命这场历史运动中的地位的确立。"文学"概念的译介，是以新文学家所掌握的各种传统思想和知识为基础的。这就使得传统文学在一个潜在的层面上继续保持着和新文学的血肉联系。"文学"概念的译介所带来的，不仅仅是一个新的概念，还有一系列的相关知识。从文学革命发生起，到 20 年代初，大量关于"文学"这一概念的讨论充斥于各种出版物。在"文学"这一外来概念的传播过程中，翻译发挥了巨大的作用。

第二章"由白话而欧化：翻译与新文学的语言方案"讨论的是翻译在新文学的语言变革中所发挥的功能。胡适等人发动文学革命的一个基本切入点，就是语言变革。而自晚清以来，在启蒙者那里，同样出现了语言变革的要求。而与此同时，随着翻译观念的发展，人们也在逐渐思考翻译的标准问题。很多人都认识到，翻译应该"忠实"，而要实现这种"忠实"，就需要对本土的语言进行改造。这样，在翻译的领域内，也出现了语言变革的要求。由于都提出了语言变革的要求，文学、启蒙与翻译这三项事业最终合流了。这一合流的结果，便是"欧化"方案的提出和实施。

第三章"翻译与新文体的创造"论述的是翻译在新文学的文体形成过程中所发挥的作用。每一种翻译行为背后，都有一种关于翻译的理念。而这一种理念，从根本上说，都必然涉及对不同文化之间的关系的理解。如何将另一种语言中的文学有效地转化成本民族的语言，始终是每个译者要考虑的问题。在这一过程中，必然出现突破已有的文体样式的要求。中国现代的新诗、散文诗、散文、短篇小说、戏剧等文体形式的形成和发展，都与翻译中的这些要求有着密切的联系。

第二部分主要考察新文学发生初期几位重要作家的翻译实践及其文化价值。这些翻译实践，一方面是他们的文化理想的体现，另一方面也是他们对新文学的内容和价值的构想。

第四章"再造文明：社会改良中的文学改良"考察的是胡适的翻译历程。胡适没有为中国设计出一幅乌托邦式的蓝图。他希望通过一个一个具体问题的解决，即所谓"再造文明"来实现社会的进步。在这一过程中，他主张输入西方的学理，以辅助问题的研究和解决。而通过文学翻译来推动文学改良，则是他的整个改良思想的一部分。

第五章"文化比较中的历史危机与救赎"考察的是鲁迅的翻译实践。与前代人不同，鲁迅没有将中国的危机归结于中国的落后，而是从比较文化的角度，发现了西方文明的病变才是中国被动挨打的根源。中国的困局，实际上也是整个人类文明的困局。为此，他从精神上作了根本的规划，那就是互相体谅，平等相待，同时，还要将这种精神上的秩序推及社会成员之间、国家之间和不同的文明之间。鲁迅的这一思想，在他的翻译实践中逐渐展开着。

第六章"从'人的文学'到'为人生'的文学"讨论的是周作人的翻译在"人的文学"这一观念的形成和传播过程中的作用。晚清以来的启蒙思潮中，都存在着一种对新的历史主体的期待。启蒙者渴望更新中国文化，而文化的核心，则是

“人”，因此，就出现了“新民”“立人”这样的要求。五四作家早期的文学翻译活动，就是在这样的时代思潮中展开的。这种对“人”的关注，可能与传统的儒家伦理有关，但周作人提出“人的文学”这一口号所直接依赖的思想和知识基础，是他出于启蒙的目的而开始译介的优生学。“人的文学”深刻地阐释了人性的构成，注重个性的张扬，同时又提倡一种世界主义的普遍关怀。“人的文学”这一口号提出来之后，得到了新文学家的广泛认可，随后又被具体化为“为人生的文学”，并落实在了文学创作中。

第七章“‘红男绿女之小说’中的‘文学’”追溯了刘半农在进入新文学阵营前的翻译活动，发现刘半农的翻译作品，一方面很注重娱乐消遣效果，另一方面，也注意将自己的思想和意图纳入到翻译作品中，以实现启发民智、改良小说的目的。这两方面的特征，为后来刘半农接受西方的“文学”概念奠定了思想基础，即一方面要注重文学的美感，另一方面要有作者的自我表达。

第八章“世界文学版图中的艺术与理想”讨论了沈雁冰在商务印书馆十年期间的翻译活动。沈雁冰的职业生涯，一开始受到了商务印书馆经营理念的影响和制约。作为一名编译者，他的主要工作就是编译青少年教育类的稿件。而五四运动引发了他对俄罗斯文学的兴趣，随即他将发表的阵地拓展到了商务印书馆内外的其他刊物上，并努力地在自己的翻译兴趣和这些刊物的办刊理念之间寻找重合之处，由此，翻译成了他实现文化理想的重要途径。他希望通过研究世界文学来创造中国新文学，因此，抱着知识生产的意图翻译了自然主义文学和世界边缘地区的文学。与此同时，他也没有放弃价值的传达，因而翻译了表象主义和新浪漫主义的部分作品。

第九章"'风韵译'与新文学的身份"考察了郭沫若的翻译活动和翻译思想，以及他与文学研究会成员之间的论争。郭沫若在翻译中主张自我表达，这是他注重作家的主体创造性这一思想决定的。由于更注重创造性，郭沫若对文学革命以来过于推崇翻译的做法不满，因而与文学研究会的成员们产生了争论。这一争论的出现，表明文学革命以来以翻译为新文学的"模范"的思路受到了挑战。新文学必须尽快走上独立创造的道路。翻译地位的下降，也是新文学走向成熟的开端。

上

篇

第一章　从"律德来久"到"文学"：新文学观念的形成

　　1916 年 2 月 3 日，远在美国的胡适，写信给陈独秀，谈到了他的新文学建设方案："近日欲为祖国造新文学，宜从输入欧西名著入手，使国中人士有所取法，有所观摩，然后乃有自己创造之新文学可言也。"① 两年后，他重申，创造新文学"只有一条法子"，"就是赶紧多多的翻译西洋的文学名著做我们的模范"。②

　　胡适的这一主张得到了陈独秀的响应。在回信中，他希望胡适多为《新青年》翻译像《决斗》那样的短篇小说，"以为改良文学之先导"。他还进一步强调说："弟意此时华人之著述，宜多译不宜创作……"③ 胡适的好友任叔永也对这一提议表示赞同："但是创造的文学，一时做不来，自然以翻译西方

　　① 胡适：《寄陈独秀》(1916 年 2 月 3 日)，见耿云志、欧阳哲生编：《胡适书信集》(上)，北京大学出版社 1996 年版，第 69 页。

　　② 胡适：《建设的文学革命论》，《新青年》第 4 卷第 4 期，1918 年 4 月 15 日。

　　③ 陈独秀：《陈独秀致胡适》(1916 年 8 月 13 日)，见中国社会科学院近代史研究所中华民国史组编：《胡适往来书信选》(上)，北京：中华书局 1979 年版，第 3 页。

文学上的产品为第一步。此层屡向此邦学文学诸人提及。无奈他们皆忙自己的功课，不肯去做，足下现在既发大愿，译几百部文学书，那就越发好了。"①

把翻译作为创造新文学的第一步，可以说是当时许多有识之士的共同主张。这一主张也由此成为文学革命的基本方案。

以文学翻译为文学革命的先导，并非取巧，也非偶然，而是清末以来，人们对西方的"literature"这一概念不断地译介、阐释的必然结果。

第一节 "literature"的移用与
文学革命的发动

1917 年初，胡适和陈独秀先后发表《文学改良刍议》和《文学革命论》，发动了影响深远的文学革命运动。他们提出要变革中国文学，其基本理由就是，中国文学已经腐化堕落。此前，胡适就已经指出，"今日文学之腐败极矣"②。陈独秀在《文学革命论》中则提出了打倒"雕琢阿谀的贵族文学"、"陈腐铺张的古典文学""迂晦艰涩的山林文学"的主张。③

在这类表述中，存在着一个核心概念的移用："文学"。我们知道，在中国古代，也有"文学"一词，但它的意义，不同

---

① 任鸿隽：《寄胡适》（1918 年 6 月 8 日），见《新文学问题之讨论》，《新青年》第 5 卷第 2 期，1918 年 8 月 15 日。

② 胡适：《寄陈独秀》，《新青年》第 2 卷第 2 期，1916 年 10 月 1 日。

③ 陈独秀：《文学革命论》，《新青年》第 2 卷第 6 期，1917 年 2 月 1 日。

于胡适和陈独秀在这旦使用的"文学"。比如，《论语·先进》中说："文学：子游、子夏。"《孔子家语》中又说子游"特习于礼，以文学著名"，而子夏"习于《诗》，能诵其义，以文学著名"。这里的"文学"，即"孔门四科"之一。据皇侃《论语义疏》"文学，谓善先王典文"一语可知，这里的"文学"，有"文献"和关于"文献"的学问之意。

与此不同的是，胡适和陈独秀在这里所使用的"文学"这一概念，则是对西方的"literature"一词的翻译。在西方，"literature"这个词的含义，是在历史中逐渐变化发展的。英文中的"literature"，出现于 14 世纪，与法文中的"litérature"和拉丁文的"litteratura"相近。其词源为拉丁文的"littera"（字母）。它最初的涵义与现在的"literacy"一词接近，意指"阅读的能力及博学的状态"，到后来也指"写作的工作与行业"或"高雅知识"的书本与著作。而在这一时期，"poetry"这个词则被人们用来指"创造的艺术"。到 19 世纪，"literature"这个词继承了这一涵义，特指那些"具有想象力与创造力的题材"。① 这与我们今天所谈论的"literature"已经很接近了。由此我们可以看出，"文学"这个概念是对某一类文本的归类，是一种观察文本的视角，有其形成和发展的历史过程，而不是一种本质主义的对象。

但在胡适和陈独秀那里，这个概念被本质化、普遍化了。他们认为中国的"文学"已经陈腐不堪，必须"改良"或

① ［英］雷蒙·威廉斯：《关键词》，刘建基译，北京：生活·读书·新知三联书店 2005 年版，第 268—274 页。

"革命"，这就等于承认，中国本来也是有"文学"的。这样，"文学"这个概念就和中国已有的文章系统对接上了。

在《文学改良刍议》中，胡适引用了《毛诗大序》中的名句来说明"文学"的本质："情动于中而形诸言。言之不足，故嗟叹之。嗟叹之不足，故咏歌之。歌咏之不足，不知手之舞之，足之蹈之也。"① 他指出，这段话中所论及的"情感"，就是"文学"的本质。其实，稍加注意我们会发现，这段文字主要是谈论诗、乐、舞的，而不是谈论"文学"的。"文学"中并不包含"乐""舞"，而且，"文学"中的很多体裁，在当时也还没有诞生。

同样的问题，也存在于陈独秀的《文学革命论》中。在论述革命的理由时，他建构了一条中国的文学史发展线索，从"多里巷猥辞"的《国风》一直梳理到"悉承前代之弊"的"今日吾国文学"，其中谈到的有诗经、楚辞、赋等多种文体。

不同的文体有不同的功能和特征，有各自的发展线索，"文学"这一概念根本就不存在。但陈独秀将这些文体的兴衰，整合成了一条"文学"兴衰变迁史。这就容易给人造成这样的错觉，即每一种文体在自身的兴衰过程中，背后都有"文学"这样一个整体性的观念在发挥着作用。

1932 年，钱锺书为周作人的《中国新文学的源流》撰写的书评，将"文学"概念的这种移用现象及其后果，说得非常明白。周作人将中国"文学"的变迁描述成"言志"与"载道"互相消长、此起彼伏的过程。对此，钱锺书提出了质疑。

---

① 胡适：《文学改良刍议》，《新青年》第 2 卷第 5 期，1917 年 1 月 1 日。

他指出，"'诗以言志'和'文以载道'在传统的文学批评上，似乎不是两个格格不相容的命题"，"在传统的批评上，我们没有'文学'这个综合的概念，我们所有的只是'诗'、'文'、'词'、'曲'这许多零碎的门类"，而且，"'诗'是'诗'，'文'是'文'，分茅设蕝，各有各的使命和规律"。人们并没有把这些不同的文类放在某个"综合的概念"下来讨论，因此，载道的文与言志的诗毫不相干，并不冲突。而在后来从西方引入"文学"这个概念后，人们开始把所有这些文体都归入"文学"这一概念下，而周作人又把"载道"和"言志"这两种不同文类的不同品质上升为"文学"的普遍性本质，从而作出了两者相互涨长的判断。但事实上，在"言志"的诗歌盛行的时候，"载道"的文也很发达，反之亦然。①

　　钱锺书提醒我们，"文学"是一个后来传入的概念。它是人们对已经存在的作品的归类方式，而不是一种客观的对象。我们不能用这个概念的内在规定性，来衡量我国已经存在的各种文类和具体的作品，因为这些文类和作品有各自的标准和功能，各行其是，而在它们之上，并没有一个类似于"文学"这样的概念来包含它们，并没有设立一个统一性的标准来约束它们。不过，胡适和陈独秀却恰恰掩盖了这个概念的真实来源。不管是胡适的"改良"还是陈独秀的"革命"，都存在着对"文学"这个概念的移用。他们认为，"文学"是一种普遍性的事业，每一个民族、每一个语言族群、每一种文化，都有自

———————

①　中书君：《评周作人的骨文学源流》，《新月》第 4 卷第 4 号，1932 年 11 月 1 日。

己的"文学"。中国也不例外。因此，中国已有的各种文体，必须符合"文学"的内在规定性，如果不符合，就有改革或淘汰的必要。这也正是文学革命的最基本立论策略。

第二节　文学革命思路的调整

胡适和陈独秀将"文学"（literature）这一概念移用到了中国的写作传统上。他们以进化论的思路，发现（制造出）了中国文学之"病"，从而为文学革命找到了合法性。

不过，他们所使用的"文学"终归是一个外来的概念。从写作到阅读批评，都有一套独特的观念、标准。要真正推动这场运动，促成新文学的成立，就必须正面地对这一概念进行深入的阐述和推广，把视野由本国文章系统的变革，转向包含"文学"在内的西学体系的输入和借鉴。

这样，文学革命这一运动刚一发动，在方向上就需要一定的调整。首先站出来承担这一任务的，是刘半农。与胡、陈两人以进化论的逻辑来阐述文学变革的理由这一思路不同，刘半农并不把"文学"作为一个普遍性的概念来看待。他明确指出，新文学就是作为西学之一种的"literature"：

> 欲定文学之界说，当取法西文，分一切作物为文字 Language 与文学 Literature 二类。西文释 Language 一字曰 "Any means of conveying or communicating ideas"。是只取其传达意思，不必于传达意思之外，更用何等功夫也。……

至如 Literature 则界说中既明明规定为 "The class of writings distinguished for beauty of style, as poetry, essays, history, fictions, or Belles-lettres"。

在这里，刘半农明确承认，这场运动所使用的"文学"这一概念，是"取法西文"的。其基本特征就是具有"风格之美"（"beauty of style"），而且包含"poetry""essays""history"、"fictions"等体裁。对于何为"风格之美"的问题，刘半农主要从区分"文字"（应用之文）和文学的角度来说明，其中一条是：

> 文字为无精神之物。非无精神也，精神在其所记之事物，而不在文字之本身也。……文学为有精神之物，其精神即发生于作者脑海之中。故必须作者能运用其精神，使自己之意识情感怀抱——藏纳于文中。①

他认为，文学不同于应用之文，它必须具有美感，而它的美感，来源于作者脑海的"精神"，也就是作者的"意识情感怀抱意义"。这就是说，文学必须是作者的自我的表现。

朱希祖也指出，要建立新文学，就要引入西方学术分类体系中的"文学"这一概念。在《文学论》开篇，他首先援引了章太炎对"文学"的定义，来谈中国的学术体系中的"文

---

① 刘半农:《我之文学改良观》,《新青年》第 3 卷第 3 期, 1917 年 5 月 1 日。

学"。章太炎认为，在我国，"一切学术，皆可以文学包之；反而言之，则吾国仅有文学而无他学"。以此言之，所有一切的文字记录，只要是"著于竹帛者"，都可以算是"文学"了。这里的"文学"在很大的程度上，就是"文献"的意思。

不过，朱希祖认为，时下所论的"文学"这一概念，是西方学术体系中的一支：

> 自欧学东渐……吾国各种学术………分立专科，不得不取材于欧美……至于文学，在欧美亦早离各学科而独立：数、理、化、农、工、商诸学科与之相离，无论矣；即宗教、政治、法律、经济、哲学、伦理、教育、历史、地理诸学科，亦莫不与之相离。[①]

朱希祖指出了当下的"文学"（literature）是"欧学东渐"带来的新概念。这种知识分类法在我国是没有的。

罗家伦也和刘半农、朱希祖一样，明确指出要借用西学中的"文学"这一概念。在《什么是文学——文学界说》一文中，他就毫无隐晦地表明自己的"文学"定义来自西方的教科书。他开篇就批评章太炎对"文学"的定义：

> 章先生是位小学家。他只拘于故训，不以主观的眼光，去看文学的本体；所以，他把文字 Language 同文学 Literature 两件事浑合在一处。

---

① 朱希祖：《文学论》，《北京大学月刊》第 1 卷第 1 号，1919 年 1 月。

章太炎认为，文学就是一切"著于竹帛者"的文字记录。因此，他所说的"文学"，大约等于西文中的"language"。而罗家伦主张要引入的，是"literature"。由此，他寻遍了西方的各种"文学概论"，列出了15种关于文学的界说，最终归纳为：

> 文学是人生的表现和批评，从最好的思想里写下来的，有想像，有感情，有体裁，有合于艺术的组织；集此众长，能使人类普遍心理，都觉得他是极明瞭，极有趣的东西。①

这段话虽是罗家伦自己的归纳，但其中的理念标准，都来自他所列举的各类"文学概论"的教科书。因此，也是一种在西学的视野中来建立新文学的努力。

从以上梳理我们可以看到，刘半农、朱希祖、罗家伦都抛弃了进化论的思路。他们认为，建设新文学的理由，并不在于中国的"literature"已经病入膏肓，而是中国本身并不存在"literature"。这样，"literature"对现代中国来说，实际上是一种外来的全新的事业。

第三节 现代"文学"观念的形成

刘半农、朱希祖、罗家伦等人这般详细地翻译介绍"literature"这一概念，说明这个概念对时人来说，还是非常陌生的。不

---

① 罗家伦：《什么是文学——文学界说》，《新潮》第 1 卷第 2 号，1919 年。

过，他们并非开风气之先者。在晚清时期，"literature" 这一概念所包含的近代写作观念，已经开始传入中国。

这一过程可以从两方面来说明。一方面，随着现代学术分类体制的调整和变革，传统的"文学"这个词，由"文献"这个意义开始，发生着种种蜕变，并引起了意义上的混乱；另一方面，人们开始用"文学"这个词来翻译"literature"，并最终成功地夺取了这一能指，促成了现代"文学"观念的形成。

首先，我们从词源学的角度来看传统的"文学"这个词的意义蜕变过程。前文已经提到，《论语》中的"文学"，主要是"文献"的意思。到近代，曾国藩又特别赋予这个词以"考据"之意："考据者，在孔门为文学之科，今世目为汉学者也"。①

随后，王韬又用这个词来指"文字之学"。在谈到东西方文字的创造与发展时，他说："即以文学言之，仓颉造字，前于唐、虞，其时欧洲草昧犹未开也。"② 这其中的"文学"一词，显然是指文字之学。1896 年，孙家鼐在《议复开京师大学堂折》中也沿袭了这种用法。他提出"学问宜分科"，而"文学科"为其中之一，"各国语言文字附焉"。③ 梁启超在 1898 年代总理衙门起草的《筹议京师大学堂章程》中规定学生须学习十门"浦通学"，其中"文学第九"，包括英、法、俄、德、

---

① 曾国藩：《劝学篇示直隶士子》，见《曾国藩全集·诗文》，长沙：岳麓书社 1994 年版，第 442 页。

② 王韬：《原学》，见《弢园文录外编》卷一，光绪九年（1883）排印本。

③ 孙家鼐：《议复开京师大学堂折》，见《中国近代学制史料》第 1 辑下册，朱有瓛主编，上海：华东师范大学出版社 1986 年版，第 624 页。

日等国的文字学。① 张之洞在 1903 年主导的《奏定大学堂章程》中提出设"中国文学门"时，后面则明确标注为"文字、文章"。在这些关于学科分类的认识中，"文学"都被用来指"文字之学"。

除"文字之学"外，"文学"这个词还被用来指"人文科学"。王韬在自己的学科分类设计中，将"文学"与"艺学"（包括"舆图、格致、天算、律例"）并列，其内容包括经学、历史、政治制度、词章等。它的意义，或许类似于我们今天所说的"人文科学"（humanities），与自然科学（类似于这里的"艺学"）相对。② 黄遵宪于 1887 年著成的《日本国志》中，也有类似的用法。该书第 32 卷介绍了日本的学术，其中包括"文学"："东京有大学校，分法学、理学、文学三学部。"又说："文学分为二科，一哲学、政治学及理财学科，二和汉文学科。"其中，和汉文学科"皆习英文或法兰西语，或日耳曼语"。③ 在这里，他所说的"文学"，是一个包含哲学、政治学、理财学以及各种语言的学科系统，也大约相当于西方大学里的"humanities"。郑观应也曾在类似"人文科学"的意义上来使用"文学"这个词。在他那里，学术分为两类："文学科"与"武学科"。"文学科"下有"文学科""改事科""言语科""格致科""艺学科""杂学科"。第二个层次的"文学

①　《总理衙门筹议京师大学堂章程》，见《中国近代学制史料》第 1 辑下册，第 656—657 页。

②　王韬：《变法自强 中》，见《弢园文录外编》卷二。

③　黄遵宪：《学术志一》，见《日本国志·卷三十二》，光绪二十四年（1898）浙江书局重刻本。

科"，包含"诗赋章奏笺启之类"。其他科则有史制律例、语言文字、声光电化、矿商农医等。[①] 因此，他所说的"文学"，一方面指军事以外的所有学科，另一方面，也指与"诗赋章奏笺启之类"的写作、阅读有关的学科。在这里，"文学"主要指人文科学，但也包括军事科学之外的"格致科""艺学科"等自然科学技术类学科。

此外，"文学"这个词还被用来指代文化教育。1896年，美国传教士林乐知将日本森有礼的《文学兴国策》翻译成中文发表。森有礼曾任日本驻美署理公使，其间"广求设塾之良规，教习之成法"[②]，最终著成此书。这里的"文学"，显然是指文化教育。随后，1902年，由徐维则辑录、顾燮光补订的《增版东西学书录》也在这个意义上使用了"文学"一词。其中介绍《德国文教说略》一书说：

> 岭学报馆译。德以文学雄地球，普鲁士兴，藉其通学智慧之民而兵之，以倾嗹挞奥蹙法，赫然为欧洲旺国，间考德史文教列表，其文学以撒逊为最，通国不知者仅千之七，宜其强矣。此编考德之乡校书院颇详。[③]

这段文字说德国"以文学雄地球"，又说从德国史的"文

---

① 郑观应：《考试下》，《盛世危言·卷二 礼政》，光绪戊戌年（1898）上海书局石印本。

② 林乐知：《文学兴国策序》，见《文学兴国策》，广学会光绪二十二年（1896）本。

③ 熊月之主编：《晚清新学书目提要》，上海书店2007年版，第37页。

教列表"中可以看出，德国"文学"以"撒逊为最"，只有千分之七的人不识字，而这部《德国文教说略》正是介绍德国"乡校书院"情况的，由此看来，这里所说的"文学"，主要指识字教育。由此不难理解，顾燮光在自己编撰的《译书经眼录》中，就把《新编初级国文教科书》《初等小学国文书教授法》《读书入门》《国文教授进阶》等识字类的教科书放在了"文学"一部里。而在《增版东西学书录》中，他把当时翻译出版的小说《黑奴吁天录》《昕夕闲谈》《茶花女遗事》《金刚钻小说》《迦因小传》等，放入了"杂著"一类中，而没有放在"文学"或"小说"目下。①而他所列出的"小说"目，则与"史志""法政""学校""交涉""兵制""农政""矿物"等科目并列，里面收录了《雪中梅》《星球游记》《世界末日记》《环游月球》等翻译小说 26 部，又收录国人自撰小说 11 部。我们可以判断，作者不但对西方的文类缺乏足够的了解和识别能力，而且，也还没有接受"文学"这个词的新内涵。

不过，用"文学"来表示"考据学""文字学""人文学科""文化教育"的做法，并没有延续下来。倒是用来翻译"literature"的做法，成为今日的主流。当然，这种意义的确立，也同样有一个复杂而多变的过程。

我们今天用来表示"literature"的"文学"一词，其实是从日语中传入的。或者说，用"文学"这个词来翻译"literature"这一做法实际上肇始于日本。这种现象出现于 19 世纪末。1882 年，末松谦澄出版的《支那古文学略史》，还只

① 熊月之主编：《晚清新学习目提要》，第 157—158 页。

是在"文献"与"学术"的意义上来使用"文学"这个词的，取的是汉语中"文学"这个词的传统意义。河田熙在为这部著作所作的"小引"中说："青萍末松君，才学夙成，既学邦典，又讲汉籍，更学于英国有年焉。尝会我邦社友，口演此篇，令后生知汉籍之梗概。"① 这部书主要讲群经和诸子，其功能也是为了让人"知汉籍之梗概"，而不是在审美的意义上来谈论这些文献。因此，这里使用的"文学"概念，仍然是指"文献"，与我国古代汉语中的"文学"相同。

而到 1897 年，古城贞吉出版的《支那文学史》中，"文学"这个词的意义就发生了变化。田口卯吉在为此书所作的序言中说："至文学界，词客文人，儒释黄老，诸子百家，触物应事，或悲哀，或欢喜，或怒号，或骂笑，或谆谆如谕蒙，或扬扬如夸荣。其言高妙宏大，皆有足诗人叹服者。"② 此书从中国的文字起源讲起，不但讲诸子之文，还设立了叙事文（司马迁、班固等）、汉代韵文（古诗、乐府等）、六朝词人、唐朝的诗、唐朝的佛教文学、宋代的散文等章节，最后一直讲到清代文学。很明显，这里使用的"文学"概念，就是流传到现在、仍然被我们使用的那个概念，与先前指"文献"或"学术"的那个概念已经完全不同了。在这一时期，还出现了其他的几种文学史，比如笹川种郎（笹川临风）的《支那文学史》（东京博文馆）、儿岛献吉郎的《文学小史》、藤田丰八的《支那

---

① 河田熙：《支那古文学略史小引》，见《支那古文学略史》，末松谦澄著，东京：文学出版社 1882 年版。

② 田口卯吉：《支那文学史序》，见《支那文学史》，古城贞吉著，东京：经济杂志社出版 1897 年版。

文学史稿·先秦文学》（东京东华堂）等等。他们对中国"文学"的体裁类型有不同的看法，但大多从审美的角度来选择论述对象。由此可以看出，在这一时期，日语汉字"文学"的意义，已经发生了变化，不再专指"文献"或"学术"，而是更多地被用来指具有创造性、审美性的文字作品了。从另一方面说，"literature"这个概念，已经进入了日语中。而日本学者移用"文学"这个概念来梳理中国的文章流别，就造成了中国本身存在"literature"这样一种误解。随后，这一观念又传入了中国。

当然，中国人真正接受、理解新的"文学"概念，也有一个循序渐进的过程。一开始，人们对"文学"这种新的知识分类法的输入，是无意识的、被动的。

1897 年，康有为的《日本书目志》共列出十五类图书，其中第十一为"文学门"，而与之并列的有"文字语言门""小说门"等。"文学门"收入了文学史（包括涩江保的《希腊罗马文学史》《英国文学史》《独佛文学史》）、诗集、歌集、俳谐集、戏文集、习字本等。应该说，这里的"文学"已经不再是"文献"或"文字之学"的意思了，而是审美性文本的总称，其意义，大致就等于我们今天所使用的"文学"。

不过，康有为似乎并没有察觉到，这里的"文学"是个新词。他自己仍然沿袭了传统的用法。在《日本书目志》中，他追溯了日本的文字发展演变史和普及传播史。他说日本"古无文学"，所传文献不过是蝌蚪文，"代结绳而已"，后来，有了假名，学术思想发达，明治维新后，"无不读书识字者"。① 这里的"文学"，主要指文字之学或者识字的能力。康有为把涩江保的几种文学史以及各种诗集放在"文学门"里面，却又在"文字之学"的意义上来使用"文学"这一概念。这表明他对"文学"（literature）这个概念的输入，是无意识的、被动的。

同样，徐维则和顾燮光的《增版东西学书录》，一方面有意识地在"文化教育"的意义上来使用"文学"一词，但一方面也在收录西学书籍的时候，无意地引入了"literature"这一概念。在该书卷三的"学校"一类中，作者列出了日本涩江保的《罗马文学史》（何震彝译），并作了这样的介绍：

> 本书考罗马文学分三大期，时代有王政、共和、帝政之异，计三篇，凡若干章，于罗马古世戏曲、诗歌、文史、哲理之源流沿革、著作姓名，皆言其大略，惟译笔宜加条理方能醒目。②

很明显，这里的"文学"，包括"戏曲、诗歌、文史、哲理"，与顾燮光在别处使用的"文学"一词意义很不相同，而与我们现在所说的"文学"，已经很接近了。

到 1903 年，终于有人开始有意识地从输入西学体系的角度来译介"literature"这一概念了。此年，由留日学生主办的《大陆》杂志上，有《论文学与科学不可偏废》一文（未署

---

① 康有为：《日本书目志》，见《康有为全集》（3），北京：中国人民大学出版社 2007 年版，第 420 页。
② 熊月之主编：《晚清新学书目提要》，第 281 页。

名），正式介绍了我们今天使用的"文学"（律德来久）这一概念：

> 至十六世纪，沙恩斯（science——引者注）一字，乃与阿尔德 Art 一字相对峙。盖沙恩斯为学，而阿尔德，则术也。至十七世纪，沙恩斯一字，又与律德来久 Literature 一字相对峙。盖沙恩斯为科学，而律德来久，则文学也。①

在这里，作者首先用"律德来久"来音译了"literature"这个词。这表明，在当时的中国文化中，还没有与"literature"相对应的观念。他指出，在 16 世纪，科学（沙恩斯）与艺术［阿尔德（Art）］是相对立的。而到 17 世纪，科学又与"Literature"相对立。这表明，literature 在一定程度上继承了"art"的意义，即代表着某类具有审美品质的作品。随后，作者才将 literature 翻译为"文学"。这里的文学，显然已经不是传统意义上的"文学"了。

作者在接受了西方的"文学"这一概念之后，也开始用这种知识分类标准来考察我国的学术史：

> 至若以我国言之，则西历纪元前二十六世纪，已有黄帝之医术。纪元前二十四世纪，已有羲和之天文学，及璇玑玉衡之器。纪元前十二世纪，已有周公之算经，及指南车。且周以来，管墨淮南诸子，往往发明科学之理，其科

---

① 佚名：《论文学与科学不可偏废》，《大陆》1903 年第 3 期。

学发达之早，固不待言。然今则仅有文学。固无所谓科学
也。且即以文学言之，汉魏不如周秦，元明不如唐宋。降
及今日，仅余科学之文，公牍之文，并弹词小说之文。则
支那虽曰仅有文学，实并无所谓文学也。

在这里，作者指出，我国古代一开始科学发达，然而到了
今天，科学没落了，仅有文学。而且，就文学而言，也是一代
不如一代。仅有的"科学之文，公牍之文，并弹词小说之文"，
也算不上什么文学。在作者看来，他们不符合西方的
"literature"的基本精神。这样，作者就把中国的学术体系和西
方的学术体系之间的差异，以及中国的文章系统与西方的
"literature"的体裁系统之间的差异，转化成了一种先进与落后
之间的矛盾。

随后，作者要求输入西方的学术体系，建立中国自己的
"文学"：

幸也。适当欧亚交通、黄白相间之际，其（文学——
引者注）始也。西国之科学，即稍稍输入。其继也，西国
之文学更益发见。然则向日之学，由东而西。今日之学，
由西而东。支那文学科学之大革命，意在斯乎？意在
斯乎？①

这段话清楚地表明"文学"这种全新的、外来的事业，在

---

① 佚名：《论文学与科学不可偏废》，《大陆》1903 年第 3 期。

现代中国是怎样开始自己的制度化过程的。而作者关于我国文学"大革命"的预言，似乎与陈独秀《文学革命论》中"文学革命之气运，酝酿已非一日"一语形成了呼应。

在这一时期，沈兆祎的《新学书目提要》（1904），就是在"literature"这个意义上来使用"文学"一词的：

> 罗马之文学吸取于希腊，而与希腊迥异，希腊之学术重实用，尤重理想。故哲学、理学、法学及美术学阐发于纪元以前，影响及十五世纪以后，开欧洲之文明，希腊实为初祖。罗马承希腊之后，专主实用，而以理想为不屑，故其国民有善美之体魄而无善美之精神，当时所谓文学，自诗歌、散文、戏曲、小说而外未闻有以学说名者。此编所载所谓王政时代、共和时代、帝政时代，上下千余年而文学之程度未见进步，至于亚乌轧利亚斯马可比亚斯所著《沙他那利亚》一书，不过选集罗马诸家之文加以评语，抄胥家之所为，安得谓学术高尚，为欧洲文明之源泉，则又名浮其实。罗马之戏曲，不过供春秋报赛之用，故韵脚无律，且流于猥亵，不能合文学之格，此书列为文学之一种，未免失于芜杂。①

这段话值得注意的地方在于：第一，沈兆祎在谈到希腊时代的"哲学、理学、法学及美术学"时，使用的是"学术"一词；第二，他在谈论罗马时代的"诗歌、散文、戏曲、小

---

① 熊月之主编：《晚清新学书目提要》，第499页。

说"时，使用的是"文学"一词；第三，他认为希腊的"学术"是"重实用，尤重理想"的，而罗马的文学"专主实用"（他又特别提到"罗马之戏曲，不过供春秋报赛之用"），没有"善美之精神"，因此"上下千余年而文学之程度未见进步"，这表明，他认为理想的"文学"应该像希腊的"学术"那样具有"善美"的品质。由此看来，很明显，沈兆祎已经开始接受并努力地去理解"文学"这一新传入的概念。他在《新学书目提要》第四卷"文学类"开头说："处今日之世而用文学为名辞，几如对夏虫而语冰寒，其不为时人所诧者亦微矣。"① 这说明"文学"这个概念，对当时的人来说，还是比较陌生的。不过，他收入"文学"类的，主要是"日记""讲义"之类，包括吴汝伦的《东游丛录》、张謇的《癸卯东游日记》等书，也有梁启超的《饮冰室自由书》、严复的《严侯官文集》和其译作《群学肄言》等，小说、诗歌、戏曲等未入其法眼。他还特别称赞吴汝伦的《东游丛录》"撢诵之雅言，游记之创格"。由此看来，他对以审美为特质的"文学"这一新的知识分类，已经有了一定的理解，但他对"文学"具体包含哪些文类，则不是很清楚。

当时，已经有一些人开始从审美的角度来重新诠释"文学"的涵义。比如，梁启超在《论小说与群治之关系》中说"小说为文学之最上乘也"②，而根据他对小说的"熏""浸""刺""提"四种力的描述，我们大体可以推测，他至少在某

---

① 熊月之主编：《晚清新学书目提要》，第539页。
② 梁启超：《论小说与群治之关系》，《新小说》第1年第1号，光绪二十八年（1902）十月十五日。

种程度上是认可"文学"的审美特征的。王国维则正面论述了"文学"的性质："文学者，游戏的事业也。"①他所说的"游戏"，是一种无目的的、无功利的纯粹的审美活动。尽管与梁启超的认识有差异，但在文学的审美性这一点上，他们有着基本的共识。

因为这一概念才刚刚传入，并没有普及开来，而我国已有的"文学"一词，又有着不同的涵义，当时的人们对"文学"这个词的使用，陷入更加混乱的境地。一些人开始用"文学"来专指以审美为目的的作品；一些人则仍然使月"文学"这个词来指"文献""文字之学"。比如，林传甲的《中国文学史》，在形式和体例上模仿了笹川种郎的文学史，但并没有接受他的文学观。林传甲的文学史主要讲文字学、经学、诸子哲学、史学、理学等等，而且还批评笹川种郎的文学史"以中国曾经禁毁之淫书，息数录之"。② 这种把"文学"等同于"学术"的观点，还可以在谢无量的《中国大文学史》、曾毅的《中国文学史》、顾实的《中国文学史大纲》中看到。因此，后来有人批评说："在最初期的几个文学史家，他们不幸都缺乏明确的文学观念，都误认文学的范畴可以概括一切学术，故他们竟把经学、文字学、诸子哲学、史学、理学等，都罗致在文学史里面。"③

由以上的梳理我们可以看出，"文学"并不是一个普遍性的概念，它在现代中国，有一个传播和制度化的漫长过程。不

---

① 王国维：《文学小言》，《教育世界》第 139 号，1906 年。
② 林传甲：《中国文学史》，广州：存真阁 1914 年版，第 182 页。
③ 胡云翼：《新著中国文学史》，上海：北新书局 1932 年版，第 3 页。

过，胡适和陈独秀在文学革命的发难文中却隐瞒了这一历史过程，而将"文学"这一概念普遍化了，并由此顺利地阐述了变革中国"文学"的理由。而刘半农等人则明确要求引入西学体系中的"文学"来作为这次运动的核心指导观念。这就为文学革命的深化指明了方向，那就是要全面地输入与"文学"有关的各种知识。稍后出现的文学研究会承担起了这一历史使命。

第四节　新文学建设方案中的翻译

从前面的梳理我们可以看到，自晚清以来，"literature"这一概念一直在向传统的"文献"或"文字之学"争夺"文学"这个能指。最终，用"文学"来翻译"literature"这一概念的做法，逐渐成为主流。

新的"文学"观念由此得以确立。文学革命既然要以这一观念为指导，那么，在西方文学中，能体现这一观念的各种价值标准、体裁系统、文学思潮、写作技巧以及具体的作品等等，都需要大量的输入介绍，作为新文学的模范。因此，胡适和陈独秀明确指出要以翻译文学为文学革命之先导。

陈独秀将这种理念落实到《新青年》的编辑方针上，就是"罕录国人自作之诗文"，因为国人当中没有人创作出他们理想的"写实主义"的文学。①当时，有人指责"现在《新青年》

---

① "陈独秀答胡适"，见《新青年》第 2 卷第 2 期通信栏，1916 年 10 月 1 日。

上所刊载的，偏于翻译一面居多"。这实际上也是对新文学建设方案的质疑。作者指出，对建设新文学来说，"创作模范文学，或选定古人所做的可以作为模范的文学书"，也是很必要的，而不仅仅是翻译。① 对此，钱玄同指出，"选古人的白话文"，"此事甚难"。② 而胡适则断言"中国文学实在不够给我们作模范"③。文学翻译在文学革命这场运动中的地位，进一步得到了确认。这种确认，实际上也是"literature"在现代中国的进一步制度化。

在《新青年》团体之后，文学研究会的同仁们更加具体地落实了以翻译为先导的方案。在《文学研究会宣言》的三条章程中，最关键的一条就是"增进知识"（其他两条是"联络感情"和"建立著作工会的基础"）。而所谓的"增进知识"，主要指关于外国文学的知识："整理旧文学的人也应该应用新的方法，研究新文学的更是专靠外国的资料。"④《文学研究会简章》第二条也明确规定"本会以研究介绍世界文学整理中国旧文学创造新文学为宗旨"⑤。在这里，生产可供国人使用的"外国的资料"，以及"研究介绍世界文学"，都要求把翻译纳入到新文学的建设事业中。

文学研究会的同仁们继续了"literature"这一概念的译介

---

① "潘公展致编者"，见《新青年》第 6 卷第 6 期通信栏，1919 年 11 月 1 日。
② "钱玄同答潘公展"，见《新青年》第 6 卷第 6 期通信栏，1919 年 11 月 1 日。
③ 胡适：《建设的文学革命论》，《新青年》第 4 卷第 4 期，1918 年 4 月 15 日。
④ 《文学研究会宣言》，《小说月报》第 12 卷第 1 号，1921 年 1 月 10 日。
⑤ 《文学研究会简章》，《小说月报》第 12 卷第 1 号，1921 年 1 月 10 日。

工作。沈雁冰指出，关于"文学是什么东西"的问题，"必须引用西洋的学说来解说明白"。① 郑振铎说，要弄明白"文学"是什么，"不必参考许多文学书，只要把《英国百科全书》里论文学的一条看一下，就有许多定义可以得到了"。他参考百科全书得出的结论是："文学是人们的情绪与最高思想联合的想像的表现，而他的本身又是具有永久的艺术的价值与兴趣的。"②

除了译介西方的"literature"这一概念，他们也和胡适、陈独秀、刘半农等人一样，明确主张新文学的建设必须以西方文学为模范，因而需要从翻译入手。沈雁冰说："中西文学程度相差之远，足有一世纪光景……所以现在中国研究文学的人，都先想从介绍入手，取西洋写实自然的往规，做个榜样，然后自己着手创造。"③

但在翻译对象的选择上，他和郑振铎却有不同的看法。他认为，既然西方文学是由"古典主义"发展到"浪漫主义"，再到"自然主义""新表象主义"和"新浪漫派"，而"我们中国现在的文学，只好说尚徘徊于'古典''浪漫'的中间"，因此，中国文学的下阶段，应该是进入自然主义。这样一来，我们就"该尽量把写实派自然派的文艺先行介绍"。④ 不过，

---

① 玄珠：《中国文学不发达的因原》，《文学旬刊》第 1 号，1921 年 5 月 10 日。

② 西谛：《文学的定义》，《文学旬刊》第 1 号，1921 年 5 月 10 日。

③ 冰：《答黄君厚生〈读小说新潮宣言〉的感想》，《小说月报》第 11 卷第 4 号，1920 年 4 月 25 日。

④ 冰：《我对于介绍西洋文学的意见》，《时事新报·学灯》，1920 年 1 月 1 日。

在他那里，这只能是权宜之计，绝不是新文学发展的目标，因为写实派自然派有着先天的不足，"使人心灰，使人失望，而且太刺戟人的感情，精神上太无调剂"，下一步应该是提出新浪漫主义的文学，"新浪漫派的声势日盛，他们的确有可以指人到正路，使人不失望的能力"。①

因此，与胡适、陈独秀等人推崇写实主义不同，沈雁冰在主编《小说月报》的时候，很热衷于推介"新浪漫主义"的作品，比如梅特林克、斯特林堡等人的小说。对此，胡适表达了自己的不满，并曾加以劝阻。② 在沈雁冰离开《小说月报》主编岗位后，继任的郑振铎改变了编辑方针，十分重视写实主义文学的翻译介绍。他认为"写实主义的文学，虽然是忠实的写社会或人生的断片的，而其裁取此断片时，至少必融化有作者的最高理想在中间"③，而并非像沈雁冰所说的那样，不能给人以理想和希望。

在翻译对象的选择上所产生的分歧，反映了他们对新文学的前途的不同看法，也体现了他们在文学观上的微妙差异。而这些分歧，正是在文化选择中的主体性的体现。

尽管存在着分歧，但在《新青年》团体和文学研究会那里，以翻译为建设新文学的先导，是文学革命的根本方针。而随后出现的创造社，对这一方案则提出了根本性的质疑。郭沫

---

① 雁冰：《我们现在可以提倡表象主义的文学么？》，《小说月报》第 11 卷第 2 号，1920 年 2 月 25 日。
② 参见胡适 1921 年 6 月 3 日、7 月 22 日的日记，收入《胡适日记全编》(3)，合肥：安徽教育出版社 2001 年版，第 291 页。
③ 振铎：《文艺丛谈》，《小说月报》第 12 卷第 3 号，1921 年 3 月 10 日。

若在《创造十年》中回忆创造社的缘起时就谈到，他们对当时文坛的不满，其中一个原因就是杂志上充斥着"连篇累牍的翻译，而且是不值一读的翻译"。他甚至还点了《小说月报》的名。① 这种情绪，在后来的"处子与媒婆"的论争中得到了全面爆发。

在 1921 年 1 月致李石岑的信中，郭沫若指责当时"国内人士只注重媒婆，而不注重处子；只注重翻译，而不重产生"，因此，必须"打破偶象崇拜的陋习"。他还强调，尽管翻译对于我国的文化建设十分必要，但不管怎样，"只能作为一种附属的事业，总不宜使其凌越于创造、研究之上，而狂振其暴威"。② 文学研究会的郑振铎辩解说，由于不存在一种全世界通用的语言，因而，翻译一部文学作品，对于译本的读者来说，"就如同创造了一个文学作品一样；他们对于人们的最高精神上的作用是一样的"。③

为此，鲁迅曾指出，"创造社"和"文学研究会""相对立"的一个基本方面就在于创造社"恶翻译"，而文学研究会"看重翻译"。④ 对翻译的功能和地位的不同认识，实际上反映了他们对新文学的身份的不同想象。在《新青年》团体和文学研究会同仁那里，西洋文学是新文学的模范。新文学的建设需要通过翻译输入外国文学，为新文学作家提供学习的范本。而

---

① 郭沫若：《创造十年》，重庆：作家书屋 1943 年版，第 13 页。
② 见《民铎》月刊第 2 卷第 5 号，1921 年 2 月。
③ 西谛：《处女与媒婆》，《文学旬刊》第 4 号，1921 年 6 月 10 日。
④ 鲁迅：《上海文艺之一瞥》，见《鲁迅全集》（第 4 卷），北京：人民文学出版社 2005 年版，第 302 页。

创造社的成员们所想象的新文学，并不是以西洋文学为"模范"的，而是向作家的个体经验敞开的，是建立在作家的自我表达上的。这表明新文学在站稳脚跟之后，确实需要从学习模仿的阶段，过渡到自我的表达与创造的阶段。作为文学研究会成员的胡愈之，最终也承认以翻译为主导只是暂时的现象："翻译外国文学在目前自然也是一桩要事；但我们不要忘了：翻译不过是过渡期的办法，文艺运动的终极，却在创作。"① 不过，在后来的新文学发展史中，通过翻译带来某种新的文学变革的现象，仍然多次出现。

当下，回过头来看文学革命发生的过程，我们就不能忽略文学革命的发动者们一开始所确立的以翻译为先导的基本方针。这意味着在新文学的创造者那里，新文学最核心的知识基础——"literature"这一概念，需要从西方输入，因而，其相应的价值标准、体裁分类、模范作品等等，也都需要依靠翻译从西方输入。从"literature"这一观念的译介，到文学革命的具体方案的制订和实施，其中的种种现象都表明，"文学"对现代中国来说，是一项输入的事业，有一个漫长的制度化的过程。它是整个现代性工程的一部分。而同时，就世界范围内来看，中国新文学实际上是在西方文化乃至整个资本主义全球普遍化的过程中出现的。今天，要重新审视中国新文学的发生，除了辨析其与本土传统的关系外，也不应该忽略这一世界性语境。

---

① 愈之：《新文学与创作》，《小说月报》第 12 卷第 2 号，1921 年 2 月 10 日。

第二章 由白话而欧化：翻译与新文学的语言方案

建设白话文学，是文学革命的重要议题。这一议题的出现，与晚清以来的语言变革思潮有密切关系。在晚清的启蒙思潮中，为了普及教育，提高识字率，不少人提出了言文一致的要求，并开始了拼音化的试验；随后，又出现了统一国语的呼吁，但因为没有得到足够的支持，这方面的努力还仅停留在个体探索的阶段。与此同时，为了传播启蒙思想，梁启超等人开始提倡白话，但因为他们只是把文学作为启蒙的工具，对文学的本体论和形式等方面的思考不够深入，他们的白话文学也难以继续下去。五四一代作家早期的文学思想和文学活动也受晚清启蒙思潮的影响。陈独秀、胡适也都从事过推广白话写作的活动，而且，他们发动文学革命的一个基本切入点，也是建设白话文学。

在此之外，在翻译的领域里也出现了语言变革的要求。自严复以来，人们一直在探索翻译的规范，试图建立起一套合理的标准。不少人都承认翻译应该"忠实"于原文，而这种"忠实"又与语言的选择联系在一起。最终，人们认定，"忠实"的翻译，需要一种新的白话来实现。这种新的白话，就是欧化的白话。翻译，被当成了创造这种新的语言的方式。

最后，文学领域里的语言变革与翻译领域里的语言变革结合在了一起。新文学的倡导者们认为，理想的文学语言应该是欧化的语体文。由于翻译被看作是创造这种语言的方式，所以，在语言变革的层面上，翻译也被纳入到了文学革命这场历史运动中。

第一节　文学变革与语言变革的合流

除了从学术分类的角度来阐述文学变革的理由外，新文学的倡导者们还从语言变革的角度来寻找文学革命的合法性，从而把文学变革与语言变革结合在了一起。

胡适在《文学改良刍议》里提出的"八事"中，"须讲求文法""不讲对仗""不避俗字俗语"都直接和语言相关。不过，一开始，在语言变革的层面上，白话文学被当成了文学革命的重要议题。这种现象的出现，与晚清以来的语言变革思潮及其对文学革命的倡导者所产生的影响有着密切的关系。

晚清的语言变革思潮，是在挽救民族危亡的大潮中逐渐成型的。探索者们都认识到了言文分离以及缺乏统一的国语给启蒙事业以及建立统一的现代民族国家带来的障碍。

最早是在建立新式教育的过程中，出现了语言变革的要求。王韬在主张变革"练兵之法""学校之虚文""律例之繁文"的同时，特别强调"今日我国之急务，其在治民，其次在治兵，而总其纲领在储材"。① 储材即要求普及教育。而郑观应也指出我国古代"博学者多，成材者众"的原因，就在于完备的学校教育体系："家有塾，党有庠，州有序，国有学"。而到了后世，"学校之制废"，教育成了上层人的事业，"穷民之无力者，荒嬉坐废"。在他看来，当今"泰西各国又有古风"，学校教育体系仍然完备，因此人才辈出。② 不过，对普及教育来说，最大的困难就是中国的文字难学，而其原因，就在于言文分离。郑观应注意到："试观五尺之童，有人讲一笑谈故事，彼即入于耳，会于心，牢记不忘，津津乐道。若课以数行《学》、《庸》，彼罔然不知所解，口吟终日，尚难背诵。"受此启发，他提出了这样的方案："妨悉用土音，每日以识二十字为限制"，待识字达到两千后，便可学习《二十四孝》等，"先取目前有形之物，日用寻常之事，或俗语浅文，或韵言歌诀，使其易于索解，易于记诵者，编为三百课，配以石印绘图"，然后再行讲授。不过，最终，他们还是要熟读四书五经，学会"破、承、起讲"的作文法。尽管郑观应仍然维持着"中学"的正统地位，但他毕竟已经意识到，对近代教育来说，如何尽量克服言文分离所产生的不便是一项重大挑战。他还特地比较了中西语言的不同来说明这一问题：

> 然以中、西之字较其难易，则华字难而西字易。何也？华字一字一音，而书法又各自不同。西字则只此二十

---

① 王韬：《变法 下》，见《弢园文录外编》卷一。
② 郑观应：《学校》，见《盛世危言》。

六字母，其声音亦不出二十六字之范围。华字自上而下，笔画不能相连，西文则自左达右，一字可以一笔书成。华文与言语决然不同，而西文之浅者即言语也。是以西国童子不过读书数年，而已能观浅近之书，又能运笔作书信及论说等。

他主张用土音来帮助学童识字，实际上就是克服言文分离的一个基本办法。同时，他对当时出现的"切音快字"（速记法）表示了赞赏："吾闻蔡毅若、黄煜初、沈曲庄感中国识字作文之难，仿罗马省笔法，创有切音快字，若愚夫愚妇，从学一月，亦可通信，如蒙大使奏请颁行，实足以大开民智，所谓利穷民而益国家，可使国内无不识字之人。"他还特别主张用这种文字来翻译西籍，因为它可以被口授，所以，"俾不识东、西文者，亦能晓其义"。[1]

维新时期的开明官员王照也将言文统一纳入了社会变革的宏大事业中。他指出言文分离最严重的社会后具就是"文人与众人如两世界"。而西方国家则因为言文统一，便可以通过阅读形成统一的民族想象："世界各国文字，皆本国人人通晓。因其文言一致，拼音简便，虽极钝之童，解语之年，即为能读文之年。以故凡有生之日，皆专于其文字所载之事理，日求精进。……无论智愚贫富老幼男女，暇则执编寻绎。车夫贩竖，甫定喘息，即于路旁购报纸而读之。根基如此，故能政教画

---

[1]　郑观应：《华人宜通西文兼行切音快字》，见《盛世危言》。

一，气类相通，日进无已。"① 同样，他也把我国言文分离的状况归结为一种扭曲的社会意识："后世文人，欲借文以饰智惊愚，于是以摩古为高，文字不随语言，二者日趋日远。"② 不过，他的语言变革方案和郑观应的一样，仅仅是为了满足识字教育的要求，而没有文学变革方面的考虑。

著名的近代教育家张鹤龄也把语言变革与启蒙事业联系在了一起："文字之道，必极乎易知简能，而后利用广溥，而万族咸赖。吾尝叹乎吾国民智之难开，则以文字之繁难，界隔乎事物心志相通之途，有若严关管钥之启，甚非易易。"他还注意到，言文合一非常有利于推动启蒙事业："以音系字，其道简易。是故有语言之国，即有文字。如欧美非澳及吾亚满蒙西域东洋，无不有拼音之文字也。且能语言之人，即能文字之人。故欧美各国，农夫贩竖，妇子孺子，无不识字之人也。"由此，他总结我国的文字之弊说："以义系字，其道繁难。故源流繁多，部居分析。音韵有古今之异，体制有正俗之殊，训诂有雅变之别。"而要将表意文字变为表音文字，又面临着"方音参差"，各地发音不一的困难。③ 在这里，我们就看到了一种潜在的建立一种统一的国语的要求。

闽人卢戆章也是从启蒙的角度来从事语言文字变革的："窃谓国之富强，基于格致。格致之兴，基于男妇老幼皆好学

---

① 王照：《〈官话合声字母〉原序（一）》，见《清末文字改革文集》，北京：文字改革出版社 1958 年版，第 19 页。

② 同上，第 20 页。

③ 张鹤龄：《文弊篇》，见《晚清文选》，郑振铎编，上海：生活书店 1937 年版，第 520 页。

识理。"不过，他又感叹"中国字或者是当今普天之下之字之至难者"，因此，他将文字改革的方向定位在拼音化上："其所以能好学识理者，基于切音为字。"他于 1892 年撰成《中国第一快切音新字》。不过，由于中国没有统一的国语，各地方言不一，这就给拉丁化带来了困难。对此，他提出了自己的解决办法："19 省之中，除广福台而外，其余 16 省，大概属官话。而官话之最通行者莫如南腔。若以南京话为通行之正字，为各省之正音，则 19 省语言文字既从一律，文话皆相通。"这样，不但解决了统一读音的问题，也可以由此造成统一的国语和统一的民族国家："中国虽大，犹如一家，非如向者之各守疆界，各操土音之对面无言也。而凡新报，告示，文件，以及著述书籍，一经发出，各省人等无不知悉，而官府吏民，亦可互相通晓。"①

为了推进启蒙事业，除了有人主张文字的护音化之外，还有人主张提倡白话，并将白话运动与当时的文学变革思潮结合了起来。

晚清语言变革的探索者裘廷梁便是其中之一。他认为国家的强盛就在于"智民多"，而国家贫弱的根源在"智民少"。智民的多寡与文字有直接的关系："有文字为智国，无文字为愚国，识字为智民，不识字为愚民：地球万国之所同也。"随即，他指出了中国智民少的原因就在于文言："独吾中国有文字而不得为智国，民识字而不得为智民，何哉？裘廷梁曰：此文言之为害也。"他还指出，"文字之始，白话而已"，三代的

---

① 卢戆章：《中国第一快切音新字序》，见《清末文字改革文集》，第 3 页。

典籍都是白话，而后来的人"必取古人言语与今人不相肖者而摹仿之，于是文与言必然为二"。他认为，解决言文分离的出路在于提倡白话。他一共归纳了白话的八方面优点："省日力""除骄气""免枉读""保圣教""便幼学""练心力""少弃才""便贫民"。可以看出，他对语言的思考，不仅仅涉及交流的层面，而且还涉及文化心理的层面。因此，这里的语言变革主张，就不再以抵御外侮为主要目的了，而是要在某种程度上实现民族文化的变革。

值得注意的是，他还特别援引了文艺复兴后欧洲各民族语言的兴起为例来说明语言变革与文明进步之间的关系："文言之光力，不如白话之普照也，昭昭然矣。泰西人士，既悟斯义，始用埃及象形文字，一变为罗马新字，再变为各国方言，尽译希腊、罗马之古籍，立于学官，列于科目。而新书新报之日出不穷者，无论愚智皆读之。是以人才之盛，横绝地球，则泰西用白话之效。"① 在文艺复兴前，欧洲也存在着言文分离的状况。当时官方的书写语言是拉丁语，而文艺复兴时期，英、法等国的先驱们倡导用民族语言写作，由此促进了民族语言的成熟和民族文学的发达。这一案例也多次被后来提倡白话和主张文学变革的人们提到。

当时正提倡"新小说"的梁启超，则将语言的演变与文学史的演变结合了起来："文学之进化有一大关键，即由古语之文学变为俗语之文学是也。各国文学史之开展，靡不循此轨

---

① 裘廷梁：《论白话为维新之本》，见《清议报全编》卷二十六，横滨新民社辑印，第60—65页。

道。"随即，他为我国文学史的发展勾勒出了一条基本的线索："先秦之文，殆皆用俗语"，因此，"先秦文界之光明，数千年称最焉"；随后，"六朝之文，靡靡不足道矣"；到了唐代，"即如韩、柳诸贤，自谓起八代之衰，要其文能在文学史上有价值者几何？""自宋以后，实为祖国文学之大进化。何以故？俗语文学大发达故。宋元俗语文学有两大派，其一则儒家、禅家之语录，其二则小说也。"而到了清代，"考据学盛，俗语文体，生一顿挫，第一派又中绝矣"。他的解决方案就是进行全方位的俗语文体实验："凡百文章，莫不有然"。① 他这种观察文学史的视角以及对文学史发展线索的梳理和判断，也影响到了后来的胡适。

响应梁启超的主张的还有狄葆贤："饮冰室主人常语余：俗语文体之流行，实文学进步之最大关键也。各国皆尔，吾中国亦应有然。近今欧美各国学校，倡议废希腊、罗马文者日盛。即如日本，近今著述，亦以言文一致体为能事。"他认为，言文统一的途径有二："中国文字，衍形不衍声，故言文分离，此俗语文体进步之一障碍，而即社会进步之一障碍也。为今之计，能造出最适之新字，使言文一致者上也；既未能，亦必言文掺半焉。此类之文，舍小说外无有也。"不过，因为急于开启民智，而当时又没有统一的国语，狄葆贤只好把言文合一的希望寄托在方言文学的发展上："且中国今日，各省方言不同，于民族统一之精神，亦一阻力。而因其势以利导之，尤不能不

---

① 饮冰：《小说丛话》，《新小说》第 7 号，光绪二十九年（1903）七月十五日。

用各省之方言，以开各省之民智，如今者《海上花》之用吴语，《粤讴》之用粤语，特惜其内容之劝百讽一耳。苟能反其术而用之，则其助社会改良者，功岂浅鲜也?"①

文学革命的倡导者们，早年也受到这一股语言变革思潮的影响。1904 年，陈独秀在芜湖创办《安徽俗话报》时就注意到了语言变革的问题。他在发刊词中说：

> 若说起穷人来，越发要懂得点学问，通达些时事，出外去见人谋事，包管人家也看得起些。却是因为想学点学问，通些时事，个个人都是要上学攻书？这岂不是一桩难事么？但是有一样巧妙的法子就是买几种报来家看看，也可以学点学问，通些时事，这就算事半功倍了。但是现在各种日报、旬报，虽然出的不少，却都是深文奥义，满纸的之乎者也焉哉字眼，没有多读书的人，那里能够看得懂呢？这样说起来，只有用最浅近最好懂的俗话，写在纸上，做成一种俗话报，才算是顶好的法子。②

同时，他还提出了"国语教育"的主张。这一主张有"两层道理"：一是"用本国通用的俗话，编成课本"，给小孩做启蒙读物，"等他们知识渐渐的开了，再读有文理的书"；二是"有国语教育，全国人才能够说一样的话"，才会有"同国亲爱

---

① 楚卿：《论文学上小说之位置》，《新小说》第 7 号，光绪二十九年（1903）七月十五日。

② 三爱：《开办〈安徽俗话报〉的缘故》，《安徽俗话报》第 1 期，1904 年 3 月 31 日。

的意思"。① 由此可以看出，陈独秀的语言主张里，包含着启蒙的目的，同时也包含着建构现代民族国家的宏大目标（在《说国家》一文中，他就指出国家的条件之一就是要有"同种类，同历史，同风俗，通言语的民族"②）。不过，他并没有把语言变革与文学变革结合起来。

胡适早年也是从启蒙的角度来介入当时的语言变革思潮的。他在上海主持过白话的《竞业旬报》，并发表了大量以启蒙为目的的白话诗文。他后来回忆这段经历说："这几十期的《竞业旬报》……还给了我一年多作白话语文的训练。……白话文从此成了我的一种工具。七八年后，这件工具使我能够在中国文学革命的运动里做一个开路的工人。"③ 不过，他是在留学美国期间，才开始在理论上进行这项"开路"工作的。

从一开始，他强烈反对汉文拼音化的主张。1914 年 9 月，留学美国的周厚坤发明了比英文打字机效率更高的中文打字机。胡适大为震动，由此增强了对汉字的信心，对晚清以来的汉字拉丁化运动提出了质疑："吾国学生有狂妄者，乃至倡废汉文而用英文，或用简字之议。其说曰，汉文不遁打字机，故不便也。夫打字机为文字而造，非文字为打字机而造也。以不能打字之故，而遂欲废汉字，其愚真出凿趾适履者之上千万倍矣，又况吾国文字未必不适于打字机乎？"④ 1915 年 8 月，他

---

① 三爱：《国语教育》，《安徽俗话报》第 3 期，1904 年 5 月 15 日。

② 三爱：《说国家》，《安徽俗话报》第 5 期，1904 年 6 月 14 日。

③ 胡适：《在上海（二）》，见《四十自述》，上海：亚东图书馆 1933 年版，第 125 页。

④ 胡适：《留学日记·卷六·三〇波士顿游记》（1914 年 9 月 13 日），见《胡适日记全编》（1），第 449 页。

对当时有人"广刊传单，极力诋毁汉文，主张采用字母，以为欲求教育之普及，非有字母不可"的做法和观点提出了批评，认为其不过是"意气用事"。为此，他专门撰写了《如何可使吾国文言易于教授》一文。在文中，他首先反对弃置文言，"以其为仅有之各省交通之媒介物也，以其为仅有之教育授受之具也"。在这篇文章中，他还首次提出了"汉文乃是半死之文字"的说法："活文字者，日用语言之文字，如英法文是也，如吾国之白话是也。死文字者，如希腊，拉丁，非日用之语言，已陈死矣。半死文字者，以其中尚有日用之分子在也。"在这里，他并没有提出废除"死文字"提倡"活文字"，而是认可了我国语言中两者并存的状况，并把汉文不容易普及的原因，归结为"教之之术之不完"，而不是语言本身。①

一开始，陈独秀和胡适都把语言变革视为启蒙事业的一部分，主张推广白话，并实现国语统一。到 1916 年，胡适也开始将语言运动与文学变革运动结合起来思考。不过，在文学变革中，他思考得更多的是白话的问题。在 2 月 3 日给梅觐庄的信中，他谈到了三点改良文学的主张："须言之有物""须讲文法""当用'文之文字'"。② 在 4 月 5 日的日记中，他在"古文"之外，为我国的文学找到了另一条被压抑的传统：

"古文"一派至今为散文正宗，然宋人谈哲理者似悟

---

① 胡适：《留学日记·卷十一·一四 如何可使吾国文言易于教授》（1915 年 8 月 26 日），见《胡适日记全编》（2），第 259—260 页。

② 胡适：《留学日记·卷十二·二二 与梅觐庄论文学改良》（1916 年 2 月 3 日），见《胡适日记全编》（2），第 336 页。

古文之不适用，于是语录体兴焉。语录体者，以俚语说理记事。

在抄录了二程和朱陆的几条语录后，他在肯定"此亦一大革命"的同时，又将"元人小说"作为语录体的进一步发展，并抄录《水浒》《西游》中的段落作为例证。由此，他从这种双线的文学史线索中找到了文学革命的依据和对象：

> 文学革命，至元代而登峰造极。其时，词也，曲也，剧本也，小说也，皆第一流之文学，而皆以俚语为之。其时吾国真可谓有一种"活文学"出世。倘此革命潮流（革命潮流即天演进化之迹。自其异者言之，谓之"革命"。自其循序渐进之迹言之，即谓之"进化"可也），不遭明代八股之劫，不受明代初七子诸文人复古之劫，则吾国之文学必已为俚俗的文学，而吾国之语言早成为言文一致之语言，可无疑也。

文学革命的合法性，就在于代表着"言文一致"方向的俗语文学（"活文学"）受到了压制："惜乎五百余年来，半死之古文，半死之诗词，复夺此'活文学'之席，而'半死文学'遂苟延残喘，以至于今日。"① 这样，文学革命的一个基本任务，就是发展白话文学，以实现言文一致的目标。在 4 月 30

---

① 胡适：《留学日记·卷十二·三八 与吾国历史上的文学革命》（1916 年 4 月 5 日），见《胡适日记全编》（2），第 353、356 页。

日的日记中，胡适再次提出通过接续白话文学传统来进行文学革命的主张："适每谓吾国'活文学'仅有宋人语录，元人杂剧院本，章回小说，及元以来之剧本，小说而已。吾辈有志文学者，当从此处下手。"① 后来的胡适一直保持着对传统的白话文学的这种肯定态度。这也使得他在思考建设白话文学的方案时，始终把传统的白话资源放在最重要的位置。不过，在此刻，他所谈论的文学革命，还主要是为语言变革服务的，还没有提出"文学"本身方面的目标。

随后，1916 年 7 月 6 日，他在日记中追记了自己与任叔永等人关于文学改良的谈话："余力主张以白话作文作诗作戏曲小说。"他提出了八条理由：今日之文言乃是一种半死的文字，因不能使人听得懂之故；今日之白话是一种活的语言；白话并不鄙俗；白话不但不鄙俗，而且甚优美适用；凡文言之所长，白话皆有之，而白话之所长，则文言未必能及之；白话并非文言之退化，乃是文言之进化；白话的文学为中国千年来仅有之文学；文言的文字可读而听不懂，白话的文字既可读，又听得懂。不过，语言变革已经不是他所考虑的唯一问题了。在列举了最后一条理由后，他补充说："今日所需，乃是一种可读，可听，可歌，可讲，可记的言语。要读书不须口译，演说不须笔译；要施诸讲坛舞台而皆可，诵之村姬妇孺而皆懂。不如此者，非活的言语也，决不能成为吾国之国语，也不能产生第一

---

① 胡适：《留学日记·卷十三·八 谈活文学》(1916 年 4 月 30 日)，见《胡适日记全编》(2)，第 389 页。

流的文学也。"① 在这里，他开始把统一国语与文学变革结合起来思考了，并首次提出了要用白话来建设"第一流的文学"的主张。随后，在7月13日的日记中，他谈到了他对一种新型的文学的初步构想："吾以为文学在今日不当为少数文人之私产，而当以能普及最大多数之国人为一大能事。吾又以为文学不当与人事全无关系。凡世界有永久价值之文学，皆尝有大影响于世道人心者也。"② 不过，文学应该如何"影响于世道人心"以获得"永久之价值"，还不是此刻所能解决的问题，也不是单纯从语言方面能解决的。

在这一时期，他与梅觐庄、任叔永、朱经农就白话是否可以入诗发生了论争。梅觐庄以胡适的《答梅觐庄——白话诗》为例，用中国传统的文体观念批评他说："文章体裁不同，小说词曲固可用白话，诗文则不可。"任叔永也说："盖诗词为物，除有韵外，必须有和谐之音调，审美之辞句。"胡适则表示，自己写的是西方的"Satire"，不可用中国的体裁分类中的"诗"的标准来要求，因此，对于"白话之能不能作诗"的问题，"全待吾辈解决"，而"不在乞怜古人"。③ 这样，把传统的白话与现代的体裁结合起来创造新形式的文学，成为文学革命的又一思路。由此，白话、体裁、价值取向，都成为文学革

---

① 胡适：《留学日记·卷十三·二三 白话文言之优势比较》（1916年7月6日），见《胡适日记全编》（2），第414—417页。

② 胡适：《留学日记·卷十三·二七 觐庄对余新文学主张之非难》（1916年7月13日），见《胡适日记全编》（2），第428页。

③ 相关的论争情况，参见胡适：《留学日记·卷十四》（7月22日—7月30日，8月4、21、22、31日，9月15日），见《胡适日记全编》（2），第437—457、459—460、464—470、439页。

命方案需要考虑的议题。

在 8 月 21 日给陈独秀的信中，胡适将自己的想法作了初步的综合，提出了"八事"的主张，将"不避俗字俗语（不嫌以白话作诗词)"列入"形式上之革命"。①在随后的《文学改良刍议》中，他将这一条放到了最末，而将"须言之有物"等"精神上之革命"放到了最重要的位置。他认为，"情感"和"思想"是文学的生命所在，"文学无此二物，便如无灵魂无脑筋之美人，虽有秾丽富厚之外观，拟亦末矣"。由此可以看出，他是把文学作为某种主体的表达来理解的。而同时，他在论及白话文学起源的根据时说："自佛书之输入，译者以文言不足以达意，故以浅近之文译之，其体已近白话。其后佛氏讲义语录尤多用白话为之者，是为语录体之原始。"这里所说的"达意"，显然与主体的表达有关。这样，白话文学的提倡，就不再仅仅是为了传播启蒙思想，让更多的人看得懂，而是为了更好地表达主体的"情感"与"思想"，更接近"文学"内在的规定性。由此，文学变革与语言变革这两大潮流才真正结合在一起了。

在白话文学之外，胡适其实很早也注意到了统一国语的问题，只是他一时还不能真正将两者在理论上很好地结合起来。

1914 年 7 月，他在美国撰成了《统一读音法》，提出了他自己的国语统一的基本方案："音韵之不讲也久矣。吾辈少时各从乡土之音，及壮，读书但求通其意而已，音读遂不复注

---

① "胡适致陈独秀"，见《新青年》第 2 卷第 2 期通信栏，1916 年 10 月 1日。

意，今虽知其弊，而先入为主，不一改变。甚矣，此事为今日之先务也。"①

在这之后，他大部分时间都在思考白话文学的问题，而对统一国语的问题有所忽略，只是在 1916 年 7 月 6 日的日记中提到"非活的言语也，决不能成为吾国之国语"，又在 1917 年 3 月的日记中谈到自己在归国途中读到了薛谢儿（Edith Sichel）的《再生时代》（*Renaissance*）一书，并把欧洲文艺复兴时期拉丁文与各民族语言之间的关系，与我国的文言和白话之间的关系进行了类比，将统一国语作为提倡白话文学的一个重要目的来看待。② 他真正从理论上廓清白话、新文学、统一国语之间的关系，还是在 1918 年的《建设的文学革命论》一文中。他首先指出文学革命的目的：

　　　我们所提倡的文学革命，只是要替中国创造一种国语的文学。有了国语的文学，方才可有文学的国语。有了文学的国语，我们的国语才可算得真正国语。国语没有文学，便没有生命，便没有价值，便不能成立，便不能发达。③

从这段话可以看出，文学革命的第一个目的，是"国语的

① 胡适：《留学日记·卷四·四八 统一读音法》（1914 年 7 月 4 日），见《胡适日记全编》（1），第 313 页。
② 胡适：《留学日记·卷四·归国记》（1917 年 6 月 19 日），见《胡适日记全编》（2），第 600—607 页。
③ 胡适：《建设的文学革命论》，《新青年》第 4 卷第 4 期，1918 年 4 月 15 日。

文学",但最终的目的,应该是"国语"。可以说,在他那里,文学革命应该是当时的统一国语运动的一部分。他后来又多次直白地表达过这种观点:"若要造国语,先须造国语的文学。有了国语的文学,自然有国语。"① "我们以为先须有'国语的文学',然后可有'文学的国语';有了'文学的国语',我们方才可以算是有一种国语了。"②

那么,我们应该怎样去创造这种国语呢?胡适认为:

> 我们尽可努力去做白话的文学,我们可尽量采用《水浒传》、《西游记》、《儒林外史》、《红楼梦》的白话;有不合今日的用的,便不用他;有不够用的,便用今日的白话来补助;有不得不用文言的,便用文言来补助。这样做去,决不愁语言文字不够用,也决不用愁没有标准白话。中国将来的新文学用的白话,就是将来中国的标准国语。造中国将来白话文学的人,就是制定标准国语的人。③

在他看来,要建设国语,就必须做白话文学,而这种白话文学,应该以已有的白话文学传统为根据,在此基础上进一步发展,而发展的方式就是:

---

① 胡适:《建设的文学革命论》,《新青年》第 4 卷第 4 期,1918 年 4 月 15 日。

② 胡适:《附答黄觉僧君〈折衷的文学革新论〉》,《新青年》第 5 卷第 3 号,1918 年 9 月。

③ 胡适:《建设的文学革命论》,《新青年》第 4 卷第 4 期,1918 年 4 月 15 日。

（甲）多读模范的白话文学 例如《水浒传》、《西游记》、《儒林外史》、《红楼梦》；宋儒语录；白话信札；元人戏曲；明清传奇的说白；唐宋的白话诗词；也该选读。

（乙）用白话作各种文学 我们有志造新文学的人，都该发誓不用文言作文：无论通信，做诗，译书，做笔记，做报馆文章，编学堂讲义，替死人作墓志，替活人上条陈，……都该用白话来做。[①]

胡适主张多读过去的白话文学，用已有的白话来进行创作和翻译。不过，由此造成的白话文学，还不能说一定是具有"永久价值之文学"，是"第一流的文学"，因为它不过是创造"新文学"的一种"工具"而已：

创造新文学的进行秩序，约有三步：（一）工具，（二）方法，（三）创造。前两步是预备，第三步才是实行创造新文学。[②]

胡适所说的"工具"，就是指白话，而这对于"新文学"来说，不过是个"预备"。由此看来，所谓白话文学，就是为了统一国语而发展起来的一种文学，是为了发展一种更有价值的文学而产生的一种过渡形式的文学。它的意义，还主要在语言方面。文学的价值，还在于其内在的方面，而提倡白话文

---

① 胡适：《建设为文学革命论》，《新青年》第4卷第4期，1918年4月15日。
② 同上。

学，只不过是为了更好地实现这种内在的价值而已：

> 为什么死文字不能产生活文学呢？这都由于文学的性质。一切语言文字的作用在于达意表情；达意达得妙，表情表得好，便是文学。那些用死文言的人，有了意思，却须把这意思翻成几千年前的典故；有了感情，却须把这感情译为几千年前的文言。①

> 我们以为若要使中国有新文学，若要使中国文学能达今日的意思，能表今人的情感，能代表这个时代的文明程度和社会状态，非用白话不可。②

文学的价值，就在于它对人的内在情感的表达，而白话，则可以很好地表达这种内在的情感。要建设一流的文学，就必须采用白话。这是白话文学与新文学发生关联的逻辑所在。

但要统一国语，为什么又必须要通过文学，要通过建设国语的文学来实现呢？胡适说：

> 现在各处师范学校和别种学校也有教授国语的，但教授的成绩可算得是完全失败。失败的原因，都只为没有国语的文学，故教授国语没有教材可用。③

---

① 胡适：《建设的文学革命论》，《新青年》第 4 卷第 4 期，1918 年 4 月 15 日。
② 胡适：《附答黄觉僧君〈折衷的文学革新论〉》，《新青年》第 5 卷第 3 期，1918 年 9 月。
③ 同上。

原来，国语文学的基本目的，在于推广普及国语教育，提升国语的内在价值。它与白话文学、新文学，在内涵上有微妙的差别。大致来说，从语言变革一方面来看，发展白话文学，是为了建成一种国语的文学，从而造成新的国语；从文学变革一方面来看，白话文学、国语文学，都只是为新文学作"预备"，要建成一种真正有价值的文学，还需要从文学的内在方面进行深入的探索。这就是胡适在文学革命中对语言变革和文学变革的关系的思考。

不过，在语言问题上，当时正渐渐成型的新文化运动团体，还存在着相当的分歧。比如，陈独秀在国语统一和拼音化的问题上，与胡适就有不同的看法。1916 年 9 月 1 日，在《新青年》第 2 卷第 1 期通信栏中，读者沈慎乃谈到统一国语的问题时说："语言不通，阻教育之前进。谋教育之前进，必先使语言一致。一致之语言，何即官话耶。故全国上下，竭力提倡官话，为谋教育前进之先导。"对于以某种方言为基础来建立统一国语的方案，陈独秀说：

国语统一，为普通教育之第一著。惟兹事体大，必举全国人士留心斯道者，精心讨论，始克集事。此业当期诸政象大宁以后，今非其时。此时所谓官话，即北京话，乃属方言。未能得各地方言语之大凡。强人肄习，过于削足适履。采为国语，其事不便。愚见闻浅陋，于各种官话书报，素少探讨，愧无以对。惟于方言音韵之学，稍有研究，且居恒以为欲图国民知识之发展。宜改用罗马字母，创造新文。必如此始获收语言完全统一之效。国民教育，方易普及。

陈独秀认为，国语的统一，不应该以方言为基础，而只能寄希望于拼音化，创造一种全新的文字。在他看来，"文字者，即代表言语之机械也"。① 它只是一种表示言语的符号，是可以改换的，因此，在后来的世界语运动中，他甚至主张"先废汉文，且存汉语，而改用罗马字母书之"②。而胡适对汉字的拼音化是持反对态度的。

在关于白话文学的发展问题上，陈独秀说："愚意白话文学之推行，有三要条件：首当有比较的统一之国语；其次则须创造国语文典；再其次国之闻人多以国语著书立说。"③ 他这里所说的白话文学，是统一国语之后的白话文学，而不是为了统一国语而发展起来的白话文学。这与胡适通过发展白话文学来建成统一国语的思路正好相反。

在如何建设新白话的问题上，他说：

鄙意今日之通俗文学，亦不必急切限于今语。惟今后语求近于文，文求近于语，使日赴"言文一致"之途，较为妥适易行。④

————————

① "陈独秀答沈慎乃"，见《新青年》第 2 卷第 1 期通信栏，1916 年 9 月 1 日。

② "陈独秀答钱玄同"，见《新青年》第 4 卷第 4 期通信栏，1918 年 4 月 15 日。

③ 陈独秀为方孝岳的《我之改良文学观》撰写的文末"识语"，见《新青年》第 3 卷第 2 期，1917 年 4 月 1 日。

④ "陈独秀答曾毅"，见《新青年》第 3 卷第 2 期通信栏，1917 年 4 月 1 日。

　　他并不主张像胡适那样，在已有的白话文学的基础上继续发展，以此来求得一种新的白话文学。他希望综合文言与白话，互相吸收，在此基础上来建成一种新的白话。而且，既然要追求"言文一致"，就不能只偏向"言"，同样也要照顾"文"，因此，文言是不能完全废除的：

　　　　既然是取"文言一致"的方针，就要多多夹入稍稍通行的文雅字眼，才和纯然白话不同。俗话中常用的文话（象岂有此理、无愧于心、无可奈何、人生如梦、万事皆空等类），更是应当尽量采用。必定要"文求近于语，语求近于文"，然后才做得到"文言一致"的地步。①

　　陈独秀之所以强调文言有一定的保留价值，与他对语言的理解有密切关系。在语言的功能方面，陈独秀认为：

　　　　文学之文，特其描写美妙动人者耳。其本义原非为载道有物而设，更无所谓限制作用，及正当的条件也。状物达意之外，倘加以他种作用，附以别项条件，则文学之为物，其自身独立存在之价值，不已破坏无余乎？②

　　他认为，文学语言的价值，做到"状物达意"已经足够，就能够产生美感。在这个意义上，文言有其自身的价值。而胡

---

①　"陈独秀答钱玄同"，见《新青年》第 3 卷第 6 期通信栏，1917 年 8 月 1 日。

②　"陈独秀答曾毅"，见《新青年》第 3 卷第 2 期通信栏，1917 年 4 月 1 日。

适认为，文学语言应该"达意表情"。两人都看到了语言"达意"的功能，但胡适则强调"表情"，即主观的表达，而陈独秀强调"状物"，即客观的描绘。他很重视语言的独立价值，而不是主体在语言中的表达，因此，他对国语文学的理解也是着眼于语言本身的性质："仆等主张国语为文，意不独在普及教育。盖文字之用有二方面：一为应用之文，国语体自较古文体易解；一为文学之文，用今人语法，自较古人语法表情亲切也。"①

这种对语言功能的不同理解，与他们对文学的不同理解联系在一起。胡适认为文学的生命在于"思想"和"情感"，因此强调"须言之有物"，而陈独秀则一再反对这一观点：

> 若专求"须言之有物"，其流弊将毋同于"文以载道"之说？以文学为手段为器械，必附他物以生存。……所谓文学、美术自身独立存在之价值，是否可以轻轻抹杀，岂无研究之余地？②

在他看来，文学有"自身独立存在之价值"，并不在于作者主观的表达，而是要客观的表现，因此，他曾要求胡适作写实文学：

---

① "陈独秀答易宗夔"，见《新青年》第5卷第4期通信栏，1918年10月15日。

② "陈独秀答胡适"，见《新青年》第2卷第2期通信栏，1916年10月1日。

《青年》文艺栏意在改革文艺，而实无办法。吾国无写实诗文以为模范，译西文又未能直接唤起国人写实主义之观念，此事务求足下赐以所作写实文学，切实作一改良文学论文，寄登《新青年》。①

此外，他又对欧洲自然派文学家"目光惟在实写自然现象，绝无美丑、善恶、正邪、惩劝之念存于胸中"大加赞赏。②

和陈独秀一样，刘半农也不主张完全废弃文言：

文言白话可暂时处于对等的地位。何以故？曰以二者各有所长，各有不相及处，未能偏废。……吾辈目下应为之事，惟有列文言与白话于对等之地，而同时于两方面力求进行之策。进行之策如何，曰于文言一方面力求浅显，使与白话相近。于白话一方面除竭力发达其固有之优点外，更当使其吸收文言所具之优点。③

刘半农承认文言具有白话所没有的长处，主张"于文言一方面力求浅显，使与白话相近。于白话一方面除竭力发达其固有之优点外，更当使其吸收文言所具之优点"。这样，在他那

① 陈独秀：《致胡适》（1915 年 10 月 5 日），见《陈独秀文章选编》（上），北京：生活·读书·新知三联书店 1984 年版，第 143 页。
② "陈独秀答曾毅"，见《新青年》第 3 卷第 2 期通信栏，1917 年 4 月 1 日。
③ 刘半农：《我之文学改良观》，《新青年》第 3 卷第 3 期，1917 年 5 月 1 日。

里，语言运动更接近于为文学变革服务了。

钱玄同则与胡适的观点接近。他主张以已有的白话文学为基础来建设新文学："语录以白话为美文，此为文章之进化，实今后言文一致的起点。此等白话文章，其价值远在所谓'桐城派之文''江西派之诗'之上，此蒙所深信而不疑者也。"①

在他看来，语言仅仅是工具，真正的新文学，还需要在内在价值的建构上体现自己的合法性：

> 我上面所说从前有白话文学，不过叙述过去的历史，表明以前本有白话文学罢了；并不是说我们现在所提倡的新文学就是这从前的白话文学，更不是说我们现在就应该学从前的白话文学。我们都知道：某时代有某时代的文学。文学里的思想，情感，乃至材料，文字，句调，都是为时代所支配。……所以我们现在作白话文学，应该自由使用现代的白话……自由发表我们自己的思想和情感。这才是现代的白话文学，——才是我们所要提倡的"新文学"。②

强调"思想""情感"等因素才是文学的价值所在，这与胡适的观点是很接近的。

通过以上的梳理我们可以看出，五四一代继续推进了晚清

---

① "钱玄同致胡适"，见《新青年》第 4 卷第 1 期通信栏，1918 年 1 月 15 日。

② 钱玄同：《尝试集序》，见《尝试集》，胡适著，上海：亚东图书馆 1920 年 9 月再版，第 11—12 页。

以来的语言变革运动，而且，语言变革也是他们介入文学革命
的方式之一。不过，在文学革命这场运动中，他们对语言和文
学的理解与处理方法有着微妙的差异。胡适、钱玄同都把白话
当作工具，把白话文学当作统一国语、建设新文学的一种手
段。而陈独秀、刘半农则更多地注意到了语言本身独立的价
值，主张有限度地吸收文言，来建设新国语。

　　到现在，虽然文学革命的口号已经被喊出来了，但是，还
有许多问题仍然悬而未决。比如，如果要实现言文合一，那么
在方言林立的中国，又如何建成统一的国语？而如果真的实现
言文合一，文学与说话毫无区别，那么，文学是否还能体现自
身的价值？更重要的是，新文学的价值到底应该通过语言本身
以及语言所描写的客观现实来体现，还是通过它所传达的人的
"情感""思想"来体现？所有这些问题，在后来的欧化风潮
中，又得到了进一步的思考。

第二节　翻译的标准化与
"欧化"的提出

　　在语言层面，胡适一开始对新文学的基本要求就是："有
什么话，说什么话；话怎么说，就怎么说。"[1] 这一方面是为了
更好地表达"情感"和"思想"，另一方面，也是为了实现言

---

[1]　胡适：《建设的文学革命论》，《新青年》第 4 卷第 4 期，1918 年 4 月 15
日。

文合一。他认为，新文学的语言应该是口语，其样板，就是中国古代的白话文学。

　　然而，事实上，人们发现，在文学写作中，这一方案很难落实。傅斯年就曾记载了人们在这一美梦落空后的失落感："我又见过几位做白话文的人，每每说道：'白话文好难做，不是可以乱做的'。"这表明，就文学来说，要完全实现言文一致是不可能的。事实上，文学有其自身的规则，不可能完全等同于口头的言说；同时，由于中国存在着多种方言，要在新文学中贯彻言文一致的方针，就不可能建立统一的国语。

　　傅斯年提出了两个解决办法，一是"乞灵说话"，把"语言的精神，当做文章的质素"，这样才有可能作出好文章。不过，口语和文章的语言始终是有区别的，"假使我们仅仅把说的话，写出来作为我们的文章，纵然这话说得好，拿文章的道理一比较，也要生许多不满意——总觉着他缺乏构造"。另外，汉语的口语表达能力有限，不能作出"第一等高明的文章"。要作成理想的文章，还必须在现有的汉语外，寻找新的可能性。他把目光对准了西文：

　　　　我们拿几种西文演说集看，说得真是"涣然冰释，恰然理顺"。若是把他译成中国的话，文字的妙用全失了，层次减了，曲折少了，变化去了，——总而言之，词不达意了。就这一点而论，我们仅仅做成代语的白话文，乞灵说话就够了，要是想成独到的白话文，超于说话的白话文，有创造精神的白话文，与西洋文同流的白话文，还要在乞灵以外，再找出一宗高等冯藉物。

这段话有这样两个方面值得注意：首先，傅斯年把西文以及西方的文体（演讲）当作了理想的语言形态和文体标准。这显然与"文学"知识，特别是西方的文体标准的传入有密切的关系。其次，在建构中文/西文之间的等级关系时，他援引了翻译作为媒介，并且把翻译的不可能性和语言之间的差异转变成了一种高下的等级关系。

因此，要创造出符合西方文体和语言标准的中国白话文学，就必须在语言上借鉴西文。但是，按照一般的翻译方法，让译文符合我们的口语习惯，那么，译文势必不能传达原文的妙处，因此，就必须从翻译标准和方法的改进入手：

（1）读西洋文学时，在领会思想情感以外，应当时时刻刻留心他的达词法（Expression），想法把他运用到中文上。……

（2）练习作文时，不必自己出题，自己造词，最好是挑选若干有价值的西洋文章，用直译的笔法，去译他，径自用他的字调，句调，务必使他原来的旨趣一点不失。这样练习久了，便能自己作出好文章来。……

（3）自己作文章时，径自用我们读西文所得，翻译所得的手段，心里不要忘欧化文学的主义。务必使我们做出的文章，和西文近似，有西文的趣味。①

在这里，他特别提出了"直译的笔法"是创造新白话的手

---

① 傅斯年：《怎样做白话文》，《新潮》第 1 卷第 2 期，1919 年 2 月 1 日。

段。即便不是从事翻译，也可以采用这种方法：

> 直用西洋文的款式，文法，词法，句法，词枝（Figure of speech）。……一切修词学上的方法，造成一种超于现在的国语，欧化的国语，因而成就一种欧化国语的文学。

这里的"直用"，也是一种翻译方法。这种方法就是在转化西文的时候，尽量模仿其文法、词法、句法、修辞等等。这种新创造出来的"独到的白话文，超于说话的白话文，有创造精神的白话文，与西洋文同流的白话文"，便是"欧化的国语"。

在此之前，胡适、陈独秀、刘半农等人都提出通过融合文言与白话来造就新的国语文学，而傅斯年在这里为新文学的语言变革提出了一种全新的方案。这一方案的出现，一方面有赖于西方"文学"知识和标准的输入，另一方面，也有赖于翻译标准（直译）的确立。实际上，在这里，"直译"被当成了创造新白话的重要方式。没有"直译"这种翻译手法及其相关标准，就不会有这种"欧化"的构想。

"直译"这一思想的出现，有一个历史过程。所谓"直译"，不但有意义传达方面的想象，还有语言表达方面的想象。在这里只讨论语言层面的"直译"思想。

在近代早期，还很少有翻译本身的规律和标准方面的论述。到1880年，洋务派所聘用的外籍翻译傅兰雅撰成《江南制造总局翻译西书事略》一文，较早地涉及了这方面的问题。在谈到翻译的语言问题时，他说：

译西书第一要事为名目，若所用名目必为华字典内之字义，不可另有解释，则译书事永不能成。然中国语言文字与他国略同，俱为随时逐渐生新，非一旦而忽然俱有。故前时能生新者，则后日亦可生新者。

在这里，他首先承认了中西文之间的差异。要跨越这种差异，首先就是要立"名目"，即引入新的概念。随着"名目"越来越多，本土语言随之逐渐改变，两种语言间的共通性逐渐增加，翻译的可能性越来越大，难度越来越低。那么，这立"名目"的第一步，又该如何迈出呢？傅兰雅说：

凡初次用新名处，则注释之，后不必再释。①

在这里，傅兰雅道出了语言之间的对等性得以产生的秘密。实际上，这种对等性一开始是不存在的。人们首先在目标语言中创立一个"名目"，而这个名目实际上只是一个空洞的符号，需要用"注释"的方法来赋予它一定的意义。然后，再通过传播、教育等手段，让这个"名目"被接受，成为本土语言的一部分。后来的人们，便由此自然而然地认为两种语言是对等的了。由此看来，语言的对等性，并不是天然的，而是历史性地被建构出来的。

不过，张之洞却有意要保持中西文之间的差异，拒绝输入

---

① 傅兰雅：《江南制造总局翻译西书事略》，见《翻译论集（修订本）》，罗新璋、陈应年编，北京：商务印书馆 2009 年版，第 284、285 页。

新名词:"戒袭用外国无谓名词,以存国文,端士风。"同时,他反对袭用西语的语法:"傥中外文法参用杂糅,久之必渐将中国文法字义尽行改变,恐中国之学术风教,亦将随之俱亡矣。"① 这样人为地设立语言之间的障碍,便不可能在翻译上取"忠实"为标准,认同原文的权威。在根本上,这与他"中学为体,西学为用"的主张是相一致的。

不过,一开始,这样的困惑并不明显。据傅兰雅描述,江南制造总局翻译馆的翻译模式是这样的:

> 必将所欲译者,西人先熟览胸中而书理已明,则与华士同译,乃以西书之义,逐句读成华语,华士以笔述之;若有难言处,则与华士斟酌何法可明;若华士有不明处,则讲明之。译后,华士将初稿改正润色,令合于中国文法。②

在这种模式中,西人不但要掌握自己的语言和专业知识,还要求掌握华语,翻译工作也首先由他们来完成:"先熟览胸中而书理已明""若华士有不明处,则讲明之"。不过,因为中国存在着言文分离的情况,他们"读成"的华语,还不能真正成文,需要由华人"笔述"成文章。在这一过程中,西人进行的是语际翻译,引导着一切意义的生产和传递,而华人进行的

---

① 张之洞等:《学务纲要》,见《中国近代学制史料》第 2 辑上册,朱有瓛主编,第 85 页。

② 傅兰雅:《江南制造总局翻译西书事略》,见《翻译论集(修订本)》,第 287 页。

则是语内翻译，由口语译成文言。经过这二度的翻译，双方都难以判断华语是否有效地传达了原文的意义。那种关于翻译"忠实"与否的困惑，一般不会产生。后来的林纾也采用这种模式进行翻译，因此，他并不能确切地知道原文的面貌，对自己的译文，也并不能从翻译本身的标准来衡量，而只能从中国的古文的标准来衡量。但在后来的大部分翻译实践中，这种分工被取消了，整个翻译工作由一人完成。随即，不少译者发现，由西语翻译为书面的汉语，很难有效地传达西语的意义，由此出现了变革汉语的要求。

实际上，马建中在 1895 年的《拟设翻译书院议》中，就提出了本土的译者应该同时精通中西语言的要求。在文中，他首先批评当时的翻译界说："今之译者，大抵于外国之语言，或稍稍涉其藩篱，而其文字之微辞奥旨，与夫各国之所谓古文词者，率茫然而未识其名称。"在这里，他所谈到的充斥于译文中的各种让人"茫然"的"名称"，实际上就是一些意义空洞的能指符号。译者本来希望这些新创造的符号能够传达另一种语言中的意义，但是，这种能指关系并没有被人们所接受，因此，这样的翻译不能算是"善译"。在他看来，译者首先要精通中外两种语言，而在翻译的时候，则要完成两方面的工作，一是"经营反覆确知其意旨之所在"，二是"振笔而书，译之成文"。[1] 这样，傅兰雅和林纾所采用的那种分工模式就没有存在的必要了。一个真正的译者主体才由此得以产生。

---

① 马建中：《拟设翻译书院议》，见《适可斋记言·卷四》 北京：中华书局 1960 年版，第 90、91 页。

正因为这两方面的工作都集中在了一个人的身上，在翻译的时候，一个人必须同时跨越两种语言，那么，这两种语言之间的差异，也必然被更清楚地意识到。在这个时候，译者才可能真正关心翻译的本质并建立相应的标准，才可能追问这类的问题：翻译是否应该"忠实"？"忠实"是否可能？翻译是应该让读者接近作者还是让作者接近读者？

梁启超在 1896 年的《变法通议》中谈到翻译问题时，就指出了这样的现象："译书有二弊，一曰徇华文而失西义，二曰徇西文而梗华读。"他认为，尊重西文的意义，或者说让读者趋就原作者，与译文的流畅，即让原作者趋就读者，这两种选择之间，存在着一种难以消除的矛盾。由此，便产生了对翻译的新的评价标准：

> 凡译书者，将使人深知其意，苟其意靡失，虽取其文而增删之，颠倒之，未为害也。然必译者之所学与著书者之所学相去不远，乃可以语于是。①

在这里，他指出了衡量译文的标准，在于"其意靡失"，也就是在意义上要"忠实"于原文，而不必在文辞上完全对应。他认为，为了译文的流畅，在适当的时候，进行灵活的增删和颠倒都是必要的。这样的调整，就是为了适应和尊重本土的语言习惯。本土的语言被认为是足够表达原文的意义的，因

---

① 梁启超：《变法通议·论译书》，见《饮冰室合集（第一册）·饮冰室文集之一》，北京：中华书局 1988 年版，第 75 页。

此，变革本土语言的要求就不可能出现了。比如，1902 年，梁
启超在《〈十五小豪杰〉译后语》中说：

> 英译自序云：用英人体裁，译意不译词，惟自信于原
> 文无毫厘之误。日本森田氏自序亦云：易以日本格调，然
> 丝毫不失原意。今吾此译，又纯以中国说部体段代之，然
> 自信不负森田。……译者贪省时日，只得文俗并用。①

"译意不译词"便是梁启超的翻译方法，其中也隐含着他
对翻译的评价标准，那就是把意义的"忠实"传达放在首位，
而在文词上则不必斤斤计较。正因为可以不译词，梁启超才能
够在语言上"文俗并用"，不顾原文在语言风格上的统一。这
是他的翻译被认为极不"忠实"（人称"豪杰译"）的原因
之一。

在《新中国未来记》这部小说中，梁启超为自己翻译的拜
伦的《哀希腊歌》撰写了"著者案"。在这段文字里，梁启超
指出，"以中国调译外国意"，并不能"尽如原意"，但他并不
主张因此而改变中国的语言表达习惯或者文体形式，而是主张
在"不失其精神为第一义"的原则下，对原文的字句进行删
削。不然，太过"忠实"的翻译，必然是诘屈聱牙，让人不知
所云。他所理解的"忠实"，不是"徒求诸字句之间"的对
等，而是意义的传达。② 这一翻译主张在后来仍然被不少人所

---

① 梁启超：《〈十五小豪杰〉译后语》，《新民丛报》第 2 号，1902 年。
② 饮冰室主人：《新中国未来记》第三回"著者按"、"总批"，《新小说》
第 1 卷第 3 号，光绪二十八年（1902）十二月十五日。

沿袭。

在翻译史上具有里程碑意义的严复，则提出了"达旨"的翻译方法：

> 译事三难：信、达、雅。求其信已大难矣！顾信矣不达，虽译犹不译也，则达尚焉。……译文取明深义，故词句之间，时有所颠倒附益，不斤斤于字比句次，而意义则不倍本文。题曰达旨，不云笔译，取便发挥，实非正法。①

严复也意识到了"忠实"（信）与译文的顺畅（达）很难兼顾。他和梁启超一样，也主张在"意义则不倍本文"的情况下，在"词句之间"做必要的"颠倒附益"，而"不斤斤于字比句次"。但是，严复并不认为这是真正的翻译方法，因此，只是在该著作的封面上题为"达旨"，而不是"笔译"。这"达旨"，便是他对自己的翻译方法的命名。后来，他又认为这种方法应该成为译书的定法："原书文理颇深，意繁句重，若依文作译，必至难索解人，故不得不略为颠倒，此以中文译西书定法也。"② 在处理定语从句的时候，他也采用了这种方法：

> 西文句中名物字，多随举随释，如中文之旁支，后乃遥接前文，足意成句。故西文句法，少者二三字，多者数十百言。假令仿此为译，则恐必不可通，而删削取径，又

---

① 严复：《〈天演论〉译例言》，见《翻译论集（修订本)》，第202页。
② 严复：《〈群己权界论〉译凡例》，见《翻译论集（修订本)》，第210页。

恐意义有漏。此在译者将全文神理，融会于心，则下笔抒词，自善互备。至原文词理本深，难于共喻，则当前后引衬，以显其意。凡此经营，皆以为达，为达即所以为信也。①

严复注意到了西文中定语从句的繁复。他认为，要依照这种句式结构来进行翻译，那译文将很难通畅。他主张对原文的意义进行整合，然后再用自己的文字表述出来。这才符合他所提出的"达"的标准。这里的"达"，是指符合古文的书写标准。为此，严复提出自己的语言标准说：

设今之译人，未为律令名义，阊然徇西文之法而为之，读其书者乃悉解乎？殆不然矣。若徒为近俗之词，以取便市井乡僻之不学，此于文界乃所谓陵迟，非革命也。②

他认为，译文应遵从本国的作文规范，不能按照"西文之法"，不然，译成的文章将让人无法索解。同时，他也反对用"近俗之词"来翻译外国的著作，因为这也不符合古文的标准，"此于文界乃所谓陵迟"。

同属桐城派的古文家吴汝纶，也很注重翻译的"忠实"。他同意严复的语言观，认为在"忠实"与行文"尔雅"不能兼顾的时候，应该选择后者：

---

① 严复：《〈天演论〉译例言》，见《翻译论集（修订本）》，第202页。

② 严复：《与奎任公论所译〈原富〉书》，见《翻译论集（修订本）》，第210页。

来示谓行文欲求尔雅，有不可阑入之字，改窜则失真，因仍则伤洁，此诚难事。鄙意与其伤洁，毋宁失真。凡琐屑不足道之事，不记何妨？若名之为文，而俚俗鄙浅，荐绅所不道，此则昔之知言者无不悬为戒律。[1]

他认为，译文的基本要求，就是要让人看得懂，为了达到这一目标，就算"失真"也是允许的。至于那些无关紧要的话，删去也无所谓。最重要的是，不能采用"俚俗鄙浅"之语，必须保持行文的"尔雅"，不然便会为"荐绅所不道"，"行而不远"。

总的来看，以上几位的翻译观有很多相似之处，即都主张意义上的"忠实"传达，而在语言上，则服从本土语言的习惯，并不强求模仿原文的语法。这样，就不会出现傅斯年那种语言变革的要求。

黄遵宪的翻译观，则不同于以上几位。他不主张用古文来翻译，而是提出了变革语言文字的要求，包括"造新字""假借""附会""謰语""还音""两合"等。这些方式都涉及翻译的标准和方法。比如，关于"还音"，他解释说：

凡译意则遗词，译表则失里。又往往径用本文，如波罗密、般若之类。

---

① 吴汝纶：《答严几道》，见《桐城吴先生尺牍·卷一》，吴闿生编，光绪癸卯（1903）刻印本。

对"遗词"或"失里"的担忧，实际上就是要求译文对原文"忠实"。而关于"两合"，他又解释说：

> 又次则两合。无一定恰合之音，如冒顿、墨特、阏氏、焉支，皆不合。则文与注兼举其音，俾就冒与墨，阏与焉之间，两面夹出，而其音乃合。此为仆新获之义，无以名之，姑名之曰两合。①

前文所说的"还音"，指的是音译，而这里所说的"两合"，则是音译与意译的结合。黄遵宪把他们当成了语言变革的一种基本方式。这种要求与他对翻译标准的理解密切相关。不过，这种主张对五四一代的翻译家，一时还不能产生什么影响。

对五四一代产生重要影响的，除了严复之外，就是林纾。虽然自己不懂外文，但他却非常在意译文的"忠实"。在 1901 年的《〈黑奴吁天录〉例言》中，他写道：

> 是书开场、伏脉、接榫、结穴，处处均得古文家义法。可知中西文法，有不同而同者。译者就其原文，易以华语……

又说：

---

① 黄遵宪：《与严复书》[光绪壬寅（1902）]，见《黄遵宪集》（下），天津人民出版社 2003 年版，第 480 页。

> 书中歌曲七首，存其旨而易其辞，本意并不亡失，非
> 译者所凭空虚构。证以原文，识者必能辨之。①

他认为西文与中国的古文有类似的地方，因此，自己在翻译的时候不过是"就其原文，易以华语"罢了。关于小说中的歌曲的翻译，他认为自己的翻译十分忠实，"存其旨而易其辞，本意并不亡失"。在《〈冰雪姻缘〉序》中，他信誓旦旦地向读者保证"无敢弃掷而删节之"。② 由此看来，他在乎的仍然是"本意"的传达。他的翻译甚至还曾被人指责为过于"忠实"。钟骏文曾对照他与蟠溪子翻译的《迦因小传》，批评林纾没有隐瞒迦因怀孕细节。③

虽然林纾主张翻译必须"忠实"，不过，由于不懂外语，他只能一直采用他人口译而自己笔述的翻译模式。这样，他就不可能亲自体会到两种语言之间的差异，对自己所使用的古文，也就无从怀疑起了。在这种情况下，他也不可能提出变革语言的要求。

五四一代作家早期的文学翻译，在翻译的主题、标准、方法上，受到了林纾很大的影响。这其中，以鲁迅最为典型。

鲁迅抱着启蒙的目的翻译了《月界旅行》《地底旅行》等科学小说。此时的鲁迅，并未把"忠实"作为翻译的标准，而只是着眼于启蒙的效果。为了避免"胪陈科学"的时候出现"常人厌之，阅不终篇，辄欲睡去，强人所难"的局面，鲁迅

---

① 林纾：《〈黑奴吁天录〉例言》，见《翻译论集（修订本）》，第 229 页。
② 林纾：《〈冰雪姻缘〉序》，见《翻译论集（修订本）》，第 243 页。
③ 钟骏文：《读迦因小传两译本书后》，《游戏世界》第 3 期，1907 年。

特别强调要"假小说之能力，被优孟之衣冠"，因此，便需要"掇取学理，去庄而谐"，最终"使读者触目会心，不劳思索"，达到"在不知不觉间，获一斑之智识，破遗传之迷信，改良思想，补助文明"的目的。在翻译的时候，他便主动按照中国已有的小说形式来处理原文。比如，他所翻译的《月界旅行》具有以下特点：在文体上，采用章回体；在结构上，对原文的各章进行了"截长补短"；在细节上，作了大量的增删改易。

在语言的选择上，鲁迅则与林纾不同。他选择了文白混杂的形式："初拟译以俗语，稍逸读者之思索，然纯用俗语，复嫌冗繁，因参用文言，以省篇页。其措辞无味，不适于我国人者，删易少许。"① 采用俗语，是为了更好地服务于启蒙事业；然而，全用俗语，又太过繁复。因为没有"忠实"的要求，他不会像傅斯年那样认识到汉语表达能力的局限，也就不可能提出变革的要求。

不过，到翻译《域外小说集》时，他的翻译理念和翻译方式都发生了改变。在《序言》中，鲁迅有意将自己的翻译与"近世名人"的翻译区别开来。这种区别主要体现在三个方面：首先，其翻译的宗旨开始发生变化，以前的翻译主要以启蒙为目的，而自此时起，则是"异域文术新宗，自此始入华土"，是要输入新的文学，由此，一种文学的自觉开始出现了。他在翻译过程中，就要尊重西方文学的标准。其次，在翻译的语言上，"词致朴讷"，采用浅近的文言，不再追求"尔雅"，因

---

① 鲁迅：《月界旅行·辨言》，见《鲁迅全集》（第10卷），第164页。

此，也就潜在地否认了古文在文坛的正宗地位。他认为这样的语言可以有效地实现其翻译理想。第三是"迻译亦期弗失文情"，力求忠实，"任情删减，即为不诚"，也就是要"忠实"。其翻译方法就是"循字迻译，庶不甚损原意"。鲁迅的翻译思想，在这个时候已经大体成型。

鲁迅在 1932 年给增田涉的一封信中回忆起此时的翻译经历时说，他当时的那番言论所针对的，正是林纾等人的翻译行为："当时中国流行林琴南用古文翻译的外国小说，文章确实很好，但误译很多。我们对此感到不满，想加以纠正，才干起来的。"① 其实，林纾也是非常在意译文的"忠实"的。只不过，他们对"忠实"的理解有所不同。林纾认为"忠实"落实在"原意"上就可以了，译文还必须得根据中国本身的文体规范或语言习惯来进行灵活的调整，而鲁迅在翻译《月界旅行》的时候也是这样做的。不过，到了翻译《域外小说集》时，鲁迅认为"忠实"，不仅要落实在"原意"上，还要进一步落实在一字一句上，不必顺从中国现有的文体规范和语言习惯，因此，译文中译者的自由发挥应予以杜绝。这样，在翻译的规范化过程中，就出现了语言变革的要求与趋势。不过，当时的鲁迅还没有用翻译来改造汉语的意识，而是选择了浅近的文言。但不管怎样，翻译的标准化与语言之间的紧张关系，已经被意识到了。

到 1918 年，周作人也提出了这一问题。他在《新青年》

---

① 鲁迅：《致增田涉》（1932 年 1 月 16 日），见《鲁迅全集》（第 14 卷），第 194 页。

第 4 卷第 2 号上以《古诗今译》为题发表了自己翻译的
Theokritos 的牧歌。在译文前的 "Apoiogia"（辩解）中，周作
人谈到了翻译的标准：

> 什法师说，"翻译如嚼饭哺人"；原是不差。真要译得
> 好，只有不译。若译他时，总有两件缺点；但我说，这却
> 正是翻译的要素。一，不及原本，因为已经译成中国语。
> 如果还同原文一样好，除非请 Theokritos 学了中国语，自
> 己来作。二，不像汉文，——有声调好读的文章——因为
> 原是外国著作。如果同汉文一般样式，那就是我随意乱改
> 的胡涂文，算不了真翻译。[①]

在他看来，"翻译的要素"包括两方面的特征："不及原本"，
与原作有差异，这是由语言的差异和译者与原作者之间的差异
造成的；"不像汉文"，如果和汉文一样，必然失真，那么就算
不得"真翻译"。由此看来，翻译之所以为翻译，正由于这种
差异。这种差异一方面尊重了原文的权威，也在一定程度上肯
定了译者本身的创造性。

　　这种以差异为核心的翻译本体论，使得语言变革成为了一
个迫切的要求。既然译本和原作是有差异的，那么，译本应该
迁就读者的语言习惯还是尊重原作的语言习惯呢？周作人说：
"我以为此后译本……要使中国文中有容得别国文的度量……又

---

　　① 周作人：《古诗今译·Apoiogia》，《新青年》第 4 卷第 2 期，1918 年 2 月
15 日。

当竭力保持原作的'风气习惯，语言条理'。最好是逐字译，不得已也应逐句译，宁可'中不像中，西不像西'，不必改头换面。"①

"竭力保持原作的'风气习惯，语言条理'"，"不必改头换面"，是他的翻译标准，要达到这一标准，就必须进行语言上的变革，"使中国文中有容得别国文的度量"，而具体的方法就是"逐字译"，"不得已也应逐句译"，而由此产生的后果就是"中不像中，西不像西"，一种新的汉语就诞生了。而将这种语言命名为欧化语的，则是傅斯年。由此看来，欧化方案的提出，与翻译的标准化有着密切的关系。

不过，要将这种欧化的方案真正落实，还需要一定的过程。在20世纪20年代初，围绕欧化的问题，文学研究会内部发生了一场著名的论争。1921年6月，沈雁冰在《小说月报》第12卷第6号上重提欧化这一话题说：

> 现在努力创作语体文学的人，应当有两个责任：一是改正一般人对于文学的观念，一是改良中国几千年来习惯上沿用的文法。……有人自己做语体文，抄译西洋学说，而对于中国语体文的欧化，却无条件的反对。反对的理由便是：欧化的语体文非一般人所能懂。……我们应当先问欧化的文法是否较本国旧有的文法好些，如果确是好些，便当用尽力量去传播，不能因为一般人暂时的不懂而便弃

---

① "周作人答张寿朋"，见《文学改良与孔教》，《新青年》第5卷第6期通信栏，1918年12月15日。

却。所以对于采用西洋文法的语体文我是赞成的；不过也主张要不离一般人能懂的程度太远。因为这是过渡时代试验时代不得已的办法。①

沈雁冰明确地把欧化作为新文学建设的一个基本任务。他认为欧化的好处就在于可以改进旧有的文法，而它所必须面对的问题，就是一般人不容易懂得，也就是会造成类似周作人所说的那种"中不像中，西不像西"的语言。这样一来，新文学的语言就偏离言文一致的道路了。

同时，郑振铎也响应了这一呼声：

> 中国的旧文体太陈旧而且成滥调了。有许多很好的思想与情绪都为旧文体的成式所拘，不能尽量的精微的达出。不惟文言文如此，就是语体文也是如此。所以为求文学艺术的精进起见，我极赞成语体的欧化。在各国文学史的变动期中，这种体例是极多的。不过语体文的欧化却有一个程度，就是"他虽不像中国人向来所写的语体文，却也非中国人所看不懂的。"②

他认为，中国现有的文言和白话，在表达上都不够精确。其实，胡适在提出"务去滥调套语"的主张时，也暗示过表达

---

①　雁冰：《语体文欧化之我观》，《小说月报》第 12 卷第 6 期，1921 年 6 月 10 日。

②　振铎：《语体文欧化之我观》，《小说月报》第 12 卷第 6 期，1921 年 6 月 10 日。

应该精确。不过，胡适认为很多的诗文描写不精确，一个很大的原因在于作者都太懒惰，不肯自己创造，而郑振铎则将问题推及语言本身。他认为表达的不精确，是由汉语的本质所决定的。而欧化，就是要对汉语进行改造。

一直坚持言文一致，又提出通过吸收文言和已有的白话资源来建设新国语的胡适，此时对这一方案却持保留态度：

> 我是向来不反对白话文的欧化倾向的，但我认定"不得已而为之"为这个倾向的唯一限度。今之人乃有意学欧化的语调，读之满纸不自然，只见学韩学杜学山谷的奴隶性，穿上西装，在字里行间流露出来！这是最可痛心的现象。我的意思以为，凡人作文，需用他最自然的言语；惟有代人传话，有非这种自然的言语所能达者，不得已始可用他种较不自然的语句。《小说月报》添上了一些中国材料，似乎使读者增加一点自然的感觉，减少一点生硬的感觉。这也许是我这个"老古董"的偏见；但文学研究会的朋友们似乎也应该明白：新文学家若不能使用寻常日用的自然语言，决不能打倒上海滩无聊文人。这班人不是谩骂能打倒的，不是"文丐""文倡"一类绰号能打倒的。新文学家能运用老百姓的话语时，他们自然不战而败了。①

胡适并不完全反对欧化，但他仍然坚持他自己的语言变革主张，即新文学应该使用"自然的语言"，即人们日常说话和

---

① "胡适致顾颉刚"，见《小说月报》第 14 卷第 4 期，1923 年 4 月 10 日。

阅读时所使用的语言。只有这样，新文学才可能和"上海滩无聊文人"争夺读者，才可能取得成功。而欧化文最大的软肋，就是"生硬"，与中国人长期以来形成的审美习惯相去甚远，不易懂得，而且，这种语言主要是一种写作和阅读的语言，与人们的日常生活存在着一定的距离，也不可能造成所谓"文学的国语"了。某些事实证明，胡适的这一观点既是非常现实的，也是很有远见的。他早期翻译的白话小说，就是这一理念的体现。谢六逸曾指出，他翻译的小说不是欧化的语言。①

对于胡适的欧化主张，严既澄回应说：

> 为什么当我们知道欧洲的文法足以使我们的文字语言更为精密详明，我们便不应当采用呢？胡先生要反对语体文的欧化，但当问欧化能不能给我们一些文学上的利益，不应当顾及学人不学人。……"取人为善"，不一定是"奴隶根性"吧！……至于"自然"的理由，也是不成理由的……如果现在的许多读书人，觉得欧化的语体文是生硬，是不可读的，那么，只有请他们多看多读，再过一年，两年，三年，四年，他们也就不会觉得生硬了。再过几年，恐怕反要觉得非欧化的不好读了。……欧洲各种文字之严整和细密，是我们的白话和文言都望尘莫及的；我们此后正要洗炼我们几千年来一贯相承的笼统模糊的头脑，这恰是对症的良剂。我们现在应该凭借着这种欧化的

---

① 谢路易：《现在需要的小说杂志》，《文学旬刊》第 63 期，1923 年 2 月 1 日。

趋势去努力提高语体文的地位和价值，建设严密的，精细的新文学。[①]

严既澄是极力主张欧化的，因为他也相信西方语言比汉语更"严整和细密"。而对于一般读者不能懂得的问题，他提出了自己的方案："只有请他们多看多读。"他甚至希望以此来消除人们在审美习惯上与欧化语的隔阂："再过几年，恐怕反要觉得非欧化的不好读了。"事实上，后来的新文学确实是通过教育等灌输方式，逐渐站稳了脚跟。

同样站出来质疑沈雁冰和郑振铎的，除了胡适，还有傅东华。他以"傅冻花"为笔名发表了《语体文欧化》一文，反对欧化主张：

> 文艺贵创新；即"模仿的"文艺同"因袭的"文艺一样的不能算创新。两君所主张的"欧化"的"化"字，已经包含"模仿"的意味在内，不过把模仿古人——因袭——改为模仿欧人罢了，却仍旧算不得创新。……创新在于想像。……"而想像的就是造美"……所以我以为与其用工夫去模仿欧人，不如多用功夫去培养想象力。[②]

傅东华认为，欧化的实质就是模仿，实际上偏离了"文艺贵创新"的主旨。这一观点在某种意义上是值得深思的。但沈

---

① 严既澄：《语体文之提高与普及》，《文学旬刊》第 82 期，1923 年 8 月 6 日。

② 傅冻花：《语体文欧化》，《京报》，1921 年 6 月 30 日。

雁冰却反驳说："我所指的语体文欧化是指文法的欧化，不是指'文学艺术'。"① 而郑振铎也指出："'模仿'是仿照前人的'体裁'或是模拟名家的特殊的语法的意思。……至于普通文法是无所谓模仿不模仿的。"② 他们把文法上的模仿和具体的思想、体裁、风格等方面的模仿区分开来了，把对某种语言的整体上的模仿与对具体作家、作品或流派的模仿区分开来了。这样，欧化到底是否是一种模仿，这种模仿到底具有怎样的意义，甚至负面影响等等问题，都没有能够深入地讨论下去。到了 20 世纪 30 年代，这一争论又演变为所谓欧化语和大众语的论争。

第三节 新文学的欧化语实验

尽管面临质疑，但一部分新文学家还是坚定地推进了欧化语的实验。在这方面，以鲁迅和周作人的贡献最为突出。

在文学革命初期，钱玄同谈到新文学的"模范"时，除了提到"《新青年》的几篇较好的白话论文、新体诗，和鲁迅的小说"外，还特别提到了周作人的翻译：

> 周启明君翻译外国小说，照原文直译，不敢稍以己意

---

① 沈雁冰：《"吾体文欧化'答冻花君》，《文学旬刊》第 7 期，1921 年 7 月 10 日。

② 郑振铎：《语体文欧化问题与东华先生讨论》，《文学旬刊》第 7 期，1921 年 7 月 10 日。

变更。他既不愿用那"达旨"的办法，强外国人学中国人说话的调子；尤不屑像那"清室举人"的办法，叫外国文人都变成蒲松龄的不通徒弟。我以为他在中国进来的翻译界中，却是开新纪元的。①

鲁迅和周作人都力倡"直译"，也是欧化语言的积极实验者。两人在五四至 20 世纪 20 年代合作翻译的作品主要有：《现代小说译丛（第一集）》《现代日本小说集》。另外，鲁迅还单独翻译有：阿尔志拔绥夫（俄国）的《工人绥惠略夫》、武者小路实笃（日本）的《一个青年的梦》、爱罗先珂（俄国）的《爱罗先珂童话集》和《桃色的云》、厨川白村（日本）的《苦闷的象征》和《出了象牙之塔》等。此外，还有一些未入集的作品，包括尼采（德国）的《察拉图斯忒拉的序言》②、凯拉绥克（捷克）的《近代捷克文学概观》、凯尔沛来斯（德国）的《小俄罗斯文学略说》等。而周作人单独翻译的有：《点滴》③、《陀螺》④ 以及其他一些论文、诗歌、日本俗歌、小说、狂言等散篇。

---

① "记者（钱玄同）复潘公展"，见《关于新文学的三件要事》，《新青年》第 6 卷第 6 期通信栏，1919 年 11 月 1 日。

② 鲁迅在 1918 年曾以文言译出此文前三节，题为《察罗堵斯德罗绪言》，未发表。后来鲁迅又用白话译出全文，刊于 1920 年 9 月 1 日《新潮》第 2 卷第 5 期。

③ 1920 年 8 月北京大学出版部出版。收入周作人在 1918、1919 两年间发表在《新青年》上的翻译小说 21 篇。1928 年周作人又对篇目进行了删减，改题为《空大鼓》，由上海开明书店出版。

④ 1925 年 9 月新潮社出版，收入周作人在 1925 年前翻译的希腊牧歌、拟曲、对话、小说、法国散文诗、田园诗、俳谐诗、东欧和英国的民歌、日本的俳句、短歌、俗歌等，总共 278 篇。

在这些译文的前后，周氏兄弟都留下了大量的序言、译后记等，记录了他们对翻译的思考。其中不少地方都阐述了"直译"的思想。可以说，周氏兄弟的"直译"思想，正是在这一时期大量的翻译实践中成型的。

在 1920 年为《点滴》撰写的序言中，周作人交代，傅斯年和罗家伦催促他编订这本翻译小说集，又催促他在序文中将这些小说的"两件特别的地方"加以说明，其中之一就是"直译的文体"（另外一件是"人道主义的精神"）。周作人还承认，自己此前的翻译先后受林琴南、章太炎的影响，到 1917 年才开始用"口语"做文章。随后，他重申了比前"不像汉文""逐字译""中不像中，西不像西"的翻译主张。这也是他的"直译"思想的基本内容。在 1925 年的《陀螺》的序言中，他又细致地解释了"直译"：

> 这集子里所收都是翻译。我的翻译向来用直译法，所以译文实在很不漂亮，——虽然我自由抒写的散文本来也就不漂亮。我现在还是相信直译法，因为我觉得没有更好的方法。但是直译也有条件，便是必须达意。尽汉语的能力所及的范围内，保存原文的风格，表现原语的意义，换一句话就是信与达。近来似乎不免有人误会了直译的意思，譬如英文的 Lying on his back 一句，不译作"仰卧着"而译为"卧着在他的背上"，那便是欲求信而反不词了。据我的意见，"仰卧着"是直译，也可以说即意译；将他略去不译，或译作"坦腹高卧"以至"卧北窗下自以为羲皇上人"是胡译；"卧着在他的背上"这一

派乃是死译了。①

在这里，他指出了直译的基本特征和条件，那就是"不漂亮"，"必须达意"，"保存原文的风格，表现原语的意义"。他重提了严复的"信"与"达"，却唯独不提"雅"，因为"雅"需要更符合汉语的表达习惯，而这恰恰不是他所看重的："我的翻译，重在忠实的传达原文的意思"，"想在翻译中去求与中国的思想文词完全合一的诗文，当然是不免失望"。② 他反而更强调不同语言之间的差异。

在这一时期，鲁迅也持这样的翻译思想。1921 年 9 月，鲁迅译完爱罗先珂的《池边》后就说："今天又看见他的《天明前之歌》，于是由不得要介绍他的心给中国人看。可惜中国文是急促的文，话也是急促的话，最不宜于译童话；我又没有才力，至少也减了原作的从容与美的一半了。"③ 在1922 年为《桃色的云》撰写的序言中，他又说："日本语原是很能优婉的，而著者又善于捉住他的美点和特长，这就使得我很失了传达的能力。"④ 在这里，他强调的仍然是语言之间的差异。

至于他的翻译方法，在此前不久为《工人绥惠略夫》撰写

---

① 周作人：《陀螺序》，见《陀螺》，北京：新潮社 1925 年版，第 3—4 页。

② 周作人：《日本俗歌六十首·译序》，见《陀螺》，北京：新潮社 1925 年版，第 264 页。

③ 鲁迅：《〈池边〉译者附记》，见《鲁迅全集》（第 10 卷），第 220—221 页。

④ 鲁迅：《桃色的云序》，见《鲁迅全集》（第 10 卷），第 229 页。

的前言中，他说："除了几处不得已的地方，几乎是逐字译。"①
这种"逐字译"，就是直译。鲁迅一直坚持直译的方法。在
1924 年翻译《苦闷的象征》时，鲁迅再次强调："文句大概是
直译的，也极愿意一并保存原文的口吻。"②

鲁迅和周作人的直译方法，给汉语带了新的变化。这种变
化，首先体现在词尾变化的试验上：

> 我于国语文法是外行，想必很有不合轨范的句子在里
> 面。其中尤须声明的，是几处不用"的"字，而特用
> "底"字的缘故。即凡形容词与名词相连成一名词者，其
> 间用"底'字，例如 social being 为社会底存在物，
> Psychische Trauma 为精神底伤害等；又，形容词之由别种
> 品词转来，词尾有 tive，tic 之类者，于下也用"底"字，
> 例如 speculative，romantic，就写为思索底，罗曼底。③

在 1925 年为《出了象牙之塔》撰写的《后记》中，他再
次引用了这段话并申明："文句仍然是直译，和我历来所取的
方法一样：也竭力想保存原书的口吻，大抵连语句的前后次序
也不甚颠倒。至于几处不用'的'字而用'底'字的缘故，
则和译《苦闷的象征》相同。"④ 不过需要说明的是，他在这

---

① 鲁迅：《译了〈工人绥惠略夫〉之后》，见《鲁迅全集》（第 10 卷），第
184 页。
② 鲁迅：《〈苦闷的象征〉引言》，见《鲁迅全集》（第 10 卷），第 257 页。
③ 同上书，第 257—258 页。
④ 鲁迅：《出了象牙之塔·后记》，见《鲁迅全集》第 10 卷，第 271 页。

段话中所举的例子，是英语的词尾变化，而他翻译《苦闷的象征》和《出了象牙之塔》依照的是日语本。英语属于屈折语，单词的词尾可以有多种变化。日本语属于黏着语，词内有专门表示语法意义的附加成分。日语单词的这种附加成分与英语单词的词尾一样，都表示一定的语法意义，但前者与词根结合不紧密，而后者，则本身是单词的一部分。汉语是孤立语，并没有所谓的词尾变化。但在这里，鲁迅对译文的精准性的要求，到了十分苛刻的地步，甚至是要有意地传达原文的语法结构，因此，翻译名词前的形容词修饰语时，他建议用形容词后加"底"字的形式来翻译，这样就可以与表示所有格的"的"字区分开来了。比如，他所说的"social being"应翻译为"社会底存在物"，而如果是"society's being"的话，就应该翻译成"社会的存在物"了。另外，他还建议用形容词后带"底"字的形式来表示原文中"由别种品词转来"的形容词，比如将"speculative"（由动词 speculate 转化而来）翻译为"思索底"，将"romantic"（由名词 romance 转化而来）翻译为"罗曼底"。这样的例子在鲁迅的译文中是很常见的，比如以下这段话：

> 以报道为主眼的新闻记事，是应该非人格底（impersonal）地，力避记者这人的个人底主观底的调子（note）的。[①]
> （原文：報導を主眼と新聞記事が非人格的〔インパ

---

① 厨川白村：《出了象牙之塔·二 Essay》，见《鲁迅译文全集》第 2 卷，鲁迅译，福州：福建教育出版社 2008 年版，第 306 页。

一ソナル］に、記者そ人の個人的主観的のを調子け避る
のと）

在这段话中，"非人格底地"这一短语值得注意。"非人格底"是对日语"非人格的"一词的翻译。因为"非人格的［インパーソナル］に"是形容词，所以，尽管日语中为"非人格的"，但鲁迅还是翻译为"非人格底"，而不是"非人格的"。另外，"に"表示状语，因此鲁迅又在"非人格底"后面加上一个"地"字，就变成佶屈聱牙的"非人格底地"了。这样的译文，能够让我们看出原文的语法结构，但与人们的语言习惯已经大大地偏离了。不过，这种翻译方法却一直被鲁迅沿用，并被不少人运用到了写作中（在胡风、冯雪峰的著述中非常明显）。

　　除了借鉴词尾变化，他们还通过译音来引入新词汇，以此来保持译文的"忠实"，而汉语的面貌也因此得到了改变。傅兰雅曾经主张先立"名目"，再加注释。严复也很注意这方面的经营，往往"一名之立，旬月踟蹰"①，费尽思量。不过，主张"与其伤洁，毋宁失真"的吴汝纶，还是建议"古书古事，皆宜以元书所称西方者为当"，以此来保持一定的古风。吴稚晖则主张"将外国人名地名译得像中国人名中国地名"，以免"钩輈格磔佶屈聱牙之病"，"故译 Shakespeare 为叶斯壁，译 kropotkin 为柯伯坚，译 Franklin 为樊克林，译 Tolstoi 为陶斯泰"。晚清的大部分翻译家，都是采用这种方法。钱玄同认为

---

　　① 严复：《〈天演论〉译例言》，见《翻译论集（修订本）》，第203页。

这样"未免失其本真"。① 他还主张响应陈独秀译音的主张②，但认为译音应该只用在高小中学教科书上，中学毕业后所用高等书籍，则可保留原文，不必译出。由于竖排的西文阅读不便，他还建议仿照西文，以后的汉文书籍都采用从左至右横排。此时的周作人，也主张不译"人名地名"和"特别名词"，"没有确当译语，或容易误会的，都用原语（用罗马字做标准）"。③不过，陈独秀认为不可轻言废除译音，因为"多数国民不皆能受中等教育，而世界知识，又急待灌输"④。周作人后来也改变了自己的主张："我本来不主张译音的，但近来有人觉得不便，常常省去了原字不看，全篇也就含胡了，所以现在重复译了音，却将原字附写在下面。"⑤ 在《点滴》中，周作人都用这种办法来处理专有名词。而音译并附上原文，也成为翻译专有名词的通例，一直沿用至今。而鲁迅在这方面的标准，则可以说是极为苛刻。他于 1922 年 11 月 4 日在《晨报副刊》上发表的《不懂的音译》中，也明确反对译名的时候"于外国人的氏姓上定要加一个《百家姓》里所有的字"这种"译界的常习"，并批评"柯伯坚"的译法"大约总不免要疑心他是柯府上的老爷柯仲软的令兄罢"。他主张"凡有人名地

---

① "钱玄同致陈独秀"，见《新青年》第 3 卷第 3 期通信栏，1917 年 5 月 1 日。

② 陈独秀：《西文译音私议》，《新青年》第 2 卷第 4 期，1916 年 12 月 1 日。

③ 周作人：《古诗今译·Apoiogia》，《新青年》第 4 卷第 2 期，1918 年 2 月 15 日。

④ "陈独秀答钱玄同"，见《新青年》第 3 卷第 3 号通信栏，1917 年 5 月 1 日。

⑤ 周作人：《点滴·序言》，北京大学出版部 1920 年版，第 5 页。

名，什么音便怎么译，不但用不着白费心思去嵌镶，而且还须去改正"。他甚至对"苦鲁巴金"这个译法也不满意："第一音既然是 K 不是 Ku，我们便该将'苦'改译作'克'，因为 K 和 Ku 的分别，在中国字音上是办得到的。"鲁迅还举上海《时报》误将日俄战争时期俄国败将"Kuropatkin"的照片配在无政府主义者'Kropotkin'逝世的消息里这一事件为例，来说明译音的精确性是非常重要的。① 在《桃色的云》后，鲁迅特地交代了其中所涉及的植物名称的译法，其中一条是："译西洋名称的音的。如风信子（Hyacinthus orientalis）、珂斯摩（Cosmos bipinnatus）是。达理亚（Dahlia variabilis）在中国南方也称为大理菊，现在因为怕人误认为云南省大理县出产的菊花，所以也译了音。"② 他为了不让人们产生错误的理解，并没有用人们习惯的"大理菊"来译"Dahlia variabilis"，而是采用了音译。这些例子都证明了他在翻译态度上的严谨。

　　除了引入新词汇外，他们还在翻译和创作中试图借鉴西文的句法。当时，就有人敏感地注意到，他们的翻译和创作中出现了很多结构繁复的句子。这种句法，是此前的汉语所没有的：

　　　　（1）他记起他还是自由地住在林间的时候，在那深的树林的深处，不知几千年的大树底下，饰着花朵的石头的神祇来了。（《狭的笼》）

---

　　① 鲁迅：《不懂的音译》，见《鲁迅全集》（第 1 卷），第 418 页。
　　② 鲁迅：《记剧中人物的译名》，见《鲁迅全集》（第 10 卷），第 234 页。

在这句话中，"他还是自由地住在林间的时候，在那深的树林的深处，不知几千年的大树底下，饰着花朵的石头的"修饰的是"神祇"。而"记起……来了"又是一个"拆开的连语"，中间加入了一个复杂的宾语，让整个句子的结构更加复杂了。

（2）乃是说的她丈夫死后别的渔夫在墙上所挂令她闻到蒸发出的海水的气味更想到结婚之日所遇到的那一个渔网的许多网了。（《现代的恋歌》）

在这句话中，"她丈夫死后别的渔夫在墙上所挂令她闻到蒸发出的海水的气味更想到结婚之日所遇到的那一个渔网的"修饰的是"许多网"。

（3）这是和凡是自己的孩子，一与他人开了交涉的时候，即不问是非曲直，便将孩子叱责一顿的现在的父母们所取的手段是一样的。（《三浦右卫门的最后》）

在这句话中，"凡是自己的孩子，一与他人开了交涉的时候，即不问是非曲直，便将孩子叱责一顿的现在的"修饰的是"父母们"，而"凡是自己的孩子，一与他人开了交涉的时候，即不问是非曲直，便将孩子叱责一顿的现在的父母们所取的"又是"手段"的修饰语。在这里，修饰句中嵌套着修饰句。而整个句子又是"和……一样的"这样的句型。

（4）这沉重的寂灭的安静只有人已经有绞索套在颈

上，早不是神力或人力所能救得自己的时候，才会到来。
（《工人绥惠略夫》）

在这句话中，"人已经有绞索套在颈上，早不是神力或人力所能救得自己的"修饰的是"时候"。

（5）自从妓女赛式加霉掉了鼻子，伊的标致的顽皮的脸正像一个腐烂的贝壳以来，伊的生命的一切，凡有伊自己能称为生命的，统统失掉了。（《幸福》）

在这句话中，"妓女赛式加霉掉了鼻子，伊的标志的顽皮的脸正像一个腐烂的贝壳"是"子句"，而"自从妓女赛式加霉掉了鼻子，伊的标致的顽皮的脸正像一个腐烂的贝壳以来"则是一个"短语"（其中包含着一个"子句"），而整个"自从妓女赛式加霉掉了鼻子，伊的标志的顽皮的脸正像一个腐烂的贝壳以来"，与"伊的生命的一切，凡有伊自己能称为生命的，统统失掉了"构成一个复句。

（6）他动身向着喜马拉耶的峻岭的山，作长路的旅行的时候，在孟加拉未斧钺的郁苍的森林和荒野中，来往奔驰的时候，他在这别馆前面，已经走过好多回了。（《狭的笼》）

在这句话中，"他动身向着喜马拉耶的峻岭的山，作长路的旅行的时候，在孟加拉未斧钺的郁苍的森林和荒野中，来往奔驰的时候"与后面的"他在这别馆前面，已经走过好多回了"构成一个复句。

（7）倘若我能够将当日的他给今日的他看了，他一定要惊诧，他不相信这灵魂真是他自己的；即使他相信了，他也将迷惑，他仍旧不能说明那些影响与联络使他起了这样可惊的变化。（《晚间的来客》）①

在这句话中，"倘若我能够将当日的他给今日的他看了"与"他一定要惊诧，他不相信这灵魂真是他自己的"构成一个复句；"即使他相信了"与"他也将迷惑，他仍旧不能说明那些影响与联络使他起了这样可惊的变化"又构成一个复句。

作者指出，"文字是思想底痕迹"而"我们现在的思想，既比较以前的复杂而精密"。这些复杂的句式的出现，正是为了更加准确地表达现代的更加复杂而精密的思想。胡适的"务去滥调套语"的主张，到这里才找到了实现的可能性。从此，人们可以更准确地表达个体的思想。

1935年，胡适在为《中国新文学大系·建设理论集》撰写序言时，也终于肯定了傅斯年的方案"都是最中肯的修正"。他承认"欧化的白话文就是充分吸收西洋语言的细密的结构，使我们的文字能够传达复杂的思想，曲折的理论"，同时，还指出了欧化方案的效果：

---

① 以上诸例，见 C. P.：《外化的句和新用的字》，《文学》第96期，1923年11月12日。该文中所举语例，个别地方与原文有出入。

　　初期的白话作家，有些是受过西洋语言文字的训练的，他们的作风早已带有不少的"欧化"成分。虽然欧化的程度多少的不同，技术也有巧拙的不同，但明眼的人都能看出，凡具有充分吸收西洋文学的风度的技巧的作家，他们的成绩往往特别好，他们的作风往往特别可爱。所以欧化白话文的趋势，可以说是在白话文学的初期已开始了。[①]

　　确实，应该肯定的是，直译助长了语体文的欧化，并促进了白话文学的发展。不过，语言的变化，终究是一个漫长的过程。这些欧化的语言，与人们日常的语言习惯，还是有很大的差别。在很大的程度上，这是只能用来书写和阅读的语言，而不是日常的口语。因此，尽管它增加了思想表达的精确性，但是，它与人们习惯的感情表达和审美习惯之间，仍然存在着一定的差距。这在某种程度上，势必影响到一部分人对新文学的看法，尤其是在把新文学与所谓"传统文学"相对照的时候。

---

　　① 胡适：《中国新文学大系·建设理论集·导言》，上海：良友图书公司1935年版，第24页。

第三章　翻译与新文体的创造

在输入西方的"文学"这一概念以及相关的知识的过程中，文体分类一直是一个重要的问题。很多人在介绍"文学"这一概念的时候，都会提到它所包含的文体类型。《大陆》杂志上的《论文学与科学不可偏废》一文中谈到古希腊文学的成就时列举了"苏格拉第柏拉图亚历斯度德尔之哲学""杭墨之诗歌""翕洛道泰之史学""伊斯吉勒福格利之传奇"等。显然，作者是把"哲学""诗歌""史学""传奇"这些文体都归入文学范畴的。因为"文学"的概念还在逐渐沉淀中，对于文体分类的认识，也一直处于不稳定的状态中。陈独秀在《现代欧洲文艺史谭》中说：

> 现代欧洲文坛第一推重者，阙为剧本。诗与小说退居第二流。以其实现于剧场，感触人生愈切也。至若散文，素不居文学重要地位。①

---

① 陈独秀：《现代欧洲文艺史谭》，《青年杂志》第 1 卷第 3 期，1915 年 11 月 15 日。

　　十多年前，梁启超提出小说为"文学之最上乘"，而现在，陈独秀则认为剧本才是最重要的，而最不重要的是散文。这些认识是否正确，并不重要。重要的是，我们从中可以知道，新文学的倡导者们，在构想新文学的发展方案时，在很大程度上都是以西方文学为参照的。对西方文学的不同认识，影响到了他们的新文学发展方案。

　　在翻译文学作品的过程中，新文学家们为了实现自己的翻译理念，也开始了文体方面的思考。中国现代新诗、散文诗、短篇小说、散文、戏剧等文体，都在这一过程中逐渐成型。

第一节　多重翻译策略中的诗体探索

　　对中国新诗的发生来说，一个核心的命题就是诗体的解放。而诗体的解放，就必然涉及诗歌观念的转换。这一转换过程，与翻译有着十分密切的关系。

　　在中国新诗的发生过程中，很多先驱者都从事过诗歌的翻译活动。大体来说，最早的《新青年》团体，以胡适、刘半农、周作人等为代表；后来的文学研究会，则以郑振铎、冰心、傅东华、赵景深等为代表；创造社则以郭沫若的成绩最为突出，思想最为独特。在翻译过程中，他们采用了不同的翻译策略，而这些策略，都与他们的文体思考相关。

一、胡适：译体的解放与诗体的解放

首先在诗歌翻译中自觉地思考诗歌的体式问题并积极探索诗体解放的，是胡适。胡适强调文学的"思想""感情"的表达，因此，在翻译和写作中，他很重视表达的顺畅；另外，因为一直关注语言变革，他还十分注重白话诗的试验。这两方面的要求促使他最终走向了诗体的解放。

胡适早年翻译的诗歌有《六百男儿行》《军人梦》《缝衣歌》《惊涛篇》《晨风篇》《乐观主义》《哀希腊歌》等。从这些诗歌的体式上看，我们可以发现一个基本特点：都不用工整的近体，而采用带有骚体、乐府或者歌行体色彩的体式。在这个时候，他还没有想过要在翻译中创造出一种新的诗歌体式来。不过，他显然意识到，要让翻译更"忠实"，就必须选择适当的体式。

1914 年 7 月 7 日，胡适在日记中写道："吾国作诗每不重言外之意，故说理之作极少。求一扑蒲（Pope）已不可得，何况华茨活（Wordsworth）、贵推（Goethe）与白朗吟（Browning）矣。"① 在这里，他把中国的"诗"与西方的"poetry"想象为同一种文体了。这种文体上的对等关系的建立，为他用中国已有的诗歌体式来翻译西方的"poetry"提供了依据。他曾经认为，中西之间，有某些诗体是相通的。比如，他对所谓"三句转韵体"就产生过兴趣。1914 年 1 月，留学美国的胡适作了一

① 胡适：《留学日记·卷五 一 自杀篇》，见《胡适日记全编》（1），第331—332 页。

首题为《久雪后大风寒甚作歌》的诗，全诗写风雪中的寒冷状和对"冬尽春归来"的向往之情。在诗后，胡适颇自得地写道："此诗用三句转韵体，乃西文诗中常见之格，在吾国诗中，自谓此为创见矣。"① 胡适所说的"三句转韵体"，即英语诗歌中的"triplet"。这种诗歌以三行为一节，并且这三行押同样的韵。实际上，这种三行诗并不常见，更常见的是第一行和第三行押韵的三行诗。胡适认为这种诗歌是西方独有的。当时，许少南告诉他，中国古代也有这种所谓的"三句转韵体"，比如岑参的《走马川行》，而胡适认为此诗并未从头至尾贯彻三行一韵的规则。不过，在 5 月 31 日的日记中，胡适以黄庭坚的《观伯时画马》为例，证明中国也有这种三句转韵体的诗歌，并收回了自己的观点。② 后来，他又发现元结的《大唐中兴颂》是三句转韵体③，并试验性地创作了《老树行》。④ 在这一时期，胡适总是试图寻找中西文体上的相同点，比如，他说 Thomas Hood 的《缝衣歌》"酷似香山乐府"，因此，他对这首诗的翻译也类似乐府。其中一节是这样的：

> 缝衣复缝衣，晨鸡鸣极颠。

---

① 胡适：《留学日记·卷三 四〇 久雪后大风寒甚作歌》，见《胡适日记全编》(1)，第 227—228 页。

② 胡适：《留学日记·卷四 二七 山谷之三句转韵体诗》，见《胡适日记全编》(1)，第 285 页。

③ 胡适：《留学日记·卷八 二八 三句转韵体诗》(1915 年 2 月 11 日)，见《胡适日记全编》(2)，第 51 页。

④ 胡适：《留学日记·卷九 三八〈老树行〉》(1915 年 4 月 26 日)，见《胡适日记全编》(2)，第 120 页。

缝衣复缝衣，星光临窗前。

窃闻回教国，女罪不可赎。

耶教复如何，为奴几时毕。①

原诗此节是：

Work！Work！Work！

While the cock is crowing aloof！

And work-work-work.

Till the stars shine through the roof！

It's O！to be a salve

Along with the barbarous Turk，

Where woman has never a soul to save.

If this is Christian work！

为了适应乐府的体式，他的翻译自然就不符合一般意义上的"忠实"的标准了。除了意义上的出入外，译文的句式和词句组合也与原诗有很大的不同，特别是最后四行。其中带定语从句的状语"Along with the barbarous Turk，/Where woman has never a soul to save"被翻译成了"窃闻"的宾语。

如果找不到"对等"的诗体，那么，在翻译的时候，胡适就会选择其他中国已有的诗体，以求更好地传达"原意"。比如，胡适对自己采用骚体来译诗的试验就颇为自得。1914 年 1

---

① 铁儿：《缝衣歌》，《竞业旬报》第 31 号，1908 年 10 月 25 日。

月 29 日，他翻译了勃朗宁的《乐观主义》一诗。在译文后，他写道："此诗以骚体译说理之诗，殊不费力气而辞旨都畅达，他日当再试为之。今日之译稿，可谓为我辟一译界新殖民地也。"[1] 由此看来，胡适之所以认为用骚体很成功，是因为骚体在表达上十分方便，"殊不费力气而辞旨都畅达"。他在谈到"文学"的本质时所一再强调的，正是"思想""情感"的表达。

随后，他又翻译了拜伦的《哀希腊歌》。这首诗此前已有三个译本，一是梁启超的《新中国未来记》中的翻译，一是马君武的翻译，一是苏曼殊的翻译。胡适之所以要重译，是因为他认为梁启超的译本不完全，而马君武的译本"多讹误，有全章尽失原意者"，而苏曼殊的译本虽然错误不多，但与马君武的译本一样，'于诗中故实似皆不甚晓，故词旨幽晦，读者不能了然"。在这里，我们可以看到，胡适对翻译的标准又有了新的发展。除了能表达清楚流畅，能让读者"了然"之外，还需要"忠实"，没有"讹误"。为了满足这些要求，他仍然选用了骚体。如果仔细追究，胡适的翻译也不能说就真的很"精确"。但胡适在译文后写道：

> 此诗全篇吾以四时之力译之，自视较胜马苏两家译本。一以吾所用体致恣肆自如，一以吾于原文神情不敢稍

---

① 胡适:《留学日记·卷三 四一 乐观主义》，见《胡适日记全编》(1)，第228—230 页。

失，每委曲以达之。至于原意，更不待言矣。①

胡适这里所说的"用体较恣肆自如"，是他对诗歌的要求，即能够畅快无阻地表达；而对"原文神情"和"原意"的保留，则是对翻译的要求，即必须"忠实"。这两方面的要求又是紧密相连的。要译文"忠实"，最好就是采用相对自由的体式，让人能够自由地表达；如果译者能够自由地表达，那便可以更好地传达"原文神情"和"原意"。他在后来的日记中再次谈到此诗的翻译时说：

写所译裴伦《哀希腊歌》，不能作序，因作《译馀剩墨》数则弁之。其一则论译诗择体之难，略曰："译诗者，命意已为原文所限，若更限于体裁，则动辄掣肘，决不能得惬心之作也。"此意乃阅历所得，译诗者不可不理会。②

由此我们可以明显看出，胡适的翻译观和诗歌观的发展是密切联系在一起的。

不过，骚体也有某些体式上的要求。这些要求相对于自己的翻译对象来说，可能是某种限制。胡适在自己的诗歌翻译道路上，不断地突破形式的界限。1914 年 7 月，他翻译了美国诗人艾美生（Ralph Waldo Emerson）《大梵天》（*Brahma*）一诗，

---

① 胡适：《留学日记·卷三 四二 裴伦〈哀希腊歌〉》，见《胡适日记全编》(1)，第 238 页。

② 胡适：《留学日记·卷五 一〇〈哀希腊歌〉译稿》(1914 年 7 月 13 日)，见《胡适日记全编》(1)，第 375 页。

标志着他在诗歌翻译道路上的又一次突破。其中一节是：

> 杀人者自谓能死人，
>
> 见杀者自谓死于人，
>
> 两者皆未深知吾所运用周行之大道者也。①

这一次，他不再用骚体，而用"散文"来翻译了。1915年4月，他翻译的 Arthur Ketchum 的《墓门行》（*Roadside Rest*）仍然使用骚体；1918年翻译的 Anne Lindsay 的《老洛伯》（*Auld Robin Gray*）、1919年翻译的 Sara Teasdale 的《关不住了》《奏乐的小孩》已经完全是散文体了。

与此同时，胡适自己也在按照自己的理想进行自由体的诗歌创作实验。而他对于自由体的向往，显然与他对诗歌的本质的理解有关。他在1914年的《自杀篇》中表现了他实验新体诗歌的决心："吾近来作诗，颇能不依人蹊径，亦不专学一家，命意固无从摹效，即字句形式亦不为古人成法所拘，盖胸襟魄力，较前阔大，颇能独立矣。"在形式上，虽然仍采用五言古体，但已"不为古人成法所拘"，"作极自然之语，自谓颇能达意"。②　他已经将诗歌的形式与表达的自由当作了一对矛盾。他认为"诗贵有真，而真必由于体验"。至于是否"雅洁"，则并不计较："吾诗清顺达意而已，文则尤不能工。六七年不作

---

①　胡适：《留学日记·卷六 三〇 波士顿游记》（1914年5月13日），见《胡适日记全编》（1），第459页。

②　胡适：《留学日记·卷五 一 自杀篇》（1914年7月7日），见《胡适日记全编》（1），第332页。

着意文字矣，乌能求工？"① 在 1915 年 5 月 1 日的《书怀》一诗后，他写道："余最恨律诗，此诗以古诗法入律，不为格律所限，故颇能以律诗说理耳。"②

从这些表述中我们都可以看到，在诗歌中，胡适非常痛恨表达上的障碍。他一次次地突破旧有的诗歌体式，在相当程度上就是因为这些体式不能满足他在表达上的要求。不过，在当时，他还只能在传统的诗歌体式中来思考自我的表达问题。为了实现自我表达的自由，他又把希望寄托在了词上面。他认为"词乃诗之进化"，又举辛弃疾的《水龙吟》为例，赞赏"落日楼头"一句"以文法言之，乃是一句，何等自由，何等顿挫抑扬"。③ 他又评价刘过的《六州歌头》说："南渡诸词人之豪气纵横，不拘于音韵之微也。"④ 至于李清照和蒋捷的《声声慢》，他认为它们都是"无韵之词"，而且是"'文学'的实地试验"。⑤ 他又曾抄录明代传奇《孽海记·思凡》，并夸赞道："吾抄此曲，非徒以其思想足取，亦以其畅快淋漓，自由如意，为文学中有数文字耳"。⑥

---

① 胡适：《留学日记·卷八 二七 诗贵有真》（1915 年 2 月 11 日），见《胡适日记全编》（2），第 51 页。

② 胡适：《留学日记·卷九 四一 书怀》（1915 年 5 月 1 日），见《胡适日记全编》（2），第 122 页。

③ 胡适：《留学日记·卷九 七四 词乃诗之进化》（1915 年 6 月 6 日），见《胡适日记全编》（2），第 165 页。

④ 胡适：《留学日记·卷九 七六 刘过词不拘音韵》见（1915 年 6 月 6 日），《胡适日记全编》（2），第 167 页。

⑤ 胡适：《留学日记·卷十二 三九 李清照与蒋捷之声声慢》（1916 年 4 月 7 日），见《胡适日记全编》（2），第 357 页。

⑥ 胡适：《留学日记·卷十三 八 谈活文学》（1916 年 4 月 30 日），见《胡适日记全编》（2），第 394—395 页。

在这个时候，连他宣称要"造新文学"的《誓诗》也是用"沁园春"的词牌写成的词：

> 更不伤春，更不悲秋，以此誓诗。任花开也好，花飞也好，月圆固好，日落何悲？我闻之曰："从天而颂，孰与制天而用之？"更安用为苍天歌哭，作彼奴为！
>
> 文章革命何疑？且准备搴旗作健儿。要前空千古，下开百世，收它臭腐，还我神奇，为大中华，造新文学，此业吾曹欲让谁？诗材料，有簇新世界，供我驱驰。①

这首词所谈到的诗歌改革，不过两方面：一是诗歌的情感方面，"更不伤春，更不悲秋"；二是诗歌的材料方面，"有簇新世界，供我驱驰"。此时，他还没有想到诗歌体式的变革。这首诗胡适先后修改过多次，每一次都或多或少地增加了他诗歌变革的主张。其中第二次增加了"何须刻意雕辞"②的主张，似乎在暗示要打破一切形式上的束缚。但事实上，这首诗还比较明显地保留着词的痕迹。他最早发表在《新青年》上的几首诗，也同样如此，只不过采用的是"自由变化的词调"。③

除了形式上的要求外，胡适还把白话入诗，作为实现自由表达的方式之一。在1916年，他和梅觐庄、朱经农、任鸿隽

---

① 胡适：《留学日记·卷十二 四三〈沁园春〉誓诗》（1916年4月13日），见《胡适日记全编》（2），第372页。

② 胡适：《留学日记·卷十二 四六〈沁园春〉誓诗》（1916年4月14日），见《胡适日记全编》（2），第374页。

③ 胡适：《再版自序》，见《尝试集》，上海：亚东图书馆1920年版，第2页。

等人就白话是否可以入诗的问题发生了多次论争。而真正让他摆脱了"词曲的气味与声调"的诗歌①，即他翻译的《老洛伯》和《老鸦》，则是用白话翻译成的。《老洛伯》发表在1918 年 4 月 15 日出版的《新青年》第 4 卷第 4 期上。在引言中，胡适谈到了此诗在苏格兰的影响："诗出之后，风行全国。"随后，又谈到了这首诗的价值："此诗向推为世界情诗之最哀者。全篇作村妇口气，语语率真，此当日之白话诗也。"②胡适把这首诗当作白话诗的样板，随即又谈到了英国文学自蒲伯（Pope）到浪漫主义的兴起这段历史，肯定浪漫主义"实地试验国人日用之语是否可以入诗"而最终导致了英国文学在19 世纪初叶的时候，"古典文学遂成往迹矣"。胡适的译文不再追求句式整齐，不再追求押韵，也没有固定的节奏，而是根据诗中的情绪自行变化。对另外一首重要的译诗《关不住了》③，也采用了这种译法，胡适则自称"是我的'新诗'成立的纪元"。

从胡适新诗形式探索的历程可以看出，诗体的解放，与他的译诗的形式解放是同步的。

二、刘半农：以"Prose"之体"Paraphrase"

在《新青年》同仁中，刘半农也是最早开始诗歌翻译的人之一。在译诗实践中，他也遇到了形式方面的困惑，由此开始

---

① 胡适：《再版自序》，见《尝试集》，上海：亚东图书馆 1920 年版，第 1—2 页。

② 胡适：《老洛伯·引言》，《新青年》第 4 卷第 4 期，1918 年 4 月 15 日。

③ 胡适：《关不住了》，《新青年》第 6 卷第 3 期，1919 年 3 月 15 日。

思考了诗歌体式的变革问题。刘半农在《新青年》上的译诗，首先出现在他的"灵霞馆笔记"系列中。1916 年 10 月 1 日，刘半农在《新青年》第 2 卷第 2 期上发表了《灵霞馆笔记·爱尔兰爱国诗人》。这篇文章介绍了在爱尔兰独立运动中牺牲的诗人皮亚士、麦克顿那和柏伦克德。刘半农翻译了柏伦克德的七首《火焰诗》（*The Spark*）和三首《悲天行》（*I See His Blood Upon the Rose*），又翻译了麦克顿那的三首《咏爱国诗人》（*On a Poet Patriot*）和皮亚士的六首《割爱》（*To His Ideal*）和两章《绝命词》（*To His Death*）。

在谈到诗歌体式时，刘半农说他们"以喜为叶律之诗"。对于所谓"叶律之诗"，刘半农解释说："叶律之诗者，诗之可与音乐相配之谓，对於普通散曲而言也。"这或许是指他们的诗歌采用了严整的形式。在这些诗歌中，柏伦克德的《火焰诗》属于五行体，而他的《悲天行》和麦克顿那的《咏爱国诗人》以及皮亚士的《割爱》和《绝命词》都属于四行体。这两种并不常见的诗歌体式，也都有一定的格式。比如，五行体一般的押韵方式为 ababb、abaab、abccb。柏伦克德的《火焰诗》中有六首使用了 abaab 的形式，另一首则通篇一韵。而四行体的押韵方式多达 15 种，常见的则有 6 种：aabb、abab、abba、aaba、abcb、aaaa。麦克顿那的《咏爱国诗人》采用的是 abab 的形式，而皮亚士的《割爱》采用了 abab、abba、aaba 等形式。不过，刘半农的翻译，显然并没有"忠实"地传达这些诗歌的形式。比如，他所翻译的柏伦克德的《火焰诗》第一首是这样的：

BECAUSE I used to shun

　　Death and the mouth of Hell,

And count my battle won,

When I should see the sun

　　The blood and smoke dispel.

我昔最惧死　不

　顾及黄泉　　自数

　血战绩　心冀日

　当天　日当天

　血腥尽散如飞烟①

　　刘半农的译本显然保留着中国古词的痕迹。在翻译过程中，他或许并没有考虑依照原文的形式来创造一种新的汉语诗体，而是化用了中国已有的诗体形式。这表明，他并没有严格地把"忠实"作为标准来要求自己的翻译实践，因此，也还不能够提出变革汉语诗体的要求。

　　1916 年 12 月 1 日，他又在《新青年》第 2 卷第 4 期上发表了《灵霞馆笔记·拜轮遗事》。在这篇介绍拜伦的生平事迹的文章中，他又节译了拜伦的 *The Giaour* 一诗。他还提到了苏曼殊、梁启超和胡适对《哀希腊歌》的翻译。在此处，他袭用了胡适的办法，采用了骚体。比如，他对 "Clime of the unforgotten

---

　　① 刘半农：《灵霞馆笔记·爱尔兰爱国诗人》，《新青年》第 2 卷第 2 期，1916 年 10 月 1 日。

brave！/Whose land from plain tomountain-cave/Was Freedom's home or Glory's grave！" 这几行的翻译是："思勇士兮，不能忘。慕遗风兮，悼旧邦。平原如锦兮，直抵山之冈，是为自由之故乡。"在此时，他也还没有想过创造新的汉语诗体来让自己的翻译更加"忠实"。①

到1917年2月1日在《新青年》上发表《灵霞馆笔记·阿尔萨斯之重光 马赛曲》时，他已经开始思考翻译的标准与诗歌体式的问题了。在这篇文章中，他翻译了法国的国歌《马赛曲》。在译文前，他谈到自己对照过十多种英译本，结果发现这些译本都不够"忠实"："则十句之中，能与原义符合者，直不及一二。观其改六首为四首，已可见其增捩极多，非复本来面目矣。"随后，他又谈到了已有的中文译本的缺陷："华文译本，余所见有二种。一依音谱填译，似有牵强处。一译四言古诗，又微病晦涩。"在这里，翻译的文体选择与翻译的标准问题，成为他所关注的焦点。为此，他自己选择的办法是：

> 特踵 Paraphrase 之成例，用英文浅显之 Prose，直译法文，对列其下。又不辞谫陋，译为华文附之。

他首先将法文本翻译成了英文。为了译本能够"忠实"，他采用的是"Paraphrase"（意译，改述）的办法，而选择的文体，又是相对自由浅显的 prose（散文）。在这里，翻译文体和

---

① 刘半农：《灵霞馆笔记·拜轮遗事》，《新青年》第2卷第4期，1916年12月1日。

翻译方法的选择，都是为了译文的"忠实"，都是为了服从他的翻译标准。

可以说，用散文体来意译外国诗歌这一翻译策略，在刘半农那里也实现了诗体解放和自由表达的目的。

随后，他又将该诗翻译成了中文。这也涉及翻译标准和翻译文体的选择：

> 惟华法文字，相去绝远。又为音韵所限。虽力求不失原义，终不能如 Paraphrase 之逐句符合也。此不独华文为然，即英法二国，文字本属同源，字义相同者，十居三四。而对译诗歌，亦往往为切音 Syllables、叶韵 Rhyme、诗体 Poetic Forms、空间 Hiatus 诸端所限，不能尽符原意。故 Paraphrase 之法尚焉。惜吾国译界，尚无此成例也。

在这段话中，他明确承认自己的标准就是要"不失原义"，但是，由于中法文之间的差异太大，而且诗歌本身又有很多形式上的要求（"切音 Syllables、叶韵 Rhyme、诗体 Poetic Forms、空间 Hiatus"），因此，只能追求一种相对的"忠实"，而"不能尽符原意"。那就只能采用意译的办法，尽量满足意译的忠实传达。为此，就不得不在形式上有所突破。他用英文翻译出来的版本完全是散文体。比如头几行是这样的：

> Let us go, children of the Father land, the day of glory is arrived! Against us by the tyrany, the bloody banner is raised! (twiee) Do you hear, in the field, the roar of those fierce

soldiers? They come up to our arms. charge our sons, our wives!

他的中译本是这样的：

> 我祖国之骄子，趣赴戎行。今日何日，日月重光。暴
> 政与我敌，血旆已高扬。君不闻四野贼兵呼噪急，欲戮我
> 众，欲歼我妻我子以勤王。①

与先前的《火焰诗》相比，这里所采用的体式，显然更加自由了。只不过，他仍然采用了文言。这也反映了他对诗歌形式的初步思考，即有限度地保留文言，同时又尽量增加诗歌体式，减少形式上的束缚。关于这一点，他在《我之文学改良观》中有所说明："倘将来更能自造或输入他种诗体，并于有韵诗体外，别增无韵之诗……则在形式一方面可添出无数门径，不复如前此之不自由。"② 由此可以看出，在创造新文学的诗歌体式的问题上，他和胡适有着微妙的分歧。胡适既主张采用完全自由的形式，又主张采用白话。而刘半农则主张保留一部分文言，同时又保留一定的形式上的要求，而不是完全的自由。

---

① 刘半农：《灵霞馆笔记·阿尔萨斯之重光 马赛曲》，《新青年》第 2 卷第 6 期，1917 年 2 月 1 日。
② 刘半农：《我之文学改良观》，《新青年》第 3 卷第 3 期，1917 年 5 月 1 日。

三、周作人：以"口语"译诗与东西诗体的引进

在胡适、刘半农之外，从事过诗歌翻译并且在翻译中积极思考诗歌体式问题的新文学作家，还有周作人。周作人也是从诗歌语言的使用方面来考虑诗体的选择的。他第一次在《新青年》上发表的诗歌，是他所翻译的古希腊诗人忒俄克里托斯（Theocritus）的牧歌。在译序中，周作人承认自己是"用口语来译他"的。这种翻译策略，实际上是在实践他对新诗的构想："口语作诗，不能用五七言，也不必定要押韵；止要照呼吸的长短作句便好。现在所译的歌，就用此法，且来试试；这就是我的所谓'自由诗'。"① 在这里，我们可以看到，周作人心目中的新诗，一个基本的要素就是要使用"口语"，而字数的多少和押韵与否，都不是新诗的决定性因素。不过，这种语言选择的背后，同样也有他的诗歌观念的支撑。"止要照呼吸的长短作句便好"，实际上就是按照人们非常微妙的情绪的、甚至生理的某种感知上的变化造成的某种节奏感，来进行语言的组织。这显然与胡适强调"情感"的表达，有相似之处。为了表达这种微妙的情绪，一切形式上的障碍，自然在排除之列了。

在这一时期，周作人的另一贡献，就是在诗歌翻译中，介绍了大量的外国诗歌体式。他的翻译作品，主要收入 1925 年

---

① 周作人：《古诗今译·Apoiogia》，《新青年》第 4 卷第 2 期，1918 年 2 月15 日。

新潮出版社出版的《陀螺》中。这部作品集主要分为以下几个部分：

（1）"希腊小篇"，包括牧歌三篇、拟曲二篇、对话三篇、小说五节、杂译希腊古诗二十一首；

（2）"法兰西小篇"，包括散文小诗八首、田园诗六首、俳谐诗二十七首；

（3）杂译诗二十九首；

（4）"日本小篇"，包括古事记中的恋爱故事、一茶的俳句、啄木的短歌二十一首、诗三十首、俗歌六十首。

纵观全书，我们可以发现，其中介绍的诗歌文体非常多。在谛阿克列多思的《牧歌三篇》注释中，周作人暗示，"完整的牧歌"包括歌唱的"问答本文"和"评判员语"。① 在路吉亚诺思（Lukiancs）的对话《大言》附记中，他说："其问答体作品诸篇最佳，具喜剧拟曲讽刺诗哲学问答诸分子。"②

此外，他还翻译了波德莱尔的八篇散文诗，并介绍说：

> 波特莱尔（Ch. Baudelaire 1821—1867）于一八五七年发表诗集《恶之华》，在近代文学史上造成一个新时代。他用同时候的高蹈派的精练的形式，写他幻灭的灵魂的真实经验，这便足以代表现代人的新的心情。他于诗中充满了一切他自己的性格的阴影、哲学的苦味，和绝望的沉

① 周作人：《牧歌三篇》注六，见《陀螺》，新潮出版社1925年版，第18页。

② 周作人：《对话三篇·大言》附记，见《陀螺》，第43页。

痛。……现代散文诗的流行，实在可以说是他的影响。①

在这段话中，他概括出了波德莱尔的散文诗的一些特征，比如具有"高蹈派的精练的形式"、写的是"幻灭的灵魂的真实经验"、"充满了一切他自己的性格的阴影、哲学的苦味，和绝望的沉痛"等。周作人自己创作的《小河》这首诗，在形式上就受到了波德莱尔的影响。他在《小河》的序言中说："有人问我，这诗是什么体，连我自己也回答不出。法国波特莱尔（Baudelaire）提倡起来的散文诗，略略相像，不过他是用散文格式，现在却一行一行的分写了。"②《小河》虽然采用了分行的形式，但在很大程度上具有散文体的特征。该诗用平实精练的语言，以"小河"的口吻，描写了一个农夫堵塞水流后所带来的情感上的矛盾。

此外，他还选译了大量的民歌，特别介绍了叙事民歌和燕子歌。他说："叙事的民歌（Ballad）的内容，多述故事，且带些神异的色彩，与普通的言情的民歌不同。"③ 而"燕子歌"则是这样形成的："希腊古代每到春时，小孩们擎着木刻燕子，沿门歌唱，乞得果饵，大家分食。这时所唱的歌名燕子歌（Khelibonisma）。"④他的《小河》在很大程度上就借鉴了欧洲的民歌："内容大致仿那欧洲的俗歌；俗歌本来最要叶韵，现

---

① 周作人：《散文小诗》附记，见《陀螺》，第90页。
② 周作人：《小河》序言，《新青年》第6卷第2期，1929年2月15日。
③ 周作人：《不安的坟墓》附记，见《陀螺》，第142—143页。
④ 周作人：《燕子》附记，见《陀螺》，第159页。

在却无韵。"①

　　周作人在《陀螺》中还特别介绍了法国俳谐诗。周作人对法国俳谐诗的注意，源于日本的冈野薰在《读卖新闻》上发表的《俳谐与法国诗人》和与谢野宽在《明星》杂志上的介绍。法国俳谐诗受日本俳句的启发，在"大战"期间被很多青年诗人用来"表现战地的一刹那的感兴"。其特征是：

　　　　以三行组成，但未必用五七的字数。其内容与语数相比例……感情的暗示的地方，很与俳句相似。②

　　此外，日本俳句中有对季节的限制，而这一点在法国的俳谐诗中没有得到体现。通过这段话，周作人就将俳谐诗的基本特征传达给读者了：在形式上，采用三行体，但未必像日本俳句那样用五言或者七言；其次，在感情的表达上，注重"暗示"。在介绍小林一茶的俳句时，他依然重申了这两方面："俳句是一种十七音的短诗，描写情景，以暗示为主，所以简洁含蓄，意在言外。"③

　　周作人的这些翻译介绍工作，给中国新诗的发展带来了极大的帮助，特别是波德莱尔和日本俳句的翻译，对新诗的创作都有明显的影响。

---

　　①　周作人：《小河》序言，《新青年》第6卷第2期，1920年2月15日。
　　②　周作人：《法国的俳谐诗二十七首》，见《陀螺》，第105—106页。
　　③　周作人：《一茶的诗》，见《陀螺》，第193页。

四、"泰戈尔热"与小诗

在 20 世纪 20 年代初，诗歌翻译界还兴起了一股泰戈尔热。翻译和介绍泰戈尔的，有文学研究会的郑振铎、冰心、瞿世英、王统照、张闻天、沈雁冰等人。当时出版的泰戈尔诗歌集有《春之循环》（瞿世英译，郑振铎校，商务印书馆，1921）、《飞鸟集》（郑振铎译，商务印书馆，1922）、《新月集》（郑振铎译，商务印书馆，1923）、《太戈尔诗》（郑振铎译，1924）等。《小说月报》还出版了太戈尔专辑（第 14 卷 9号）。当时很多人都参与了关于泰戈尔的思想和文学的讨论。这里只谈与诗体有关的讨论。

1922 年，郑振铎在《飞鸟集》的《例言》中从诗歌翻译的角度表达了他对诗歌体式的理解。首先，他认为："译诗是一件最不容易的工作。原诗音节的保留固然是决不可能的事！就是原诗意义的完全移植，也有十分的困难。"他援引泰戈尔的话说，这是因为诗歌所使用的文字，应该是"有生气"的——"那些不仅仅为报告用而能融化于我们心中，不因市井常用而损坏他的形式的字眼"。他举例说，英文中的"consciousness"（意识）这个词，就不宜用在诗中，因为它带有很多科学方面的意义。其次，"诗歌的文句总是含蓄的，他的句法的构造，多简短而含义丰富。有的时候简直不能译"。① 郑振铎所指出的这两个方面，也是泰戈尔的诗歌的重要特征。泰戈尔的诗歌的

---

① 郑振铎：《例言》，见《飞鸟集》，泰戈尔著，郑振铎译，商务印书馆 1922年版，第 1—2 页。

另一个重要特征，就是它的哲理性。而这种哲理性却引起了人们对他的诗歌的文体属性的质疑。闻一多得知泰戈尔来华的消息后，特地写下了《泰果尔批评》一文来表明他的见解：

> 哲理本不宜入诗，哲理诗之难于成为上等的文艺，正因这个缘故。……国内最流行的《飞鸟》，作者本来就没有把他当诗做；（这一部格言，语录和"寸铁诗"是他游历美国时写下的。Philadelphia Public Lecger 底记者只说"从一方面讲这些飞鸟是些微小的散文诗"，因为他们暗示日本诗底短小轻脆。）……便是那赢得诺贝尔奖的《偈檀迦利》和那同样著名的《采果》，其中也有一部分是诗人理智中的一些概念，还不曾通过情感的觉识。这里头确乎没有诗。谁能把这些哲言看懂了，他所得的不过是猜中了灯谜底胜利的欢乐，决非审美的愉快。

闻一多用自己的诗歌观念相绳，认为泰戈尔的那些"诗"不能算是真正的"诗"，因为真正的诗歌是感情的表达，给读者的，也应是审美的体验，而不是哲理的传达。[①]

不过，尽管有这样的批评，泰戈尔的诗歌还是受到很多人的推崇。他的诗歌，与日本的俳句，对 20 世纪 20 年代出现的小诗，产生了重要影响。从文体上看，小诗吸收了日本的俳句和泰戈尔的诗歌"短小清脆"的特点；同时，在表达上，也都吸收了两者对暗示这种手法的重视。另外，小诗多用自然的、

[①]　闻一多：《泰果尔批评》，《文学》第 99 期，1923 年 12 月 3 日。

生活中的意象，少用抽象的字眼，则体现了泰戈尔的运用"有生气"的字眼的主张。与此同时，小诗大多具有哲理性的暗示，这显然也是泰戈尔的影响的体现。

在 20 世纪 20 年代最有名的小诗集有冰心的《繁星》《春水》和宗白华的《流云小诗》。冰心在《繁星》的序言中承认自己写小诗是由于泰戈尔的影响，并说：

> 冰仲和我说："你不是常说有时思想太零碎了，不容易写成篇段么？其实也可以这样的收集起来。"从那时候起，我有时就记下在一个小本子里。①

这也从另一个方面印证了闻一多对泰戈尔诗歌的看法，即这种诗歌的功能，就是记录零碎的思想。不过，在冰心那里，思想的传达往往是不露痕迹的。且看《繁星·一》：

> 繁星闪烁着——
> 深蓝的太空，
> 何曾听得见他们对语？
> 沉默中，
> 微光里，
> 他们深深的互相颂赞了。

这首诗所写的，仅仅是一幅繁星满天的画面。画面虽然很

---

① 冰心：《繁星·自序》，上海：商务印书馆 1923 年版，第 1 页。

单一，但诗人却运用自己的想象，为这幅画面开拓了情感和思想上的深度。这种深度的展现，源于"对语/沉默"这对对立的意象的使用。繁星默默地在夜空里闪烁，它们之间似乎毫无关系。但是，在"沉默"中，它们交相辉映，不仅仅是相互关联的，而且，彼此之间还存在着一种普遍的大爱："深深的互相颂赞"。这种"颂赞"，是在无言中彼此默默感应的。在这里，冰心用一种巧妙的方式表达了她从泰戈尔那里接受到的"爱的哲学"。[①] 这种哲理的表达，使用的都是"有生气"的自然意象，而不是抽象的说教，甚至连"爱"这样的词语都没有出现。由此看来，哲理也并非不可入诗，关键是怎样入诗。

宗白华的小诗中，也存在着感情与哲理的关系问题。他在1937年版的《流云小诗》中回顾自己的小诗创作时说：

> 黄昏的微步，星夜的默坐，大庭广众中的孤寂，常时仿佛听见耳边有一些无名的音调，把捉不住而呼之欲出……不禁有许多遥远的思想来袭我的心，似惆怅，又似喜悦，似觉悟，又似恍惚。无限凄凉之感里，夹着无限热爱之感。[②]

由此可以看出，宗白华的小诗，不仅仅是思想的表达，而且，还蕴含着浓烈的感情。比如他的《信仰》一诗这样写道：

---

① 方锡德：《论冰心五四时期的创作思想——关于"爱的哲学"的考察》，见《文学变革与文学传统》，北京大学出版社2003年版，第74—105页。
② 宗白华：《我和诗》，见《流云小诗》，上海：正风出版社1937年版，第70页。

红日初生时

我心中开了信仰之花：

我信仰太阳

如我的父！

我信仰月亮

如我的母！

我信仰众星

如我的兄弟！

我信仰万花

如我的姐妹！

我信仰流云

如我的友！

我信仰音乐

如我的爱！

我信仰

一切都是神！

我信仰

我也是神！

这首诗中运用了"太阳""月亮""众星""万花""流云"等自然中的意象，并与生活中的"父""母""兄弟""姐妹""友"等意象结合了起来，因此，避免了抽象和空洞。同时，"我信仰"的繁复使用，强化了诗人的情感表达。当然，这首诗中也有哲理的表达："/我信仰/一切都是神！/我信仰/我也是神！"这几行便是诗人所信仰的泛神论的直接表达。虽然"一切"这个词可以将诗歌的前半部分串联起来，但从情感的倾泻突然转向抽象的说理，难免给人突兀之感。后来小诗的衰落，与哲理元素的处理不当，应该说有一定的关系。

在此之外，在诗歌翻译和诗歌形式的创造问题上进行过积极探索的，还有郭沫若。郭沫若主张对诗歌采用"风韵译"[1]，即"诗的翻译应得是译者在原诗作中所得的情绪的复现"[2]。这一论断就直接否定了翻译"忠实"的可能性。在他那里，一个文本不可能在另一种语言中找到对等的文本。在翻译过程中，直译重视传达原文的句式和字面意义，而意译则是为了遵从原文的意义而在句式、意义的组合上进行灵活的调整。两种翻译方式都是为了让译本更好地忠实于原文。但在郭沫若看来，所谓的翻译的"忠实"，实际上是一种幻象，是根本不可能实现的。否定译本是原著的复现和传达，就消解了原著的权威而肯定了译本的自主性，从而也就肯定了译者的主体性地位，为译者在翻译中的自我表现找到了突破口。

同时，在他看来，直译和意译的后果，就是让译诗不成其为诗。根据郭沫若的诗歌观念，音节、押韵、意义等因素，都不是诗歌的本质的决定性因素，因此，采用直译和意译的办法，尊重原诗的音节、押韵方式和意义，并不能保证所译出来的东西就是真正的"诗"。诗歌的本质在于"直觉"所推动的"情绪的自然消涨"，以及由此呈现出来的主体性，如果译者把精力放在传达原诗的音节、押韵方式和意义上面，而不注意在

---

① 关于"风韵译"的详细讨论，见本书第九章。
② 郭沫若：《古书今译的问题》，《创造周报》第37号，1924年1月13日。

译诗中呈现出某种鲜活的主体，那么，这种诗歌翻译就是走上歧途了。

最终，郭沫若提出的解决办法就是："诗的翻译应得是译者在原诗作中所得的情绪的复现。"用译者的主体来置换原诗作者的主体，用译者的"情绪"来置换原诗作者的"情绪"。只有这样，才能让译诗中呈现出某种"情绪"和主体性（"风韵"），让译诗成其为诗。可以说，"风韵译"追求的恰恰是译者的自我表现。

成仿吾也有与郭沫若类似的看法。他认为"理想的译诗"的条件就是："第一，它应当自己也是诗；第二，它应传原诗的情绪；第三，它应传原诗的内容；第四，它应取原诗的形式。"① 这其中的前两点，可以说是郭沫若的观点的重复，是出于诗学上的考虑。至于最后两点，则又在一定程度上考虑到了翻译标准的贯彻，认为翻译应该"忠实"。在某种程度上，他的观点具有调和的色彩。

为了让译文"完全是诗"，为了在译文中自由地书写译者本人"在原诗作中所得的情绪"，郭沫若的诗歌翻译非常注重创造性的发挥。这就导致他在诗歌的形式上，求得了完全的解放。

比如，在 1923 年的《创造》季刊"雪莱纪念号"中，郭沫若翻译了雪莱的《转徙》一诗：

　　　人生如流云，幂彼中宵月。

---

① 成仿吾：《论译诗》，《创造周报》第 18 号，1923 年 9 月 9 日。

> 掩忽以飞驰，灿烂而闪烁。
>
> 流光耀明晶，幽暗争潜匿。
>
> 须臾夜幕开，浮云永无迹。

郭沫若采用了略近于旧体的形式来翻译。不过，这并不能说明他的诗歌文体观念受到了束缚。在译文后，郭沫若谈到了他对诗歌形式问题的理解：

> 做散文诗的近代诗人 Baudelaire, Verhaeren，他们同时在做极规整的 Sonnet 和 Alexandrian。是诗的无论写成文言白话，韵体散体，他根本是诗。谁说既成的诗形是已朽的骸骨？谁说自由的诗体是鬼画桃符？诗的形式是 Sein 的问题，不是 Sollen 的问题。做诗的人有绝对的自由。是他想怎么样就怎么样。他的诗流露出来形近古体，不必是拟古。他的诗流露出来破了一切的既成规律，不必是强学时髦。几千年的今体会成为古曲，几千年前的古体在当时也是时髦。体相不可分——诗的一元论的根本精神却是亘古不变。[①]

在这段话的一开头，郭沫若似乎在为自由诗辩护，但他真正想说明的问题是，诗的形式没有"应该"（Scllen）如何的问题，而是"Sein"（是）什么的问题。不是形式决定了"诗"，而是"诗"表现为一定的形式，因为根据他对诗歌的理解，真

---

① 郭沫若：《雪莱的诗·小引》，《创造》第 1 卷第 4 期，1923 年 9 月 10 日。

正决定诗歌的本质的，是其内在的"情绪"，是诗人的"直觉"，是诗人的主体的呈现。这样，郭沫若对新诗的理解，就超越了形式、语言的层面。从而把现代新诗的发展，提高到了一个新的层次。有了这样的认识，诗歌的形式才可能得到真正的解放。其实，我们在郭沫若的诗歌创作和翻译中，看到的是大量完全自由的诗体。

在 20 世纪 20 年代，诗歌翻译是一项十分兴盛的事业，许许多多不同流派的诗歌都被翻译了进来。中国现代新诗，正是在不断吸收世界文学营养的条件下，站稳了脚跟，并逐渐发展壮大。

第二节 "Poem"与"Poem in Prose"之辨析

在文学革命时期，散文诗也是一种受到特殊关注的体裁。由于散文诗与诗有着密切的关系，很多关于诗的讨论，也延伸到了关于散文诗的讨论中。

1917 年，刘半农在《我之文学改良观》中使用了"散文诗"这一概念。他在提出通过"增多诗体"来进行韵文改良时，就指出："英国诗体极多，且有不限音节不限押韵之散文诗。"[①] 从这句话中，我们可以知道，在刘半农那里，散文诗的

---

① 刘半农：《我之文学改良观》，《新青年》第 3 卷第 3 期，1917 年 5 月 1 日。

本质仍然是诗，但它在形式上不同于一般的诗，"不限音节不限押韵"。但是，当时的白话新诗，也在尝试打破音节和押韵的限制，这是否意味着当时那些"不限音节不限押韵"的新诗，也都可以算是散文诗呢？很显然，对"散文诗"的真正内涵，当时的刘半农还没有表现出足够的认识。随后，他在《新青年》第4卷第5期上发表自己翻译的印度的拉坦·德维的《我行雪中》时，再次使用了"散文诗"这个称谓：

> 两年前，余浔此稿于美国"Vanity Fair"月刊；尝以诗赋歌词各体试译，均苦为格调所限，不能竟事。今略师前人译经笔法写或之，取其曲折微妙处，易于直达，然亦未能尽惬于怀；意中颇欲自造一完全直译之文体，以其事甚难，容缓缓"尝试"之。……
>
> "VANITY FAIR"月刊记者导言：——下录结撰精密之散文诗一章……①

从这段话中，我们发现，刘半农已经知道，这种"散文诗"，用中国已有的"诗赋歌词"体来翻译，是不可能的，因此，它是一种新的文体类型。而要将这种文体移植过来，只能放弃已有的文体类型，而通过"直译"的方式，创造一种新的文体。这就说明了对中国现代文学来说，"散文诗"是一种新的发明。但到底何为散文诗，仍然没有理论上的透彻的说明。

---

① 刘半农：《我行雪中》译者导言，《新青年》第4卷第5期，1918年5月15日。

到20世纪20年代初，散文诗的理论介绍有了新的突破。首先，刘延陵（YL）于1921年年底在《文学旬刊》上发表了《论散文诗》。在这篇文章中，刘延陵首先指出："白话诗在中国还未被一般人承认为诗，而散文诗的名辞又已自己自东西洋传来。"这就再次强调了散文诗是一种外来的文体。那么，到底什么是散文诗呢？

刘延陵没有正面回答这个问题，而是从诗的定义出发来间接地回答了这个问题。他指出，对诗歌来说，"他底重要的元素要不外情绪与美感两件事"，因此，"从真挚的情绪之中出来的文章，真能提醒人底美感的文章，无论是用散文写出，还是用规律的文句写出，都多少含着一点诗的性质"。这实际上道出了散文诗存在的合法性及其本质。简单地说，散文诗也是一种诗，因为它和诗一样，都是"情绪"的表达，能给人带来"美感"；而它与诗不同的地方，在于它的形式，即散文诗是用散文写出的，而诗歌则在形式方面有特殊的要求，是用"规律的文句写出"的。至于"规律的文句"，是不是刘半农所说的在"音节"和"押韵"方面有限制，刘延陵并没有明示。不过，他引用了英国诗人柯尔律治（Coleridge）的一句话来说明有规律的文句也不一定就是诗歌："诗底反面不是散文乃是科学；散文底反面不是诗，乃是有规律的文句。"因此，他最终的呼吁就是："我们要白话诗，要散文诗，要打破一切形式的束缚而能自由表现精神的一切自由诗呢！"①如果说白话诗相对于古代诗歌来说是自由的，那么，散文诗则在白话诗的基础上

---

① YL：《论散文诗》，《文学旬刊》第23期，1921年12月21日。

又进了一步。倡导散文诗的一个潜在目的，就是提供一种更加自由的自我表达方式。这无疑是符合当时的时代思潮的。

对于刘延陵的这篇文章，郑振铎认为"简单了些"，因此，专门写了一篇《论散文诗》来阐述自己的观点。郑振铎也是从诗的定义出发来论述散文诗的本质的。与刘延陵的"简单"不同，他列举了欧美十多位诗人、批评家关于诗歌的本质的论述。这些论述大致分为两类，一类认为诗歌的本质在于韵律，一类认为诗歌的本质在于情感。对于第一类说法，郑振铎明确指出："我们要晓得诗的要素，决不在有韵无韵。"从这些说法中，归纳总结出了诗歌的四要素："情绪""想像""思想""形式"。对于所谓"形式"，郑振铎补充说："诗是用最能传达，最美丽的形式，采做传达诗的情绪与诗的想像与诗的思想的。"不过，形式是常常变化的。从古代到现代，诗的形式变得越来越自由了。散文诗就是在这种背景下出现的。既然散文诗是更加自由的诗体，那么，它与诗的区别，具体又表现在哪些方面呢？郑振铎引用了大卫·兰尼（Davic Rannie，1857—1923）的《文体纲要》（*The Eelements of Style*）一书中的观点来说明：

（一）"诗比散文更相宜于知慧的创造"；

（二）"诗是偏于表现文学的个人主义，就是适宜于表现自己，或自己的感情，散文偏于文学的实用主义"；

（三）"诗是偏于暗示的；散文则多为解释的"；

（四）"诗的感动力比散文更甚"；

（五）"诗比散文更适宜于美的表现"。

由此，"在理论上，散文诗的立足点，也是万分的稳固。

并且'我们固不坚执的说，诗非用散文做不可'，然而在实际上，诗确已有由'韵'趋'散'的形势了"①。这实际上仍然是刘延陵的观点，不过，如果说散文的形式在一定程度上就是散文诗的形式的话，那么，郑振铎这篇文章的进步在于，将散文诗与诗的区别讲得更清楚具体了。

读了郑振铎的文章后，王平陵特地写下了《读了〈论散文诗〉以后》一文进行声援。在文中，他同意了郑振铎关于诗歌的定义，并且写道：

> 古代环境单简，由单简的环境内所发生的情绪和想像，也是浅薄而有限；所以尚适宜于韵文的表现。近代的种种情形，却于古代适得其反，如若仍用矫揉造作的韵文来表现，不但没有修琢的闲工夫，而且不能呈露作者底深意；所以由韵文诗而进为散文诗，是诗体的解放，也就是诗学的进化……②

很明显，他同样也是从诗体进化的角度来论证散文诗的合法性的。

在王平陵之后，滕固也加入到了讨论中。他指出："散文诗这个名词，我国没有的。"这个词在西文中，是散文与诗两个词组合起来的。在法文中，它叫"Petits poèmes en prose"，在德文中叫"Gedichte in Prosa"，在英文中叫"Poems in

---

① 西谛：《论散文诗》，《文学旬刊》第24期，1922年1月1日。

② 王平陵：《读了〈论散文诗〉以后》，《文学旬刊》第25期，1922年1月11日。

Prose"。这也明确了散文诗是一种外来文体的事实。他还指出："散文诗定义，在诗的定义中已包括了。"这也等于承认散文诗是诗歌的一种。他关于散文诗的简单的定义就是"用散文写的诗"。

与郑振铎等人强调散文诗的自由不同，滕固则着重区别散文诗和一般散文。他以爱伦·坡的散文诗为例，指出散文诗相对于一般的散文而言，有一种"散文的韵律"（prose reythm）。一篇散文，如果没有"散文的韵律"，则只能是一般的散文。那么，何谓"散文的韵律"？

滕固指出："这种韵律，各人各有的并不是中国的平仄一东二冬；西洋长短抑扬。在乎形式上的美，内在的响亮；使读者更进一层的感觉。"[1] 这就是说，散文的韵律，是一种内在的节奏，需要通过感知才能察觉，而不是外在的音韵上的平仄、抑扬等。

综合以上各种说法，散文诗的概念就比较清楚了。我们可以说，散文诗是诗歌的一种；它采用的是散文的形式，与一般的诗歌相比，其形式比较自由；但与一般的散文相比，它又有一种内在的韵律。

除了在理论译介方面下功夫外，新文学作家们还翻译了大量的散文诗作品。现在很多人都把刘半农视为中国现代散文诗的创始人，因为他是最早使用散文诗这一概念的。不过，刘半农并不是最早翻译外国散文诗的人。滕固认为，周作人在《域外小说集》中翻译过的爱伦·坡的《默》，就是散文诗。然而，

---

① 滕固：《论散文诗》，《文学旬刊》第 27 期，1922 年 2 月 1 日。

在《域外小说集》中，周氏兄弟标上的却是"寓言"。显然，他们当时还不能清楚地识别这种文体。同样早年的刘半农也不能识别这种文体。1915 年，他在《中华小说界》第 2 卷第 7 期上发表了自己翻译的屠格涅夫的四首散文诗，包括《乞食之兄》《地胡吞我之妻》《可畏哉愚夫》《蟊妇与菜汁》，总题为《杜瑾讷夫之名著》。在前记中，刘半农说："杜氏成书，凡十五集。诗文小说并见。然小说短篇者绝少。兹于全集中，得其四。……措词立言，均惨痛哀切，使人情不自禁。余所读小说，殆以此为观止，是恶可不译以饷我国之小说家。"① 在当时，他还是把这些作品当成短篇小说来看待的。

1917 年，刘半农在《我之文学改良观》中使用了"散文诗"这一称谓；1918 年，又在《我行雪中》的前记里使用了这一概念。随后，他又在《新青年》第 5 卷第 3 号上发表了《译诗十九首》，其中就包括散文诗，比如泰戈尔的《海滨》《同情》；屠格涅夫的《狗》《访员》。在当时，刘半农看重的是散文诗的自由的体式。他希望借此来促进新诗的实验。

除了屠格涅夫外，波德莱尔的散文诗受到了新文学家的关注。1919 年，周作人在《新青年》第 6 卷第 2 期上发表的《小河》一诗的前记中，提到了自己的这首诗与"法国波德莱尔提倡起来的散文诗，略略相像"。随后，李璜在 1921 年 6 月 15 日出版的《少年中国》第 2 卷第 12 期上发表的《法兰西之格律及其解放》一文中梳理法国诗歌发展史时谈到了"波得乃

---

① 半侬：《杜瑾讷夫之名著》，《中华小说界》第 2 卷第 7 期，1915 年 7 月 1 日。

尔"，指出法国诗歌因为他和威尔乃伦才实现了格律的大解放。[①] 随后，在《少年中国》第3卷第45期上，田汉发表了现代中国第一篇全面介绍波德莱尔的重要论文《恶魔诗人波陀雷尔的百年祭》。但这篇文章重在介绍波德莱尔的生平、美学思想和一般的诗歌作品，并没有谈到散文诗的问题。1921年11月14日，周作人（仲密）在《晨报附镌》上发表了《三个文学家的纪念》，其中也谈到了波德莱尔，也未提及散文诗的问题。

关于波德莱尔的作品的翻译，有周作人（仲密）发表于1922年3月10日出版的《小说月报》第13卷第3号上的《窗》（Les Fenêtres），1922年6月10日出版的《小说月报》第13卷第6号上又发表了周作人翻译的《游子》（L'Etranger）。这两首散文诗后来都收入了《陀螺》中的"散文小诗"辑下（《游子》改题为《夕乡人》），同时收入的还有《狗与瓶》《头发里的世界》《穷人的眼》《你醉》《月的恩惠》《海港》等。周作人在后记中提到"现代散文诗的流行，实在可以说是他的影响"。

滕固说："除了英国美国的许多散文之作家以外，法国的鲍多莱耳（Baudelaire）也很早的用散文来做诗。俄国的屠格涅夫也做了五十篇的散文诗。印度的泰戈尔译他自己的著作为英文，也用的是散文诗体。"[②] 实际上，对中国现代散文诗产生了重大影响的，除了屠格涅夫和波德莱尔外，就要数泰戈

---

① 李璜：《法兰西之格律及其解放》，《少年中国》第2卷第12期，1921年6月15日。

② 滕固：《论散文诗》，《文学旬刊》第27期，1922年2月1日。

尔了。

1915 年 10 月 15 日，陈独秀在《新青年》第 1 卷第 2 号上发表了自己翻译的泰戈尔的《吉檀迦利》中的四首诗，题名为《赞歌》。陈独秀称泰戈尔是"印度当代诗人，提倡东洋之精神文明者"①，并未对他的散文文体进行评价。当时身处日本的郭沫若也在"泰戈尔热"中开始翻译他的作品。② 到 20 世纪 20年代初，中国的泰戈尔译介进入了高峰期，出现了大量关于他思想、生平的介绍文章以及对他的作品的翻译。③

此外，还必须提到鲁迅对尼采的翻译。鲁迅早年曾用文言翻译过尼采的散文诗《察罗堵斯德罗绪言》，后来又用白话重新翻译，改题为《察拉图斯忒拉的序言》，发表于 1920 年 9 月1 日《新潮》第 2 卷第 5 期，署名唐俟。在鲁迅的散文诗中，我们能隐约找到这首散文诗的影子。

在翻译之余，新文学家们也积极地进行散文诗的创作实验。1918 年，刘半农发表在《新青年》第 5 卷第 2 期上的《晓》，被认为是现代中国的第一首散文诗。它的开头是这样的：

　　　　火车——永远是这么快——向前飞进。

　　　　天色渐渐的亮了；不觉得长夜已过，只觉得车中的灯

---

① 陈独秀：《赞歌》后记，《新青年》第 1 卷第 2 期，1915 年 10 月 15 日。

② 郭沫若：《太戈尔来华的我见》，《创造周报》第 23 号，1923 年 10 月 14日。

③ 具体可参见孙宜学：《泰戈尔与中国》，桂林：广西师范大学出版社 2005年版。

一点点的暗下来。

车窗外面——

起初是昏沉沉的一片黑，慢慢露出微光，露出鱼肚白的天，露出紫色，红色，金色的霞来……

这首散文诗写的是"我"坐在火车中见到黑暗渐渐褪去、黎明即将到来时的心境。对景物、光线、色彩的描写，无不渗透着作者的感情。而他所使用的句式，长短相杂，短的不过两字（"火车""红色""金色"），使得感情的跳跃更加急促，而长的却有像"只觉得车中的灯一点点的暗下来""起初是昏沉沉的一片黑"这样舒缓的句子。这样，它的感情表现，就处在了一种急和缓之间，浓与淡之间，既不同于诗，也不同于散文。

不过，在当时，被人称为"第一首散文诗"的，却是沈尹默于 1918 年 1 月 15 日在《新青年》上发表的《月夜》：

> 霜风呼呼地吹着，
>
> 月光明明地照着。
>
> 我和一株顶高的树并排立着，
>
> 却并没有靠着。

在《一九一九新诗年选》中，编者（愚菴，即康白情）称它"在中国新诗史上，算是第一首散文诗"。[1] 在书后的

---

① 愚菴：《月夜》评语，见《新诗年选》，上海：亚东书局 1922 年版，第 52 页。

《一九一九年诗坛略记》中，编者又称它是"第一首散文诗而备具新诗的美德"。① 不过，后来，废名在《谈新诗》中谈到这里的"散文诗"的提法时说："他所谓的'散文诗'，我们可以心知其意，实在这里'散文诗'三个字恐怕就是'新诗的美德'。与《月夜》同刊的那一些新诗，正是不能有这个散文诗的美德，乃是旧诗的余音。"② 与沈尹默的诗歌同期发表的有胡适的《鸽子》、《人力车夫》等。在废名看来，这些诗还保留着明显的旧体诗词的痕迹，而与之相比，这首《月夜》相对自由了，因此才说它"备具新诗的美德"。这里的"散文"显然是与"韵文"相比的，但与后来的散文诗所要求的自由度相比，可能还存着差距，因此，废名保留着对"散文诗"的这一提法的疑问。

在 20 年代出现的散文诗集，最重要的要数鲁迅的《野草》。《过客》中那个固执地独自前行的过客，明显就是他所翻译的《察拉图斯忒拉的序言》中的主人公的化身。这位过客不知道自己从哪里来，也不知道要到哪里去，只是被内心的一个声音召唤着。这样一个向死而生的求索者，也是鲁迅的自况。

在散文诗的创作上有重要贡献的冰心，则体现了泰戈尔在中国的影响。20 年代初，她所发表的《山中杂感》《图画》《回忆》《往事》《梦》《笑》等散文诗，大多歌颂童真、亲情和大自然。和泰戈尔的散文诗一样，这些作品也大多使用自然意象，比如风、雨、花、月、云等。比如，《往事》（十四）

---

① 编者：《一九一九年诗坛略记》，见《新诗年选》，第 2 页。
② 废名：《沈尹默的新诗》，见《谈新诗》，沈阳：辽宁教育出版社 1998 年版，第 37 页。

这样描写大海：

> 她住在灯塔的岛上，海霞是她的扇旗，海鸟是她的侍
> 从；夜里她曳着白衣蓝裳，头上插着新月的梳子，胸前挂
> 着明星的璎珞，翩翩地飞行于海波之上……

一个圣洁、美丽、慈爱、超脱的"海之女神"，跃然纸上。"海霞是她的扇旗，海鸟是她的侍从"略微带有韵文的严整，而"夜里她曳着白衣蓝裳，头上插着新月的梳子，胸前挂着明星的璎珞，翩翩地飞行于海波之上"又是散文的句式。这正是散文诗的形式要求的明确体现。

第三节　"Short story" 及其不满

在文学革命初期，胡适除了积极进行白话诗和散文诗实验外，还十分关注现代小说的建设。不过，在当时，新文学作家们还来不及思考并试验长篇小说，因而，把主要精力放在了短篇小说上。胡适甚至有意地排斥长篇小说。他的理由是："最近世界文学的趋势，都是由长趋短，由繁多趋简要。……小说一方面，自十九世纪中断以来，最通行的是'短篇小说'。"[①] 在这样的背景下，短篇小说的翻译介绍和文体建设，成为了文

---

① 胡适：《论短篇小说》，见《短篇小说》（第一集），上海：亚东图书馆1930年版，第180页。

学革命初期的一个热点。在当时，《新青年》团体的胡适、周作人和鲁迅，以及后来的文学研究会的沈雁冰、谢六逸等，都在极力从事短篇小说的理论介绍、翻译和创作。

在《新青年》1—9卷上，共发表有短篇小说44篇，而这其中，原创只有9篇，翻译则有35篇。翻译者包括陈嘏（陈遐年）、胡适、鲁迅、周作人、沈雁冰、刘半农、沈泽民、汪中明、央庵（孙毓筠）等。

在《新青年》团体中，胡适是在短篇小说的理论方面贡献最大的人。他自己却没有进行短篇小说的创作。他说："我是极想提倡短篇小说的一个人，可惜我不能创作，只能介绍几篇名著给后来的新文人作参考的资料。"① 由此，他表明了要以翻译短篇小说作为创作的"模范"的意图。

在"文学革命"之前，胡适的翻译工作就开始了。他先后翻译了法国都德的《最后一课》和《柏林之围》，以及莫泊桑的《梅吕哀》《二渔夫》《杀父母的儿子》等作品。在翻译过程中，他开始了对现代短篇小说的文体的思考。

胡适最先引入了短篇小说的概念。他首先否定了传统的杂记、杂纂等是"短篇小说"（short story）：

> 中国今日的文人大概不懂"短篇小说"是什么东西。现在的报纸杂志里面，凡是笔记杂纂，不成长篇的小说，都可叫做"短篇小说"。……西方的"短篇小说"（英文叫做Short story），在文学上有一定的范围，有特别的性

---

① 胡适：《译者自序》，见《短篇小说》（第一集），第2页。

质，不是单靠篇幅不长便可称为"短篇小说"的。①

由此可以看出，"short story"虽也被译为"小说"，但它不同于中国已经存在的小说，而是一种全新的外来的文体类型。胡适自己给它的定义是："短篇小说是用最经济的文学手段，描写事实中最精彩的一段，或一方面，而能使人充分满意的文章。"胡适明确承认，短篇小说是一种来自西方的文体。但他却在这个新的文体概念的引导下，"发现"了中国的短篇小说，并塑造出了中国自己的短篇小说史，这其中包括先秦的寓言、汉代至唐代的"杂记"，甚至还有《孔雀东南飞》《木兰辞》《石壕吏》《琵琶行》等。②这也可以看出，用"小说"来翻译"short story"，就是以中国传统的"小说"这种体裁为基础，来接受西洋的"short story"这种文学体裁。在翻译的时候，中国古代的某些小说观念，也必然渗透到对西方的"short story"的理解中，由此造成的后果就是，新文学家的小说，虽然是一种全新的体裁，但与传统的小说仍然具有割不断的联系。

胡适对短篇小说的文体特征进行了解说。他认为，首先，由于短篇小说应该写"事实中最精彩的一段或一方面"，因此，应该写"横截面"而不是"纵剖面"。所谓"纵剖面"，就是"从头看到尾，才可看见全部"，而所谓"横截面"，就是从某一部分截开，而如果这一部分正好"截在要紧的所在"，就可

① 胡适：《译者自序》，见《短篇小说》（第一集），第157—158页。
② 胡适：《论短篇小说》，见《短篇小说》（第一集），第158—180页。

以代表一个人、一个国家或一个社会，因此，也就是"最精彩"的部分。换句话说，他认为短篇小说的叙事，在时间上不应该采用从头至尾的完整结构，而应该横向地截取一个"面"来描写。为此，他特地举出了自己所翻译的都德的《最后一课》（《割地》）、《柏林之围》，以及莫泊桑的《二渔夫》来作为证明。这三篇小说都是写的普法战争的事情，但并未从头至尾介绍普法战争。《最后一课》只是以一个小学生的口吻来讲述他的最后一堂法语课的故事。"一切割地惨状，都从这个小学生眼中看出，口中写出。"①《柏林之围》仅仅截取一位老军官的生活来反映整个时局。莫泊桑的《二渔夫》则写两个法国渔民被普军抓获后英勇献身的故事。

在《新青年》上，发表翻译小说最多的是周作人。从1918年起，他在《新青年》上一共发表了翻译小说21篇，约占《新青年》上所登载的小说的一半，堪称《新青年》上最大的翻译家。他的翻译作品包括：《童子 Lin 之奇迹》（俄国梭罗古勃）、《皇帝之公园》（俄国库普林）、《不自然淘汰》（瑞典斯特林堡）、《改革》（瑞典斯特林堡）、《扬奴拉媪复仇的故事》（新希腊 A. Ephtaliostis）、《扬民思老爷和他驴子的故事》（新希腊 A. Ephtaliostis）、《酋长》（波兰显克微之）、《空大鼓》（俄国托尔斯泰）、《小小的一个人》（日本江马修），等等。这些作品，后来都收入了1920年8月北京大学出版部出版的《点滴》中。

在这一时期，周作人最重要的小说理论文章是《日本近三

---

① 　胡适：《论短篇小说》，见《短篇小说》（第一集），第161页。

十年小说之发达》。在这篇文章中，他也谈到了小说的形式问题："新小说与旧小说的区别，思想果然重要，形式也甚重要。旧小说的不自由的形式，一定装不下新思想……"他认为解决中国当下的小说界的问题的"切要办法"，就是"提倡翻译及研究外国著作"。① 不过，他在翻译介绍外国小说的时候，主要注意的，还是其中的"人道主义"。而在小说文体方面，引起他特别兴趣的，是库普林的《晚间的来客》。在这篇小说的译后记里，周作人写道：

> 库普林的这一篇小品，做法很特别，只因为听到敲门声，便发生许多感想，写了一大篇文章。我译这篇，除却介绍库普林的思想之外，就因为要表示在现代文学里，有这一种形式的短篇小说。小说不仅是叙事写景，还可以抒情；因为文学的特质是在感情的传染，便是那纯自然派所描写，如淑拉（Zola）说，也仍然是"通过了作者的性情的自然"，所以这抒情诗的小说，虽然形式有些特别，却具有文学的特质，也就是真实的小说。内容上必要有悲欢离合，结构上必要有葛藤，极点，收场，才得谓之小说：这种意见，正如十八世纪的戏曲的三一律，已经是过去的东西了。②

从这段话中我们可以看出，他对小说文体的理解，首先是

---

① 周作人：《日本近三十年小说之发达》，《新青年》第 5 卷第 1 号，1918 年 7 月 15 日。
② 周作人：《晚间的来客》译后记，见《点滴》（上），第 166—167 页。

基于他对文学的理解："文学的特质是在感情的传染。"库普林的这篇作品，正是传达了某种"感情"，而且，它的最大的特征，就在于以"抒情"为主，而不是以叙事为主。不过，这篇小说也不能说就是"抒情诗"，因为它毕竟还是讲述了一个故事。只不过这个故事的讲法，与传统的小说不同。首先，在内容上，它并不是一个完整的故事，并不是"悲欢离合"一应俱全。这正好实践了胡适所介绍的描写"横截面"的理论。其次，在小说的结构安排上，也没有采用起点、发展、高潮、结局的模式，没有了这种结构上的束缚，作者才有可能将一种微妙的感情写得十分细腻生动。

在胡适和周作人之外，《新青年》团体中对短篇小说贡献最大的，要数鲁迅了。鲁迅早年在小说方面的实践，主要是翻译。他曾回忆说，自己在文学革命前："也不是自己想创作，注重的倒是在绍介，在翻译。"但在文学革命发生后，他率先进行了短篇小说的创作实验，并取得了成功。先前的翻译工作毫无疑问为他的小说创作积累了许多经验，因而他承认自己做小说"大约所仰仗的全在先前看过的百来篇外国作品和一点医学上的知识，此外的准备，一点也没有"。①

鲁迅对于短篇小说的贡献，主要在创作。他在《新青年》上发表了五篇原创小说，是数量最多的，而《狂人日记》则是《新青年》上的第一篇原创的白话小说。后来，他推出了中国现代重要的短篇小说集《呐喊》。对于鲁迅在小说文体上的创

① 鲁迅：《我怎么做起小说来》，见《鲁迅全集》（第4卷），北京：人民文学出版社2005年版，第526页。

造，沈雁冰很早就注意到了，"在中国新文坛上，鲁迅君常常是创造'新形式'的先锋。《呐喊》里的十多篇小说几乎一篇有一篇新形式。"①

在这部小说中，《狂人日记》采用了摘抄日记的方式来连缀主人公生活中的几个断片，但注重的是心理。小说采用日记体，很方便地将这些断片连缀在了一起。这就摆脱了传统小说那种从头到尾讲述一个单一的故事的套路。沈雁冰评价说："在青年方面，《狂人日记》的最大影响却在体裁上，因为这分明给青年们一个暗示，使他们抛弃了'旧酒瓶'，努力用新形式，来表现自己的思想。"②

《孔乙己》《阿Q正传》《白光》则都以人物为中心，重在刻画他们的形象。《孔乙己》以小伙计的眼光巧妙地连缀了孔乙己生活中的几个片段，并没有一个中心故事，各个片段只是为了呈现他的性格的某一方面而存在。《阿Q正传》采用的是某种类型的传记体的形式，讲述了阿Q的一生。小说看似采用了"纵剖面"的写法，但实际上，仍然是片段的连缀。这些片段虽然在时间上有先后关系，但都是相对独立的故事，而且，这些故事都呈现着各自的主题，如姓氏问题、优胜策略、恋爱问题、生计问题等。这些片段又都围绕着阿Q的性格展开。因此，这部小说在结构上实际是横截面的叠加。《白光》讲述的是陈士成落榜后的一连串心理活动，整篇小说也是以心理状态的变化布局的。

---

① 雁冰：《谈〈呐喊〉》，《文学周报》第91期，1923年10月8日。
② 同上。

《药》《明天》《一件小事》《头发的故事》《风波》《故乡》《端午节》则都以生活画面为中心，呈现不同群体的人的不同思想、性格和命运。《药》采用了双线的结构，一面写华老栓为儿子寻找人血馒头治病的故事，一面写革命者夏瑜英勇就义的故事。两条线索交叉进行，互相渗透。《明天》《一件小事》《头发的故事》《风波》《故乡》《端午节》等几乎都采用横断面的写法。《明天》写单四嫂子丧子后的凄凉，是真正的横断面的描写，并不交代人物的前世今生，却将人物的命运写得十分生动。《一件小事》写我和人力车夫之间的一件琐事，截取的仅仅是生活中的一个小片段，但作者有意通过自己的反思，将它放入"几年来的文治武力"以及我自己从乡下进入城里后脾气和思想的变化这一背景中，既从侧面呈现了社会历史整体风貌，也讲述了一个人的成长故事。《头发的故事》以辫子的"剪"或"留"这一矛盾为中心，呈现了历史波谲云诡的变化。这篇小说以我的"前辈先生 N"来找我"谈闲天"为缘起，采用了对话体，而这场对话，又以这位"先生 N"为主，不免让人想到了阿尔志跋绥夫的《工人绥惠略夫》中绥惠略夫的演说场景。这种略带演说性质的小说，使得很多历史和社会事件，以及作者的思想，能够自然地被纳入进来。《风波》写的是皇帝复辟的谣言给一群江南水乡的人所带来的思想和生活上的微妙变化。小说并不正面描写当时的社会大事件，而只是细致地刻画乡民日常生活中的种种细节，但却深刻地讲述了历史的变化及其背后的原因。社会政治的黑暗与国民心里的劣根性之间的关联，在这篇小说中被清楚地呈现出来了。《故乡》截取了"我"的一次回乡经历素材，以"离去—归来—离去"

的模式，讲述了"我"的成长过程。"我"的第一次离去，从故乡到城里，是一种成长；而这一次的回乡，与闰土、杨二嫂发生了精神上的碰撞，然后引发了对所谓"希望"的哲理反思，这又是一次成长。《端午节》以方玄绰的家庭生活为中心，截取了他讨薪这件事为主要素材，呈现了知识分子的性格中的某些特征。

通过以上简单的梳理，我们可以发现，鲁迅的短篇小说，大致还是奉行了写横断面的原则的，但是，他将这一原则大大地丰富了。通过采用日记体、传记体、对话体等方式，他将不同的断面叠加在了一起，而这种叠加，又围绕着某个中心展开，因此，可以说，这是一种扇面的结构。鲁迅的出现，让白话短篇小说迅速取得了成功，成为文学革命的重要成绩。

文学研究会成立后，短篇小说的翻译十分繁盛。《小说月报》《文学旬刊》《文学》《文学周报》等刊物上，发表了大量的翻译小说。文学研究会最重要的小说翻译者有沈雁冰、郑振铎、耿济之等。

沈雁冰在这一时期的小说翻译，主要选取的对象是东欧弱小民族作家的作品。他的翻译作品主要包括《一个英雄的死》（匈牙利拉兹古）、《愚笨的裴纳》（捷克斯洛伐克尼鲁达）、《禁食节》（犹太裴莱兹）、《布宜诺斯艾利斯莱的人》（犹太肖洛姆–阿莱汉姆）、《旅程》（捷克捷赫）、《拉比阿契巴的诱惑》（犹太宾斯奇）、《却绮》（亚美尼亚阿哈洛宁）、《复归故乡》（匈牙利拉兹古）等数十篇。

在这一时期，沈雁冰也积极参与到了短篇小说文体的探索中。1922 年，在《小说月报》上，先后有读者质疑新文学的成绩，尤其是短篇小说的创作。首先是读者谭国棠致信《小说月报》，指出短篇小说创作中存在的问题：

> 便是那些短篇中，也是描写人生断片的作品少，而记事体式的杂感式的作品多。此等作品，其味甚淡，看惯刺激性极强的红男绿女的小说的中国人，一定觉得干枯无味。况且实际上这些小说本来用意既极浅薄，情节亦颇简单。①

在这里，他主要从文体的角度指出了新文学的短篇小说建设中所存在的问题。在他看来，很多短篇小说并没有真正贯彻"描写人生断片"的要求，而只是松散的"记事体式的杂感式的作品"。这势必不能引起读者的审美兴趣。

随后，汪敬熙也发表了自己的看法。他认为新文学受到了三大桎梏的束缚，其中之一就是"专重短篇小说"（另外两种是"写实主义或新浪漫主义"和"人的文学"）。关于短篇小说，他也是从文体方面进行质疑的：

> 近年出的小说全是短篇。木的截面固然能代表其一生的经验。但是真要知道他一生的全体，还是非观察他自种子至成大树的历史不可。有切面不对的时候，我们还不能得其能代表生活的片影。②

———————————

① 谭国棠的信，见《小说月报》第 13 卷第 2 期，1922 年 2 月 10 日。
② 汪敬熙：《为什么中国今日没有好小说出现?》，《小说月报》第 13 卷第 3 期，1922 年 3 月 10 日。

汪敬熙主要质疑短篇小说只描写横断面，不能满足反映整个人生的要求。不过，短篇小说本身的文体特征和功能，就是通过描写横断面来让人窥见整个的人生。汪敬熙所不满的，还是当时文坛长篇小说太少的状况，而不是短篇小说本身。

对于这些责疑，当时的沈雁冰还只能用"我国新文学方在萌芽，没有大著，乃当然之事"[1]、"时机未成熟"[2] 这样的措辞来回答。不过，随后，他开始更加积极地思考短篇小说的发展问题。在这些思考中，有不少文体方面的关注。在《自然主义与中国现代小说》一文中，他谈到了对短篇小说的文体的理解：

> 短篇小说的宗旨在截取一段人生来描写，而人生的全体因之以见。叙述一段人事，可以无头无尾；出场一个人物，可以不细叙家世；书中人物可以只有一人；书中情节可以简至仅是一段回忆。这些办法，中国旧小说里本来不行，也不是"第三种"小说的作者所能创造，当然是从西洋短篇小说学来的……[3]

在这里，他把胡适的理论说得更加清楚明白了，特别是短篇小说中的故事、人物的安排。他甚至明确指出，短篇小说

---

[1] 雁冰：《对〈沉沦〉和〈阿Q正传〉的讨论》，《小说月报》第13卷第2期，1922年2月10日。

[2] 雁冰：《为什么中国今日没有好小说出现》，《小说月报》第13卷第3期，1922年3月10日。

[3] 雁冰：《自然主义与中国现代小说》，《小说月报》第13卷第7期，1922年7月10日。

"最重要的是采取题材的问题"。选取人生的哪个横截面，设置什么样的人物，都可以归入到题材选择这一问题上。这样，他将短篇小说的文体论，具体化为一种具有指导意义的创作论了。

后来，他又从局部与整体的角度，深入地分析了短篇小说的文体特征：

> 我觉得要在古文中寻找近代短篇小说的艺术，很有点像拆北京的太和殿来造新式洋房。古文里的记序，果然也有许多明叙暗叙，推波助澜的手法，在"薄物短篇"的古文中，这些原也是文章的艺术，但是搬到近代短篇小说的艺术的主要点，不在表面的形式，而在内面的精神；这所谓精神就是一篇短篇小说所叙者虽只大千世界的繁复生活中的一篇，而其所表现的，却是这生活的全部。如果不能捉住这一点，那么，便只是一篇短篇的散文的叙述而已，不是近代的短篇小说。古文的小说，纵然也有像一篇小说，但至多不过是一篇散文的故事，不是我们所谓的"短篇小说"。①

他虽然强调的是反映"生活的全部"，但并不否认，这种反映是通过讲述"大千世界的繁复生活中的一篇"来实现的。而且，他把这看作是短篇小说的"内面的精神"，是与传统的小说体式相区别的重要因素。

----

① 沈雁冰：《杂感》，《文学》第 109 期，1924 年 2 月 18 日。

在文学研究会的成员中，谢六逸也曾经指出："长篇小说是描写人间生活的纵面，富于时间连续的性质。短篇小说则写人生的横断面，属于空间的，富于暗示的性质。"①其实，这种看法并不一定准确。事实上，短篇小说既有写"横断面"的，也有写"纵剖面"的。胡适、沈雁冰、谢六逸等人对"横断面"的一再强调，可能源于他们对"某生，某处人，幼负异才……一日，游某园，遇一女郎，睨之，天人也……"这种传统的"烂调小说"的痛恨。这种小说大多采用写"纵剖面"的形式，依照时间顺序，从头至尾讲述一个完整的故事。

当然，因为篇幅短小，在急于引进西方文学的时候，短篇小说显示出了自身的优势。而这种短小，也因为新文学作家们逐渐要求文学全面细致地反映生活，而变成了一种不足。长篇小说的翻译和创作，由此成为新文学作家必须面对的任务。

第四节 "Essay" 与传统资源之消长

散文的建设，也是文学革命的议题之一。不过，与其他文类相比，散文的翻译很少。这种状况的出现，与人们对中西散文的认识有关。陈独秀在谈到现代欧洲文艺状况时说："至若散文，素不居文学重要地位。"这种先入为主的见解，必然在一定程度上影响到人们翻译欧洲散文的热情。同时，尽管文学革命颠覆了许多中国已有的文学观念和文体类型，但对于中国

---

① 六逸：《小说做法》（续），《文学旬刊》第 17 号，1921 年 10 月 21 日。

古代的散文，还存有一份尊敬。1916 年 4 月 5 日，胡适在日记中谈到中国古代文学语言的变化时，梳理了中国散文史的发展线索，并进行了评价：

> 孔子至于秦汉，中国文体始臻完备……六朝之文亦有绝妙之作……然其时骈俪之体大盛，文以工巧雕琢见长，文法遂衰。韩退之"文起八代之衰"，其功在于恢复散文，讲求文法，一洗六朝人骈俪纤巧之习。此亦一革命也；唐代文学革命巨子不仅韩氏一人，初唐小说家，皆革命功臣也……"古文"一派至今为散文正宗，然宋人谈哲理者似悟古文之不适于用，于是语录体兴焉。……此亦一大革命也。……倘此革命潮流，不遭明代八股之劫，不受明初七子诸文人复古之劫，则吾国之文学必已为俚语的文学，而吾国之语言早成为言文一致的语言无可疑也。①

由此可以看出，胡适对中国古代的散文传统，大部分是比较认同的。这种认同，将文学革命塑造成了一场纠正历史偏向的"文艺复兴"式的运动。在这样的认识下，中国古代的散文传统，在文学革命中就得到了很好的保存。

胡适主要是从语言的角度来筛选传统的文类的。他在日记中说："宋人谈哲理者，似悟古文之不适于用，于是语录体兴焉，语录体者，以俚语说理记事。"又在《文学改良刍议》中

---

① 胡适：《留学日记·卷十二·三八 吾国历史上的文学革命》（1916 年 4 月 5 日），见《胡适日记全编》（2），第 352—356 页。

说："吾国言文之背驰久矣。自佛书输入，诨者以文言不足以达意，故以浅近之文译之，视为语录体之始。及宋人讲学以白话为语录，此体遂成讲学正体。"① 在《历史的文学观念论》中，他说："白话文学之种子已伏于唐人之小诗短词。及宋而语录体大盛……白话之文学，自宋以来，虽见屏于古文家，而终一线相承，至今不绝。"②

刘半农在《我之文学改良观》中，也谈到了散文的建设问题。在他的方案中，特别值得注意的是第二条："文言白话可暂处于对等地位"。其理由是："二者各有所长，各有不相及处，未能偏废。"③ 不过，刘半农强调，自己所坚持的"散文"的概念，与传统的观念不同："所谓散文，即文学的散文，而非文字的散文。"这样，他就把中国传统的"文"与西方文学分类中的"essay"区别开来了。"文字的散文"可以指很多种非文学性的文类，而西方的"essay"则是在"文学"这一概念下的文体分类。在这里，刘半农显然是用西方的"essay"的观念来重新观照了中国的散文发展史，重新激活了符合这一观念的传统资源。从这个意义上说，中国现代散文的发展，实际上就是利用新观念来整合传统资源，在此基础上进行创新。这其中，"改良"的意味要大于"革命"的意味。周作人后来在《中国新文学大系·散文一集·导言》中谈到散文"其成功又

---

① 胡适：《文学改良刍议》，《新青年》第 2 卷第 5 号，1917 年 1 月 1 日。

② 胡适：《历史的文学观念论》，《新青年》第 3 卷第 3 期，1917 年 5 月 1日。

③ 刘半农：《我之文学改良观》，《新青年》第 3 卷第 3 期，1917 年 5 月 1日。

似乎比较容易"的理由时，就肯定了这一点："现代的散文在新文学中受外国的影响最少，这与其说是文学革命的，还不如说是文艺复兴的产物，虽然在文学发达的程途上与革命是同一样的进度。"① 在他看来，中国已经有了比较成功的散文传统，在"文学革命"中，现代散文并不需要太多地借鉴外国文学就能够取得成功，而只需要用新的理念来将传统合法化即可。

在这样的格局下，新文学在散文建设方面的努力，大多集中在了散文理论的译介上面，而不是散文作品的翻译上。除了陈独秀、胡适、刘半农外，在散文理论的译介方面作出了重要贡献的还有傅斯年、周作人、王统照、鲁迅等人。

傅斯年在《怎样做白话文》中，找到了中国的"essay"："我所讨论的范围，仅限于无韵文。……又无韵文里头，再以杂体为例，仅当英文的 Essay 一流。"在他看来，中国的无韵文里的杂体，才是真正的散文（essay）。这就是新文学应该继承的东西。而根据西方的概念，散文应该包含这样几种类型："解论（Exposition）辩议（Argumentation）记叙（Narration）形状（Description）"。而且，对于散文的地位，傅斯年还附和了陈独秀的说法："散文在文学上，没甚高的位置，不比小说诗歌戏剧。"

在现代散文理论建设上，周作人的《美文》是一篇十分重要的文献。这篇文章很好地反映了文学革命时期散文建设的基本思路：

---

① 周作人：《中国新文学大系·散文一集·导言》，上海：良友图书公司 1935 年版，第 7 页。

外国文学里有一种所谓论文，其中大约可以分作两类。一批评的，是学术性的。二记述的，是艺术性的，又称作美文，这里边又可以分出叙事与抒情，但也很多两者夹杂的。……中国古文里的序，记与说等，也可以说是美文的一类。但在现代的国语文学里，还不曾见有这类文章，治新文学的人为什么不去试试呢？……我们可以看了外国的模范做去，但是须用自己的文句与思想，不可去模仿它们。①

在这篇文章中，他首先明确表示，新文学中所要建设的散文，是"外国文学"里的一种文类，而不是中国已有的文类。其次，中国"古文里的序，记与说"符合西方的散文观念和标准，可惜现代国语里没有，应该继续发扬。在这里，他表示出了对中国散文遗产的尊重，而对于外国的散文，他主张可以参考，但不能模仿。由此看来，在当时，对外国散文理论的需要，确实大过对外国散文作品本身的需要。

在周作人之后，在散文理论方面作出重要贡献的，还有王统照。他的《纯散文》和《散文的分类》是两篇散文理论的重要文献。在《纯散文》中，他所使用的，仍然是西方的概念，但不是一般的"essay"，而是"prose"。他将它译为"纯散文"。这种"纯散文"具有这样的特征："没有诗歌那样的神趣，没有短篇小说那样的风格与事实，又缺少戏剧的结构。"这种纯散文范围非常广泛，"西洋文学家之不以小说诗歌等名家

---

① 周作人：《美文》，《晨报副刊》1921 年 6 月 8 日。

的"人所作的理论文之外的文章，都可以包括在内。他举出的有威廉·詹姆斯（William James）、斯宾塞（Herbert Spencer）、柏格森（Bergson）、麦考莱（Macaulay）等历史学家、哲学家的名字。

在《散文的分类》中，他指出，"散文"与"纯散文"的区别在于，前者是与韵文相对而言的，包括小说、戏剧、传略、罗曼司、寓言、演说、书札文等。而纯散文则是在现代的"文学"这一系统下，小说戏剧之外的散文。这是一种具有文学性的文体。这一概念也与我们现在使用的"散文"概念相近。根据这一观念，王统照还是肯定了中国古代散文传统中的某些资源，比如"中国如著名的历史学家及文学家司马迁、刘知几、章实斋"等人的历史散文，以及"陶潜的《桃花源记》、邵长蘅的《青门老圃传》"等描写散文。

除了以上诸人，对中国现代散文理论作出了重大贡献的，是鲁迅。他的贡献，又主要体现在翻译厨川白村的《出了象牙之塔》。在本书第二节，厨川白村介绍了"essay"这一概念。他指出，"essay"是"和小说戏曲诗歌一起，也算是文艺作品之一体"，但将"essay"译为"随笔"是不对的，因为日本的"随笔"，是指"博雅先生的札记，或者炫学家的研究断片那样的东西"，与西文中的"essay"并不相同。在翻译这段文字时，鲁迅采取了很谨慎的态度，保留"essay"这个词不译，而直接采用了原文。厨川白村对这种文类的解说是：

　　如果是冬天，便坐在暖炉旁边的安乐椅上，倘在夏天，则披浴衣，啜苦茗，随随便便，和好友任心闲话，将这些话照样地移在纸上的东西，就是 essay。兴之所至，也说些不至头痛为度的道理罢。也有冷嘲，也有警句罢。既有 humor（滑稽），也有 pathos（感愤）。所谈的题目，天下国家的大事不待言，还有市井的琐事，书籍的批评，相识者的消息，以及自己的过去的追怀，想到什么就纵谈什么，而托于即兴之笔者，是这一类的文章。①

由此看来，"essay"是一种很随意的文体，不限风格，"也有冷嘲，也有警句罢。既有 humor（滑稽），也有 pathos（感愤）"；不限话题，"想到什么就纵谈什么"。那么，这种随意自由的文体，其本质何在？厨川白村说："在 essay，比什么都紧要的要件，就是作者将自己的个人底人格的色采，浓厚地表现出来。……乃是将作者的自我极端地扩大了夸张了而写出的东西，其兴味全在于人格底调子（personal note）。"这种自我张扬的文学体裁，与其他同样方便于自我表现的体裁的区别在于："用这种体裁是最为便当的。既不像在戏曲和小说那样，要操心于结构和作品中人物的性格描写之类，也无须像做诗歌似的，劳精敝神于艺术的技巧。"意思就是说，其他文类，都有特定的标准，比如戏曲和小说，对结构和人物描写有自己的要求，而诗歌则需要艺术技巧。只有这种"essay"是完全自由的。

根据厨川白村的这一理论，既然"essay"是完全自我表现

---

① 厨川白村：《出了象牙之塔·二 Essay》，鲁迅译，见《鲁迅译文全集》第2卷，福州：福建教育出版社2008年版，第306页。

的，因此，创作"essay"自然不需要模范。这也可能是现代作家不重视散文翻译的原因之一。

文学革命发生后，白话散文很快就取得了成功。首先最值得注意的，是《新青年》上的"随感录"这种新型的散文类型。写作随感录的有胡适、陈独秀、鲁迅、陶履恭、刘半农、周作人等人。这些随感录真正做到了"天下国家的大事不待言，还有市井的琐事，书籍的批评，相识者的消息，以及自己的过去的追怀，想到什么就纵谈什么"。随感录大多短小精悍，犀利凌厉，在社会批判和思想批判中发挥了十分重要的作用。

在"随感录"之后，周作人的小品散文是新文学界的重要成绩。他的《艺术与生活》《谈龙集》《谈虎集》《瓜豆集》《永日集》《自己的园地》等散文集都是现代散文中的精品。胡适在评估新文学的散文建设成绩时，就把周作人作为代表来表彰：

> 现代的白话散文很进步了。长篇议论文的进步，那是显而易见的，可以不论。这几年来，散文方面最可注意的发展，乃是周作人等提倡的小品散文。这一类的小品，用平淡的谈话，包藏着深刻的意味；有时很像笨拙，其实却是滑稽。这一类作品的成功，就可以彻底打破那"美文不能用白话"的迷信了。①

---

① 胡适：《五十年来中国之文学》，见《胡适文集》第4卷，北京：人民文学出版社1998年版，第399页。

在周作人之后，文学研究会的冰心、朱自清、许地山、王
统照等在散文创作上都有不俗的表现。白话散文由此也顺利地
立足。

鲁迅后来回顾五四时期散文的发展时说："散文小品的成
功，几乎在小说戏曲之上。"这种成功，有其文体上的原因：
"因为常常取法于英国的随笔（Essay），所以也带一点幽默和
雍容；写法也有漂亮和缜密的，这是为了对于旧文学的示威，
在表示旧文学之自以为特长者，白话文学也并非做不到。"他
所说的"幽默和雍容"，主要是英国的 essay 的随意性，"想到
什么就纵谈什么，而托于即兴之笔者"，而"漂亮和缜密"，则
体现了中国传统文章的影响，尽管新文学吸收这些特征是为了
反过来向旧文学示威。而后来小品文遇到危机，也与在文体上
"提倡那和旧文章暗合之点，雍容，漂亮，缜密"有关。

第五节　"易卜生热"之后戏剧的困境

陈独秀说"现代欧洲文坛第一推重者，阙为剧本"。这一
判断或许并不准确，但在文学革命初期，人们确实对话剧这种
体裁的建设十分重视。

林纾早年翻译过莎士比亚、易卜生的几种剧本。不过，他
的翻译遭到了后来者的批评。郑振铎说：

> 还有一件事，也是林先生为他的口译者所误的：小说
> 与戏剧，性质本大不同。但林先生却把许多极好的剧本，

译成了小说——添进了许多叙事，删减了许多对话，简直
变成与原本完全不同的一部书了。……林先生大约是不大
明白小说与戏曲的分别的——中国的旧文人本都不会分别
小说与戏曲，如小说考证一书，名为小说，却包罗了无数
的传奇在内——但是口译者何以不告诉他呢？

林纾和口译者用中国已有的小说这种体裁来翻译外国的剧
本中的故事。郑振铎说这是由于"那一二位口译者不读文学
史，及没有文学的常识所致的"。① 这表明，林纾及其合作者在
翻译的时候，并没有有意地要随之引入西方的文体分类知识。
这一任务，也是在文学革命时期，才开始受到人们重视的。

陈独秀在《现代欧洲文艺史谭》中提到"现代欧洲文坛第
一推重者，阙为剧本"。但新文学的倡导者们，对于如何发展
现代戏剧，却没有统一的意见。

早年曾从事过演剧生涯的刘半农，在《我之文学改良观》
中提出发展白话戏剧的办法在于改良旧戏："以现今白话文学
尚在幼稚时代，白话之戏曲，尤属完全未经发现（上海之白话
新戏，想钱君亦未必认为有文学价值之戏也），故不得不借此
以易于着手之已成之局而改良之，以应目前之急。"他提出的
方案包括："提高戏曲对于文学上之地位"、"用当代方言"、
去昆剧而就皮黄等。② 这里所说的"白话之戏曲"，实际上就
是西洋的话剧。与刘半农着眼于改良旧戏不同，胡适主张通过

① 郑振铎：《林琴南先生》，见《翻译论集（修订本）》，第249—250页。
② 刘半农：《我之文学改良观》，《新青年》第3卷第3期，1917年5月1
日。

翻译西洋话剧来建立现代的白话戏剧。他很早就注意到了西洋戏剧与中国戏曲的不同："剧中无人自语，谓之独白（soliloquy），颇似吾国之自白，尤似近日新剧中小连生诸人之演说，但西方之独语声容都周到，不如吾国自白之冗长可厌耳。独语为剧中大忌，可偶用不可常用，此剧独多用此法，以事异人殊，其事为不可告人之事，其人为咄咄书空之人，故不妨多作指天划地之语耳。吾国旧剧自白籍贯，生平职业，最为陋套，以其失真也。吾国之唱剧亦最无理。即如《空城计》，当有兵临城下尚缓步高唱之理？"① 在《建设的文学革命论》中，胡适谈到了欧洲戏剧体式的问题：

> 最近六十年来，欧洲的散文戏本，千变万化，远胜古代，体裁也更发达了，最重要的，如"问题戏"，专研究社会的种种重要问题；"象征戏"（Symbolic Drama），专以美术的手段作的"意在言外"的戏本；"心理戏"，专描写种种复杂的心境，作极精密的解剖；"讽刺戏"用嬉笑怒骂的文章，达愤世救世的苦心；……我们如果真要研究文学的方法，不可不赶紧翻译西洋的文学名著，做我们的模范。②

他所拟定的"翻译西洋文学名著的办法"之一，就是"全

---

① 胡适：《藏晖室日记·卷二 元年九月廿五日》（1912 年 9 月 25 日），见《胡适日记全编》（1），第 155 页。

② 胡适：《建设的文学革命论》，《新青年》第 4 卷第 4 期，1918 年 4 月 15 日。

用白话韵文之戏曲，也都译为白话散文"。①

但对于现代戏剧的理论探讨，直到"易卜生专号"的出版，才真正开始。1917 年 8 月 1 日《新青年》出到 3 卷 6 期后，因为多方面的原因而休刊了一段时间，到 1918 年 1 月 15 日又才复刊。胡适后来回忆这段经历时说："民国七年一月《新青年》复活之后，我们决心做两件事：一是不作古文，专用白话作文；一是翻译西洋近代和现代的文学名著。""易卜生专号"，正出现在这样的背景下。"这是我们第一次介绍西洋近代一个有力量的文学家"。②

该期刊载了胡适、罗家伦合译的《娜拉》、陶履恭译的《国民之敌》和吴若男译的《小爱友夫》，另外还有胡适的《易卜生主义》和袁振英的《易卜生传》。胡适的论文从文学、伦理、社会、宗教、法律、政治等方面对易卜生的戏剧作了深刻阐释。这篇文章把白话戏剧运动推向了一个更高的层次。

随后，在 1918 年 10 月 15 日出版的《新青年》5 卷 4 期发起了一场关于戏剧改良的讨论，发表了胡适的《文学进化与戏剧改良》、傅斯年的《戏剧改良各面观》和《再论戏剧改良》，并附录了欧阳予倩的《予之戏剧改良观》和张厚载的《我的中国旧剧观》，另外还是有宋春舫整理的《近世名戏百种目》。

在《文学进化与戏剧改良》中，胡适利用他的文学进化论原理来批评张厚载为旧戏所作的辩护，重申了通过引进西洋戏

---

① 胡适：《建设的文学革命论》，《新青年》第 4 卷第 4 期，1918 年 4 月 15 日。

② 胡适：《中国新文学大系·建设理论集·导言》，上海：良友图书公司 1935 年版，第 28 页。

剧来发展中国现代戏剧的主张：

> 现在中国戏剧有西洋的戏剧可作直接比较参考的材料，若能有人虚心研究，取人之长，补我之短；扫除旧日的种种"遗形物"，从用西洋最近百年来继续发达的新观念，新方法，新形式，如此方才可以使中国戏剧有改良进步的希望。[①]

为此，胡适利用他对西洋戏剧的了解，提出发展现代戏剧的方案：从观念上引入"悲剧观念"；在创作演出上，需要引入"文学的经济方法"（简洁、紧凑）。

而宣称自己"对于社会上新戏旧戏都是门外汉"的傅斯年，认为中国旧戏是"形式主义"的，"没有什么高尚的寄托"，"哲学是没有的"，"尽可当得玩弄之具，不配第一流文学"。[②] 注重"寄托"、"哲学"，反对游戏之作，是要让新思潮进入戏剧，成为表达现代人的生活、思想和情感的文学样式。

在这场大规模的、有组织的理论探讨中，改良旧戏的声音变得更微弱了，胡适一派占据了上风。然而，依照他们的意见，通过翻译、介绍西洋戏剧来发展现代戏剧，这一工作落实起来实属不易。

在文学革命初期，话剧建设上的重大事件，首先要数《娜

---

① 胡适：《文学进化与戏剧改良》，《新青年》第 5 卷第 4 期，1918 年 10 月 15 日。

② 傅斯年：《戏剧改良各面观》，《新青年》第 5 卷第 4 期，1918 年 10 月 15 日。

拉》的翻译。在推出这一剧本的时候，胡适特地撰写了《易卜生主义》一文，来阐释它的意义。这篇文章的中心，就是宣传所谓的"易卜生主义"：

> 易卜生最可代表 19 世纪欧洲的个人主义的精华，故我这篇文章只写得一种健全的个人主义的人生观。……把自己铸造成器，方才可以希望有益于社会。真实的为我，便是最有益的为人。把自己铸造成了自由独立的人格，你自然会不知足，不满意于现状，敢说老实话，敢攻击社会上的腐败情形，做一个"贫贱不能移，富贵不能淫，威武不能屈"的斯铎曼医生。……这个个人主义的人生观一面教我们学娜拉，要努力把自己铸造成个人；一面教我们学斯铎曼医生，要特立独行，敢说老实话，敢向恶势力作战。[1]

胡适对《娜拉》的肯定，主要在于它的思想价值，即它所体现的个性解放的理想和个人主义。这一点无疑非常符合五四时期的思想潮流。这部剧本也因此产生了巨大影响。胡适创作的独幕剧本《终身大事》就是对它的模仿。

《终身大事》作于 1919 年，是我国新文学史上的第一个白话剧本。这部剧本的写作，本来是为了美国大学同学会的一场晚会演出需要。但因为找不到女演员而没能上演。后来，剧本发表于《北京导报》。随后，又因为有一女子学校要排演，胡

---

① 胡适：《易卜生主义》，《新青年》第 4 卷第 6 期，1918 年 6 月 15 日。

适便和罗家伦合作，将它译成中文，发表在《新青年》第 6 卷第 3 号上。

这部剧本的大致情节是，女主角田亚梅与陈先生曾为东洋留学生，接受了新思潮，自由恋爱，而且还是多年的朋友。田亚梅的母亲虽然觉得陈先生可靠，但还是向观音菩萨求"神签"，请人算八字，得到的结果都是这门婚事不妥。田亚梅的父亲，对陈先生也很满意，而且并不迷信，但他又恪守族规，相信二千五百年前田陈为一姓，不宜通婚。眼看这场婚事就要落空，田女士毅然冲出了家庭的樊笼，留下一张纸条说："这是孩儿的终身大事。孩儿应该自己决断。"随后便坐陈先生的汽车走了。全剧也就到此结束。

从思想和内容上说，这个剧本属于所谓的"问题剧"，而从风格上说，胡适认为它是"游戏的喜剧"（farce）。这都属于西方的文体分类范畴。

除了胡适之外，在当时从事过戏剧翻译的还有：薛琪瑛、陈嘏、刘半农、陶履恭、吴弱男、陈衡哲、沈性仁、周作人、鲁迅、沈雁冰。但《新青年》上发表的剧本，总共就有 17 部，其中翻译占 13 部，原创只有 4 部。

从译者身份来看，剧本的译者比较分散，没有像诗歌和小说的翻译那样，集中在几位"文学革命"主要活动者上。这些译者当中，有一部分是"文学革命"中比较边缘的人物，比如薛琪瑛、吴弱男、沈性仁等，而他们的翻译动机，也各不相同。

薛琪瑛在《意中人》译序中谈到她对剧本的理解时说："曲中之义，乃指陈吾人对于他人德行的缺点。谓吾人须存仁爱宽恕之心，不可只知憎恶他人之过，尤当因人过失而生怜爱心，谋扶掖之。夫妇之间，亦应尔也。特译之以饷吾青年男女同胞。"她注重的是剧本的教育意义，期待这个剧本的翻译，能为年轻夫妇提供一种"新婚指南"。

陈嘏在《弗洛连斯》译序中说："剧中对话，饶有兴味。最后结束，亦芬芳悱恻，气力雄厚。短篇如此作，洵不多观。"他重视的是剧本的艺术价值。

胡适在谈到易卜生的剧本时说："他虽不肯下药，却到处告诉我们一个保卫社会健康的卫生良法。"① 可见，他注重的是剧本的思想价值。而鲁迅也是在这个意义上来理解自己的翻译工作的。在《一个青年的梦》译序中，鲁迅说："我以为这个剧本也很可以医许多中国旧思想上的痼疾，因此也很有翻成中文的意义。"②

而陶履恭在回忆沈性仁翻译《遗扇记》的动机时说："今年九月性仁在病院里，闷极无聊，我又没有工夫去陪伴他，乃请王尔德的《遗扇记》给她解闷。性仁喜欢这出戏里的故事，出院后就把他译出来了。"③ 可见是出于兴趣和偶然的时机。另外，关于沈性仁的翻译，沈亦云说："北京政府已屡屡欠薪，教育部与所属各大学尤苦，常久候得半月之薪。性仁以多产而病，且欲译书售稿，助家计而偿屋债。"④ 这说明她的翻译，很

---

① 胡适：《易卜生主义》，《新青年》第 4 卷第 6 期，1918 年 6 月 15 日。
② 鲁迅：《一个青年的梦·译者序》，《新青年》第 7 卷第 2 期，1920 年 1 月 1 日。
③ 陶履恭：《遗扇记·序言》，《新青年》第 5 卷第 6 期，1918 年 12 月 15 日。
④ 沈亦云：《二妹性仁》，见《亦云回忆》上册，台北：传记文学出版社 1980 年版，第 25 页。

大程度上是出于经济目的。

胡适、鲁迅等人的翻译，都是从思想改造、社会改造的角度着眼的，与新文化运动结合紧密。陈嘏关注的是作品的艺术价值。薛琪瑛注重剧本的教育意义。沈性仁的翻译，则是出于兴趣和经济原因。由此可以看出，在戏剧翻译过程中，翻译者的翻译动机不一，对待翻译对象的方式、认识和阐释水平各异，由此给现代戏剧的建设带来了比较复杂的局面。

事实上，除了具有高度组织性的"易卜生专号"引起了较大反响之外，《新青年》并没有很好地将剧本的翻译整合到"文学革命"中来。这种"思想"和"专业"的脱节，可能是"文学革命"中戏剧未能取得较大成就的原因之一。

另外，戏剧的情况与散文不同。因为中国有丰富的散文遗产，现代散文的发展不需要过多地依赖翻译，相反，因为审美习惯的不同，翻译的散文甚至还可能遇到接受上的障碍。而话剧则是一种从西洋引入的新的艺术形式，需要更多地依赖翻译。但《新青年》对剧本的翻译工作组织很不力，未能提供足够的"模范"。这是"文学革命"中戏剧成就不高的又一个原因。在《新青年》第5卷第4期上，宋春舫拟定了《近世名戏百种目》，选出了一百种西洋名戏，"预备我们译作中国新戏的范本"，但这一宏伟的计划未能很好地组织起来。沈雁冰也曾列出过《研究近代剧的一个书目》①，也都未能落实。而《新青年》在"易卜生专号"之后曾经计划出版的"萧伯纳专号"，也因为找不到译者而流产。

---

① 沈雁冰：《研究近代剧的一个书目》，《文学》第 81 期，1923 年 7 月 30 日。

下

篇

第四章　再造文明：
社会改良中的文学改良

在中国现代翻译史上，胡适占有不可忽略的地位。不过，就翻译作品的数量而言，胡适远不能与鲁迅、周作人等新文化运动同仁相比。而且，胡适的翻译活动主要集中在其中学时期到 20 世纪 20 年代中期这一段时间里。自离开北平前往上海后，胡适就很少从事翻译活动了。这表明，在胡适从一名中学生成长为新文化运动的核心人物这一段时间里，翻译是其文字生涯的重要组成部分。

胡适自己又是如何看待翻译的作用的呢？在 1919 年写作的《新思潮的意义》中，胡适指出，当时的新思潮，从根本上说是一种"评判的态度"。它有两种手段，一是"讨论社会上，政治上，宗教上，文学上种种问题"，即"研究问题"；二是"介绍西洋的新思想，新学术，新文学，新信仰"，即"输入学理"，也就是翻译。而其最终目的，就是"再造文明"。① 由此，文学在"研究问题"和"输入学理"这两个方面都是胡适所列出的重要议题，并最终服务于"再造文明"这一宏大的

---

① 胡适：《新思潮的意义》，《新青年》第 7 卷第 1 期，1919 年 12 月 1 日。

事业。

那么，什么是"再造文明"呢？胡适的翻译活动又是如何服务于这一目的的呢？

第一节　真国民：社会改良的精神基础

在上海求学期间，胡适就对社会改良表现出了极大的热情。他以《竞业旬报》为主要阵地，发表了一系列时评，对中国社会的种种问题展开了批判。比如，他批评国人把女人"当做男子的玩物一般"，"全不晓得叫那些女子读些有用的书，求些有用的学问"。[①] 他又批评上海的中国人"一个个穿着缎，欢天喜地，饮食醉饱"，却没有"一点儿的悲怀"，没有人"肯哀怜我们那几千几万最苦恼最可怜的同胞"。[②] 他还指出了中国人"有几条大毛病"，"第一条就是贪生怕死；第二条是没有爱人心，没有恻隐心；第三条是见义不为"。[③] 他又感叹"我国上至皇帝，下至小官，都是重迷信的"。[④] 在胡适那里，

---

①　希疆：《敬告中国女子》，《竞业旬报》第 3 期，1906 年 11 月 16 日（丙午年十月朔日）。

②　适广：《上海的中国人》，《竞业旬报》第 24 期，1908 年 8 月 17 日（七月廿一日）。

③　铁儿：《适盦平话》，《竞业旬报》第 24 期，1908 年 8 月 17 日（七月廿一日）。

④　铁儿：《论毁除神佛》，《竞业旬报》第 28 期，1908 年 9 月 25 日（九月朔日）。

这种种问题的根源，都在于国民的精神出了问题。为此，他希望通过《竞业旬报》进行精神上的疗救：

> 我们这个报，本来是想对于我们四万万同胞，干些有益的事业，把那从前种种无益的举动，什么拜佛哪！求神哪！缠足哪！还有种种的迷信，都一概改去，从新做一个完完全全的人，做一个完完全全的国民。大家齐来，造一个完完全全的祖国，这便是兄弟们的心思，这便是我们这个报的宗旨。①

从"做一个完完全全的人"到"做一个完完全全的国民"，最终"造一个完完全全的祖国"，便是胡适设想的救亡方案。而如何才能够"做一个完完全全的人"，"做一个完完全全的国民"呢？

在这一时期，胡适阅读了一系列英文的公民教育读本，如萨缪尔·戈德里奇（Samuel Goodrich）的《彼得·帕利通史》（*Peter Parley's Universal History*）、威廉·司卫顿（William Swinton）的《世界史纲》（*Outline of World's History*）、卡彭铁儿（George Carpenter）的《地理读本》（*Carpenter's Geographical Reader*），以及修·阿诺德－福斯特（Hugh Arnold-Foster）的《国民读本》（*The Citizen Reader*）、马威克（William Markwick）与史密斯（William Smith）的《真国民》（*The True Citizen：*

---

① 希僵：《本报之大纪念》，《竞业旬报》第 29 期，1908 年 10 月 5 日（九月十一日）。

How to Become One）等。

这些著作均以学生为主要阅读群体，且以公民教育为主要目的。比如《世界史纲》的作者指出，学习历史对"精神和道德的成长都很重要"，这"在一个自由、自治的国家里，是为成为一名公民做准备"。①《国民读本》的序言作者称，学童长大后，"作为爱国公民，也要履行服务国家的职责"，而"了解他们的国家制度，对履行这一职责会有很大的好处"。②《真国民》的作者称自己的写作意图在于"培养一种健全的人性，以在此基础上造就一种高级的公民"③。受这些读物的影响，胡适也为造就"完完全全的国民"而努力着。

他理想中的公民是这样的："第一，革除从前种种恶习。第二，革除从前种种野蛮思想。第三，要爱我们的祖国。第四，要讲道德。第五，要有独立的精神。"④ 这种理想的公民，主要存在于他的翻译作品中。

---

① Swinton, William, "Preface", *Outlines of the World's History*, p. v. New York and Chicago: Ivison, Blakeman, Taylor, and Company, 1880. 原文为："The author is deeply impressed with the conviction that history, studied in the right manner, is of fundamental importance in the growth of the mental and moral nature. And he believes that such study is of especial moment in our own country, as a preparation for citizenship in a free, self-governing nation…".

② Foster, W. E., "Preface", *The Citizen Reader*, London: Cassell and Company, Limited. 1886. 原文为："It will also be their duty to serve their country as patriotic citizens; and the fulfilment of this duty will be greatly aided by some knowledge of the institutions of their country."

③ Markwick W. F. & Smith W. A., "Preface", *True Citizen*, New York: American Book Company, 1900. 原文为："so as to produce a well-rounded manhood, upon which a higher type of citizenship might be built."

④ 铁儿：《本报周年之大纪念》，《竞业旬报》第 37 期，1909 年 1 月 12 日（丁未年十二月二十一日）。

　　1906 年翻译的《暴堪海舰之沉没》，讲述了英国士兵舍生取义的故事。在轮船沉没之际，这些英国士兵把逃生的舢板让给了妇女和儿童而自己葬身大海。胡适说："中国人有一宗大毛病，只晓得顾自己，全不顾别人。"因此，他翻译这篇文章的目的就是"给我们中国人做一个绝好的榜样"。[①] 1908 年编译的《生死之交》系著名的古罗马传说，写别夏斯（Pythias）因为触怒了国王而被投入监狱，听候处决，而他的朋友达蒙（Damon）主动请求做人质，以让别夏斯回家尽孝。到了行刑的日子，别夏斯也没有背弃诺言，主动赶到了刑场。两人的诚信和义气让国王大受感动，最终双双获得赦免。胡适以此为例批评说："我们中国人，把朋友看得极不要紧，所以时时有那些无信无义、卑鄙龌龊的行为。"因此，他希望"把这事传播出去，给我们中国人做一个榜样"。[②] 这类舍生取义的英雄人物，正是胡适心目中理想的国民典型。

　　除了为他人、朋友担当道义外，胡适心目中的理想的公民，还需要将这种道义推及国家。胡适所阅读的公民德育读本，都明确地宣扬爱国主义。比如，阿诺德–福斯特在《国民读本》的第二章"爱国主义"（Patriotism）中提到，爱国主义就是对祖国的热爱之情，而爱国的人总是将国家置于一切之上，"为了挽救国家危亡"，"准备放弃自己的生命和

---

　　① 适之译：《暴堪海舰之沉没》，《竞业旬报》第 5 期，1906 年 12 月 6 日（丙午年十月二十一日）。
　　② 铁儿：《生死之交》，《竞业旬报》第 12 期，1908 年 4 月 21 日（戊申年三月二十一日）。

财产"。① 受这些文字的影响，胡适也将爱国作为对新公民的
要求之一。他通过翻译作品提供了一些爱国主义者的典型。丁
尼生的《六百男儿行》（"The Charge of the Light Brigade"）歌
颂了克里米亚战争中英国士兵为国捐躯的英勇行为。他们"一
遇到国家有事"，"便把自己的'自由'都丢到耳背后去了"。
为此，胡适特地把它翻译出来，"给我们中国人看看，好做一
个大大的榜样"。② 1909 年所译《国殇》（即亚米契斯所著
《爱的教育》中的《伦巴第的小哨兵》）在发表时直接被标为
"爱国小说"。该小说写意大利统一战争期间一个孩子为探视敌
情献出了生命。胡适在"译者曰"中引述了孩子的话"我是朗
巴德人，今儿为的是咱们自己的事"，并告诫说："我愿我祖国
青年，三复斯言。我尤愿我国无数之卖国贼，日夜讽诵斯言
也。"③ 胡适到美国后翻译的拜伦的《哀希腊歌》，在他看来也
是爱国之情的表达："托为希腊诗人吊古伤今之辞，以激励希
人爱国之心"。④ 随后翻译的小说《最后一课》《柏林之围》
《二渔夫》等仍然承续了这一主题。都德的《最后一课》"托
为阿色斯省一小学生之语气，写割地之惨，以激扬法人爱国之
心"。⑤ 而《柏林之围》写普法战争中巴黎被围时，一位曾在

---

① Arnold-Foster, H. O., *The Citizen Reader*, p. 26. 原文为："They will always
try with all their power to place their country before all others in every right and noble work,
and so it comes about that they will often give up their lives and their fortunes…"

② 适盦：《军人美谈》，《竞业旬报》第 30 期，1908 年 10 月 15 日（九月二
十一日）。

③ 适之译述：《国殇》，《安徽白话报》第 1 期，1909 年。

④ 胡适：《尝试集》（增订四版），上海：亚东图书馆 1929 年版，第 134 页。

⑤ 胡适：《最后一课》小引，《留美学生季报》第 1 号，1915 年。

拿破仑的军队中服役的老兵，"爱国之心尤热"，听到法军失利的消息后，中风在床。其孙女和医生不断编造法军胜利的消息来宽慰他。然而，巴黎被围时，老人终于知道了真相，气绝身亡。胡适认为这篇小说"写围城中事，而处处追叙拿破仑大帝盛时威烈。盛衰对照，以慰新败之法人，而重励其爱国之心"。① 到1917年，胡适还翻译了莫泊桑的《二渔夫》，写普法战争中巴黎被普军包围期间，麻利沙和苏活两人却仍然置身事外，到郊外钓鱼时被普军抓住并当间谍杀害。小说警示人们，没有了国家，个人的生存和自由就得不到保障。

胡适批判中国人"不晓得你爱我，我爱你，总是一盘散沙似的"。② 而如果人人都有恻隐之心，讲求道义，并将这种道义推及国家，"在家的时候做一个大孝子；在一村，便要做一乡的表率；在一国，便要做一个大爱国者"③，由此，个人与国家便有了走出困境的可能。

总的来看，早期胡适所关注的，主要是国民精神改造的问题。而他又把这一问题集中到缺乏道义和爱国心两点上。没有道义和爱国心，人与人之间就不能够进行有效的精神和思想上的联合，最终整个社会一盘散沙，从而造成了民族和国家的衰弱。而文学翻译，通过输入新的人物形象、精神和思想，成为胡适解决这一问题所依赖的重要方式。

---

① 胡适：《柏林之围》小引，《甲寅》第1卷第4期，1914年11月10日。

② 铁儿：《中国人之大耻》，《竞业旬报》第36期，1909年1月2日（戊申年十二月十一日）。

③ 铁儿：《名誉》，《竞业旬报》第38期，1909年1月22日（一月一日）。

第二节　新文体：社会改良的交流机制

从一开始，文学翻译在胡适那里就承担了社会改良的任务。但国民精神的改造，仅仅靠翻译文学是不够的，还需要自我的表达。这样，胡适就把注意力转移到了表达方式的提升上。

1914 年初，胡适在美国翻译了卜朗吟的《乐观主义》。在翻译过程中，他将注意力放在了诗歌形式上。这一次，他试验了骚体，并对结果表示满意："以骚体译说理之诗，殊不费气力而辞旨都畅达。"所谓"辞旨都畅达"，即表达具有高度的有效性。胡适把这一意识的觉醒视为一个新的翻译阶段的开始："今日之译稿，可谓为我辟一译界新殖民地也。"① 几日后，他又用骚体翻译了拜伦的《哀希腊歌》，并再次感受到了骚体的好处："吾所用体较恣肆自如"。② 到此时，胡适已经意识到了传统的诗歌文体形式给表达带来的障碍。几个月后，他写了几则《译馀剩墨》，其中有一则"论译诗择体之难"："译诗者，命意已为原文所限，若更限于体裁，则动辄掣肘，决不能得惬心之作也。"③ 针对这一问题，唯一的解决办法，就是遵从原文

---

① 胡适：《四一、乐观主义〉（一月廿九日）》（1914 年），见《胡适日记全编》（1），第 230 页。

② 胡适：《四二、裴伦〈哀希腊歌〉（二月三日）》（1914 年），见《胡适日记全编》（1），第 238 页。

③ 胡适：《一、〈哀希腊歌〉译稿（七月十三日）》，见《胡适日记全编》（1），第 375 页。

的"命意"，在体裁形式上追求解放。这样，文体革新在此时的胡适那里就成为兴奋度最高的话题了。

在实验了骚体之后，胡适开始用完全自白的散文体来译诗了。① 从古诗中相对自由的歌行体和乐府，到更为自由的骚体，最终到完全自由的散文体，胡适的译诗在形式上追求"诗体的大解放"，真正的用意就是要让"丰富的材料，精密的观察，高深的理想，复杂的感情"② 等能够呈现在作品中。除了诗歌外，他还发现了传统的小说、戏剧文体的种种"问题"。

针对中国的小说，胡适说："那些古文家和那《聊斋》滥调的小说家，只会记'某时到某地，遇某人，作某事'的死账，毫不懂状物写情是全靠琐屑节目的。那些长篇小说家又只会做那无穷无极，《九尾龟》一类的小说，连体裁布局都不知道，不要说文学的经济了。"相比之下，西方的短篇小说要描写"事实中最精彩的一段，或一方面"，同时，还要使用"最经济的文学手段"。③ 引入西方的短篇小说，这两方面的特征正好可以解决中国小说不懂得细节描写和不会谋篇布局的"问题"。

胡适还批评了中国的戏剧独白"冗长可厌"："吾国旧剧自白籍贯，生平职业，最为陋套，以其失真也。吾国之唱剧亦最无理。即如《空城计》，岂有兵临城下尚缓步高唱之理?"④ 针

---

① 胡适的翻译和对新诗文体的探索，详见第三章的讨论。
② 胡适：《谈新诗》，《星期评论纪念号》（第五张），1919 年 10 月 10 日。
③ 胡适：《论短篇小说》，《新青年》第 4 卷第 5 期，1913 年 5 月 15 日。
④ 胡适：《元年九月廿五日（星三）》（1912 年），见《胡适日记全编》（1），第 155 页。

对中国戏剧的问题，他主张"从用西洋最近百年来继续发达的新观念，新方法，新形式，如此方才可以使中国戏剧有改良进步的希望"①。

除了各种文体的具体问题外，胡适还指出中国文学在形式上普遍存在着"为躲懒藏拙"而用典、滥用排偶对仗、不讲求文法，以及充斥着烂调套语等弊端，因此，须进行"形式上之革命"。② 胡适把革新文体的希望，寄托在翻译上。在这一时期，他用散文体翻译了《老洛伯》（1918）、《关不住了》（1919）、《奏乐的小孩》（1919）、《希望》（1919）等诗歌，进行新诗形式的探索，并将《关不住了》视为"我的'新诗'成立的纪元"。③ 在短篇小说方面，"我是极想提倡短篇小说的一人，可惜我不能创作，只能介绍几篇名著给后来的新文人作参考的资料"。④ 他在这一时期翻译的多篇小说后来结集为《短篇小说第一集》。在戏剧方面，他翻译了《玩偶之家》作为示范。

胡适对文体革新的热衷，其目的不在文体本身，而最终还是服务于他所真正关心的社会改良。而此时的他，对社会改良的介入，仍然是人的精神世界的改造。他明确指出，这些文体上的探索，最终目的在于能够把文学"用来做新思想新精神的

---

① 胡适：《文学进化与戏剧改良》，《新青年》第 5 卷第 4 期，1918 年 10 月 15 日。

② 胡适：《通信》，《新青年》第 2 卷第 2 期，1916 年 10 月 1 日。

③ 胡适：《再版自序》，见《尝试集》（再版），上海：亚东图书馆 1920 年版，第 2 页。

④ 胡适：《译者自序》，见《短篇小说第一集》（再版），第 2 页，上海：亚东图书馆，1920 年 4 月。

运输品"。① 那么，胡适所推崇的"新思想新精神"又是什么呢？从他这一时期的翻译文学作品来看，就内容而言，大致可以分为两类：第一类是社会和文明的批判，第二类则是个体情感的抒发。

在第一类作品中，短篇小说《决斗》写一位母亲对前来报告儿子死讯的人喋喋不休地讲述对未来生活的憧憬，使得报信人于心不忍，最终落荒而逃。在胡适看来，小说的主旨就是对决斗这种"极野蛮的风俗"② 进行批判。《杀父母的儿子》写一位母亲将遗腹子乔治路易遗弃后改嫁，为了维持上流社会的名声，始终不与他相认。儿子发现真相后，试图诱使其承认错误，却引发了争执，最终失手杀掉了母亲。小说通过这出伦理惨剧表达了对社会等级意识的批判。《一件美术品》写一位叫葛雷柯的医生，救活了一位古董商人遗孀的独子。为了表示感谢，这个男孩便送了一只刻有裸体美人的古董烛台给他。医生却认为此礼品有伤风化，于是转赠给律师朋友。几经辗转，烛台又回到了医生手上。小说对虚伪的道德观念进行了讽刺。话剧《玩偶之家》则"教我们学娜拉，要努力把自己铸造成个人"，因为"把自己铸造成器，方才可以希望有益于社会"。③短篇小说《爱情与面包》写小资产阶级知识分子法克与鲁以丝相爱结婚，但不顾收入的微薄，享受着奢华的生活，最终，在孩子出生后，因为债主逼债，鲁以丝带着孩子离开了他。他那"人的幸福难道是用钱计算的吗"的理想破灭了。小说讽刺了

---

① 胡适：《自序》，见《尝试集》（再版），第41页。
② 胡适：《决斗》小引，见《短篇小说第一集》（再版），第31页。
③ 胡适：《易卜生主义》，《新青年》第4卷第6期，1918年6月15日。

小资产阶级知识分子的天真盲目。胡适的这一类翻译作品，对社会风俗、等级意识、道德观念、性别观念等进行了批判或讽刺，寄托着他一以贯之的改造社会的热情。

胡适的第二类翻译作品则具有强烈的抒情性，且以哀婉感伤为主要基调。诗歌《老洛伯》写的是一个爱情悲剧。胡适认为"此诗向推为世界情诗之最哀者"①。小说《百愁门》以一位印度烟客的口吻，写一鸦片烟馆中"衰懒不振之气象"，更通过烟馆在叔侄两代的盛衰之变而让人"感慨无限"。②《她的情人》写一个叫铁利沙的女人，总让"我"代她给一个叫波尔士的人写信，又让"我"以波尔士的名义给她写回信。原来，她给自己幻想了一个情人，这样就会让自己内心得到温暖和安慰。由此，我对她产生了深深的同情。《一封未寄的信》写一位单身的语言学教授发现20年前好不容易鼓起勇气写给心仪的姑娘的情书实际上并未寄出，于是不断地设想姑娘接受或拒绝后的情景。字里行间渗透着对人生命运的无奈与感伤。《梅吕哀》写"我"常常散步至前朝遗迹鲁森堡花园读书，偶遇路易十五时宫中舞蹈者。其妻为当时著名舞者，为"我"表演了已经成为"绝艺"的叫作"梅吕哀"的舞蹈。观此舞蹈，叙述者"悲从中来，凄楚万状"，而舞蹈结束后，两位舞者"相对作怪笑。已而皆泪下呜咽，则又相抱而泣矣"。多年后"我"再回故地，想到当日情景，"使我惨怆，如受重创，终不能去"。胡适很看重这篇小说的"情韵独厚"③，因此翻译了出

---

① 胡适：《老洛伯·引言》，《新青年》第4卷第4期，1918年4月15日。
② 胡适：《百愁门》小引，见《短篇小说第一集》（再版），第21页。
③ 胡适：《梅吕哀》小引，见《短篇小说第一集》（再版），第43页。

来。这一类小说没有明显的现实批判性，但因为其强烈的抒情性，很符合胡适对文学的要求："情感者，文学之灵魂。文学而无情感，如人之无魂，木偶而已，行尸走肉而已。"[1] 在他看来，这也有助于挽救中国文学"无病呻吟"、"摹仿古人"、言之无物等方面的毛病，实现"精神上之革命"。[2]

总的来说，在这一时期，胡适的文学翻译作品，从形式上看，旨在输入新的文体，扫清表达上的障碍；从思想内容上看，一方面是进行社会和文明的批判，另一方面则是强烈的情感抒发。这些倾向合起来，则显示出了胡适在创造新文学的过程中所寄托的社会改良追求。

第三节 实验主义：
再造文明的理论依据

从 1919 年开始，胡适的兴趣开始由文学逐渐偏向了实验主义哲学。他陆续翻译了杜威的《现代教育的趋势》《教育哲学》《学问的新问题》《社会科学与社会哲学》《思想之派别》《现代的三个哲学家》等演讲和文章，并撰写了《实验主义》《问题与主义》《杜威先生与中国》《清代学者的治学方法》等文章阐述实验主义的原理和效用。

胡适是如何看待杜威及其实验主义的呢？他曾暗示说，希

---

① 胡适：《文学改良刍议》，《新青年》第 2 卷第 5 期，1917 年 1 月 1 日。
② "胡适致陈独秀"，见《新青年》第 2 卷第 2 期通信栏，1916 年 10 月 1 日。

望杜威能长久地留在中国，"在思想一方面提倡实验的态度和科学的精神"。① 在这句话中，胡适提到了两个关键词，即"实验的态度"和"科学的精神"。这是他心目中的实验主义哲学的两个重要方面。

这其中，所谓实验的态度，就是指一方面认为科学律例不过是"人造的假设用来解释事物现象的"，关键是看它能否产生"应该发生的效果"。这被称为"科学实验室的态度"。另一方面，它还主张真理"不过是对付环境的工具"，环境变了，真理也必须改变。这便是"历史的态度"。② 两者合起来就是实验主义的基本态度。杜威将这两种态度综合在了这样一条论断里："人类的责任，是在某种时间、某种环境，去寻出某种解决方法来，就是随时随地去找出具体的方法来应付具体的问题。"③

"找出具体的方法来应付具体的问题"，这一原则有两方面的意义：

首先，因为每一种方法只针对具体的问题，"是个体的、特别的、事实的"④，问题变了，方法也要改变，因此，对社会变革就不可能指望任何形式的"根本解决"："人类的生活，不是完全推翻可以解决的，也不是完全保守可以解决的……上述

---

① 胡适、蒋梦麟：《我们对于学生的希望》，《新教育》第 2 卷第 5 期，1920 年 5 月。

② 胡适：《实验主义》，《新青年》第 6 卷第 6 期，1919 年 11 月 1 日。

③ 杜威：《社会哲学与政治哲学》，见《杜威五大演讲》，北京：晨报社 1920 年版，第 7 页。

④ 杜威：《社会哲学与政治哲学》，见《杜威五大演讲》，第 12 页。

两派，同犯一病，便是要'根本解决'。"①

其次，在拒绝了具有"根本解决"性质的主义、乌托邦理想之后，要追求循序渐进的社会改良：

> 要再造改造的，都是零的，不是整的，如学校、实业、家庭、经济、思想、政治，都是一件件的，不是整块的，所以进化是零买来的。②

根据这一原则，胡适在介绍詹姆士的思想时正面提出了推动社会变革的方法，即改良主义：

> 这种人生观詹姆士称为改良主义（meliorism）。这种人生观也不是悲观的厌世主义，也不是乐观的乐天主义，乃是一种创造的"救世主义"。世界的拯拔不是不可能的，也不是我们笼着手，抬起头来就可以望得到的。世界的拯救是可以做得到的，但是须要我们各人尽力做去。我们尽一分的力，世界的拯拔就赶早一分。世界是一点一滴一分一毫的长成的，但是这一点一滴一分一毫全靠着你和我和他的努力贡献。③

对这种社会改良的思路，胡适以"再造文明"来称呼：

---

① 杜威：《社会哲学与政治哲学》，见《杜威五大演讲》，第 7 页。
② 杜威：《社会哲学与政治哲学》，见《杜威五大演讲》，第 14 页。
③ 胡适：《实验主义》，《新青年》第 6 卷第 4 期，1919 年 4 月 15 日。

再造文明的下手工夫，是这个那个问题的研究。再造文明的进行，是这个那个问题的解决。①

由此，就有了所谓的"再造文明"这一提法。根据这一理念，与同时代的很多人不同，胡适为中国设想的出路没有任何乌托邦的性质，而是着眼于具体问题的解决。因此，他批评了当时的舆论界"偏向纸上的学说，不去实地考察中国今日的社会需要究竟是什么东西"，而对《星期评论》"情愿牺牲一些'乌托邦的理论'，只求'脚踏实地的行得通'"的主张则极为赞赏。② 他反对空谈主义，主张从研究解决"人力车夫的生计问题""大总统的权限问题""卖淫问题""卖官问题"③ 等实际问题入手来改良社会。

除了"实验的态度"，胡适希望从杜威那里得到的"科学的精神"又是什么呢？

胡适解释说："他只给了我们一个哲学方法，使我们用这个方法去解决我们自己的特别问题。"这个哲学方法，就是"实验主义"，分为"历史的方法"和"实验的方法"两个方面。④

所谓历史的方法，即实验主义对待知识的"历史的态度"。

---

① 胡适：《新思潮的意义》，《新青年》第 7 卷第 1 期，1919 年 12 月 1 日。

② 适：《欢迎我们的兄弟——〈星期评论〉》，《每周评论》第 28 号，1919 年 6 月 29 日。

③ 胡适：《多研究些问题，少谈些"主义"！》，《每周评论》第 31 号，1919 年 7 月 20 日。

④ 胡适：《杜威先生与中国》，《东方杂志》第 18 卷第 13 期，1921 年 7 月 10 日。

这种方法"处处指出一个制度或学说所以发生的原因，指出他的历史的背景，故能了解他在历史上占的地位与价值，故不致有过分的苛责"，同时，"处处拿一个学说或制度所发生的结果来评判他本身的价值，故最公平，又最厉害"。胡适认为，这种既要追踪原因又要考察其实际效果的方法，"是一切带有评判（Critical）精神的运动的一个重要武器"。① 这种评判的态度，"只认得一个是与不是，一个好与不好，一个适与不适"②，反对一切的盲从和没有原则的调和。在胡适看来，新文化运动从根本上说就是一种"评判的态度"。

杜威认为，这种科学的精神，可以为中国提供摆脱困局的真正出路，为"怎样可以利用西方的科学教育和物质文明，来增人民的幸福，同时又能免去物质文明的流弊"这一问题提供答案，因为它"注重独立的思想力、判断力"，最终"能够养成适宜民治社会的人才"。③ 胡适对这种独立思考精神的提倡，表明他对理想的公民的构想，由早期的精神上的道义过渡到了精神上的独立与理性。正如杜威所提醒的那样："感情是应该要的，不过要受思想的支配。"④

这种"评判的态度"还启发了胡适转向"整理国故"。杜威在华演讲时，曾多次谈到中西文化的区别。比如，他曾说："西方文化的精神，在于活动的精神，敢同天然界开战，要征

---

① 胡适：《杜威先生与中国》，《东方杂志》第 18 卷第 13 期，1921 年 7 月 10 日。
② 胡适：《新思潮的意义》，《新青年》第 7 卷第 1 期，1919 年 12 月 1 日。
③ 杜威：《现代教育的趋势》，《每周评论》第 27 号，1919 年 6 月 22 日。
④ 杜威：《教育哲学》（十六）（五续），《北京大学日刊》第 556 期，1920 年 3 月 8 日。

服天行"，"有人过于崇拜物质上的文明"，而"东方人把天看作神圣不可思议的东西，所以都听天由命"。①面对这种差别，他反对中国盲目模仿美国，而重申了独立思考的精神："我希望中国不单去输入模仿，要去创造。对于文化的危险，有所救济；对于西洋社会的缺点，有所补神，对于世界的文明，有所贡献。"而对于中国文明，杜威认为，"含有许多人本观念"，因此"也可用新的方法来整理一下，应用到社会科学方面去"。② "用新的方法来整理一下"中国文明，便是"整理国故"最为明显的提示。除了杜威外，美国驻华公使芮恩施也提出："现在所需要的是用现代的眼光来看古代的学术，使古代的教训适合于新时势，再用外国经验得来的适宜分子来补助这些古代传下来的知识。"③

实验主义坚持独立思考，提倡"评判的态度"，不盲从已有的知识，因而，将评判的眼光对准既有的文化，正是题中应有之义。同时，杜威等西方思想家都把"一战"看作是西方文明走入歧途的结果，开始重新审视东方文明的价值。胡适在此之际提出"整理国故"，显然与杜威的影响有关。

总的来说，通过对实验主义的翻译，胡适在社会改良和"整理国故"两个方面都获得了理论上的支持和方法论上的指导，形成了清晰的思路，最终汇聚成了"再造文明"的理论。

---

① 杜威：《现代教育的趋势》（续），《北京大学日刊》第417期，1919年7月5日。

② 杜威：《学问的新问题》，《教育潮》第1卷第4期，1919年9月。

③ 芮恩施：《政治与民意》，《东方杂志》第16卷第11期，1919年11月15日。

第四节　"好政府主义"：
再造文明的制度保障

在介绍实验主义的过程中，胡适对社会改良形成了清晰的思路，其核心就是循序渐进地解决一个一个"社会上，政治上，宗教上，文学上"的问题。

在思考具体问题的解决办法时，他逐渐注意到了政府的巨大作用：

> 数年前曾主张白话，假如止是这样在野建议，不借政府的权力，去催促大众实行，那就必须一二十年之后，才能发生影响。……现在因为有一道部令，令小学校通同用白话文教授。这样一来，从前反对的人，近来也入国语传习所，变成赞成的了；从前表示赞成的，这时更高兴，更来实行起来了。……政府权力之重要，如何为者！①

受到鼓舞的胡适不但宣布要"谋中国政治的改善与社会的进步"②，甚至把以前提倡文学改良与介绍实验主义哲学都视为一种政治行为："这几年所以不谈政治，正是要从思想、文艺

---

① 胡适：《好政府主义》，《晨报副镌》1921 年 11 月 17、18 日。
② 胡适等：《努力会简章》，见《胡适遗稿及秘藏书信》（第 13 册），合肥：黄山书社 1994 年版，第 374 页。

的方面替中国政治建筑一个非政治的基础。"①

在这一背景下，胡适翻译了一部分政治理论文献，如《国际联盟条约草案》《国际联盟组织法》《美国之民治的发展》《政治与民意》《西方思想中之权利观念》等，还撰写了多篇政治评论。

胡适在政治方面的翻译，主要有两个主题，一是与现实的政治热点有关的，如《国际联盟条约草案》《国际联盟组织法》等；二是政治理论，包括杜威的政治哲学，以及其他介绍美国政治体制和政治文化的文章。

对"一战"这场史无前例的浩劫，胡适是不可能回避的。1919 年，他与陶孟和合作，翻译了《国际联盟条约草案》和《国际联盟组织法》草案。前者系美国的部分法学家及政治家于 1918 年初拟定。该草案提出建立国际联盟，以政治手段解决国际争端，避免"一战"的悲剧再次发生，并规定了各缔约国的权利和义务，提出了关于国际联盟组织机构的设想，包括国际会议、行政部、国际和解会、国际法院、国际协商会议等。在 1919 年初的巴黎和会上，协约国成立了国际联盟委员会，正式提出了《国际联盟组织法》草案。该法案旨在"增进国际之互助，及巩固国际之安宁"，并拟订了一些处理国际关系的基本准则。

对国际联盟的性质，美国总统威尔逊曾这样解释："就是把美国试验过的联邦制度，推广到世界上去，做成一个世界联

① 胡适等：《对于本报的批评》，《努力周报》第 4 期，1922 年 5 月 28 日。

邦罢了。"① 换句话说，世界联盟实际上就是一个世界性的政府。胡适对这个世界性的政府早就有所预测。

"一战"爆发之初，还在美国留学的胡适就写了《论欧洲大战祸》一文。在"结论"部分，胡适对战后形势作了预测。他认为"战后和平之说必占优胜"，而且，战后各国将"相约以重大交涉付之公裁（Arbitration）或曰仲裁"。② 国际联盟宣称以维护和平为宗旨，以政治手段解决国际冲突，并负责仲裁，正好符合胡适的预测。随后，胡适参加美国国际和解协会（American Association for International Conciliation）征文比赛的获奖论文《在国际关系中有什么可以替代武力？》（"Is There a Substitute for Force in International Relations？"）提出，要废弃武力是不现实的，维护人类和平与文明，应该"努力将当下各国孤立的、相互冲突的力量，转换为一种有组织的形式——在规定了一系列相互之间的义务和权利的基础上建立起来的某种形式的国际协会"③。"一战"爆发后，成立这样一个国际组织的构想，在美国非常盛行。杜威后来在华演讲时，对国际联盟这样一个组织也表示支持和乐观："这国际无政府的现状，到近来大家实在忍无可忍了"，而有了国际联盟这样的组织后，"解放有用的精力，用在有用的事业上，解放种种无谓的危险，向

---

① 杜威：《美国之民治的发展》，《每周评论》第 26 号，1919 年 6 月 15 日。

② 胡适：《论欧洲大战祸》，《留美学生季报》第 3 号，1914 年 9 月。

③ Hu Shih, "Is There a Substitute for Force in International Relations?", *English Writings of Hu Shih*, Vol. 3, p. 12, Beijing: Foreign Language Teaching and Research Press, 2013. 原文为："We must seek to convert the now isolated and conflicting energies of the nations into some organized form — into some form of international association under a prescribed course of reciprocal duties and rights."

着有益的方面走，造成真正共同生活的世界，真正共同生活的人类"。① 除了杜威外，美国公使芮恩施也鼓吹"有了国际联盟作工具，这些主持正义势力，一定更容易见功效了"②。

胡适在 1919 年写成的《武力的解决与解决的武力》中，也表达了对国际联盟的支持："他们公认要解决武力这个问题，须把各国私有的武力变成世界公有的武力"，因此，"要在这次和平会议时把世界各国联合起来，组织一个和平大同盟"。③ 他对《国际联盟条约草案》《国际联盟组织法》这两篇文献的翻译，也是这种立场的体现。

胡适对世界联盟的支持，表明在解决具体的现实问题这方面，他对政府组织寄予了很大的希望。杜威在 1919 年的演讲《社会哲学与政治哲学》中，对无政府主义进行了批判，并肯定了政府的作用："没有一个国家没有政治组织——政府——的，没有一个国家的重要行为不是用政府的机关去做的。"④ 胡适在几年后的《好政府主义》中也重申了政府的作用："政府是有组织的公共的权力。权力为力的一种，要做一事，必须有力。"⑤

该如何让政府的效力得到发挥呢？ 杜威指出美国人的政府观是这样的："近来才渐渐改变态度，说国家是一种工具，是

---

① 杜威：《社会哲学与政治哲学》，见《杜威五大演讲》，第 104、108 页。
② 芮恩施：《政治与民意》，《东方杂志》第 16 卷第 11 期，1919 年 11 月 15 日。
③ 胡适：《武力的解决与解决的武力》，《新青年》第 5 卷第 6 期，1918 年 12 月 15 日。
④ 杜威：《社会哲学与政治哲学》，见《杜威五大演讲》，第 74—75 页。
⑤ 胡适：《好政府主义》，《晨报副镌》1921 年 11 月 17、18 日。

给我们办事的。……美国人借重政府好做事，不是依靠政府做事的；是用政府的，不是为政府所用的。"① 他又说："凡是国家能代表最普遍的公共利益的是好的。"② 美国驻华公使芮恩施也称："依现代的学理说来，政府乃是一种工具，人民靠这工具用公共的权力来增进全体的幸福。"③ 胡适将这种观念发展成了自己的"好政府主义"：

> 政府是人造的一种工具，他的缘起，是为的大众的公共的需要。那么，适应于公共的需要的，便是好政府了。

因而，对此时的胡适来说，不是谈不谈政治的问题，而是如何使中国的政治改善的问题，如何促进政府"适应于公共的需要"的问题。为此，在这几年中，胡适写了《大家起来监督财政》《政论家与政党》《天津、保定间的捣鬼》《假使我们做了今日的国务总理》《我们还主张召集各省会议》等一系列政论文章，来促成他心目中的"好政府"。

胡适希望通过发明新文体，让思想和精神能够得到自由充分的表达，否则，思想和精神的交流就不可能实现。没有交流，就不可能建立起个体之间的联系，从而结束整个社会"一盘散沙"的局面，实现其"再造文明"的理想。从这个意义上

---

① 杜威：《美国之民治的发展》，《每周评论》第 26 号，1919 年。
② 杜威：《社会哲学与政治哲学》，见《杜威五大演讲》，第 74 页。
③ 芮恩施：《政治与民意》，《东方杂志》第 16 卷第 11 期，1919 年 11 月 15 日。

说，胡适从提倡个体间的道义和爱国主义转向思考文体问题，与鲁迅的弃医从文，背后有着同样的历史推动力：一切思想和精神的革新乃至社会革命的发动，必须以顺畅的个人表达和个体之间的交流为前提。中国新文学的发生，正是为了推动历史进程而在符号领域进行的一场交流机制的变革。

而他在文学的精神方面所进行的改良，包括提倡对社会文明的批判和情感的抒发，与他早期对道义和爱国心的提倡相比，又有了新的发展，即由关注个体与他人（社会）的关联，转向了个体的思想和精神的自由。这或许与他在这中间受实验主义的影响有关。但不管重心在哪一边，这都没用脱离他"再造文明"的理想。

第五章　文化比较中的
历史危机与救赎

1924 年，鲁迅在《未有天才之前》的演讲中，将当时文坛"崇拜创作"的倾向，归入到阻碍天才产生的因素之列，因为"那精神中，很含有排斥外来思想，异域情调的分子，所以也就是可以使中国和世界潮流隔绝的"，而且，他认为，即便是中国的作品学习了外国的技术和精神，文笔漂亮，但"思想往往赶不上翻译品"。^① 鲁迅还坚持说，"要进步或不退步，总须时时自出新裁"，必须"开放度量，大胆地，无畏地，将新文化尽量地吸收"。^② 在五四时期，鲁迅一面批判"国粹"，一面主张输入"世界潮流"和"新文化"，甚至将翻译的地位置于创作之上。这种翻译观在五四时期的胡适、陈独秀等人那里都可见到。和他们一样，鲁迅自己也身体力行地从事着翻译工作。他一生的译作有两百多部（篇），总计三百余万字。有学者甚至指出，"鲁迅首先是翻译家，其次是作家"。^③

---

① 鲁迅：《未有天才之前》，见《鲁迅全集》（第 1 卷），北京：人民文学出版社 2005 年版，第 175—176 页。
② 鲁迅：《看镜有感》，见《鲁迅全集》（第 1 卷），第 211 页。
③ 《孙郁谈〈鲁迅译文全集〉》，《北京青年报》2008 年 10 月 7 日，C2 版。

不过，在鲁迅那里，翻译不仅仅是创造新文学的方式之一，它还承担着重塑文化、重塑历史的使命。因此，要深入认识鲁迅的翻译，我们必须在其思想发展脉络中展开细致的考察。

第一节　作为新伦理的科学

受晚清科学救国思潮的影响，青年鲁迅除了学习自然科学外，还尝试了科幻小说的翻译。他在这方面的主要成绩，是翻译了凡尔纳的《月界旅行》（1903）和《地底旅行》（1906）。

《月界旅行》是根据井上勤的日译本转译的。该小说讲述的是美国的一群天文爱好者在亚电等人的带领下，克服重重困难，制造飞船并成功登上月球的故事。与同时代人相比，鲁迅对"科学"有不同的理解。

洋务派将中国的被动挨打归因于科技的落后，提倡实业救国。维新派则认为，政治制度的落后才是主要原因，因此需实行君主立宪。在时代风气的影响下，青年鲁迅曾在江南水师学堂和南京路矿学堂学习自然科学技术，后又到日本学医。然而，鲁迅逐渐认识到，科学不仅仅意味着一系列的知识，"科学乃是伦理甚至精神问题了"。[①] 在翻译《月界旅行》时，鲁迅的初衷并不是要普及科学知识，而是想要倡导一种新伦理、

---

① ［日］伊藤虎丸：《鲁迅、创造社与日本文学——中日近现代比较文学初探》，孙猛等译，北京大学出版社 2005 年版，第 67 页。

新精神。在《月界旅行·辨言》中，他便从这个角度来解释了这部小说。他指出，人类依靠理想、意志和科学技术，正逐步地征服自然，因此，是"有希望之生物也"。而小说作者正是"以其尚武之精神，写此希望之进化者也"。鲁迅希望通过这部小说来证明人的精神力量和认识能力的伟大，使读者"获一斑之智识，破遗传之迷信，改良思想，补助文明"，"导中国人群以进行"。①

因此，鲁迅特别重视小说的审美效果，而有意排斥其科普功能。他指出，"胪陈科学"，会导致"常人厌之，阅不终篇，辄欲睡去，强人所难"的局面。要激发读者的兴趣，必须"假小说之能力，被优孟之衣冠"，因此，便需要"掇取学理，去庄而谐"，最终"使读者触目会心，不劳思索"。② 为了达到这一目的，鲁迅对小说作了一些增删改易。

首先，在文体上，鲁迅采用了章回体。这也是晚清翻译小说的普遍性做法。鲁迅的译本每一回都有回目，在很多回的结尾有回末诗，又有"究竟为着甚事，且听下回分解"这样的套语。

其次，在内容结构上，鲁迅对原文的各章进行了"截长补短"。他删掉的章节主要是原文第五、六两章。这两章讲的都是人类对月球的认识，属于一般知识的介绍，没有情节的推进，难免让"常人厌之"。同时，他还对不少章节进行了合并。比如，原文第三章讲巴比堪的报告所引起的反响，第四章讲剑

---

① 鲁迅：《月界旅行·辨言》，见《鲁迅全集》（第10卷），第163页。
② 同上书，第164页。

桥天文台的建议，而在鲁迅的译本中，这两章被合并为第三回。这些被鲁迅合并的章节，大体上都属于一个故事单元。为了满足章回体小说在叙事上的紧凑性，鲁迅尽量将一个有头有尾的故事，浓缩在一章里。在随后翻译的《地底旅行》中，鲁迅也采用了同样的处理方法。

另外，在细节上，鲁迅增加了不少创作成分。比如，在第一节末尾，小说原文只是以巴比堪的一封召集大家开会的信结束。鲁迅在译完这封信后，又加上了这样的细节：

> 社员看毕，没一个晓得这哑谜儿，惟有面面相觑。那性急的，恨不能立刻就到初五，一听社长的报告。

这就为后文制造了悬念，因此才有"究竟为着甚事，且听下回分解"。这一细节的增加，显然是为了适应章回小说的文体要求。

最后，在语言上，鲁迅采用文白混杂的形式，并作了删削。他说："初拟译以俗语，稍逸读者之思索，然纯用俗语，复嫌冗繁，因参用文言，以省篇页。其措辞无味，不适于我国人者，删易少许。"① 这样的处理，显然也是为了便于读者的接受。

除了凡尔纳的作品外，鲁迅还翻译过另外一篇短篇科幻小说《造人术》，发表在 1904 年的妇女启蒙杂志《女子世界》第8 期上。这篇小说写的是科学家伊尼他在实验室中造人成功的故事。小说最后写道："天上地下，造化之主，舍我其谁！吾

---

① 鲁迅：《月界旅行·辨言》，见《鲁迅全集》（第 10 卷），第 164 页。

人之人之人也，吾王之王之王也！人生而为造物主，快哉！"
这实际上是对人类的科学创造能力的礼赞，同样也传达着探索
进取的精神。

此外，在翻译凡尔纳之前，鲁迅还曾有两篇试笔译作，一
是短篇小说《斯巴达之魂》①，一是《哀尘》，即雨果的《随见
录——芳梯的来历》（由日文转译，日译者为森田思轩）。前者
写斯巴达人联合同盟军，以少胜多，击退波斯侵略者的故事。
鲁迅希望以此勉励参与抗俄运动的留日学生。《哀尘》写一女
子被一绅士欺负，却遭到了警察拘押，最后被主人公出手相救
的故事。鲁迅在"译者曰"中感叹了社会的黑暗与不公，表达
了变革社会的强烈愿望。

在这一时期，鲁迅的译作不多。他最感兴趣的，是科幻小
说中所蕴含的探索、进取、求真的伦理精神。他的翻译，只是
为了传递这一精神。而对翻译这种行为本身，鲁迅还没有来得
及思考。

第二节　"比较既周，爰生自觉"：
比较文化视野与翻译的使命

1906 年，幻灯片事件后，鲁迅开始反省科学救国的理想。
他对中国的历史危机，有了新的认识，也有了新的解决方案。

---

① 关于这篇小说属于原创还是译作的问题，已有不少论争，至今未有定论。
而鲁迅在文前的小序中提到"译者无文，不足模拟其万一"，说明鲁迅在缀文时，
是以译者的心态自居的。本文因此暂视之为译作。

沿着早期从伦理、精神的角度来认识科学的思路，鲁迅开始反思科学的局限性。在《科学史教篇》中，他赞赏了科学的发达给人类带来的进步。但对于中国的"兴业振兵"之说，鲁迅认为，这种主张实际上"仅炫于当前之物"，"惟枝叶之求"，只看到了西方科学发达的表面现象，却"无一二士寻其本"，违背了"进步有序，曼衍有源"的发展规律。他提醒人们，片面地追求科学技术，则"所宅不坚"，不能长久，而必须追寻科学得以发达的文化根源。他认为，"教宗学术美艺文章"，"均为人间曼妙要旨"，必须与科学协同发展：

> 顾犹有不可忽者，为当防社会入于偏，日趋而之一极，精神渐失，则破灭亦随之。盖使举世惟知识之崇，人生必大归于枯寂，如是既久，则美上之感情漓，明敏之思想失，所谓科学，亦同趣于无有矣。①

鲁迅认为，社会的健康发展，决不能"入于偏，日趋而之一极"。仅仅注重科学，就容易造成人"精神渐失"，而最终，失去了文化的沃土，科学也必然"同趣于无有"。

在随后的《文化偏至论》中，鲁迅更深入地阐述了这一思想。他首先再次批评了洋务派"竞言武事"的救亡思路。他的批判，并不是从兵工科技对挽救危亡无效这一角度出发的，而是着眼于社会、文明的进步："夫以力角盈绌者，于文野亦何关？"他认为洋务派只知道学习西方的兵工技术，却不知道与

---

① 鲁迅：《科学史教篇》，见《鲁迅全集》（第1卷），第35页。

古人相比，不过是杀戮的机械先进了一些而已，根本无法显示人类的进步："则曷弗启人智而开发其性灵，使知罟获戈矛，不过以御豺虎，而喋喋誉白人肉攫之心，以为极世界之文明者又何耶？"①

然后，他又批判了维新派发展实业的主张。他认为在"国若一日存"的情况下，发展实业，或许能够"广有金资，大能温饱"，但如果"怙恃既失"，就有可能"被虐杀如犹太遗黎"②，而更严重的后果还在于，这会助长人们自私自利的思想，并不能真正改善人们的生活。

鲁迅认为，洋务派和维新派的救国主张的缺憾在于，他们没有找到中国所遭遇的历史危机的真正根源。这一根源，不在科学技术，不在政治制度，而在文化，而且，其所指，不是中国文化，而是整个人类的文化。他认为，对科学技术的偏至让19世纪以来的人类文化遭遇了病变：

　　递夫十九世纪后叶，而其弊果益昭，诸凡事物，无不质化，灵明日以亏蚀，旨趣流于平庸，人惟客观之物质世界是趋，而主观之内面精神，乃舍置不之一省。重其外，放其内，取其质，遗其神，林林众生，物欲来蔽，社会憔悴，进步以停，于是一切诈伪罪恶，蔑弗乘之而萌，使性灵之光，愈益就于黯淡：十九世纪文明一面之通弊，盖如此矣。③

---

① 鲁迅：《文化偏至论》，见《鲁迅全集》（第1卷），第46页。
② 同上。
③ 同上书，第52页。

科技的发达，激发了人们对物质和实利的追求，刺激了贪欲，精神上的灵光黯淡了，"于是一切诈伪罪恶，蔑弗乘之而萌"。西方列强对中国等弱小国家的侵凌，其根源正在于此。而 20 世纪的人类文明，则"与十九世纪之文明异趣"，将更加偏重于人内部的精神生活："虚伪道消，内部之生活，其将愈深且强欤？精神生活之光耀，将愈兴起而发扬欤？成然以觉，出客观梦幻之世界，而主观与自觉之生活，将由是而益张欤？"①

在这样的背景下，如果还将解决中国的历史危机的出路，局限在科技水平的提升或者政治制度的变革上，那就是沿袭了 19 世纪文明的逻辑，将无法避免文明的病变。他认为，当下中国的"明哲之士"，应该"洞达世界之大势"，认清历史发展的方向，以正确的方式来摆脱历史危机：

> 此所为明哲之士，必洞达世界之大势，权衡校量，去其偏颇，得其神明，施之国中，翕合无间。外之既不后于世界之思潮，内之仍弗失固有之血脉，取今复古，别立新宗，人生意义，致之深邃，则国人之自觉致，个性张，沙聚之邦，由是转为人国。②

这里所谓"世界之大势"，并不是由西方文明所代表的方向，而是在分析、比较中西文化优劣之处后，通过对文化的综

---

① 鲁迅：《文化偏至论》，见《鲁迅全集》（第 1 卷），第 56—57 页。
② 同上书，第 57 页。

合，而总结出来的世界文明的发展方向。中国自身救赎的希望也就在这里。在他看来，要让"沙聚之邦""转为人国"，就必须让国人在精神上"自觉致，个性张"，即明白真正的"人生意义"："内部生活之强，则人生之意义愈邃。"而对人类精神生活的张扬和丰富构成最大威胁的，正是19世纪的物质文明影响下的实利主义倾向，因此，必须"掊物质而张灵明"①，克服19世纪文化的偏至，"取今复古"，"苏古掇新"②，让人类的精神在一种更完整、丰满的文化形态中得到滋养。因此，"洞达世界之大势，权衡校量，去其偏颇，得其神明"，借鉴域外文化，是必需的步骤之一。

这种文化的比较与选择，不但有助于个体精神的发育，而且，就一国国民来说，还有助于其"国民精神"的培育：

> 意者欲扬宗邦之真大，首在审己，亦必知人，比较既周，爰生自觉。……故曰国民精神之发扬，与世界识见之广博有所属。③

在这里，鲁迅提出的"审己"与"知人"，即包含着文化比较的涵义。"比较既周"，则有真正的自觉，从而培育出"国民精神"。因此，"世界识见"关系着自我与整个民族的新生。

鲁迅将中国的历史危机归因于人类文化的病变，又从文化的层面上提出了解决方案。在这种比较文化的视野中形成的解

---

① 鲁迅：《文化偏至论》，见《鲁迅全集》（第1卷），第47页。

② 鲁迅：《破恶声论》，见《鲁迅全集》（第8卷），第26页。

③ 鲁迅：《摩罗诗力说》，见《鲁迅全集》（第1卷），第67页。

决方案，自然需要发挥翻译跨语言、跨文化的沟通与整合能力。因此，翻译的意义，不再是为中国的新文学提供"模范"，而在某种意义上承担着疗救人类文化的偏至、解决历史危机的重大使命。这在鲁迅的思想和翻译实践中有进一步的展开。

第三节 "内曜"与"心里的烦闷"

鲁迅带着一种更明显的译者身份，逐渐成长为五四时期最重要的作家。在对科幻小说的翻译兴趣冷淡之后，到五四时期，他的翻译作品主要有：《域外小说集》（短篇集，1909，与周作人合译）、《一个青年的梦》（剧本，1920）、《工人绥惠略夫》（中篇，1922）、《现代小说译丛》（短篇集，1922，与周作人、周建人合译）、《现代日本小说集》（短篇集，1923，与周作人合译）、《爱罗先珂童话集》（1922）等。这些作品大致可以分为两类：一类是表现内心的挣扎和苦闷的，另一类则是表现世界主义理想的反战文学和童话。鲁迅对这两类作品的翻译热情，也能够还原到他的思想体系中。

首先，鲁迅热衷于翻译表现内心纠葛的作品，与他对科学的反省、对实利主义的批判、对人的内部精神生活的重视有关。在 1908 年的《破恶声论》中，鲁迅又将他的文化解决方案，在精神层面上作了更为详细的引申。

这一解决方案在精神层面上的一个核心要素是"内曜"。鲁迅指出，中国未来的希望，只能寄托在少数"知者"身上，必须由他们对后觉者进行启蒙："属望一二士，立之为极，俾众瞻观"。而这些"知者"率先的觉醒状态，便是所谓"内曜"："内曜者，破黮暗者也。" 这种觉醒是一种真正的自我意识的确立。它的发生，有时需要一定的"外缘"，但一个人对于内心的忠实，坚持独立的选择，不为外界的毁誉所左右，才是更具决定性的因素："诚于中而有言；反其心者，虽天下唱和而不与之言。"①

这种精神上的独立，恰恰是 19 世纪的文化所缺乏的。鲁迅认为，物质文明的兴盛，导致人们更重视实利，为此常常不敢坚持己见，而外界社会，也会对不合时宜的思想和行为加以压制，长此以往，便造成了个体精神的苓落。他在《文化偏至论》中批评维新派立宪国会的主张时就指出，西方的民主制度存在着"借众以陵寡"的危险，让人丧失自我，"皈依于众志"②，而更多的人则是"假是空名，遂其私欲"。③ 因此，他特别赞赏尼采、叔本华等人"仅于客观之习惯，无所盲从，或不置重，而以自有之主观世界为至高之标准"，"思虑动作，咸离外物，独往来于自心之天地，确信在是，满足亦在是"。这便是从"物质万能之说"中觉醒过来，"渐自省其内曜之成果"。④

这不但是 20 世纪文明的主流，而且，对当时中国的救亡事业来说，也是急需的：

---

① 鲁迅：《破恶声论》，见《鲁迅全集》（第 8 卷），第 25 页。
② 鲁迅：《文化偏至论》，《鲁迅全集》（第 1 卷），第 46 页。
③ 同上书，第 47 页。
④ 同上书，第 55 页。

故今之所贵所望，在有不和众嚣，独具我见之士，洞瞩幽隐，评骘文明，弗与妄惑者同其是非，惟向所信是诣，举世誉之而不加劝，举世毁之而不加沮，有从者则任其来，假其投以笑骂，使之孤立于世，亦无慑也。则庶几烛幽暗以天光，发国人之内曜，人各有己，不随风波，而中国亦以立。①

在鲁迅看来，当下急需少数"不和众嚣，独具我见之士"能够挺身而出，探索真理，通过"评骘"比较，批判地接受不同的文明，作为启蒙资源，"烛幽暗以天光，发国人之内曜"，启发更多人的觉悟。在这里，鲁迅暗示了这种先觉者可能的遭遇。他们有可能被世人称赞或者诋毁，有可能被追随，有可能被孤立。但在任何情况下，先觉者都不应该随波逐流，趋炎附势。鲁迅认为，很多天才（性解）就是这种为真理而不惧抗俗的英雄。他们往往为世所不容，尤其是在传统中国。统治者为了"保位"，百姓为了"安生"，都不允许"有人撄人，或有人得撄者"，"性解（Genius）之出，必竭全力死之"。②《摩罗诗力说》中介绍的拜伦、易卜生等人，都是这样的天才。而在鲁迅后来的翻译和创作中，也有不少表现这类人格的。在《域外小说集》序言中，鲁迅也在呼唤着这样的天才：

异域文术新宗，自此始入华土。使有士卓特，不为常

---

① 鲁迅：《破恶声论》，见《鲁迅全集》（第8卷），第27页。
② 鲁迅：《摩罗诗力说》，见《鲁迅全集》（第1卷），第70页。

俗所匿，必将犁然有当于心，按邦国时期，籀读其心声，以相度神思之所在。则此虽大涛之微沤与，而性解思惟，实寓于此。

他希望自己翻译的文学作品，能够让少数"卓特"之士，"不为常俗所囿"，领会其中独特的"心声"和"神思"，由此培养一种天才（"性解"）的精神品格。

这里的"心声"也是鲁迅的文化解决方案在精神和美学上的重要投射。一个人在觉醒之后，不可避免地会通过言语来表达自己的内心："其言也，以充实而不可自已故也，以光曜之发于心故也，以波涛之作于脑故也。"[1] 这就是所谓的"心声"。它是内心的真实表达："心声者，离诈伪也"。[2] 如果每一个觉醒的个体都能够发出自己的"心声"，让自己成为自己的主宰，那么，一个独立的个体就真正诞生了。这种"心声"也会感染他人，"发国人之内曜"。而如果人人都能够发现自我，那就会迎来群体的觉醒："盖惟有声发自心，朕归于我，而人始自有己；人各有己，而群之大觉近矣。"[3] 因此，少数天才发出"心声"，真实地表达自我，是开展启蒙工程不可避免的步骤。

随后，鲁迅又将"心声"进一步具体落实在了文学（美学）的层面上。好的文学，即是"心声"的表达："盖人文之留遗后世者，最有力莫如心声。古民神思，接天然之閟宫，冥

---

[1]　鲁迅：《破恶声论》，见《鲁迅全集》（第8卷），第25—26页。
[2]　同上书，第25页。
[3]　同上书，第26页。

契万有，与之灵会，道其能道，爰为诗歌。"① 古人将自己内心最真实的体验表达出来，"道其能道"，就成了诗歌。这是最有力的"心声"。而在当世，鲁迅所呼唤的，则是与天才、"内曜"相应的"立意在反抗，指归在动作，而为世所不甚愉悦者"的"摩罗诗力"。摩罗诗人"不为顺世和乐音"②，不受世俗干扰，追求言与心的一致。

"摩罗诗力"是鲁迅"任个人而排众数"的文化救赎方案在美学上的具体表达。鲁迅认为，"生民之始"，往往"武健勇烈，抗拒战斗"，而随着人类文明的发展，人们开始厌战，于是幻想没有战争的乌托邦，如柏拉图、老子，但这种"不撄人心"的"顺世和乐音"，会让人"入于苓落"，"复由渐即于无情"，而一旦"有情已去"，则"一切虚无"，人类就堕落到"虫兽"的位置了。③ "摩罗诗力"正是挽救文明衰败的良药："人得是力，乃以发生，乃以曼衍，乃以上征，乃至于人所能至之极点"，发挥出生命的全部潜能。因此，他对诗人的定义就是："盖诗人者，撄人心者也。"其效果就是："握拨一弹，心弦立应，其声澈于灵府，令有情皆举其首，如睹晓日，益为美伟强力高尚发扬，而污浊之和平，以之将破。和平之破，人道蒸也。"④

鲁迅这样定义诗歌，针对的也是现代人对"实利"的趋向。因为人一旦将眼光局限于"实利"，其后果就是"不获则

---

① 鲁迅：《摩罗诗力说》，见《鲁迅全集》（第1卷），第65页。
② 同上书，第68页。
③ 同上书，第69页。
④ 同上书，第70页。

劳，既获便睡"，由此便产生了一种精神上的麻木。同时，实利之念还往往让人"驯至卑懦俭啬，退让畏葸，无古民之朴野，有末世之浇漓"。诗人的作用，就是移其性情，打破人内心的平衡，将其推向一种运动状态，"使即于诚善美伟强力敢为之域"。①由此，鲁迅重建了一种新的文学自觉：

> 近世文明，无不以科学为术，合理为神，功利为鹄。大势如是，而文章之用益神。所以者何？以能涵养吾人之神思耳。涵养人之神思，即文章之职与用也。此他丽于文章能事者，犹有特殊之用一。盖世界大文，无不能启人生之闷机，而直语其事实法则，为科学所不能言者。②

科学进步使得人们的理性思维和功利心日益膨胀，而文学（"文章"）则能够激发我们的想象力（"神思"），丰富我们内在的精神生活，从而矫正近代文明的偏至。因此，鲁迅主张消除一切的文学功利性：

> 由纯文学上言之，则以一切美术之本质，皆在使观听之人，为之兴感怡悦。文章为美术之一，质当亦然，与个人暨邦国之存，无所系属，实利离尽，究理弗存。③

这种脱离了功利性的文学，"能涵养吾人之神思"，可以疗

---

① 鲁迅：《摩罗诗力说》，见《鲁迅全集》（第1卷），第71页。
② 同上书，第74页。
③ 同上书，第73页。

救近世文明"无不以科学为术，合理为神，功利为鹄"的弊病。而其激发人"自觉勇猛发扬精进"的功效，让"卑懦俭啬，退让畏葸"的人们找到重生的精神动力。到此，鲁迅就将他的历史救赎的文化方案具体化为一种文学（美学）方案了。

在这样的观念下，鲁迅非常注重翻译那些表现与外界对立的个体内心的不安、不平与挣扎的作品。鲁迅的这些翻译作品又大致可以分为这样三类：一类写源自平凡的生活的焦虑、不安或感伤，如安特莱夫的《谩》《默》等；一类写尼采式的孤绝英雄为拯救世界而产生的苦闷甚至疯狂，比如阿尔志跋绥夫的《黯澹的烟霭里》《工人绥惠略夫》；还有一类，则通过描写被压迫与被损害的小人物"生活的暗淡"，通过渺小的个体与社会的冲突来表现其内心的痛苦，如阿尔志跋绥夫的《幸福》，明那·亢德的《疯姑娘》等。

《谩》和《默》均收入《域外小说集》中。《谩》的主人公怀疑恋人对自己不忠，不但怀疑她的言语，甚至怀疑整个世界"一切谩耳"，以致最后亲手杀死了恋人。当逮捕他的人责骂他是"狂人"或"可怜人"时，他对这些惊恐之人鄙夷不屑，"视之咥然"。最终，绝望中的主人公发出了"援我"的呼救声。

小说《默》写神父伊革那支的女儿威洛吉伽从圣彼得堡回来后一直将自己幽闭在屋里，不久后突然自杀。神父的妻子悲痛欲绝，随后中风并失去了语言能力。整个家庭从此被沉默笼罩着。神父为女儿的死而内疚自责，一次次在臆想中对她说话，而得到的回应，却只是沉默。小说的结尾写恐惧的神父在不能动弹不能言语的妻子面前，似乎感到了她的宽恕，但最终发现她"恕宥怨愤，两复无有"，"而此荒凉萧瑟之家，则幽默主之矣"。这种沉默如无物之阵，让渴望求得真相、安慰、宽恕和交流的神父，处于一种无法反抗、无法突围的压迫中，最终甚至疯狂。

这两篇小说中人物内心的冲突与挣扎，均来自平凡人的现实生活。此外，在《现代小说译丛》（第一集）中，鲁迅所译的阿尔志跋绥夫的《医生》以及契里科夫的《省会》《连翘》，对这种心理状态也有不同程度的表现。

小说《医生》以 1905 年俄国的反犹运动为背景，写一位叫柏拉通密哈罗微支的医生被请去为一位在冲突中受伤的警厅长治伤的故事，表现出了主人公内心"爱与憎"的冲突。一开始，医生一直处于两难中。一方面，犹太人受到惨烈迫害的场景让他对警厅长产生了厌恶，另一方面，出于本能的同情，他又不能抛下受伤的警厅长不管。最终，他对犹太人的同情占了上风，毅然逃离了警厅长的家。在《医生》的译后记中，鲁迅说："这短篇里，不特照例的可以看见作者的细微的性欲描写和心理剖析，且又简单明了的写出了对于无抵抗主义的抵抗和爱憎的纠缠来。"①

这种内心的"纠缠"，在契里科夫的《省会》《连翘》中，则化为一种怀旧性的失落与感伤。《省会》写自己回乡的所见所闻。主人公是一位作家，从圣彼得堡回到家乡省会。因为革命的动荡，家乡已物是人非。曾经的初恋情人和情敌已不知所

---

① 鲁迅：《医生》译者附记，见《鲁迅译文全集》（第 1 卷），福州：福建教育出版社 2008 年版，第 275 页。

踪，而自己的大学同学，一个曾具有正义感的年轻人，而今已经做了警察厅的副厅长，还盘问"我"回乡的动机。这位"为要防止和扑灭那一切无秩序而设的警官，却回想起自己所做的无秩序的事来以为痛快，而且仿佛淹在水里的人想要抓住草梗似的，很宝贵的保存着这记忆"。当主人公走出警察厅时，对此感到万般疑惑，又怀疑自己也许和"白发满头"的他一样，"在人生的长途上，早已是掉了生命之花"。这样，作者把对社会的停滞和黑暗的批判，集中于它对美好的"生命之花"的吞噬上，在乡愁之外，更是传达了对人生和岁月的无奈与哀伤。这种情绪，以及那胆小的旅店掌柜、由一个有理想的年轻大学生堕落为专制的帮凶的警察厅副厅长，都可以在鲁迅同是以还乡为题材的《故乡》《在酒楼上》《孤独者》中找到影子。

《连翘》，则讲述了一个清新美好的小故事。很多年前，主人公和二十岁的恋人外出散步，路过一处围墙时，见里面连翘开得正艳，在恋人的要求下，主人公爬上围墙为其摘了几枝。分别后，主人公从美好的幻想中醒来，"现世的生活已经开始了"。鲁迅说，契里科夫的小说"虽然稍缺深沉的思想，然而率直、生动、清新"，而且善于心理描写，取材源自生活，"颇富于讽刺和诙谐"。① 鲁迅所翻译的这两篇小说，都渗透着怀旧的失落和感伤气息，只是其情绪波动的程度，相对安特莱夫的小说来说，已变得有些温和。

表现平淡的日常生活中人内心的煎熬与悲哀，在夏目漱石

---

① 鲁迅：《连翘》译者记，见《鲁迅译文全集》（第 1 卷），第 239—240 页。

的《挂幅》、森欧外的《游戏》、有岛武郎的《阿末的死》、芥川龙之介的《鼻子》（以上均收入《现代日本小说集》）等小说中也有所体现。

夏目漱石的《挂幅》写拮据的大刀老人为了给亡妻竖一块石碑，不得不忍痛卖掉祖上传下来的一幅画。古董店商人的冷落、儿子的满不在乎、天真的孙子一次次地伸手索要弹子糖，都烘托出了老人内心不被理解的苦闷和无法言说的悲哀。在森欧外的《游戏》中，主人公无论做什么都抱着"游戏的心情"，常被上级批评说"欠恳切"，被文学批评家说"不认真"。这个"欠缺着现代人的紧要的性质"的人，极力地克制着内心的怨怒，但"也未必能成为尼采主义的现代人罢"。在有岛武郎的《阿末的死》中，十四岁的少女阿末和弟弟力三、外甥在野地偷吃胡瓜后，力三和外甥因为赤痢疾相继死去，自己也陷入了自责与恐惧的煎熬中，最后，在向妲姐忏悔后服毒自尽。她"那可怜的兼顾的觉悟"，让人十分心痛。而芥川龙之介的作品主题，"最多的是希望达成之后的不安，或者正在不安时的心情"，① 他的《鼻子》写一个叫禅智内供的和尚，因为鼻子过长而时常自卑，在设法缩短鼻子后，反而被人嘲笑，突然一天，鼻子恢复了原状，其心也释然了。

鲁迅所翻译的另一类小说，则主要表现高傲的尼采式的英雄内心的苦闷以及他们与外在世界的冲突，比如安特莱夫的《黯澹的烟霭里》、阿尔志跋绥夫的《工人绥惠略夫》等。

---

① 鲁迅：《现代日本小说集·附录·芥川龙之介》，上海：商务印书馆 1923年版，第 379 页。

《黯澹的烟霭里》［也收入《现代小说译丛》（第一集）］写一位叫尼古拉的青年，因为参加革命被学校开除，与父亲争吵之后离家出走。七年后，他突然回到家里。家里人热情地接纳了他。全家人都希望他能够与父亲重归于好，留下来一起生活。然而，他厌倦了"这里有钱，三个工场，四所房屋，我们天天结股票"的生活，在圣诞节前夜毅然再次离去，消失在黯澹的烟霭里。主人公是一个不向世俗妥协的人。而他的存在，也让家里充满了不安和恐怖。鲁迅说作者"将十九世纪末俄人的心里的烦闷与生活的暗淡，都描写在这里面"。① 主人公的阴郁、苦难与固执，与鲁迅所赞赏的那种尼采式的英雄非常相似。

鲁迅还翻译过安特莱夫的另一篇小说《书籍》［也收入《现代小说译丛》（第一集）］。这篇小说写一位身患绝症的作家在弥留之际将生命的价值全部寄托在自己的作品上，然而，他的书在排版、运送、审查的过程中，却仅被人们当成了一种普通的物件，并未像他所希望的那样体现出特别的精神价值并得到尊重。小说由此表现了一颗高傲的心与鄙俗的世人之间的冲突，有"颜色黯淡的铅一般的滑稽"。②

阿尔志跋绥夫的中篇小说《工人绥惠略夫》，其主人公是一名叫多凯略夫的大学生，也是无政府主义者，在被押赴刑场的途中逃脱，化名为绥惠略夫，租住在玛克希摩跋家中，与同住的大学生亚拉借夫，一个具有理想主义倾向的大学生，发生

---

① 鲁迅：《黯澹的烟霭里》译者记，见《鲁迅译文全集》（第1卷），第230页。

② 鲁迅：《书籍》译者记，见《鲁迅译文全集》（第1卷），第236页。

了思想冲突。绥惠略夫是一个虚无主义者，认为"人的一切欲望，全不过猛兽本能"。而亚拉借夫却是一个托尔斯泰主义者，对世界抱有希望，相信真理与和平。不过，在严酷的现实中，他们最终都走向了反抗。亚拉借夫为了保护革命的友人送来的资料而选择了与警察对抗，被追捕的绥惠略夫在走投无路的情况下，举枪向无辜的群众疯狂扫射。鲁迅说："他根据着'经验'，不得不对于托尔斯泰的无抵抗主义发生反抗，而且对于不幸者们也和对于幸福者一样的宣战了。于是便成就了绥惠略夫对于社会的复仇。……然而绥惠略夫确乎显出了尼采式的强者的色采来。他用了力量和意志的全副，终身战争，就是用了炸弹和手枪，反抗而且沦灭（Untergehen）。"① 这种试图拯救庸众并最终走向彻底的绝望和疯狂的人，与鲁迅常常提及的尼采的《查拉图斯特拉如是说》以及易卜生的《国民公敌》的主人公，都属于悲哀的先觉者。

鲁迅的小说《头发的故事》，很可能受到了阿尔志拔绥夫的《工人绥惠略夫》的影响。这篇小说的主人公 N 先生是一个绥惠略夫式的人物："脾气有点乖张，时常生些无谓的气，说些不通世故的话。"对于世事和理想，他似乎有一种彻底的怀疑。在谈到女子剪发的问题时，他说：

> 现在你们这些理想家，又在那里嚷什么女子剪发了，又要造出许多毫无所得而痛苦的人！

---

① 鲁迅：《译了〈工人绥惠略夫〉之后》，见《鲁迅全集》（第 10 卷），第 183—184 页。

现在不是已经有剪掉头发的女人，因此考不进学校去，或者被学校除名了么？

改革么，武器在哪里？工读么？工厂在哪里？

仍然留起，嫁给人家做媳妇去：忘却了一切还是幸福，倘使伊记着这些平等自由的话，便要苦痛一生世！

他的这一态度，很容易让人想起绥惠略夫与作为理想主义者的大学生亚拉借夫之间的辩论：

你们无休无息的梦想着人类的将来的幸福……你们可曾知道，你们可曾当真明白，你们走到这将来，是应该经过多少鲜血的洪流呢……你们诓骗那些人们……你们教他们梦想些什么，是他们永永不会身历的东西……只使他们活着，给猪子做了食料……

你们还不明白么，即使你们所有将来的梦，一切都当真出现了，但与所有这些优美的姑娘们，以及受饿的"被侮辱的和被损害的"人们的泪海称量起来，还是不能平衡的……（《工人绥惠略夫·九》）

两人都质疑那种变革社会的理想所要求的代价，是否真的值得。而绥惠略夫所说的"所有这些优美的姑娘们"，也简直可以说就是《头发的故事》中提到的那些被要求解放的女子。果然，N 先生用这一段话提醒了两篇小说之间的直接关联：

我要借了阿尔志跋绥夫的话问你们：你们将黄金时代

的出现豫约给这些人们的子孙了，但有什么给这些人们自己呢？

理想不能高于生命。任何宏大的社会变革理想，应该建立在尊重一切生命的基础上。如果做不到这一点，再美好的言辞，也是值得怀疑的。尽管有些虚无，但这种思想背后，却是有着雄厚的人道主义情怀的支撑。

除此之外，鲁迅还翻译了一些描写被压迫与被损害的小人物的"生活的暗淡"的小说，比如阿尔志跋绥夫的《幸福》、明那·亢德的《疯姑娘》、亚勒吉阿的《父亲在亚美利加》[均收入《现代小说译丛》（第一集）]。这类小说虽着重写人物的外在境遇，但却无情地解剖着人的内心的软弱、黑暗，或者呈现其痛苦。

阿尔志跋绥夫的《幸福》，写妓女塞式加兰掉了鼻子，姿容不再，遇到生存危机，无奈之下，只好在一个寒冷的雪夜里，让一个在工厂当仆人的色情狂毒打自己，供其娱乐，以换得五个卢布。小说特别细致地呈现了塞式加内心的挣扎。一开始，她绝望地走在雪夜的街道上时"悟到了伊的没意义的生存的恐怖"，"说不出的感情，在伊只是增高增强起来，而且已经达到了这境界，就是以为人们际此，便要陷入野兽的绝望，用了急迫的声音，狂叫起来。叫彻全原野，叫彻全世界"。这本该是一个觉醒的过程。然而，当她受辱并拿到五卢布后，想到自己马上可以吃饱穿暖时，"伊的全存在已经充满了幸福的感情"，她"向狭路转过弯去，在那里是夜茶馆的明灯，忽然在伊面前辉煌起来了"。鲁迅在后记中特别提到当下很多的批评家对写实主义感到厌倦，其原因在于，"人们每因为偶然见'夜茶馆的明灯在面前辉煌'便忘却了雪地上的毒打"。只有庸众才贪恋现实的安稳，"宁蜷伏堕落而恶进取"。① 这是人性中阻碍人觉醒的重要因素。

芬兰女作家明那·亢德的《疯姑娘》写一个叫塞林的女人，年轻时因为一次偶然的机会和皇家大公跳过一次舞，成为当地男人追捧的对象。她拒绝了很多人的求爱，幻想着大公有朝一日会来娶她。随着时间的推移，她不得不放弃这一希望，便又试图到舞会上去重新赢得男人们的关注。然而，年老色衰的她，受到了羞辱。她退出了名利场。母亲去世后，穷困潦倒的她成了人们眼中的"疯姑娘"，只有靠回忆来打发时光。鲁迅在译后记中，肯定小说写出了"无可补救的绝望"，并引用培因的话说，"夸张与无望的悲观，是这些强有力的，但是悲惨而且不换的小说的特色"。这种让人不快的"撄人"之声，却正是鲁迅所期待的："大抵惨痛热烈的心声，若从纯艺术的眼光看来，往往有这些缺陷；例如陀思妥也夫斯奇（Dostojovski）的著作，也常使高兴的读者不能看完他的全篇。"②

亚勒吉阿的《父亲在亚美利加》写一个农夫抛妇弃子到美国淘金，逐渐与家人断了音讯，而一家人在穷苦中逐渐绝望，猜测着他的处境，艰难度日。小说特别写到了这一家人遭受债主逼迫和邻人嘲笑的情景。这种孤立无援的处境，让读者"自

---

① 鲁迅：《摩罗诗力说》，见《鲁迅全集》（第 1 卷），第 70 页。
② 鲁迅：《疯姑娘》译者记，见《鲁迅译文全集》（第 1 卷），第 294 页。

然能理会出悲惨来"。①

总的来看，鲁迅在这一时期所翻译的小说，不管是直接描写人物内心挣扎的，还是从个体与社会对立来展示人物内心纠葛的，都具有强烈的悲剧色彩，是真正的"撄人"之声。这也是鲁迅创作《呐喊》《彷徨》《野草》，以及翻译《苦闷的象征》时的精神基调。

第四节　"反诸己"与世界主义

关注内部的精神生活，让鲁迅对描写"心里的烦闷与生活的暗淡"的作品产生了热情。如果说，这些色彩暗淡、基调悲观的作品，反映了鲁迅思想和精神中黑暗的一面，那么，鲁迅对反战小说和童话的翻译热情，则显示了其光明和积极的一面。从《域外小说集》开始，反战题材的文学作品，便成为鲁迅翻译作品的重要组成部分。这同样能在鲁迅的思想体系中找到根源。

鲁迅指出，疗救 19 世纪以来文化的偏至以及实现中国的民族独立，最重要的一步就是转向主观的精神生活，促成"内曜"的发生。然而，如果没有一种合理的精神秩序，觉醒而强大的个体之间就难免产生冲突，压迫与侵略的现象就不能完全消除。因此，真正的觉醒，不但包括自我意识的发生，还应该

---

① 鲁迅：《父亲在亚美利加》译者记，见《鲁迅译文全集》（第 1 卷），第298 页。

包括对自我与他者之间的合理关系的想象。

在《破恶声论》中，鲁迅将部分民族主义者表现出的以牙还牙式的"崇侵略"的倾向，归结为"恶声"之一。他认为这是一种"兽性其上"的表现。但他没有简单地否定人类的兽性，而是认为，一方面，人类的兽性不可能得到消灭，它一开始就存在，虽历经进化，但"古性伏中，时伏显露"①，另一方面，兽性也不应该被消灭，因为它对于个体的存在是必需的，如果和平日久，则"民性柔和，既如乳羔"，一旦遇上兽性者入侵，则无法自保。更何况，人类永远的和平是不可能真正实现的："顾战争绝迹，平和永存，乃又须迟人类灭尽，大地崩离以后。"② 因此，他反对托尔斯泰式的和平主义。

侵略主义不行，和平主义也行不通。那真正解开这一死结的出路在哪里呢？

鲁迅认为，真正解决侵略问题的出路，不在于从根本上否定兽性，而是"不尚侵略"，即精神上的"反诸己"："不尚侵略者何？曰反诸己也。"③

"反诸己"是一种精神现象或思维方式。这一说法，可能最早源于《论语》。《论语·卫灵公》中有云："君子求诸己，小人求诸人。"朱熹在《四书章句集注》中说："杨氏曰：君子虽不病人之不己知，然亦疾没世而名不称也。虽疾没世而名不称，然所以求者亦反诸己而已。小人求诸人，故违道干誉无所不至。"而孟子也曾使用这一说法。比如："仁者如射：射者

---

① 鲁迅：《破恶声论》，见《鲁迅全集》（第8卷），第33页。
② 见上文，第34页。
③ 见上文，第35页。

正己而后发；发而不中，不怨胜己者，反求诸己而已矣。"
(《孟子·公孙丑上》）又如："爱人不亲，反其仁；治人不治，
反其智；礼人不答，反其敬。行有不得者，皆反求诸己。其身
正而天下归之。"(《孟子·离娄上》）在这里，"反求诸己"的
大意就是君子遇事总会从自身内部找原因，注重内省。

　　而在鲁迅那里，"反诸己"主要是指对他人的遭遇，尤其
是不幸，要有设身处地的理解和同情，设想自己如果处于同样
的境地，会有怎样的感受。比如，对波兰、印度这样被侵略的
国家，国人应该抱以同情，"为之抑郁"，"为之号眺"。然而，
部分国人却加以嘲讽，表明其"久匍伏于强暴者之下，则旧性
失，同情漓，灵台之中，满以势利"，即对侵略者的强权表示
羡慕，对"侵略/被侵略"的逻辑表示认同，因此，他指出
"兽性其上也，最有奴子性"。要真正消除侵略行为，仅仅反抗
侵略者是不够的，而必须破除实利思想，在精神上清除由侵略
者所灌输的"强/弱""主/奴"的二元对立模式。真正有志于
人类和平的人，就应该像波兰武士贝谟和英国诗人拜伦那样，
"为自繇张其元气，颠仆压制，去诸两间，凡有危邦，咸与扶
掖，先起友国，次及其他，令人间世，自繇具足"①。

　　由此，"反诸己"这一精神活动，就"意味着主体进入
与他人、与异己者的关系中落实和体会'人不乐为皂隶之
心'"，然后再反过来建构自我与他者的关系，"由单一关系
的存在而发展为一种相互关系的平等存在"。②它的真正目标，

①　鲁迅：《破恶声论》，见《鲁迅全集》（第8卷），第35—36页。
②　高远东：《鲁迅的可能性——也从〈破恶声论〉寻找支援》，《鲁迅研究月
刊》2003年第7期。

不是让被侵略者取代侵略者的地位，而是让双方在精神上彻底清除"强/弱""主/奴"的二元对立模式，将一切他者视为平等的存在。而如果将这种个体间的精神秩序，推及社会，以至文明、国家关系的层面上，不但中国可以摆脱受侵略的处境，而且整个人类也将彻底根除侵略现象。这样，鲁迅就为中国、为整个人类摆脱 19 世纪以来的危机提供了一个精神上的解决方案。

在这一思想的指导下，鲁迅对反战小说表现出了极大的热情。《域外小说集》中迦尔洵的《四日》，是鲁迅翻译的最早的一篇反战小说。该小说以俄土克里米亚战争中一位俄国士兵伊凡诺夫的口吻，写其受伤后被遗弃荒野四日并最终获救的经历。在荒野中，面对被自己刺死的土耳其人的尸体，伊凡诺夫反问："斯人浴血死，定命又何必驱而致之乎？且何人哉？彼殆亦——如我——有老母与？每当夕阳西匿，则出坐茅屋之前，翘首朔方，以望其爱子，其心血，其奉养者之来归也！"最后，他领悟到自己与他"皆同也"，对发动不义战争的统治者提出了批判。这种精神上的"反诸己"，与鲁迅在《斯巴达之魂》中对战争的歌颂形成了鲜明的对比。

在《现代小说译丛》（第一集）中，保加利亚作家跋佐夫的《战争中的威尔珂》也是一篇反战小说。小说写俄土战争期间，巴尔干半岛的保加利亚和塞尔维亚两个兄弟国家也卷入了战争中。保加利亚的威尔珂立下军功，受到了表彰。然而，"只有一件，这简单的农夫不能懂：人为什么和塞尔比亚人打仗呢？"在后记中，鲁迅明确地批判保加利亚的文学，"因为历史的关系，终究带着专事宣传爱国主义的倾向"。① 而这一篇小说的主人公，因为也将"塞尔比亚人"视为平等的存在，对狭隘的国家观念和战争产生了质疑，因此具有不同寻常的意义。

鲁迅翻译的武者小路实笃的剧本《一个青年的梦》，也是表达反战思想的。这部剧本写的是一位青年（"为了人类的命运不怕十字架的人"）在一位"不识者"的苻领下，参加各种反战活动的经历。

全剧主体部分共四幕。第一幕的主题是反战。"不识者"带青年参加了一场由亡魂们举行的"平和大会"。在战争中死去的各种人物分别讲述了自己的经历，表达了对战争的厌恶、对"国家"的质疑，原来敌对的双方互相表达了悔意，握手言和，"很愿意做兄弟"。一个鬼魂五说："我们至少也须尊重别国的文明，像尊重本国的文明一样。……和别国交情好，尊重别国的文明，比那拿别国做成亡国起来，不知道于我们多少利益。"青年也认为，消灭战争的方法就在于："不用国家的立脚地看事物，却用人类的立脚地看事物"，认识到"民族的互助，才能增进幸福的事"。他还主张文明的多元共存与互补："我们还不如种种文明，在地上存在的更多，发达的更盛的好。倘早如此，便种种的发明也更多，文明也更进，种种的艺术品也存在的更多了罢。"又说："应该知道本国的文明，如何受别国文明的帮助，互相称赞的……我们很怕人类的运命的进行，取了现在这般国家主义的进路。"

---

① 鲁迅：《战争中的威尔珂》译者记，见《鲁迅译文全集》（第 1 卷），第 285 页。

第二幕的主题是"爱"。青年和"不识者"遇到了一个乞丐。这个乞丐及其信众渴望打破这个"国家主义时代"和"金钱万能时代",建立一种新的社会秩序:"这秩序不可站在金钱的上面,不可站在憎恶的上面,该站在爱的上面,大家的幸福上面。"当乞丐和他的信众在演剧宣传这一理念时,警察闯入,将他抓走。

第三幕分三场。第一场先写青年与一位在战争中丧子的画家关于战争的讨论。青年希望画家思考消除战争的办法,而画家则希望通过自己的艺术来改变世界:"知道我的事业,是将人类和运命打成一气的事。知道我是画家,我将美留在这世上。我教那在我画里感到我的精神的人的精神清净,而且增加勇气,而且给他安慰。"随后,儿子被抽调入伍的村长,为当初鼓吹画家的儿子的牺牲是一项巨大的荣誉而前来道歉。村长反省了自己"若不战争便是国耻"的言论。

第二场写"不识者"带青年观看了一出反战的狂言。青年说:"只要不从国家的立脚地看事物,却从人类的立脚地看事物,各国的风俗和习惯,在或一程度调和了,各国的厉害,也在或一程度调和了,不要专拿着我执做事的时代一到,战争也便会自己消灭了。"

第三场写青年梦中的场景。青年的同年级同学与下一级的学生发生械斗。青年试图停息纷争,但遭到众人指责。在械斗中,下一级有人开枪,而青年也遭到围攻,眼看生命受到威胁,情急之下,青年也向他们开枪以自卫。随后,青年醒来。不识者问道:"你这样,还是爱平和的么?非战论者么?"

第四幕写"不识者"带领青年观看由第二幕中的乞丐创作

的一出反战剧。在剧中，"恶魔"与"神"打赌，说自己能消灭人类。他将"容易寄生在爱国心里的霉菌"撒向了人间，于是挑动德大、俄大、法大等扩展兵力，进行军备竞赛，终于引发了大战。剧作以拟人化的方式，再现了"一战"爆发的整个过程。演出结束后，剧作者乞丐出场，再次重申："世界的民众成了一气的时候，从根底里握住手，那时战争便许自然消灭了。"最后出场的"平和女神"谴责了人类发动战争的愚蠢，呼唤人们热爱和平。

鲁迅的译本首先连载于《国民公报》，后因为报纸停刊，并未登完，转而由《新青年》于 7 卷 2 期开始连载。译文前附上了鲁迅的两篇作于不同时期的译序。鲁迅在译者序中表达了他的世界主义理想和人道主义的主张：

> 我对于"人人都是人类的相待，不是国家的相待，才得永久和平，但非从民众觉醒不可"这意思，极以为然，而且也相信将来总要做到。现在国家这个东西，虽然依旧存在；但人的真性，却一天比一天的流露：欧战未完的时候，在外国报纸上，时时可以看到两军在停战中往来的美谭，战后相爱的至情。[1]

他认为，"人的真性"，可以穿越国家、民族等一切障碍，成为人们理解和沟通的基础，帮助人们消除隔阂，消除战争。

---

[1]　鲁迅：《一个青年的梦　译者序》，《新青年》第 7 卷第 2 期，1920 年 1 月 1 日。

剧本中的"不识者"也要求青年"抛了国家",要求"我们该在真的意味上,更做到人类的人"。这种破解历史难题的方式,不是简单地将仇恨洒向对方,而是反问和质疑造成仇恨的机制,力图在普遍的"人性"的基础上实现全人类的平等与和平,正是鲁迅"反诸己"的真义所在,同时也呼应了鲁迅对中国彻底摆脱西方侵略的出路的思考,以及在"一战"的背景下对人类未来命运的思考。

这部剧本在《新青年》上发表时,蔡元培和陈独秀也为这部剧本撰写了序言。陈独秀还引用了自己《答半农的 D——诗》来表达对武者小路实笃这个剧本中的人道主义和反战思想的支持。陈独秀的这首诗中有几行是这样的:

> 我们的说话大不相同,穿的衣服很不一致,有些弟兄底容
> 貌更是稀奇,各信各的神,各有各的皮气;但这自然会
> 哭会笑的同情心,会我们连成一气。
> ……
> 我们全家底姊妹兄弟,本来一团和气;
> 忽然出来几位老头,把我们分做亲疏贵贱,内外高低;
> 不幸又出来几条大汉,把一些姊妹兄弟团在一处,举起铁
> 棍,划出疆界,栏阻别的同胞来到这里;
> 更不幸又出来一班好事的先生,写出牛毛似的条规,

教我

　　们困在一处的弟兄，天天为铜钱淘气；

　　我们为什么要这样分离，失了和气？①

　　这首诗首先把人类想象为本质上无差别的存在，并且认为人类的精神是可以"连成一气"的。但"忽然出来几位老头"，给人类划分出了等级，制造了战争，建立了国家，将人们分隔开来了，因此，人们应该超越这些人为的界限，以"反诸己"的方式实现精神上的相互理解和沟通，互相尊重，消除侵略和压迫的精神根源。

　　在五四时期，鲁迅在翻译上另一项引人注目的成绩，就是爱罗先珂的童话。尽管鲁迅的翻译是为了表达对爱罗先珂的声援②，但江口涣称"爱罗先珂君是无统治主义者；是世界主义者"③，这在某种程度上与鲁迅当时的思想是契合的。这些童话，后来收入《爱罗先珂童话集》中。除《春夜的梦》写的是超越阶级的沟通和理解外，大部分写的是不同的生命超越了物种的同情，比如《狭的笼》《鱼的悲哀》《古怪的猫》《为人类》《世界的火灾》等。

　　其中《狭的笼》写一只热爱自由的老虎被关进了"狭的笼"中。此前，它把羊从圈里释放出来，可是，它们却发出"凄惨的哭声"，"又逃回原地方来了"。它挽救了一个被迫嫁

---

　　① 独秀《答半农的D——寺》，《新青年》第 7 卷第 2 期，1920 年 1 月 1 日。

　　② 鲁迅：《杂忆》，见《鲁迅全集》（第 1 卷），第 237 页。

　　③ 江口涣：《忆爱罗先珂华希理君》，鲁迅译，见《鲁迅译文全集》（第 8 卷），第 122 页。

给拉阇而想要跳楼的女子，却又让她重新落入魔掌中。它想挽救笼子里的金丝雀和玻璃缸里的金鱼，然而，金丝雀却吓死了，金鱼也不愿意。随后，它又见证了拉阇去世后她的这个妇人在殉葬之前被自己所爱的白人男子救下，却受到了人们的诅咒，在神祇面前自杀。他意识到"人类被装在一个看不见的，虽有强力的足也不能破坏的狭的笼中"，因此，"人才是下流的奴隶，人才是畜生"。最后，写老虎从回忆回到了现实中，在"狭的笼"中被人观看着，所见尽是人类"痴呆的脸"，所闻尽是"下流的笑"。

《鱼的悲哀》写一条小鲫鱼盼望"大家个个都相爱，快乐的生活起来"，然后到一个没有饥寒的"更好更美的国土"里去。然而，当它和其他小动物发现教堂里为万物祈祷祝福的男孩，抓走了很小的动物时，终于意识到"单为人类的哥哥们做食物而被创造的自己的运命"是很悲哀的。最后，小鲫鱼愤怒地钻进了男孩的网中，被他解剖了。小男孩后来成了解剖学者，但万物凋零了。最后作者发表议论说："对于将一切物，作为人类的食物和玩物而创造的神明，我是不愿意祷告，也不愿意相信的。"

《池边》写两只蝴蝶看到太阳将要落山，十分惊恐，于是一只往东寻找明天将要升起的太阳，一只往西追寻挽留即将逝去的太阳。后来，往西的金色的蝴蝶死在了海边。最后，一群人开始议论蝴蝶的死。小学老师由此教训学生们"不要到太深的地方去"；中学老师认为蝴蝶的死是因为它不安于岛上的生活想到陆地上去，因此在生活中，人们应该"高兴他自己的地位，满足于他自己的所有"；而沙弥反驳他说，没有地位毫无所有的人，是没什么可满足的。而后，博士说，蝴蝶的死是因为局限于以前只见过小沟小流的经验而不知道大海的宽广，因此"认识最要紧的是经验"，而本能是靠不住的，比如自由。沙弥又反驳说，如果什么都不做，经验就无从谈起。结尾说，两只蝴蝶不过是不想看到世界黑暗，想拯救世界，想恢复太阳，而这个却没有一个人知道。

《雕的心》写一对雕王子被猎人捉走，在人间生活几年后，拥有了一颗"人的心"，从而变得理性、怀疑和懦弱，回到雕国后被父母杀死；而同时，猎人的两个儿子则被雕抓走，拥有了一颗"雕的心"，骁勇而又热爱自由，认识到地面是"狭的笼""奴隶的死所""弱者的世界""无聊的人类的世界"。回到人间后，两人带领国人与邻国交战，在战败后即将被处死时逃脱，飞上了天空。从此，他们的国人常听到他们在空中的歌唱："不要往下走，不要往下看……"最后，作者说，希望拯救世界的人类也能拥有一颗"雕的心"。

《春夜的梦》写一个妖女想要得到萤火虫美丽的翅膀，而精灵想要得到金鱼美丽的鱼鳞用作头冠。这时，一个公爵的女儿和一个百姓的儿子出现了。两者因为隔阂，发生了争吵，随后又分别抓走了萤火虫和金鱼。夜里，妖女和精灵使用欺骗的手法，取走了萤火虫的翅膀和金鱼的鳞片。但看到萤火虫和金鱼也因此死去时，两者又极度后悔。这时公爵的女儿和百姓的儿子又争吵着出现了，并试图重新捕获萤火虫和金鱼。公爵的女儿在水边发现了精灵，在试图抓住它时，却滑入了水中；而百姓的儿子也在试图抓住妖女时滑入了水中。水底的王拯救了他们，并告诫他们说："凡有美的东西，无论是什么东西，倘起了一种要归于自己，夺自别人的心情，好好的记着罢，这心情，便不纯粹了。"又说："见了美的东西，爱了表现在这里的美，若不涌出为此尽点什么的心，为此献点什么的心，则在这爱里，在这心情里，便不能说是不至于有错。"最后，两个小孩达成了谅解，成了好朋友。

《古怪的猫》中，一只猫以"我"的口吻，写自己的朋友，另一只猫"虎儿"，因为坚持认为"老鼠是我的可爱的可同情的兄弟"，无心再抓老鼠，被视为"古怪猫"，并被捉走处死。最后，"我"也认同了它的观点，并陷入了绝望中。

《两个小小的死》写在医院中，同时住着一个"富家的哥儿"和一个"劳动者的孩子"，两人皆病危。死神试图与两人做交易，即用陪伴自己的花和小动物的生命换来自己生命的延续。"劳动者的孩子"拒绝了，选择了"我自己死"："所爱的东西的性命倘若在我手中，那么，这并非为了交给'死'却为了防御'死'吧。"而相反，"富家的哥儿"却表示什么都可以答应。最后，两个孩子都去世了。陪伴"富家的哥儿"的，是死去的花朵，而一个护士却愿意护送"劳动者的孩子"的棺木回到贫民窟："真理在那里。"

《为人类》写一位解剖学家，在家里的实验室里不停地做实验，而他九岁的儿子非常同情那些被解剖的小狗。有一次，儿子为了救出一条小狗，差点丧命于解剖刀下。伤愈后，儿子在梦中拜访了小狗的家庭，醒来后感觉自己差点变成了小狗。但他记住了梦中一条狗告诉他的话："狗和人单是衣服两样，内容都是相同的。"解剖学家以"为人类"的名义继续实验。后来，他的儿子和夫人都消失了。传说两人都被解剖学家用于了实验。最后，一个科学家在谈到人们对这位解剖学家的评价时不平地说："现在的社会上，为了土地和商业利益，为了政治家和军人的野心，杀死了多少万年青的像样的人，毫不以为怎样。然而为人类为人间的幸福，为拼命劳作的科学者的实验，却不许杀一个低能儿。这是现代的人道。这是我们自以为荣的二十世纪的文明。"

《世界的火灾》写一个美国实业家，在其天夜里，因为同情白杨和枫树受冻，便为它们生火取暖，结果引发了一场大火。于是，此人被当作"狂人"送进了精神病院。出院后，他过上了富足的生活，又重新谋划在全世界放一回火，以给世界带来光明和温暖。叙述者"我"此刻正好在旅店里与他相遇，并见证了警察将他带走的过程。而从此，"我"也开始幻想着一场"世界的火灾"了。

爱罗先珂以童话的方式，书写人与人之间、动物与动物之间的同情与理解，传达了其世界主义的理想。在 1922 年版的《爱罗先珂童话集》扉页上有一首题为"Homarano"（意为"人类中的一员"）的诗。其中一行为："我的名字是人类中的一员"。①这正是爱罗先珂童话的基本主题，也是鲁迅的"反诸己"为人类的精神秩序所作的规划。

返观鲁迅早期的文学生涯，在短暂地尝试了科幻小说翻译之后，他以反思科学救国思潮为契机，开始从比较文化的视野

① 该诗由张过大卫译成中文，参见《鲁迅先生保存的爱罗先珂的一首世界语诗原文的文学史价值与许广平先生关于此诗的一封信》，《鲁迅研究月刊》2005 年第 4 期。

来重新认识中国历史危机的根源，并相应地提出了一种文化上的解决方案，又将这一方案深入到了精神层面上。

鲁迅反对科学崇拜所带来的实利主义，认为这是中国遭受西方侵略的文化和心理根源，主张通过文化的比较和综合，来超越 19 世纪以来的物质文化所引发的心灵的偏枯，滋养出一种健康完整的人格。这种人格的养成，一方面需要催生个体的自我意识，另一方面也需要这些觉醒的个体具有精神上的平等意识。

而这两个方面，也相应地投射在鲁迅的翻译热情中：一方面，他注重表现内心纠葛的作品，另一方面，他注重主张人类平等的反战文学和童话。在翻译对象的选择上，这种鲜明的倾向性，表明在鲁迅那里，翻译已经超越了个人趣味或者文学本身，而承担着解决历史危机、重塑历史的重大使命。而鲁迅的创作也受到翻译的极大影响，这使得中国新文学从诞生之初，就处于一种跨文化的语境中，并对中国乃至整个世界的现代性作出了承担。这无疑是中国新文学留给我们的宝贵传统。

第六章 从"人的文学"到 "为人生"的文学

在文学革命的倡导者们看来，仅仅是"白话文学"，还不足以体现新文学的价值立场。必须从内容上下功夫，才能真正建成符合新文学要求的文学形态。由此，胡适、鲁迅、刘半农等都从不同的角度对新文学应该书写什么样的内容进行了理论阐发。

在引入"文学"这一概念时，胡适、陈独秀、刘半农等人都一再强调内容的重要性。1916 年，胡适第一次提出文学革命的主张时，就批评了当时文坛"文胜质"的现象，那就是"有形式而无精神，貌似而神亏"。① 在 1917 年初的《文学改良刍议》中，他又首先提出"须言之有物"的主张，并将这其中的"物"解释为"情感"和"思想"。② 这里所说的"精神""情感""思想"在很大的程度上都是指文学作品的内容。而陈独秀也很重视文学的内容。他认为文学之美包括四种要素，即

---

① "胡适致陈独秀"，见《新青年》第 2 卷第 2 号通信栏，1916 年 10 月 1 日。

② 胡适：《文学改良刍议》，《新青年》第 2 卷第 5 号，1917 年 1 月 1 日。

"结构""遣词""文气"和"表情"。① 大体上，这也涉及形式和内容两个方面。在他看来，形式和内容都不可偏废。此外，刘半农也很重视文学的内容。他认为"精神"决定了文学的本质："文学为有精神之物，其精神即发生于作者脑海之中。"②

他们一再强调文学的"精神""思想""情感"等。但这些要素，都还只是与形式相对的一个笼统的概念，无法作为一种具体的文学革新方案。胡适后来追认说，是周作人的"人的文学"这一口号的提出，才真正解决了新文学的内容问题：

> 我们开始也曾顾到文学的内容的改革。例如玄同先生和我讨论中国小说的长信，就是文学内容革新的讨论。但当那个时期，我们还没有法子谈到新文学应该有怎样的内容。世界的新文艺都还没有踏进中国的大门里……所以在那个贫乏的时期，我们实在不配谈文学内容的革新，因为文学内容是不能悬空谈的，悬空谈了也不会发生有力的影响。……
>
> 这（即《人的文学》——引者注）是一篇最平实伟大的宣言（他的详细节目，至今还值得细读）。周先生把我们那个时代所要提倡的种种文学内容，都包括在一个中

---

① "陈独秀致常乃德"，见《新青年》第2卷第4号通信栏，1916年12月1日。

② 刘半农：《我之文学改良观》，《新青年》第3卷第3号，1917年5月1日。

心观念里，这个观念他叫做"人的文学"。①

这段话提醒我们，要理解"人的文学"这一口号的历史位置，必须注意到这样两个方面：第一，"人的文学"这一口号的提出，第一次从理论上真正解决了新文学的内容问题；第二，"人的文学"这一思想的形成，是以"世界的新文艺""踏进中国的大门里"为条件的。因此，文学翻译与"人的文学"这一观念的形成有着十分密切的关系。

值得注意的是，随后成立的文学研究会，不但与周作人等《新青年》团体成员有着组织上、事务上、思想上的联系，而且也同样把翻译介绍外国文学视为重要使命。由此，在考察新文学的内在价值的确立时，不但需要从翻译史的角度考察"人的文学"这一观念的起源，还需要考察"为人生"这一口号对它的发展以及在翻译文学中的体现。

第一节　"新民"思潮下的早期翻译

晚清时期，维新派登上历史舞台后，开始清算洋务派将挽救民族危亡的出路寄托在发展军事和科技上的思路，主张"治民""储材"，攻易"风俗"和"人心"。也就是说，他们把变革的希望，寄托在了国民精神和思想的革新上。不管是发展教

---

① 胡适：《中国新文学大系·建设理论集·导言》，上海：良友图书公司1935年版，第28、30页。

育，掊击旧学，还是传播新知，力倡启蒙，他们的基本目的，就是要造成变革历史的主体，即新的国民。这种愿望也反映在了他们的文学活动中。

首先，是梁启超引领了"新小说"的潮流，塑造了大量的"新民"形象。1898 年，戊戌变法失败后，梁启超在亡命日本的途中读到了《佳人奇遇》，由此开始了文学翻译活动。不过，他是把这种"政治小说"的翻译作为其现实的政治活动的一部分来看待的。1902 年，梁启超又创办了《新小说》，提出"小说界革命"的口号。此时他所提倡的"新小说"，已经不像"政治小说"那样，单纯服务于政治活动，而是有了更全面的追求。在发刊词《论小说与群治之关系》开篇，梁启超说："欲新一国之民，不可不先新一国之小说。故欲新道德，必新小说；欲新宗教，必新小说；欲新政治，必新小说；欲新风俗，必新小说；欲新学艺，必新小说；乃至欲新人心，欲新人格，必新小说。何以故？小说有不可思议之力支配人道故。"① 由此，"新小说"承担了革新"道德""宗教""政治""风俗""学艺""人心""人格"等方面的任务，而总的目标，就是"新民"。

在《小说丛话》中，狄楚卿（平子）也回应了这种说法。他同样把文学作为塑造新人的重要手段来看待："西人谓文学、美术两者，能导国民之品格、之理想，使日迁于高尚。"② 在这种氛围下，《新小说》上的小说，都很重视塑造"新民"的典

---

① 梁启超：《论小说与群治之关系》，《新小说》第 1 年第 1 号，光绪二十八年（1902）十月十五日。

② 平子：《小说丛话》，《新小说》第 7 号，光绪二十九年（1903）七月十五日。

范。这方面比较重要的翻译小说有《海底旅行》《二勇少年》《毒药案》等，原创小说有雨尘子的《洪水祸》、岭南羽衣女士的《东欧女豪杰》、梁启超的《新中国未来记》等。这些小说塑造了像李梦、金吾、吴尔达、列格尔、苏菲亚、黄克强和李伯毅等英雄人物。这些英雄人物大多具有学识渊博、胆量超群、胸怀广阔等特征。

比如，由卢藉东意译的凡尔纳（译文署原作者为：英国萧鲁士原著）的科幻小说《海底旅行》中的李梦，"有足令人可惊可怖，可增智慧，可练胆气者"（第一回）。作为一艘潜水艇的船长，李梦率领法国博物学家欧露士一起进行环球的海底旅行，经历了各种各样的冒险。南野浣白子译述的《二勇少年》，讲述了爱尔兰的两个大家族的第三代子孙金吾和吴尔达抛弃世仇并促成民族和解的故事。他们都热情助人、勇敢好义。

在《新小说》的群体之外，影响最大的翻译家非林纾莫属。1897 年，林纾怀着丧妻之痛，翻译了小仲马的苦情小说《巴黎茶花女遗事》，从此跻身译界。除了《巴黎茶花女遗事》外，林纾的翻译作品主要还有：斯托夫人的《黑奴吁天录》、《伊索寓言》、司各特的《撒克逊劫后英雄略》、迪福的《鲁滨孙飘流记》、斯威夫特的《海外轩渠录》、狄更斯的《块肉余生述》和《贼史》等一百多种。据说，林纾最早也是把文学翻译当成启蒙事业的一部分来看待的："又闻先生宿昔尝持论，谓欲开中国之民智，道在多译有关政治思想之小说始。"[1] 这种

---

① 邱炜萲：《客云庐小说话·挥尘拾遗》，见《晚清文学丛钞·小说戏曲研究卷》，阿英编，北京：中华书局1960 年版，第408 页。

思想，在 1900 年为《译林》杂志撰写的序言中表现得更为明确：

> 今欲与人斗游，将驯习水性而后试之耶？抑摄衣如水，谓波浪之险可以不学而狎试之，冀有万一之胜耶？不善弹而求邸灵，不设机而思熊白，其愚与此耳！亚之不足抗欧，正以欧人日励于学，亚则昏昏沉沉，转以欧之所学为淫奇而不之许，有漫与之角，自以为为胜。此所谓不习水而斗游者尔！吾谓欲开民智，必立学堂；学堂功缓，不如立会演说；演说又不易举，终之唯有译书。①

在林纾那里，翻译不但是启蒙事业的一部分，而且，它的启蒙效果，比立学堂、演说更直接、更经济。

在林纾的翻译小说中，也有塑造"新民"的努力，比如，《爱国二童子传》（法国沛那著，即阿尔弗雷德·富耶夫人），写法国战败以后，孟叔和嘉纳周游法国，历见国人奋发图强，力振实业，以雪国耻，于是，二人也安心归农，以实践报国。林纾在《〈爱国二童子传〉达旨》中说："天下爱国之道，当争有心无心，不当争有位无位。"② 因此，爱国英雄并不一定非得是新小说中塑造的那种要么具有渊博的学识、要么具有某种高超的技艺的特殊人物，平凡人也可以成为这样的英雄。

这种思想在他翻译的《滑铁庐战血余腥记》中也有体现。

---

① 林纾：《〈译林〉序》，《译林》创刊号，1901 年 3 月 5 日。
② 林纾：《〈爱国二童子传〉达旨》，见《翻译论集》（修订本），北京：商务印书馆 2009 年版，第 238 页。

他在序言中说：

> 余观滑铁庐战后，联军久据法京，随地置戍，在理可云不国。而法独能至今存者，正以人人咸励学问，人人咸知国耻，终乃力屏联军，出之域外。读是书者，当知畏庐居士正有无穷眼泪寓乎其中也。

巴黎被外人占领，很容易让人联想到庚子事变后中国的处境。林纾从法国人那里得到的启示是"人人咸励学问，人人咸知国耻"。在他看来，"学问"和强烈的民族意识，是抵御外侮的重要武器，而不是坚船利炮。而掌握"学问""知国耻"的，是每一个普普通通的人。这其中，包含着对个体价值的尊重。

此外，林纾还特别注意翻译能表现人生社会状况的小说。比如，他评价迭更司的《块肉余生述》说：

> 若迭更司此书，种种描摹下等社会呈可秽可鄙之事，一运以佳妙之笔，皆足供人喷饭。英伦兰开化时民间弊俗，亦皎然揭诸眉睫之下，使吾中国人观之，但实力加以教育，则社会亦足改良，不必醉西风，谓欧人尽胜于亚，似皆生知良能之彦。①

林纾认为，这部小说细致地展示了英国下等社会的种种面

---

① 林纾：《译坛肉余生述·序》，上海：商务印书馆 1930 年版，第 2 页。

貌，特别是普通人的生活。而这种展示，对国人又有启示作用。这样，文学就实现了人类精神上的沟通。这与后来周作人的"人的文学"的思想，是暗合的。

梁启超、林纾等人的文学翻译所引发的"新民"风潮，正是周作人进入文学翻译领域的基本背景。而他的真正领路人，则是鲁迅。1904 年，鲁迅翻译了短篇科幻小说《造人术》，发表在《女子世界》第八期上。这是一份妇女启蒙杂志。该刊的发起者之一金一（名天翮，1874—1947）在《女子世界发刊词》中交代该刊的宗旨说：

> 女子者，国民之母也。欲新中国，必新女子；欲强中国，必强女子。欲文明中国，必先文明我女子；欲普救中国，必先普救我女子，必无疑也。①

鲁迅翻译的这篇《造人术》其实和妇女问题并没有关系。它写的是科学家伊尼他在实验室中通过胚胎造人成功的故事。小说最后写道："天上地下，造化之主，舍我其谁！吾人之人之人也，吾王之王之王也！人生而为造物主，快哉！"这实际上是对人类的科学创造能力的礼赞。周作人为这篇小说写了后记。不过，他对这篇小说的理解，不同于鲁迅。他认为，要改造旧世界，应先进行完全的重造，然后再行淘汰选择："彼以世事之皆恶，而民德之堕落，必得有大造鼓洪炉而铸冶之，而后乃可行其择种留良之术，以求人治之进化。"而要进行"大

---

① 金一：《女子世界发刊词》，《女子世界》第 1 卷第 1 期，1904 年。

造鼓洪炉而铸冶之"，就需要"造物主"。周作人认为，这个"造物主"就是女性：

> 世界之女子，负国民母人之格，为祖国诞育强壮之男儿，其权直足与天地参，是造物之真主也。……吾国二万万之女子，二万万之新造物主也。文明种子于是乎萌芽，祖国人才于是乎发育。①

通过这样的解释，《造人术》这一科幻故事就被周作人纳入到了当时的女性启蒙事业中。这一解说显然更符合《女子世界》这一杂志的宗旨。而周作人的文学翻译生涯，就由他为鲁迅写的这一篇后记以及与《女子世界》的合作开始。他最早的几部翻译作品，如《侠女奴》（1904）、《天鹅儿》（1905）、《女猎人》（1905）和《玉虫缘》（1905）等，都明确地以梁启超的"新民说"为指导思想，并大都发表在关注妇女启蒙的杂志《女子世界》上。

《侠女奴》系《阿里巴巴和四十大盗》的翻译。在译序中，周作人这样解说主人公的形象："有曼绮那 Morgiana 者，波斯之一女奴也。机警有急智。"随后，他透露自己翻译此文的目的说："其英勇之气，颇与中国红线女侠类。沉沉奴隶海，乃有此奇物。亟从欧文迻译之，以告世之奴骨天成者。"②

---

① 萍云：《造人术》后记，《女子世界》第 2 卷第 4、5 期合刊，1905 年。
② 萍云女士：《侠女奴》序，《女子世界》第 1 卷第 8 期，1904 年。

为了唤醒"世之奴骨天成者",周作人对女主人公的形象进行了特别的加工,让她成为一个具有独立人格的人,而不仅仅是"机警有急智"。为此,他对故事情节进行了调整。在原故事中,女奴曼绮那凭借自己的机智挽救了主人埃梨(阿里巴巴)一家,最后成为他的儿媳,一家人坐拥金山,生活富足。在周作人看来,这个平庸的结局,无法提供一个理想的新女性形象,因此,他让曼绮那拒绝了埃梨要她做儿媳的请求:"除患,吾分也。吾不敢邀非分之福。且予自行心之所安。富家妇何足算?吾无愿也。"最后曼绮那"不知所终"。通过这样的调整,周作人就成功地将一个古老的外国民间故事,转化成了现代中国的启蒙资源。

《女猎人》系英国星德夫人《南非搏狮记》的编译。在《女猎人·约言》中,周作人坦白自己的翻译动机说:"作者因吾国女子日趋文弱,故组以理想而造此篇。""组以理想而造此篇",就是以原著为蓝本进行大量的加工改编,是翻译和主动创造的混合,其目的,是为了让作品更明确地服务于启蒙事业。小说写"我"(女性)在蛮荒的"寿眉山之麓"与朋友(另一女子)捕狮的故事,其中捕狮的场面都比较简单。周作人显然无意编造一个惊险的异域探险故事。他在乎的是"女猎人"这一形象的意义。在后记中,周作人引用原作者星德夫人的话说:"射猎小技耳,然而非有大胆力者,殆不克任。"这就是说,女猎人的身份,不是通过"射猎"这一行为表现出来的,而是通过"大胆力"这一性格表现出来的。星德夫人在谈到成为女猎人的条件时就说:"故第一主义,当主精神之健全,而其二，则必需体魂之健全。"①这里也寄托着周作人关于妇女启蒙的思考。

《天鹅儿》系雨果《悲惨世界》第一部第四卷的编译。小说写芳梯（现译作芳汀）被情夫多罗抹（现译作多罗米埃）遗弃之后，生活困窘，不得不将私生女康雪寄养在客店主人覃那大（现译作德纳第）家中，只身回故乡谋生，但覃那大夫妇却把康雪用作榨取芳梯血汗钱的筹码，并且还不断地虐待、奴役她。在原著中，覃那大一家虐待康雪，主要是因为她卑贱的出身，而不是因为她的性别。因此，这主要是一种阶级压迫，而不是性别压迫。但周作人却把康雪的命运，看成是所有女性的命运的一个缩影：

> 译者曰，此巴黎之秘密。
> 又曰，此中国之常事。
> 媳也，妾也，孤儿也，婢也，多矣。使记者生此世，吾思得无，忙煞忙煞！②

周作人对康雪的观察，是从性别的角度，而不是从阶级的角度。这是他过度关注妇女启蒙而引发的偏至。

1905 年，周作人还翻译了爱伦·坡的短篇小说《山羊图》（改题为《玉虫缘》）。这部推理小说本来并没有多少启蒙的意义，但周作人通过自己的阐释，让它获得了启蒙的价值。小说

---

① 萍云女士：《女猎人·约言》，《女子世界》第 2 卷第 1 期，1905 年。
② 黑石译：《天鹅儿》，《女子世界》第 2 卷第 4、5 期合刊，1905 年。

讲述了一个叫莱格兰的人（叙述者"我"的朋友）运用自己的智慧破解藏宝图，最终获得大量海盗遗留下来的宝藏的故事。小说最关键、最有趣味的情节，就是破解藏宝图的推理部分。周作人对这部分的情节，有着自己独到的阐释："其以一月获百五十万之巨金。然而无足异也。彼其一月之间，绞脑汁，竭心血，焦心苦思，以探索此事者，其价值已下下百五十万金也。此百五十万金，非彼之智慧亦莫能支配也。"周作人认为，主人公获得了巨额的财富，是因为他拥有超出常人的智慧，而他的智慧，也让他配得上拥有这样的财富。随后，他将话题转向了当时强国富民的思潮："吾国之人，皆思得财矣，而终勿得。吾国之人，皆思做事矣，而终勿成。何也？以不纳其得之成之之代价故也。使读此书而三思之，知万物皆有代价，而断无捷径可图，则事庶有济之一日乎？"[1] 国家的富强，需要以智慧为"代价"，因此，除了开启民智，别无他法。通过这样的方式，他再次表达了"新民"的愿望。

　　1906 年留日后，周作人的启蒙热情，逐渐转化为更为激烈、更为直接的政治热情。这种热情也落实在了文学翻译中。但在这些翻译作品中，仍然可以看到他对"人"的重视。这一点，可以从他翻译的俄国作家斯谛勃喎克的《一文钱》中得到证明。这篇小说写一位农民，掘地得到一文钱，却随之引来了长老、巴林（农奴主）和商人的敲诈，结果失去了全部家产，只得仓皇逃走。最后，他隐遁于山林，自造房舍，"久之，田野草原，百物皆具，俨然一家，乡人居之，惟在乐康中度其岁

---

　　① 萍云：《玉虫缘·绪言》，上海：文盛堂书局 1905 年版，第 2 页。

月也。"①这个结尾显然是一个无政府主义式的期望。这其中，自然包含着对普通人的生活、命运的关注和同情。

另外，周作人还受到章太炎思想的影响。对显克微之的小说《炭画》的翻译，最直接地体现了这一影响。《炭画》讲述的是波兰农村一个叫羊头屯的村子里发生的故事。屯会书记淑什克是一个乡村流氓，用计占有了伐木工来服的妻子玛利萨，造成其家毁人亡。周作人对来服夫妇到村自治会申诉无果的遭遇特别关注。在1926年的再版后记中，他透露翻译此书的动机说："那时是宣统元年，清廷大有假立宪之意，设立些不三不四的自治团体，文中那些迂曲的话即是反对这个而说的，因为我相信中国的村自治必定是一个羊头村无疑。"②

《炭画》对鲁迅的小说创作产生了重要影响。特别是"多描写民间疾苦，用谐笑之笔，记悲惨之情"③的特征，在鲁迅的小说中体现得特别明显。鲁迅描写"民间疾苦"的小说，多取材于农村。他笔下的阿Q，与显克微之的《炭画》中的来服，有许多神似的地方。④ 比如，他们的身份有类似的地方。来服身世不明，连自己的父亲是谁都不知道。这与谁都不知道姓什么的阿Q，有类似之处。这表明，两人只是被抛掷到社会边缘的人物。其次，在精神上，两人也有共同点。来服是一个

---

① 三叶译：《一文钱》，《民报》第21号，1906年。
② 周作人：《关于〈炭画〉》，见《炭画》，北京：北新书局1926年再版，第110页。
③ 周作人：《域外小说集·著者事略》，上海：商务印书馆1936年版，第10页。
④ 周作人曾明确指出《阿Q正传》的"笔法的来源"，包括显克微之的小说。见仲密：《〈阿Q正传〉（自己的园地）》，《晨报副刊》1922年3月19日。

靠出卖劳动力为生的破产农民："来服体甚壮大，如出于斧凿，身颀长如赤杨树，每日往林中工作，以地庄已尽鬻于犹太人也。来服善伐木……来服力亦第一。"然而，这样一个身体壮硕、充满野性的蛮力的劳动者，在精神上却又深受创伤。他嗜酒，"性喜息扶哈酒，既醉，便与人斗"。然而，他"在全村中，无所畏惧，惟遇书记不敢肆，没远见绿冠，冠下轩鼻垂髯如羊儿着长靴者徐步道上，即自掷其帽。"（第二章）而鲁迅笔下欺软怕硬的阿 Q，与之十分相似。鲁迅在《呐喊·自序》中谈到自己弃医从文的思想转变时说："凡是愚弱的国民，即使体格如何健全，如何茁壮，也只能做毫无意义的示众的材料和看客。……所以，我的第一要著，是在改变他们的精神。"[①] 他将这一思想转变归结为幻灯片事件的影响，但在此前，他已经从显克微之的小说中接触到了愚弱的国民中肉体与精神之间的反差这一现象。

后来，周作人坦白，他和鲁迅对东欧弱小民族文学的热情来自于他们对弱小者的深刻同情："我们生活的传奇时代——青年期——很受了本国的革命思想的冲激……那种同情于'被侮辱与损害'的人与民族的心情，已经沁进精神里去。"[②] 这种同情，就是精神上的沟通，与后来的"人的文学"的理念，是一致的。

周作人等五四作家早年受晚清启蒙思潮的影响，但他们的种种启蒙方案，比如发展科学、解放女性、弘扬爱国精神等，

---

① 鲁迅：《呐喊·自序》，见《鲁迅全集》第 1 卷，第 439 页。
② 周作人：《现代小说译丛》（第一集）序言，上海：商务印书馆 1922 年版，第 1—2 页。

都显得太具体而琐碎，缺乏深厚的思想和精神依托。他们自己也渐渐地发现，这样过于功利化的启蒙方案，并不能真正解决中国所面临的问题。必须在根本上着眼于文化的改造，才能找到真正的出路。

第二节　"移情"与文学的"趣味"

1906—1908 年间，鲁迅通过对西方文明的反思，在《科学史教篇》《文化偏至论》《摩罗诗力说》等文章中，提出要通过审美来纠正人们对实利的偏至，从而拯救人类文明。这一思想也落实在了文学上。同样，在这一时期，周作人也开始强调文学的审美作用。1908 年，周作人在《河南》第 8、9 期上发表了《论文章之意义暨其使命因及中国近时文论之失》一文，第一次全面阐述了自己的文学思想，特别是对文学本体论的思考。这篇文章分为两部分，"论文章之意义"的部分"杂抄文学概论的文章"①，"因及中国近时文论之失"的部分则是专门批评林传甲的《中国文学史》的。

在"论文章之意义"部分，周作人以古埃及、古希腊和东欧为例，说明"国民精神"是国家、民族得以存立的根本："国人有此，乃足自集其群，使不即于漓散。"随即，谈到中国的国民思想，周作人首先批评孔子删《诗》"特准一人为言"

---

① 周作人：《河南——新生甲编》，见《知堂回想录》上册，石家庄：河北教育出版社 2002 年版，第 255 页。

而"束缚人心",由此造成了"后之苓落",文风不振:"是以论文之旨,折情就理,唯以和顺为长。使其非然,且莫容于名教。间有闲情绮语,著之篇章,要亦由元首风流,为之首倡。逸轨之驰,众未敢也。"

在这种情况下,周作人力主引入西方的文章(litera,literatura)观念。周作人认为,当时的很多"文学概论",在文学的本体论问题上,要么只强调学问,要么只强调审美,因而都有失偏颇:"盖其说偏倚,多持极端,而自解之。非以文章为一切学问通名,即以专主娱乐之事。"为此,他对"学问通名"和"专主娱乐"两种偏向进行了调和,认为文学"非学术","其所言在表扬真美,以普及凡众之心",但它的"娱乐之特质亦必至美尚而非鄙琐",为此,它又必须是"人生思想之形现也"。① 也就是说,文学既要有思想倾向,但又必须有美的特质,两方面都不可偏废。

这样,周作人就纠正了梁启超那种纯粹以文学为启蒙工具的主张,而要求尊重文学本身的特质,将审美与思想倾向化合在一起。他在 1920 年为《域外小说集》所作的《重印序言》中说:"我们在日本留学的时候,有一种茫漠的希望:以为文艺是可以转移性情,改造社会的。"② "转移性情"就需要审美,而"改造社会"则离不开思想。这便是我们解读《域外小说集》所必须把握的两个维度。

在这种观念的影响下,鲁迅和周作人合作翻译《域外小说

---

① 独应:《论文章之意义暨其使命因及中国近时文论之失》,《河南》第 8 期,1908 年。

② 周作人:《域外小说集序》,见《域外小说集》,第 1 页。

集》的动机，就不单单是"同情于'被侮辱与损害'的人与民族的心情"和"引那叫喊和反抗的作者为同调"了。事实上，在这部小说集中，还有王尔特的童话《安乐王子》，有"善写恐怖悔恨等人情之微"的爱伦·坡的《默》，有莫泊桑的"颇可见作者技术"的表现灵肉冲突的《月夜》，有须华勃（Schwob）的"古艳可喜"的仿古的拟曲，有安徒生"轻妙可喜"的童话《皇帝之新衣》，有梭罗古勃探讨生死之爱的《未生者之爱》和寓言等。① 在这里，除了那种仍然难以抹去的政治热情外，还有对文学的审美特质的关注。

除了《域外小说集》，周作人还翻译了哈葛德和安特路·朗合著的《红星佚史》、育珂摩耳的《匈奴奇士录》和《黄蔷薇》，以及阿·托尔斯泰的《银公爵》（周作人改题为《劲草》，未出版，原稿已佚）。他翻译这些小说的直接动机在于"想译书来卖钱"，以供买书之需。② 因此，在选择翻译对象的时候，必须首先考虑销量。这样，作品的趣味性，便成了一条很重要的标准。不过，这也并不完全是为了迎合读者需要而做出的被动选择。他此时的文学观，本身就很重视文学的审美特质。

在《红星佚史》的序言中，周作人首先强调文学的本质说：

中国近方以说部教道德为杰，举世靡然。斯书之繙，

① 以上诸语，见周作人：《域外小说集·著者事略》，第1—9页。
② 周作人：《翻译小说 上》，见《知堂回想录》上册，第242页。

似无益于今日之群道。顾说部曼衍自诗。泰西诗多私制，主美。故能出自繇之意，舒其文心。而中国则以典章规诗，演至说部。亦立劝惩为臬极。文章与教训，漫无吟哇，划最隘之界。使勿驰其神智，否者或群楼之。所意不同，成果斯异。然世之现为文辞者，实不外学文二事，学以益智，文以移情。能移人情，文责以尽。他有所益，客而已。①

周作人提出"文以移情"的文学本体论，甚至认为如果文学"他有所益"，也不过是意外的效果而已，并批判了"立劝惩"、把"文章"与"教训"混为一谈的文学观念。这明显是在反省自己早年的文学思想，也是在批评梁启超"新民说"的偏颇。在 1914 年的一篇《小说与社会》中，这种批评就更直接了："或欲利用其力，以辅益群治，虑其效，亦未可期。盖欲改革人心，指教以道德，不若陶熔其性情。"② 在周作人看来，"移情""陶熔其性情"，是小说（文学）的本质和主要功能。当然，它也必然"他有所益"，最终指向的是"改革人心"。但这种实际的功效是间接的、隐在的。

在这一思想的主导下，周作人翻译了《红星佚史》《匈奴奇士录》《黄蔷薇》和《劲草》等小说。他现在注重的，是作品的审美趣味，而不是直接的社会政治效果。

《红星佚史》出版时被题为"神怪小说"。小说讲述的是

---

① 周逴：《红星佚史·序》，上海：商务印书馆 1913 年版，第 2—3 页。
② 启明：《小说与社会》，《绍兴县教育会月刊》第 5 号，1914 年。

奥德修斯与海伦的爱情故事。奥德修斯"第二次浪游，颓唐而归"后，发现故国已为瘟疫所袭，荒无人烟。某夜，奥德修斯在梦幻中得到爱神亚孚罗大谛神启，告诉他只要服从驱遣，便可得到美人海伦。随后，奥德修斯被海盗掠到埃及的丹尼斯国，海盗试图将他卖为人奴。但奥德修斯杀死了众海盗，登陆后成为宫廷卫士长。皇后美理曼对奥德修斯产生了爱慕之情。而此时城中的岭梭神后内有一绝色女神，即海伦，也与奥德修斯相爱。皇后美理曼出于嫉妒，变身为海伦，与奥德修斯幽会。事情败露后，奥德修斯被囚。而此时，有来自亚细亚的军队进犯丹尼斯。美理曼让奥德修斯率军抵抗，以戴罪立功，又谋害了国王猛纳达，以图和奥德修斯共掌丹尼斯。后来，奥德修斯被敌军射死，而美理曼也与他的尸体一起葬身火海。海伦则转身入荒林中，行歌而去，待奥德修斯转世归来。

这部小说情节曲折而复杂，其中有历史，有神话传说，有战争，有各种各样的爱恨情仇和因果报应。周作人在序言中首先就肯定了小说的趣味："罗达哈葛德、安度阑俱二氏，掇四千五百年前黄金海伦事，著为佚史，字曰《世界之欲》。尔时称人间尚具神性，天声神迹，往往遇之。故所述率幽闷荒唐。读之令生异感。"① 除此之外，他没有对作品提出任何思想和现实功效上的要求。

《匈奴奇士录》和《黄蔷薇》都是匈牙利作家育珂摩耳的著作。周作人在1910年的一篇《育珂摩耳传》中称他的作品

---

① 周逴：《红星佚史·序》，第1页。

"情态万变，秾丽富美，善移人情"①，自然是强调其审美趣味。《匈奴奇士录》原名《神是一个》。小说写伽勃列公爵夫人勃兰迦与公爵感情破裂后，在前往罗马请求教皇判决离婚的过程中，得到了一位叫摩那塞的人的帮助，并与之相爱。教皇准许了勃兰迦离婚的请求，但判定她终身不得离开罗马。不过，在匈牙利独立运动中，她还是毅然和摩那塞一道离开了罗马，历尽艰辛回到了摩那塞的故乡，又组织村民，击退了侵略者。最后勃兰迦改信了一神宗，与摩那塞结婚并幸福地生活在一起。这部小说反映了匈牙利在民族独立运动中，因为宗教的分歧而带来的各种问题。小说集战争、爱情、宗教和异域风光描写于一体，情节曲折，人物性格复杂，读来引人入胜。周作人在序言中引用了理特耳（Riedl Frigyes）的《匈牙利文学史》（*A History of Hungarian Literature*）中对育珂摩耳的小说的评价："长于创造，益以意象挺拔作之藻采。故每成一书，情态万变，且秾丽富美，妙夺人目。"② 他又在《知堂回想录》中说："书中讲一神宗徒的事情，故书名《神是一个》，即不承认三位一体之说，但里边穿插恋爱政治，写的很是有趣……"③

《黄蔷薇》也是育珂摩耳的著作。小说讲述的是发生在匈牙利草原上的爱情故事。牧人珊陀尔（小说后半部分又作"山陀尔"）和萧尔诃同时爱上了诃多巴格酒家的女儿克罗理。珊陀尔为人诚实，而萧尔诃则为人狡诈。在军队征兵的时候，萧

---

① 周作人：《育珂摩耳传》，见《周作人文类编》（第 8 卷），长沙：湖南文艺出版社 1998 年版，第 550 页。

② 周作人：《匈奴奇士录·小引》，上海：商务印书馆 1932 年再版，第 1 页。

③ 周作人：《翻译小说 下》，《知堂回想录》上册，第 247 页。

尔诃买通医生，谎称耳聋，逃脱了兵役。而珊陀尔不愿撒谎，因此被抽走。但克罗理对他的诚实不以为然："男子远征，使女郎独处，乃为不智。"因此，诚实的珊陀尔与克罗理相互之间产生了猜忌，反倒是狡猾的弗尔诃得到了更多青睐。后来克罗理听信一位吉普赛女巫的谎言，让珊陀尔服下了一种草药，以为这样可以让他对自己保持爱慕之心。孰料珊陀尔因此中毒，几近丧命。为了让克罗理免于因投毒罪而被施以鞭刑，珊陀尔便向法官谎称自己是在别处饮了毒酒。克罗理由此才得免刑。但珊陀尔觉得，虽然是不得已，但自己毕竟还是撒了谎，违背了做人的原则，遂远离克罗理而去。而此时，弗尔诃被义父派遣到异地去担任主牧者。然而，他在协助买牛者赶牛的途中，设计驱散了牛群，返回了诃多巴格。他又从马侩沛利堪的妇人处，用一张无效的欠条购得耳环一双，赠与克罗理。后来，这张欠条流转到了珊陀尔手中。珊陀尔对弗尔诃的欺诈行为再也无法忍受，于是赶回克罗理的酒肆，杀死了弗尔诃，最后不知所踪。

这部小说情节琐碎而复杂，但都围绕"诚实"与"不诚实"这两种性格的冲突而展开。周作人在序言中，特地表达了对所谓"圉牧之道德"的兴趣，而这也是理解这部小说的关键。在《圣经》中，牧羊人的始祖雅各用羊皮包在自己手上，让失明的父亲以撒在触摸他的时候，误以为他是哥哥以扫。受此传说影响，在匈牙利草原上，牧马人和牧牛人的地位都优于牧羊人，因为牧羊人被认为是不诚实的，当然，牧马人和牧牛人在道德上就必须严格要求自己，决不允许欺骗。在本故事中，珊陀尔就是因为弗尔诃的不诚实违背了牧牛人的道德，才会杀死他，而他与克罗理的爱情，也因为道德观念上的分歧而没有结果。这种异域的奇特风俗，加上匈牙利草原上的海市蜃楼、优美的牧歌等，无疑增加了小说的趣味性。周作人在序言中称育珂摩耳的作品"实近世乡土文学之杰作也"。[①]

周作人的这些翻译作品，有引人入胜的神话传说，有独特的异国风俗，有曲折动人的故事情节。而与鲁迅的翻译作品相比，这些作品多的是外部描写，缺少心理和精神上的开掘，因此，很少出现鲁迅翻译作品中那种受难者或者悲情英雄的形象。这样一来，虽然都强调审美，但鲁迅和周作人走上了不同的道路。在鲁迅那里，审美最终指向的是文化的改造，而在周作人那里，则呈现为一种个体精神上的愉悦。

第三节 善种学与"人的文学"

1918年，周作人发表了《人的文学》一文，正式提出了"人的文学"这一概念。这一概念强调的是文学对人性、人生的反映。从周作人的论述来看，这种思想的来源，主要是欧洲文艺复兴以来的思想和文学。

在这篇文章的开头，周作人首先就谈到了欧洲文艺复兴以来对"人"的发现。他对"人的文学"这一观念的阐述，也首先是从"人"的本质入手的："其中有两个要点，（一）'从动物'进化的，（二）从动物'进化'的。"[②]

---

① 周作人：《黄蔷薇·序》，上海：商务印书馆1927年版，第2页。
② 周作人：《人的文学》，《新青年》第5卷第6号，1918年12月15日。着重号为原文所有。

　　这一观念的形成，与他早前对善种学（优生学）的翻译，有着直接的关系。1911 年，周作人回国后，在绍兴教育会任职。在此期间，他的翻译对象，渐渐由文学转向了学术，而且主要集中在善种学、儿童学和妇女学这三个领域。这些学说的译介，是他早年对启蒙问题的关注在学术上的延续。这方面的成果有：戈斯德的《民种改革之教育》、黑日朋信的《游戏与教育》、新井道太郎《小儿争斗之研究》、长滨宗佶《小儿争斗之研究》、伐威尔《外缘之影响》等。

　　《遗传与教育》和《民种教育之改良》发表于 1913 年。前一篇文章系周作人自己撰写，主要介绍善种学的基本情况。后一篇文章系他的翻译，原文作者是英国枢密院教育委员长戈斯德（Gorst）。

　　所谓善种学（Eugenics），现又译为优生学，诞生于 19 世纪下半期的英国。在达尔文提出"物竞天择，适者生存"的进化论之后，有些人认为，人类可以运用自己的知识和才能，主动地改进后代的遗传素质，以适应不断发展的人类文明所创造的新环境。达尔文的表弟，英国自然学家 F. 高尔盾（Galton）根据这一理论，于 1883 年创立了优生学，专门研究如何改良人的遗传素质，产生优秀后代。优生学以人类遗传学为主要理论基础，围绕婚姻和生育问题展开，最终涉及政治、经济、法律、宗教、道德、婚姻等社会因素，因此它又是一门综合性的学科。

　　在《遗传与教育》中，周作人介绍善种学的目的说："并世有善种学者，创于英国，本天演之理，择种留良，以行淘汰，欲使凡智各群，各造其极，实为教育之基本事业。"而

"教育之事，在应顺时势，养成完人，以为社会与其分子谋幸福"。① 由此可以看出，周作人是把善种学作为一项启蒙事业来看待的。

善种学所关注的两个基本对象，就是儿童和妇女。在戈斯德的《民种改良之教育》中，男童被认为是"他日国民之父"，"有保养家属之责任"，而女童"为未来之良母，民族发达，实所攸赖"。② 这一观点，与周作人早年在《造人术》后记中提出女子为"造物主"的观点，遥相呼应。戈斯德认为，女子教育的目的，是要造成贤妻良母，让她们更好地负担家庭教育的责任。因此，他反对女子走向社会："若近时趋势，妇女忘其天职，投身社会，以冀非分之业，将使家庭之系日疏，亲子之责不举，其于民种前途，不利孰甚也。"这也成为周作人的启蒙主张的一部分。而在《人的文学》中他谈到欧洲文艺复兴以来对妇女和儿童的"发现"，或许正是由于善种学的启发。

在《遗传与教育》中，周作人谈到了人的性格的形成过程，从中我们可以看到他对"人"的本质的理解。周作人认为，人的性格的形成，主要受四种因素影响：性别、民种、遗传、外缘。在这四种因素中，他认为遗传最重要。遗传又分形质、知能两个方面：

> 形质遗传与动植之律相同，如直发与卷发，黑睛与蓝

---

① 启明：《遗传与教育》，《绍兴县教育会月刊》第 1 号，1913 年。
② 戈斯德：《民种改良与教育》，《绍兴县教育会月刊》第 1 号，1913 年。

晴，与豚鼠毛色之表同。知能一面，亦复如是。如其亲有绘画之才，则其子亦具其德；使配偶亦优，则其后得亦进，偶者劣则退，或以中失。①

周作人认为，人的外形和天赋，都受遗传的极大影响。一个人的发展，"其根本已定于未生之初"。这样，要定义人的本质，就首先应该在自然的、生理的层面上进行。这实际上首先强调了人的生物性。

这一思想在戈斯德的《民种改良之教育》中也有所体现。在论及儿童忄教育时，他写道：

> 生理之隐，断当明示，但当注意，勿令童子自为师，加以雌黄。当以三言，表此真理，使其对于自然造化，起渊穆之思，则其于身心之益大矣。他日问学之基，亦肇于此。道德宗教思想，既启其端，又由人体生理，引起对于生物之研究，又转及卫生以至育儿，乃与民种改良，有直接之关系，尤益之大者也。②

戈斯德认为，让儿童明白"生理之隐"，有两方面的重要意义：一是可以让他们对"自然造化""起渊穆之思"；二是生理学的基本知识，是其他一切学问的基础，是道德宗教思想的基础，也就是说，是人的进化的基础。

---

① 启明：《遗传与教育》，《绍兴县教育会月刊》第 1 号，1913 年。
② 戈斯德：《民种改良与教育》，《绍兴县教育会月刊》第 1 号，1913 年。

关于人的进化过程，周作人在《儿童研究导言》说：

> 生物学言，个体发生与系统发生同序。人类居胚胎之中，自阿弥巴形，历经鱼类两栖类鸟类兽类之情状，以至于人，二百八十日间，遍示生物进化之象。出世之初，乃若野人，又历经游牧树艺工商之时代，以至于成人，则犹文明之民矣。[①]

根据这一观点，"幼稚这一段落真是人生之蛮荒时期"[②]，因此，"儿童者，小野蛮也"[③]。这里存在着一个典型的类比，即一个人从婴幼儿到成年的过程，被类比为人类从野蛮到文明的整个过程。这一类比来自于安特路·朗和简·哈里森等的文化人类学，后来又被周作人用在了《人的文学》中，用来讨论人的本质问题："其中有两个要点，（一）'从动物'进化的，（二）从动物'进化'的。"

强调人的动物性，是因为任何人出生以后不可避免地要经历"小野蛮"的状态，而强调"进化"，则是突出人与其他生物种群的区别。这样，人性就包含了兽性和神性两个方面："肉的一面，是兽性的遗传；灵的一面，是神性的发端。人生的目的，便偏重在发展这神性……兽性与人性，合起来便只是

---

① 持光（周作人）：《儿童研究导言》，《绍兴县教育会月刊》第 3 号，1913 年。

② 周作人：《我的杂学·十》，《古今》第 51 期，1944 年 7 月 16 日。

③ 启明：《小儿争斗之研究·译者序》，《绍兴县教育会月刊》第 5 号，1914 年。

人性。"

　　周作人还援引布莱克《天国与地狱的结婚》中的观点，指出"人类正当生活，便是这灵肉一致的生活"。为了实现这种"正当生活"，必须从两个方面努力：一是在物质生活上"各尽人力所及，取人事所需"，这是为了满足人的基本生存，是由人的动物性决定的；二是"道德的生活"，"应该以爱智信勇四事为基本道德，革除一切人道以下或人力以上的因袭的礼法，使人人能享自由真实的幸福生活"。

　　周作人的人道主义便建立在这样的理想生活之上。他指出，自己所说的人道主义是"个人主义的人间本位主义"，包括两方面："第一，人在人类中，正如森林中的一株树木。森林盛了，各树也都茂盛。但要森林盛，却仍非靠各树各自茂盛不可。"这就是说，整个人类的存在需要以个人的存在为前提，因此，个人的基本的动物性必须得到满足。"第二，个人爱人类，就只为人类中有了我，与我相关的缘故。"这是说，"个人"与"人类"之间的关联，必须是无条件的。而阶级、国家、宗教、法律、职业等因素，固然可以把一部分人联系起来，但它同时又把一部分人和另一部分人隔绝开来了，因此，它们不是普遍的道德，而是反人道的。要成为真正的人，就必须突破这些障碍，不让这些障碍凌驾于"人道"之上，以"人"的名义不断地与他人发生联系和沟通。周作人把这种联系和沟通解释为人的一种本能的需要："人类渴望逐渐接近，同一时代的人，便可相并存在。……因为人类的运命是同一的，所以我要顾虑我的运命，便同时须顾虑人类共同的运命。"只有与整个人类发生直接关联，个体才能摆脱"野蛮"的状态，才能实现自我的进化，成为真正的"人"。

因此，表现人道主义的文学，即"人的文学"，就是让人实现这样的沟通。要建设这样一种文学，必然离不开翻译：

> 我们偶有创作，自然偏于见闻较确的中国一方面，其余大多数都还须绍介译述外国的著作，扩大读者的精神，眼里看见了世界的人类，养成人的道德，实现人的生活。①

根据周作人的意见，我们自己的创作，仅仅能讲述自己的经验，无法满足"人的文学"对普遍性的要求。而翻译文学可以帮助我们了解其他人的生活，实现和其他人的交流和沟通，从而让我们自己"养成人的道德，实现人的生活"。由此看来，翻译不仅仅是引进外国资源作为新文学的模范的问题，而是建构新的历史主体的方式。翻译让人摆脱了个体的狭隘，实现了与他人的联系和沟通。根据文化人类学的类比，这一过程，实际上也是人从"野蛮"走向文明的过程。到此，我们也就解释了"人的文学"这一思想在学理上的依据。

在这一时期，周作人在自己的文学翻译活动中极力地呈现"人的文学"的思想。他在此时期发表在《新青年》上的翻译小说，后来结集为《点滴》，于1920年8月由北京大学出版部出版。1928年周作人又对篇目进行了删减，改题为《空大鼓》，由上海开明书店出版。《点滴》收小说21篇，其中俄国小说9篇，波兰2篇，丹麦1篇，瑞典2篇，希腊2篇，南非

---

① 周作人：《人的文学》，《新青年》第5卷第6号，1918年12月15日。

2 篇，日本 1 篇，匈牙利 1 篇。此外，书后还附录了《人的文学》《平民的文学》和《新文学的要求》三篇论文，其统摄全书之意非常明显。在序言中，周作人引用了当年给读者张寿朋的信中的一段话说：

> 以前翻译几篇小说，派别非一流。因为我的意思，是既愿供读者的随便阅览，又愿积少成多，略作研究外国现代文学的资料，所以译了人生观绝不相同的梭罗古勃、库普林，又译了对于女子解放问题与伊孛然不同的斯忒林培克。①

可见，这些不同国家、不同时代的作家的作品之间，确实存在着很大的鸿沟："人生观绝不相同"，"对于女子解放问题与伊孛然不同'。周作人对这些鸿沟是非常清楚的。他翻译的时候，其实并没有统一的思想和价值标准，而只是想"供读者的随便阅览"或者"略作研究外国现代文学的资料"。也就是说，作为译者，他只起文本传递的作用，翻译仅仅是作为一种知识生产的方式而已。但在"人的文学"被奉为新文学的准则的时期，他又不得不避免这样的歧路，仍然用"人的文学"来弥合这些作品之间的鸿沟：

> 但这些并非同派的小说中间，却仍有一种共通的精神——这便是人道主义的思想。无论乐观，或是悲观，他

---

① 周作人：《点滴·序言》，北京大学出版部 1920 年版，第 3 页。

们对于人生，总取一种真挚的态度，希求完全的解决。如托尔斯泰的博爱与无抵抗，固然是人道主义；如梭罗古勃的死之赞美，也不能不说他是人道主义。……这个大同小异的人道主义的思想，实在是现代文学的特色。①

显然，此时的周作人，在翻译观念上已经遇到了两种不同方向的分化，但他仍然试图掩盖这种分化，明确地坚持文学的一元论，高张"人的文学"的大旗。他也总是尽力用这一观念来解释这部小说集中的作品。

在托尔斯泰的《空大鼓》译后记中，他将托尔斯泰归入"人生的艺术派"："他的艺术是写实派，是人生的艺术派（Art for Life），他的道德思想是所谓无抵抗主义，非战争，赞美力作，主张共同生活。"② 这篇根据民间故事写成的小说，讲述的是一个叫亚美梁的奴仆和他的妻子与国王斗智斗勇的故事。周作人在其中的一句话下加上了着重号："一个人只要多做工，少睡觉，就到处能得到衣食。"从这里可以看出周作人对托尔斯泰的思想的理解。

在契诃夫的《可爱的人》的译后记里，他又写道：

译者对于这篇里"可爱的人"的态度，是与著者相同，以为伊单是可爱可怜，又该哀悼，并且诅咒造成这样的人的社会；希望将来的女子不复如此，成为刚健独立，

---

① 周作人：《点滴·序言》，第3页。
② 周作人：《空大鼓》译后记，《点滴》，第17页。

知力发达，有人格，有自我的女人，能同男子一样，做人类的事业，为自己及社会增进幸福。因为须到这地步，才能洗净灰色的人生，真实贯彻了人道主义。①

在这里，他从女子解放的角度重申了人道主义的主张。显然，他已经修正了此前自己对妇女的看法，即认为"女子本务，专在孳育"，而是应该"同男子一样，做人类的事业，为自己及社会增进幸福"。

在翻译了南非作家须莱纳尔（Olive Schreiner）的《沙漠间的三个梦》后，周作人说：

我们所要求的文学，在能解释人生，一切流别，统是枝叶：所以写人生的全体，如摩波商（Maupassant）的《一生》（Une Vie）的写实，或安特来夫（Andrejev）的《人的生活》（Zhizni Tsherovjeka）的神秘，固无不可。又或如蔼夏（F. van Eeden）的《小约翰》（Der kleines johannes）或穆退林克（Materlinck）的《青鸟》（L'oiseau Bleu），用象征比喻，也可以的。②

在这段话中，他再次透露了自己有意地要用人道主义这一标准，即"能解释人生"来选择翻译对象的顷向。他所看到的，是"这些并非同派的小说中间"的"一种共通的精神"，

---

① 周作人：《可爱的人》译后记，《点滴》，第109—110页。
② 周作人：《沙漠间的三个梦》译后记，见《点滴》，第307—308页。

而不是这些文学的流派和风格上的差异。

最能体现他的"人的文学"思想的，是与《人的文学》一文一同发表在《新青年》第5卷第6号上的他所翻译的日本作家江马修的《小小的一个人》。小说写"我"与一个叫鹤儿的五岁上下的小女孩邂逅，有了一次愉快的散步和谈话，小女孩的天真烂漫打动了"我"，随后，"我"便与她约定第二天一起散步，然而，她却随家人搬到别处了，再也没有出现。作者最后写道：

> 自此以后，过了两月，我仍然时时想起那孩子的事，常同妻提起他。又想他一人的运命，和他家中不幸的情事。我同妻到街上的时候，屡次看见极像鹤儿的孩子；那不必说，原是别一个人了。可是无形之中有一枝线索牵着，我们总是忘不了溶化在人类的大海中的那小的一个人。我又时常这样想：人类中有那个孩子在内，因这一件事，也就教我不能不爱人类。我实在因为那个孩子，对于人类的问题，才比从前思索得更为深切：这决不是夸张的话。

在这里，"我"对鹤儿的关切，不仅仅是因为思念一个忘年之交的朋友，更是因为人与人之间的出于自然本性的精神上的联系："无形之中有一枝线索牵着"。这种普遍的人类之爱，便是将个体的人与整个人类联系在一起的纽带。小说的结尾，是周作人的"人的文学"思想的最好注脚。

第四节 "为人生"与翻译的使命

周作人的"人的文学"这一思想，得到了同行们的热烈响应。胡适和罗家伦合作翻译的易卜生的《娜拉》，通过胡适《易卜生主义》一文的解读，与周作人的思想体现出了不少暗合的地方。在这篇文章中，胡适首先指出易卜生的文学观和人生观，"只是一个写实主义"。随后，他花了大量的篇幅来解说易卜生的作品对家庭、社会（包括法律、宗教、道德三个方面）的描写，指出了个体（特别是妇女）在家庭和社会中所遭受的压制：

> 易卜生的戏剧中，有一条极显而易见的学说，是说社会与个人互相损害；社会最爱专制，往往用强力摧折个人的个性，压制个人自由独立的精神；等到个人的个性都消灭了，等到自由独立的精神都完了，社会自身也没有生气了，也不会进步了。

胡适在这里所说的"个人"与"社会"，在一定程度上可以和周作人在谈论人的本质时所使用的"个人"和"人类"这两个重要概念相比照。不同的是，胡适所说的"社会"，是由现存的许多具体的制度（法律、宗教、道德等）组织起来的群体，而周作人所说的"人类"，则超越了这些具体的制度，是人与人之间通过自然的关联形成的群体。这种关联是出于人的本性，而不是后天的制度安排。但是，在尊重个性（周作人将个性的基础，建立在了人的"兽性"上）这一点上，两人都是一致的。

胡适还谈到了易卜生的无政府主义倾向。他引用了易卜生给朋友的信中的这样一句话："国家简直是个人的大害……毁去国家观念，单靠个人的情愿和精神上的团结做人类社会的基本，——若能做到这步田地，这可算得有价值的自由起点。"这种"单靠个人的情愿和精神上的团结做人类社会的基本"，就是指出于人的本性而建立新的人类共同体。这与周作人的"人道主义"已经完全吻合了。他随后引用的易卜生的一段话，将这种人道主义说得更加明白："据我看来，国家观念不久就要消灭了，将来定有人种观念起来代他。"① 所谓"人种"观念，就是尊重人的自然本性。在这种人道主义的观念里，它高于国家、法律、宗教、道德等后天的社会制度。当然，这种过于理想化的人道主义，很难被具体落实。胡适也谈到了易卜生后来慢慢地改变了自己的无政府主义的观念，试图将人性的理想与社会的变革结合起来。最终，他在思想上的出路就是，个人的自由、独立人格的发展，是社会进步的保证。这样，胡适对易卜生的思想的解释，就明显地包含了五四时期的时代要求，具有了明显的时代色彩。

1920 年，周作人在北平少年学会发表了题为《新文学的要求》的演讲，进一步阐述了他的人道主义文学观。这一次，他从"人生派"与"艺术派"的对立出发，使用了"人生的文

---

① 胡适：《易卜生主义》，《新青年》第 4 卷第 6 号，1918 年 6 月 15 日。

学"这一提法，并对这一术语作了这样的解释：

> 一．这文学是人性的；不是兽性的，也不是神性的。
> 二．这文学是人类的，也是个人的；却不是种族的，国家的，乡土及家族的。

关于第一点，周作人申明"我曾做了一篇《人的文学》略略说过了"。不过，仔细对照《人的文学》，我们可以发现周作人的一点小小的修正。在《人的文学》中，周作人将人性看作是"兽性"和"神性"的结合，但现在他说：

> 因为原来是动物，故所有共通的生活本能，都是正当的，美的善的；凡是人情以外人力以上的，神的属性，不是我们的要求。但又因为是进化的，故所有已经淘汰，或不适于人的生活的，兽的属性，也不愿他复活或保留，妨害人类向上的路程。总之是要还他一个适如其分的人间性，也不要多，也不要少就是了。①

从这段话中，我们可以发现，周作人对此前的人性二元论进行了修正。首先，他明确把"神性"这一极从"人性"中排除了，因为这是人所不及的，过多的要求反而是非人性的；其次，他以进化论的思维方式，将人性的发展立足于兽性的不

---

① 周作人：《新文学的要求》，见《艺术与生活》，石家庄：河北教育出版社2002年版，第19—20页。

断扬弃，而标准，就是要"适于人的生活"，而不再是向"神性"靠近。这样，他的人性二元论更重视人的"兽性"而趋近一元论了。为此，他又换了一种提法："人间性"。与此前的"人性"相比，"人间性"更注重人的兽性和现实生活。在20年代初，鲁迅和周作人都经常采用这一提法。①

关于"人生的文学"的第二点要求，周作人将它归纳到"个人"上：

> 人间的自觉，还是近来的事，所以人性的文学也是百年内才见发达，到了现代可算是兴盛了。文学上人类的倾向，却原是历史上的事实；中间经过了几多变迁，从各种阶级的文艺又回到平民的全体的上面来，但又加了一重个人的色彩……

后来他又明确说：

> 古代的人类的文学，变为阶级的文学；后来阶级的范围逐渐脱去，于是归结到个人的文学，也就是现代的人类的文学了。

① 有研究者指出，"人间性"一词来自日语"にんかんせい"。在日语中，"人"即作"人间"，因此，"人间性"就是"人性"，但"人性"一词"多是在社会政治层面上运用的，意在解放人性，健全人性"，而"人间性"这个词的运用"多与创作、翻译等文学事业联系在一起"。（见赵献涛：《鲁迅杂文外来词管窥》，《中国现代文学研究丛刊》2009 年第 2 期）

周作人将这种"个人的文学"视作文学的本质的必然体现："我想可以说是作者的感情的表现。"这样，周作人又回过来与胡适、陈独秀、刘半农等人的"思想""情感"等说法实现了对接。不过，他更突出个人表达的作用：

> 这人道主义的文学，我们前面称他为人生的文学，又有人称为理想主义的文学；名称尽有异同，实质终是一样，就是个人以人类之一的资格，用艺术的方法表现个人的感情，代表人类的意志，有影响于人间生活幸福的文学。

这样，"人的文学"就被具体化为个性主义的文学。但这种表现个性的文学，仍然具有普遍性：

> 从前的人从部落时代的"图腾"思想，引申到近代的民族观念，这中间都含有血脉的关系；现在又推上去，认定大家都是从"人"（Anthropos）这一个图腾出来的，虽然后来往往在各处，异言异服，觉得有点隔膜，其实原是同宗。这样的大人类主义，正是感情与理性的调和的出产物，也就是我们所要求的人道主义的文学的基调。①

在这里，周作人仍然坚持他的世界主义，将普遍的人性作为人道主义的"基调"。这种普遍的"人性"，也被当成了新

---

① 周作人：《新文学的要求》，见《艺术与生活》，第 21—22 页。

文学与旧文学的重要区别。

周作人的这一观点，在沈雁冰那里得到了呼应。沈雁冰说："新文学的品质：一是普遍的性质；二是有表现人生指导人生的能力；三是为平民的非为一般特殊阶级的人的。唯其是要有普遍性的，所以我们要用语体来做；唯其是注重表现人生，指导人生的，所以我们要注重思想，不注重格式；唯其是为平民的，所以要有人道主义的精神，光明活泼的气象。"① 这里所说的"普遍的性质"，就是周作人所说的"大人类主义"。沈雁冰一直特别强调新文学的这一价值诉求。在批判传统文人的"文学"观时，他指出他们的思想中的一个弊端就是把文学"只当作消遣品"，"得志的时候固然要借文学来说得意话，失意的时候也要借文学来发牢骚"。他认为文学"诚然不是绝对不许作者抒写自己的情感，只是这情感决不能仅属于作者一己的一时的偶然的"。这种"属于作者一己的一时的偶然"的文学作品，是狭隘的，"只是作者一人的文学罢了，不是时代的文学，更说不上什么国民文学了"。而这样的文学的作者，"不晓得有人类共同的情感"，"他们的文学是和人类隔绝的，是和时代隔绝的，不知道有人类，不知有时代！"② 不过，周作人认为整体存在于个体中，而沈雁冰将个体与整体相对立，则偏离周作人那种所谓的"大人类主义"了。在介绍自然主义的时候，沈雁冰指出新派小说与旧派小说的区别就是："新派以为

---

① 沈雁冰：《新旧文学平议之评议》，《小说月报》第 11 卷第 1 号，1920 年 1 月 25 日。

② 雁冰：《文学和人的关系及中国古来对于文学者身份的误认》，《小说月报》第 12 卷第 1 号，1921 年 1 月 10 日。

文学是表现人生的，疏通人与人之间的情感，扩大人们的同情的。"① 又说："我们觉得文学的使命是声诉现代人的烦闷，帮助人们摆脱几千年历史遗传的人类共有的偏心与弱点，使那无形中还受着历史束缚的现代人的情感能够相互沟通，使人与人中间的无形的界线渐渐泯灭；文学的背景是全人类的背景，所诉的情感自是全人类共通的情感。"② 在他看来，为人生的文学，不仅仅是作家的一种态度问题，也不是文学写作的题材的选取问题，而是"文学"这个概念内在的要求。

不过，周作人所强调的文学的普遍性，是从个性中体现出来的，包含在个性中的，因为个人具有"人类之一的资格"。而沈雁冰则相对淡化了个性："文学是为表现人生而作的。文学家所欲表现的人生，决不是一人一家的人生，乃是一社会一民族的人生。"③ 他更强调经验和情感的群体性。

另外，与周作人不同的是，除了文学的普遍性之外，沈雁冰还强调文学"表现人生指导人生"的功能。他明确指出，文学"不但要表现人生，而且要有用于人生。"④从这种现实的态度中，我们又能看出胡适的影子。相对来说，这样的人道主义具有更多的现实性：

---

① 雁冰：《自然主义与中国现代小说》，《小说月报》第 13 卷第 7 号，1922年 7 月 10 日。

② 雁冰：《创作的前途》，《小说月报》第 12 卷第 7 号，1921 年 7 月 10 日。

③ 佩韦：《现在文学界的责任是什么?》，《东方杂志》第 17 卷第 1 号，1920年 1 月 10 日。

④ 雁冰：《俄国近代文学杂谭》（下），《小说月报》第 11 卷第 2 号，1920 年2 月 25 日。

　　文学于真实地表现人生而外，又附带一个指示人生到未来的光明大路的职务，原非不可能；或者换过来说，文学的职务乃在以指示人生向更完善的将来这个目的寓于现实人生的如实的表现中，亦无不可。①

　　以"指示人生向更完善的将来"为目的，与周作人所说的"兽性"的扬弃有类似之处，不过，在文学研究会作家群那里，却更多地被理解为指导人们走出人生的困惑，从而引发了"问题小说""问题剧"的翻译和创作热潮。

　　除了沈雁冰外，文学研究会的郑振铎也多次阐述过文学"为人生"的思想。在为《文学旬刊》撰写的发刊宣言中，郑振铎指出：

　　　　我们以为文学不仅是一个时代，一个地方，或是一个人的反映，并且也是超于时与地与人的；是常常立在时代的前面，为人与地的改造的原动力的。在所有的人们的记录里，惟有他能曲曲的将人们的思想与感情，悲哀与喜乐，痛苦与愤怒，恋爱与怨憎，轻轻的在最感动最美丽的形式里传达而出；惟有他能有力的使异时异地的人们，深深的受作者的同化，把作者的情感重生在心里。……人们的最高的精神的联锁，惟文学可以实现之。②

---

① 沈雁冰：《文学者的新使命》，《文学周报》第190期，1925年9月13日。
② 本刊同人：《宣言》，《文学旬刊》第1号，1921年5月10日。

在这段话中，他呼应了胡适的"须言之有物"的观点，即文学是"思想"和"情感"的表现。他批评中国在文学面前"不是把他当做人家消闲的东西，就是把他当做自己的偶然兴到的游戏文章"①。而思想和情感一旦被文学表达出来，就能够成为普遍的东西，可以沟通人们的精神。因此，他说："文学是无国界的。他所反映是全体人们的精神，不是一国，一民族的。……新文学的目的，并不是给各民族保存国粹，乃是超于国界，'求人们的最高精神与情绪的流通的'。"② 由个人而超越国界和民族，上升到整个人类，这背后有着周作人的关于"人"的理论的影子。此外，世农③、李开中④、张友仁⑤等都多次阐述过类似的思想。

那么，要怎样才能够建立这种"为人生"的文学呢？沈雁冰首先想到的是翻译：

> 过去的艺术发展史同时又告诉我们：民族的文艺的新生，常常是靠了一种外来的文艺思潮的提倡，由纷乱如丝的局面暂时的趋向于一条路，然后再各自发展。⑥

---

① 西谛：《中国文人对于文学的根本误解》，《文学旬刊》第 10 号，1921 年 8 月 10 日。

② 西谛：《新旧文学的调和》，《文学旬刊》第 4 号，1921 年 6 月 10 日。

③ 世农：《文学的特质》，《文学旬刊》第 3 号，1921 年 5 月 29 日；《现在中国创作界的两件病》，《文学旬刊》第 6 号，1921 年 6 月 30 日。

④ 李开中：《文学家的责任》，《文学旬刊》第 8 号，1921 年 7 月 20 日。

⑤ 张友仁：《文学批评》，《文学旬刊》第 16 号，1921 年 10 月 11 日。

⑥ 沈雁冰：《自然主义与中国现代小说》，《小说月报》第 13 卷第 7 号，1922 年 7 月 10 日。

既然须依靠"外来的文艺思潮",那么,"我以为现在文学家的责任是在将西洋的东西一毫不变动的介绍过来"。[1] 不过,在他那里,翻译介绍外国文学,并不像胡适所说的是用来作为新文学的"模范"那样简单,而是"文学"这一概念内在的要求。为此,他强调文学翻译的重要性说:

> 我们一年来的努力较偏在于翻译方面——就是介绍方面。……文学家要在非常纷扰的人生中搜寻永久的人性。要了解别人,也要把自己表露出来使人了解,要消灭人与人间的沟渠,要齐一人与人间的愿欲;所以文学是人精神的粮食,它不但使人欣忭忘我,不但使人精神上得相感通,而且使人精神向上,齐向一个更大的共同的灵魂。然而这是重大的工作,自古至今的文学家没有一个人曾经独力完成了这件大工作,必须合拢来,乃得稍近于完成;必得加上从今以后无量数的文学家努力的结果,乃得更近于完成。在这意义上,我觉得翻译文学作品和创作一般地重要,而且在尚未有成熟的"人的文学"之邦像现在的我国,翻译尤为重要;否则,将以何者疗救灵魂的贫乏,修补人性的缺陷呢?[2]

文学能够帮助人们摆脱自身的狭隘,实现与整个人类的精

---

[1] 佩韦:《现在文学界的责任是什么?》,《东方杂志》第 17 卷第 1 号,1920 年 1 月 10 日。

[2] 记者:《一年来的感想与明年的计划》,《小说月报》第 12 卷第 12 号,1921 年 12 月 10 日。

神上的沟通，因此，一国的读者不能仅仅阅读本国的文学作品，还必须了解他国的文学作品，才有可能了解他国的生活，与他国的人民实现精神上的沟通。这种沟通，也让个人走向文明。而翻译，就是实现这一沟通的桥梁。

郑振铎也主张通过翻译来建立新文学，但他的理由是：

> 无论世界上说那一种语言的人们，他们都有他们自己的文学，也同时有别的人们的最好的文学，就是，同时把自己的文学贡献给别人，同时也把别人的文学介绍来给自己。世界文学的联锁，就是人们的最高精神的联锁了。
>
> ……
>
> 在此寂寞的文学墟坟中，我们愿意加入当代作者译者之林，为中国文学的再生而奋斗，一面努力介绍世界文学到中国，一面努力创造中国的文学，以贡献于世界的文学界中。①

他也是从"文学"的本质这一角度来论述翻译的必要性的。他认为，文学的一个基本特征，就是沟通整个人类的精神。要实现这种沟通，就需要翻译。而要建设中国的新文学，就需要一开始在"世界的文学"的语境中来进行创作。因此，文学革命这项工程本身就需要翻译和创作齐头并进，需要"当代作者译者之林'共同努力。在这种情势下，把"研究介绍世

---

① 郑振铎：《宣言》，《文学旬刊》第 1 号，1921 年 5 月 10 日。

界文学"① 作为宗旨之一的文学研究会就自然出现了。从 20 世纪 20 年代初至 30 年代初，商务印书馆相继出版了"文学研究会丛书""文学周报社丛书""文学研究会世界文学名著丛书""小说月报丛刊"等大型丛书，其中有大量的文学翻译作品，包括泰戈尔的《春之循环》（瞿世英译）、《飞鸟集》（郑振铎译）、《新月集》（郑振铎译）、《太戈尔戏曲集》（瞿世英、邓演存译）等；另外还有鲁迅翻译的《工人绥惠略夫》（阿志跋绥夫著）、《爱罗先珂童话集》（爱罗先珂著）、《一个青年的梦》（四幕剧，武者小路实笃著）等；以及李青崖翻译的三卷本的《莫泊桑短篇小说集》和邓演存译的《长子》（高尔斯华绥著）、耿式之译的《小人物的忏悔》（安特列夫著）、唐性天译的《意门湖》（斯托尔姆著）和张毓桂译《史特林堡戏剧集》（史特林堡著）等，总共有上百种。

在"为人生"的这一口号下，新文学家的翻译和创作，都普遍地关注"人性""人生"。关注"人性"，就是关注人身上所体现出来的"兽性"和"神性"；关注"人生"，则是表现普通人的生活。叶绍均出版过《隔膜》《火灾》和《线下》等小说集。胡愈之曾评价《隔膜》说：

> 《隔膜》的著者是想用了自然主义的方法来描写人生的，所以使我们读了会引起真实的感觉。这二十篇短篇小说，大部分是描写日常生活的经验的，小部分是描写心理

---

① 《文学研究会简章》，《小说月报》第 12 卷第 1 号，1921 年 1 月 10 日。

状态的，觉得都很真切，全没有架空虚构的缺点。[①]

"用了自然主义的方法来描写人生""大部分是描写日常生活的经验的"可以说正是"为人生"的观念的落实。叶绍均的小说描画了很多社会下层人的悲惨生活，表达着对他们的同情。《这也是一个人》写的是一个早早出嫁的农村妇女的悲惨生活，主人公完全失去了作为人的尊严。《悲哀的重载》写"我"在行船路上的种种见闻，包括农村冲喜的陋俗、在城市中当姨娘却又找不到雇主的乡下妇女等。《潘先生在难中》通过描写一位胆小卑微的小学教员在军阀混战中逃难的经历而展示了战争给人们带来的巨大灾难。他描写知识分子灰色生活的还有《饭》《校长》等。

王统照也善于刻画下层人的悲苦人生。他出版过小说集《春雨之夜》《霜痕》等．另外还有中篇小说《一叶》《黄昏》。他的《湖畔儿语》写一个失业的铁匠因为生活无着不得不让妻子出卖肉体的悲惨生活。《一叶》写青年知识分子天根失业后的辛酸和绝望。《生与死的一行列》则通过描画一个死去的穷人的送葬队伍来控诉社会的不平与冷漠。

许地山则带着一种宗教的意趣来描绘灰色的命运。《命命鸟》写加陵和敏明因为父母的反对无法自由恋爱而双双投水的故事，控诉了旧道德和偏见对人性的摧残。《商人妇》和《玉官》都是描写妇女生活的。主人公尽管历经磨难，却仍然保持

---

① 化鲁（胡愈之）：《最近的出产：〈隔膜〉》，《文学旬刊》第 38 期，1922年 5 月 21 日。

着生的信念。

冰心的小说，则处处表现出自然之爱与人性之爱的情怀。《斯人独憔悴》写五四青年颖铭和颖石两兄弟因为受到家庭的压抑而愤懑忧苦的禁闭生活，控诉了封建家庭对人性的扼杀。《去国》写一位留美归来的学生英士报国无门后的失望和愤懑，写出了社会的黑暗和压抑。《超人》的主人公何彬是一个"不但是和人没有交际，凡带一点生气的东西，他都不爱"的生性孤僻的"超人"，在爱的感化下，最终认识到"我这十几年来，错认了世界是虚空的，人生是无意识的，爱和怜悯都是恶德"，终于幡然醒悟，获得了新生。

这些小说都极力揭示社会人生中存在的种种"问题"，试图给予人生某种指导，真正体现了"为人生"的宗旨。周作人那种理想的人道主义，在很大程度上被具体化、现实化了，而晚清以来塑造"新民"的努力、鲁迅的"立人"的理想，在这些作品中，也仍然得到了延续。我们可以发现，晚清以来文学中对"人"的关注，可以分为这样几个阶段：首先是晚清启蒙阶段，主要是创造英雄人物作为"新民"的典范；其次是从鲁迅的《摩罗诗力说》的发表到文学革命初期这一阶段，人们要求扩张人的精神世界，而文学被当作了手段之一，文学的审美特质得到了重视；最后是文学革命后到20世纪20年代初这一阶段，文学表现人生的功能得到了极大的强化。在这一过程中，文学一直在试图通过一系列的写作、阅读活动而创造新的历史主体，呼唤着"人"在现代中国的诞生。

第七章 "红男绿女之小说" 中的 "文学"

　　1912 年，刘半农高中毕业后，携弟弟刘天华离开江阴，到上海寻求生计。他曾先后寄身于《演说报》社、开明剧社、《中华民报》和中华书局，并短暂任教于上海实业学校和中华铁路学校，直到 1917 年夏就任北京大学预科教授。在上海的五年多时间里，刘半农在《中华小说界》《礼拜六》《小说海》《小说大观》《中华学生界》《中华妇女界》《小说月报》等"鸳鸯蝴蝶派"的刊物上发表过大量的作品，成为著名的作家和翻译家。刘半农的作品，也都在一定程度上染上了"鸳蝴派"的色彩。在此期间，他还在《新青年》上发表过《灵霞馆笔记》系列作品，以及著名的论文《我之文学改良观》，但与"鸳蝴派"并未彻底划清界限。甚至在就任北大教授，深度参与"文学革命"后，他还继续在"鸳蝴派"刊物上发表作品。到 1918 年初，《新青年》编辑部迁入北京，刘半农参与编辑工作并对旧小说发起一系列批判后，才彻底从"鸳蝴派"抽身。

　　身陷"鸳蝴派"的刘半农，为何能成为《新青年》的编辑，进入新文学阵营的核心？钱玄同曾评价说：

半农在上海任日报编辑，整日写那些人所谓红男绿女派的小说，普通人即谓之为礼拜六派人物。但实际说来，半农写小说，绝不与那礼拜六派相同，他有他的主张，绝不与那一般红男绿女派同流合污。①

钱玄同承认刘半农的小说也属于"红男绿女派的小说"，但不同的是，"他有他的主张"。而刘半农也很早就清楚自己与"鸳蝴派"其他作家有不同追求：

余赞成小说为文学之大主脑，而不认今日流行之红男绿女之小说为文学。（不佞亦此中之一人，小说家幸勿动气）②

对于"鸳蝴派"的"红男绿女之小说"，刘半农也承认自己"亦此中之一人"。不过，他不认为这就是"文学"。那么，刘半农心目中的"文学"到底是怎样的？他是怎样把他不同的"主张"体现在自己的作品中的？

刘半农在"鸳蝴派"刊物上发表了近百篇小说、散文、诗歌和剧本。初步统计，这其中翻译的作品有七十余篇，占其全部作品的三分之二以上。相对于创作，翻译要更为容易，是一种效率更高的生计。而在刘半农那里，翻译既解决了生存问

①　钱玄同：《在刘半农追悼会上的报告》，《磐石杂志》第 2 卷第 12 期，1934 年 12 月 1 日。
②　刘半农：《我之文学改良观》，《新青年》第 3 卷第 3 期，1917 年 5 月 1 日。

题，也为他进入文坛提供了更便捷的方式。因而，系统地考察他的这些翻译作品，有助于我们从另一个角度来认识刘半农早期的文学思想，以及他由旧入新的过程和原因。

第一节 滑稽消遣中的人生警示

刘半农的第一部作品是为开明剧社翻译的剧本《好事多磨》。目前我们已很难看到这个剧本的全貌，但可从相关材料中推想其大致内容：

> 其时，该社公演之西洋乐剧《好事多磨》，系由先生手译改编而成。试演之日先生自饰一丑角，滑稽突梯，颇受社会之欢迎。[1]

可见，该剧的基本风格就是"滑稽突梯"，而最终的演出效果极佳，"颇受社会之欢迎"。这一方面让刘半农找到了谋生的手段，即翻译，另一方面，也让他不可避免地深受文学市场上大众趣味的左右。在这之后，刘半农便翻译了一系列具有滑稽效果的作品，有的甚至直接以"滑稽小说"命名，如《黑行囊》《顽童日记》《洋迷小影》《哲学家》等。

这其中，《黑行囊》[2] 写一位奎尔先生，长期被妻子严格

---

① 王森然：《刘半农先生评传》，《中国公论》第 5 卷第 1 期，1941 年。
② 半侬：《黑行囊》，《中华小说界》第 1 卷第 5 期，1914 年 5 月 1 日。

管束，一次，趁妻子不在，独自前往巴黎旅游，但因为下船时拿错了行囊而被控走私烟草，遭到法国警方拘禁。在审讯中，奎尔先生谎报了邻居姓名，结果又引起邻居和妻子的一系列误会。最后，妻子亲自前往巴黎，将奎尔解救回国，从此以后，奎尔先生受到妻子更加严格的管束。随后，刘半农又发表了翻译小说《顽童日记》。该小说以一个儿童的口吻，讲述自己生病期间，因为受不了几位姐姐的聒噪和家人的冷落，便进行了一系列的恶作剧，比如用姐姐的化妆品和衣服男扮女装，又在姐姐收藏的男人照片背后写上一些挖苦讽刺的话，并将照片给照片主人看，引起他们的愤怒。刘半农说该小说原文"滑稽百出，妙绪环生"，"阅之令人捧腹大笑"。① 这两篇小说写的都是生活中的闹剧，很难看出什么意兴寄托。

随后的两篇翻译小说《洋迷小影》和《哲学家》，虽同为"滑稽小说"，但在闹剧中明显夹杂着现实批判的成分。《洋迷小影》原文系安徒生的《皇帝的新装》，写一个虚荣而专制的皇帝受骗的故事。刘半农在导言中提到，日本人曾将这一故事改编为喜剧《新衣》，用来讽刺日本人对欧洲人的盲目崇拜。他也借用了这一创意，以"为洋迷痛下针砭"②，因此也将标题改为《洋迷小影》。另一篇《哲学家》也直指中国当时现实。小说写一个衣衫褴褛、形容枯槁的人，自称哲学家，在火车上向邻座的乘客提出了一连串诸如"倘若今天天上没有云，

---

① 半侬：《顽童日记》导言，《中华小说界》第 1 卷第 6 期，1914 年 6 月 1 日。

② 半侬：《洋迷小影》导言，《中华小说界》第 1 卷第 7 期，1914 年 7 月 1 日。

不是就出了太阳么"之类的所谓哲学问题。译者认为"西国之所谓哲学家，与吾国开口而尧舜禹汤闭口而文武周孔之道之老先生，其状乃如出一辙"。① 刘半农借此小说对那些精神保守、思想陈腐的旧式读书人给予了批判。

以上几篇"滑稽小说"体现出了刘半农在初入上海文学市场时所热衷翻译的两类作品：一种以制造滑稽、消遣效果为唯一目的；另一种则是通过讽刺、批判来制造笑料或滑稽效果，因而具有一定的教谕意义。

在第一类的滑稽、消遣作品中，有以家庭生活为题材的，也有以政治、军事为题材的，而最为重要的，则是侦探题材。

以家庭生活为题材的有《忏吻》《帐中说法》和《戍獭》等。1915 年 1 月翻译的《忏吻》②，写一对年轻夫妇的故事。亨理和萝蔓结婚三个月后，对家庭生活感到了厌倦，被萝蔓察觉，两人于是发生了争吵，并约好等亨理下班后到萝蔓的叔叔彼得那里去协商分居事宜。彼得到亨理的公司向他讲述了一番夫妻相处之道，告诉他家庭生活虽然平淡，但失去了才会感到珍贵。亨理幡然悔悟，下班后，给了萝蔓一个"忏吻"，于是，夫妻重归于好。

1915 年 3 月发表的《帐中说法》，没有一个整体的故事，多写"家庭细故"，诙谐幽默。小说以其妻子之口吻，控诉其丈夫高尔先生的种种愚蠢行为，如自家生活拮据，却借钱给友人；抽烟喝酒，不顾妻儿的感受；加入吃烟喝酒消遣的云雀俱

---

① 半侬译：《哲学家》，《礼拜六》第 36 期，1915 年 2 月 6 日。
② 半侬：《忏吻》，《中华妇女界》第 1 卷第 1 期，1915 年 1 月 25 日。

乐部，保释喝酒闹事的朋友连累家人；请朋友到家玩乐到深夜；把阳伞借给别人而让妻女冒雨出门，饭食粗粝便面露不快等。译者在前言中说："使不得其人而事之女子读之，必欣然曰，彼劣丈夫固应如是也。使困于内威之男子读之，又必拍案狂呼曰：有此生花妙笔，为天下之恶妇写照，吾侪须眉可以吐气矣。……家庭小说之能事尽矣。"①

另一部描写家庭生活的喜剧《戍獭》②，写发生在驻印英军中的故事。戍军部队统领马亨理之夫人马夫人，飞扬跋扈，喜欢干涉他人私事，人称戍獭。戍军法官李惠廉之夫人李德丽，喜欢赛马，但遭到丈夫反对，于是，和表弟柏英生决定私自前往洛克诺赛马。为了隐瞒实情，夫人临行前留下字条，谎称自己和表弟私奔。而柏英生正打算向联队长屈理明之女屈爱斐求婚，希望赢赛马后可以为她买一颗钻石。不料，两人并没有赶上邮车，中途又得到电报说自己的马受伤了，只得返回。屈爱斐得知柏英生私奔后，悲痛欲绝。军医列克欲向她表白。他写了一个剧本，试图让屈爱斐与自己在剧中扮演情人，不料马夫人却想要争演主角，于是，他没有机会表白。李惠廉看到字条得知爱妻私奔后，不禁悲从中来，马夫人趁机挑唆，希望李能够将夫人的物品卖给自己。李痛斥其行径，并反省了以前自己对妻子的种种不好。他的悔恨的话正好被返回的夫人听到，于是两人重归于好。柏英生也与屈爱斐消除了误会。只有马夫人受到大家的排斥。李夫人最后认识到："一个女子最好

---

① 瓣稆：《帐中说法》，《中华小说界》第2卷第3—5期，1915年3月1日、4月1日，5月1日。

② 半侬：《戍獭》，《小说大观》第2集，1915年10月1日。

的朋友毕竟是他的丈夫。"

以政治、军事为题材的作品，有《八月二十》《欧陆纵横秘史》《黑肩巾》等。这些作品同样没有明显的思想和情感上的特殊意义，但情节曲折复杂，紧张刺激，也应归入消遣品一列。《八月二十》[1]写1788年土奥战争期间的故事。在奥国军官W男爵的军队中，有一位随军卖酒的妇人，兼营给士兵们看手相的生意。一日，他给军官W男爵看手相后，连呼"八月二十"，并与军官打赌，八月二十日就是他的死期。果然，当晚，军官带队防御时，遭到土耳其军队突袭，但还是幸存下来。后来，土耳其一位逃兵告诉这位军官，那卖酒看相的妇人，实为双面间谍。八月二十日那晚的遭遇，就是她在双方军队中蛊惑挑动所致。

长篇小说《欧陆纵横秘史》写一位叫嘉倍顿的英国少年，在火车边偶然拾到一张纸，随后遭到了跟踪和追杀。原来，这张纸系德国和俄国所签订的一份针对英法两国的秘密协定。几经波折，他躲过了追杀，将这份秘密文件交给了英法当局。小说最后说："德俄密约，既为英法人所得，师出有名而又各有先备，欧洲一片土，从此多事矣。"[2]这部小说情节复杂，融合了政治、言情、侦探、社会四种小说的元素，"阅之，令人目迷五色"（封面介绍语），因而，很明显是作为消遣品翻译出版的。

长篇小说《黑肩巾》（上卷刊于《中华小说界》第2卷第

---

① 半侬：《八月二十》，《小说海》第1卷第4期，1915年4月1日。
② 刘半侬：《欧陆纵横秘史》，上海：中华书局1915年版，第111页。

7—12 期，下卷刊于该刊第 3 卷第 1—6 期，署天游原译，半农
饰辞，另中华书局 1917 年出版单行本，署天游、半农译述），
也属政治演义。小说以英国青年蒲顿和荷兰间谍徐兰之间的较
量为主要线索，融合了言情、政治、侦探等多种小说因素。上
卷从蒲顿与表哥麦雷的争吵写起。蒲顿父母双亡，其全部财产
由表哥麦雷监管。此时，蒲顿打算和白兰结婚，来找表哥商
量，不料遭到表哥反对，于是两人发生争吵。在另一边，白兰
的父亲也不同意这桩婚事，而想让白兰嫁给荷兰间谍徐田。后
来，表哥麦雷被人杀害，而蒲顿曾和他发生争执，因此受到怀
疑，但经过一番调查后，解除了嫌疑，而徐田则成为怀疑对
象。小说下卷写蒲顿参军并被派往非洲，而徐田也来到非洲从
事间谍活动，并试图杀害蒲顿，与白兰结婚。多番较量后，蒲
顿的弟弟威廉查清了麦雷被杀的真相，除掉了徐田。这部被标
注为"国事小说"的作品，也混合了大量侦探小说的元素，情
节复杂紧张，没有什么特定的主题，是明显的消遣读物。

抱着维持生计的目的进入文学市场的刘半农，自然不会忽
略炙手可热的侦探题材。在上海的几年时间里，刘半农翻译的
作品，以侦探为题材的要占很大一部分。这其中以柯南道尔和
威廉·勒苟的作品为最多。这些小说也主要是用作消遣娱乐
的，如《铜塔》《柳原学校》《髯侠复仇记》《日光杀人案》
《兄弟侦探》《佛国宝》《猫探》等。

《铜塔》[①] 写一位叫维勒的医生为一位伯爵复仇的故事。
一日，维勒被邀请去给一位叫欧罗·波尔丹的伯爵看病。伯爵

---

① 　半侬、小青：《铜塔》，《小说大观》第 6 集，1916 年 6 月。

是意大利人，此次在伦敦小住。他身边还有一位叫玛兰德·乔司的养女。在治病过程中，伯爵表达了与医生交好的愿望，病愈后，他又给维勒医生四百英镑的巨额报酬。多日后，伯爵的仆人又来邀请维勒医生到意大利为伯爵治病。在意大利期间，医生开始调查伯爵的底细。有人告诉他，伯爵继承爵位后，其书记员乔司及其夫人相继去世，伯爵将其女儿玛兰德抚养长大。回到伦敦后，医生又打听到玛兰德的母亲在旅馆离奇去世的旧闻，于是开始登报征求线索。一日，一位与伯爵长相相似的人从巴黎来访，讲述了事情的原委。此人原来是伯爵的兄长法朗赛。据他讲述，欧罗·波尔丹为了继承家产和爵位，毒死了父母，又毒死了知晓此事的乔司及其夫人，又到巴黎向哥哥法朗赛下毒，所幸法朗赛不及殒命，经长期治疗后康复。欧罗·波尔丹顺利地继承了爵位和家产，又将乔司的女儿玛兰德抚养长大。他拉拢医生维勒，可能是为了借他之力以后行不轨。得知原委后，维勒医生帮助其实施了报复计划。他将一种具有挥发性的毒药置于一尊铜塔下，放入欧罗·波尔丹的卧室，将他毒死。最后，法朗赛继承了爵位，而波尔丹家族的声望也未遭损坏。

《柳原学校》[①] 写一位惠尔得先生到一所叫柳原的学校担任拉丁文教师。在任职之前，职业介绍所的人告诉他，很多人都在这一职位上待不长久。而他的朋友也刚刚从此岗位上离职，并劝他不要赴任，不过，惠尔得先生还是带着自信上任了。原来，这所学校有个叫乾姆斯的教员，言语粗俗，行为不

---

① 半侬：《柳原学校》，《小说大观》第 7 集，1916 年 10 月。

检，而校长麦加齐博士却对其一再忍让，甚至有时与之举止亲密，为此气走了不少教员。到校后，惠尔得先生开始调查其中的原委，不料却被麦加齐博士通知解雇。离开前夜，惠尔得先生发现乾姆斯和麦加齐博士发生激烈争执和肢体冲突，于是介入，试图保护麦加齐博士，不料却被乾姆斯打晕。待他醒来后，麦加齐博士讲述了事情的原委。原来，乾姆斯系麦加齐的亲生儿子，因为杀人而被判刑，但越狱成功，在麦加齐博士的庇护下在柳原学校担任教员。近日乾姆斯发现警方正跟踪他，于是试图带走麦加齐博士的所有存款逃亡澳大利亚。父子俩由此发生争执。乾姆斯已被警方带走，而麦加齐博士也因为包庇逃犯即将面临法律的制裁。于是，麦加齐博士收回了解雇的决定，委托惠尔得先生代管柳原学校。

《髯侠复仇记》① 写美国一位叫达武的银行家，在几个女儿相继被害后，邀请侦探亨德破案。亨德了解到，达武曾经是金钩党的成员，后来脱党，成为银行家，树敌太多。于是，他将调查的方向转向了金钩党。他在酒吧中注意到有一位长着大胡子的人，也在暗中调查金钩党党魁赫利的下落。于是亨德暗中与之配合，后来，终于得到可靠线索，将金钩党党魁抓获。原来，这位髯侠的妻子，被赫利劫持。到此，髯侠终于完成了复仇。

《日光杀人案》② 写一场密室凶杀案。一位父亲在密室中被杀，他的两个儿子进入室内，表现各不相同。哥哥率先进

----

① 半侬：《髯侠复仇记》，《小说大观》第 8 集，1916 年 12 月。

② 舍我、半侬：《日光杀人案》，《小说海》第 2 卷第 12 期，1916 年 12 月 1 日。

入，然后报警并保护现场，而弟弟则伤心痛哭。由此，人们怀疑哥哥是凶手。最后，侦探得知，凶手是通过花瓶将日光反射到子弹上，子弹受热而发射，杀害了老人。由此推断，只有具有物理知识的弟弟才有可能作案。由此，案情真相大白。

《兄弟侦探》① 写两位兄弟侦探的故事。两兄弟的父亲为德国人，母亲为英国人。后来，父母离婚，父亲回到德国，随后哥哥诺尔斯也到德国投奔父亲，而弟弟司谛芬则留在英国母亲身边。这之后，哥哥诺尔斯在德国开始为英国搜集德军情报，而弟弟司谛芬则在英国为德国搜集军事情报。后来，哥哥回到英国，试图劝阻弟弟，但不料被英国政府获知，最终弟弟遭到驱逐。

《佛国宝》② 小说故事情节十分复杂。玛利·毛斯顿系一位英国军官的女儿。一日，她收到父亲的电报，说即将回到伦敦，令其到兰亭旅馆迎接。不料，到宾馆后，并未见着父亲。她询问父亲的朋友休尔托，对方也称并不知情。父亲从此失踪。而另一件奇怪的事是，六年来，玛利每年都会收到匿名者寄来的一颗明珠。随后，玛利在父亲的遗物中发现了一张有约纳桑·史毛尔、摹哈美德·新、阿孛度拉·汗、达司德·阿克白四个签名的藏宝图。随后，玛利又见到了休尔托的儿子萨丢司。萨丢司告诉玛利，自己的父亲曾从印度带回大量宝物，其中有毛斯顿军官一份。然而，毛斯顿到英国后，为分配宝物与

---

① 无为、半侬：《兄弟侦探》，《小说海》第 2 卷第 12 期，1916 年 12 月 1 日。

② 半侬：《佛国宝》，《福尔摩斯侦探案集》第 2 册，上海：中华书局 1916 年版。

休尔托发生争吵，因为心脏病去世。为了避免嫌疑，就将毛斯顿的尸体秘密处理了。休尔托去世后，萨丢司就让弟弟白沙洛牟每年给玛利寄一颗珍珠，以表示歉意。而此时，白沙洛牟已经发现了藏宝地，于是写信邀请玛利相见，并答应分给她部分宝物。然而，白沙洛牟随即被人毒死。福尔摩斯发现此系一位叫史毛尔的人所为，并追踪到了泰晤士的一条河上，不过，拿到宝物箱子后，发现是空的。史毛尔已经将宝物撒到了泰晤士河中。被抓后，史毛尔讲述了事情的原委。他原来在印度的监狱做医生的助手，偶然的机会盗取了一位土王的宝物，并和掌管监狱的休尔托、毛斯顿协商，只要帮助他逃脱，就将分一部分珠宝给他们。但休尔托背叛了他们，独自将宝物带回了英国。史毛尔历尽艰险才回到英国，夺取宝物。于是发生了此前的一幕。

《猫探》① 写一位叫艳萝的教师，请裴立敷夫妇照顾年迈的父亲，而这位裴立敷曾和父亲发生争吵。同时，艳萝又和青年葛立司相爱，但由于遭到父亲反对，葛立司也与艳萝的父亲发生了争吵。一天，父亲突然被杀，于是，与父亲发生过争吵的裴立敷和葛立司都被怀疑，但随后又被排除。邻居屠扉白和吴玛丽在为艳萝做衣服时，执意要用一件旧的血衣改做，由此被葛立司请来的侦探抓住了线索，认定这两人就是杀害她父亲的凶手。

这些侦探小说情节复杂，推理过程引人入胜，在当时的侦探小说热潮中，也一般会被作为消遣品看待。不过，刘半农认

---

① 半侬：《猫探》，见《小说汇刊》，上海：中华书局1917年版。

为，因为侦探事业需要文学、哲学、政治、天文学、植物学、化学等方面的知识，还需要有较好的体力，是"一种混合科学"，从事侦探者"唯有以脑力为先锋，以经验为后盾，神而明之，贯而彻之"①，才能探明事情的真相。因此，侦探小说不但可以普及科学知识，还可以训练推理能力，并且为读者提供理想的人格形象。

侦探小说在具体的传播过程中是否真的能够达到上述效果，不得而知。但因为被寄予了一定的启发民智的希望，它在刘半农的眼中，就不再是纯粹的消遣品了。

如果说，刘半农"启发民智"的寄托在以上的侦探小说中还过于隐晦的话，那么，他所翻译的柯南道尔的《烛影当窗》《一身六表之疑案》，以及威廉·勒苟的《X 与 O》《万国肢箧会》等，经过译者刻意的引导和解说，就明确地由纯粹的消遣品转变为寄托着一定思想和精神的作品了。

柯南道尔的《烛影当窗》，写英法战争期间，法国外交官拉考尔和大使奥德出使英国，进行停战和谈。经过一番艰苦努力，终于达成协议。法国也如愿保持了对埃及的控制。不料，在签约之前，法国外交人员得到密报，驻埃及的法军战败于英军，即将失去对埃及的控制。但拉考尔认为，英国人还没有得到前线的消息，于是，在签约之日，拉考尔守在英国外交部外，只身截住了英国的信使，保证了签约的顺利进行。刘半农对主人公的爱国之心赞赏不已："此老倔强甚矣，退职之后，

---

① 刘半农：《〈福尔摩斯侦探案全集〉跋》，见《刘半农研究资料》，天津人民出版社 1988 年版，第 107 页。

偶谈旧事，犹复以盛气加英人，其爱国之心诚不可及。"这也是他翻译这篇小说的目的："寒宵无事，偶念吾国外交上种种失败，因挑灯呵冻，捉笔译之，以资靠镜。"① 因此，该篇虽为侦探小说，但被标注为"外交小说"。由此可见，刘半农在翻译过程中试图将侦探小说的消遣娱乐功能，转变为教育警示功能。

《一身六表之疑案》系柯南道尔的短篇小说。小说写伦敦开往曼切斯特的火车上的一场谋杀案。一天早上，该火车上上来了身材高大的一男一女，车厢里有一位身材矮小的抽烟的男子，因为该女士受不了烟味，于是换到隔壁的车厢。然而，车到中间站时，这三人都不见了。那一男一女所坐的车厢里，有一位年轻人被枪杀。他的身上有六块昂贵的金表。随后，侦探万恩和亨德生开始调查此案。侦探们认为，不应该从已知的细节来推测案情的原委，而应该首先使用自己的想象力，作出推测，然后以事实来验证和调整，以最终得到确证。然而，侦探们的推断最终都无法得到检验。五年后，一封来自美国的信解释了一切。写信人自称乾莫司，他的弟弟爱德华原来是一名演员。爱德华的老板麦克考经常混迹赌场，擅长作弊。后来，麦克考指示爱德华伪造支票。由于害怕弟弟受到法律制裁，乾莫司便让弟弟远离麦克考，到英国帮助一朋友经营手表生意。然而，麦克考却追到伦敦，让爱德华男扮女装，一起坐火车前往曼切斯特。这就是小说开头出现的身材高大的那一男一女。乾莫司为了让弟弟远离麦克考，也来到伦敦，上了那趟火车，在

---

① 半侬：《烛影当窗》，《中华小说界》第 2 卷第 5 期，1915 年 5 月 1 日。

劝说弟弟爱德华远离麦克考时，与麦克考发生了争执。后者拿出手枪，误杀了爱德华。见闯下大祸，两人便跳下火车。一想到复仇也于事无补，乾莫司便回到了纽约，让麦克考去了埃及。案情由此真相大白。

刘半农在翻译过程中，可能也意识到了娱乐消遣功能与教育功能的冲突，因此进行了主动的干预，加入了不少自己的见解，试图减少原作的娱乐功能，突出其教育警示功能。如在乾莫司介绍弟弟爱德华的部分，刘半农增加了这样的文字：

> 吾弟敏慧异常，性情亦颇和蔼，不遇剧烈之刺激，可终岁不出恶声。而貌又最美，温然如处子，以故见之者莫不爱且称誉之。然有一弱点，大足以为立身处世之害，即胸无主宰，乏于决断之心是也。夫通人性质，本以乏决断心者居多数，故一生之荣辱毁誉，胥视所交友朋之善恶以为决断。然年时既增加，经验渐富，决断心必能稍稍发达。而吾弟则适与通人成一反比例。[1]

在刘半农看来，爱德华的悲剧，就在于自己无决断心，因交友不慎而毁掉了自己的一生。同样，原作就由一个消遣性的侦探故事，而转变成了一个具有教育意义的警示故事。

翻译主体的介入，不但体现在对原作的解说上，还体现在对翻译对象的选择上。刘半农翻译的《X 与 O》[2] 以一位医生

---

[1]　半侬：《一身六表之疑案》，《小说大观》第 4 集，1915 年 12 月 30 日。
[2]　半侬、小青：《X 与 O》，《小说大观》第 5 集，1916 年 3 月。

写给朋友郤耳司的书信的方式，讲述了英国一村庄中发生的凶案。一位叫彭斯的人，以写作为业，常到一乡下的石屋中避暑，却暴毙于斯。其书房的桌布上还留下了一串"X"与"O"符号，玄妙难解。医生交代，他在给军官惠忌逊勋爵治病期间，发现勋爵夫人行踪诡异，与彭斯往来频繁，于是暗中调查，在一秘密据点发现一张英国航线的地图，上面画满了"X"与"O"符号。原来，彭斯为德国间谍。他勾搭上勋爵夫人后，套取了不少英国的军事、经济情报。地图上标"X"与"O"处，系其偷偷为德国购买和运送石油的地方。德国正在暗中储备石油，以准备向英国发动战争。但医生考虑到勋爵怜惜夫人，不忍道出实情，暗中毒死了彭斯。后来，勋爵夫人也猝然病亡。叛国者由此得到了应有的惩处。与早前翻译的小说相比，这篇小说不管是在题材还是思想上，都不再停留于消遣，而具有明显的教育警示作用。

另一篇《万国肢箧会》写一位叫克罗姆的英国外交部密使，在回英国的船上认识了一位叫芒搭尔博的女子，到伦敦后，此女子邀约克罗姆参加晚会。参加晚会的都是衣着名贵的上流社会的贵妇人。突然，有人高呼电线断裂起火，于是所有宾客四处逃窜。黑暗中，宾客的金银首饰均被洗劫一空。原来，那位女子策划了此次抢劫案。小说最后写道："余以其事甚趣，且足以警惕喜交际而奉承亲贵之人，为改易地名人名，纪其涯略如此。"[1] 这也符合刘半农对侦探小说的定位，即一方面富有趣味，具有娱乐效果，另一方面也具有教育意义，警醒

---

① 半侬：《万国肢箧会》，《小说月报》第 8 卷第 3 期，1917 年 3 月 25 日。

世人。

总的来看，以上这些小说仍然以娱乐消遣为主。但它们内部存在着一定程度的分化，即一部分是纯粹的消遣品，而另一部分，则在一定程度上体现出了译者的寄托，具有批判现实和教育读者的作用。这种分裂也反映出刘半农在新与旧之间、现实与理想之间的挣扎。

第二节 以正面形象"作个人之志气"

面对生存的压力和文学市场的需求，刘半农一开始不得不翻译了一大批消遣娱乐性的作品，但他也表现出了通过文学干预现实的愿望。这种干预，是通过译者的解说和对翻译对象的选择体现出来的。

通过特定的翻译对象来体现自己干预现实的意图，在刘半农后来翻译的一系列"警世小说""实业小说""家庭小说""实事小说""外交小说""社会小说"中，变得更为明显和直接。翻译这些小说的一项基本意图，就是对个体进行精神上的启蒙。

刘半农的这些小说，大多发表在《中华小说界》上。他的理念，与该刊的办刊宗旨也大体一致。《中华小说界》的《发刊词》曾标举三大主义。其中之一为：

> 一曰作个人之志气也。小说界于教育口为特别队，于文学中为娱乐品。冠文明之增进，深性情之载刺。抗心义

侠，要离之断脰何辞；矢志国雠，汪锜之童殇奚恤？有远
大之经营，得前事以作师资，而精神自奋；有高尚之理
想，见古人已先著手，而诣力益坚。无形之鞭策，胜于有
形之督责矣。①

在该刊组织者看来，小说一方面具有"教育"的作用，另
一方面又具有"娱乐品"的特质。它通过审美的方式，以"无
形之鞭策"，最终增进文明，刺激性情，奋发精神，催生理想，
获得教益，磨炼毅力，总之，可以促进个体在精神和思想上的
进步。

刘半农于1913年10月发表的《局骗》②，被标注为"警世
小说"，便体现了这一意图。小说写一位爱德华公子被骗的故
事。爱德华是迦南伯爵的公子，自幼受到良好的教育。他的父
母去世后，受仆人撒特哀照顾。然而，撒特哀却利用计谋，骗
取了他的全部身家，并彻底消失。这篇"警世小说"意在提醒
人们对那些静言庸违之徒，不可不加以提防。不过，在刘半农
的译作中，以正面人格来"作个人之志气"的作品更多。

1914年11月发表在《中华小说界》上的《咏而归》③，也
是一篇"警世小说"。小说写一位老农鲁平尼，带着丰盛的食
材回家，因为捉松鼠、与老友聊天和帮助少妇过河，而失去了
食材，但他仍然保持着积极乐观的态度。而1914年12月发表

---

① 瓶庵：《发刊词》，《中华小说界》第1卷第1期，1914年1月1日。
② 半侬：《局骗》，《小说月报》第4卷第6号，1913年10月25日。
③ 半侬：《咏而归》，《中华小说界》第1卷第11期，1914年11月1日。

的"实业小说"《橡皮傀儡》①，写美国人古德谙历经艰辛发明橡皮的故事。他为了试验橡皮，全身都穿着橡皮，橡皮夏天被烤化，冬天被冻硬，但他依然痴心不改，甚至为此耗尽了家产，失去了友谊。最终，他取得了成功。古德谙的坚韧执着，显然是译者希望传达给中国读者的。1915 年 1 月发表的《奉赠一元》②，写一位叫 Webster 的律师，为邻居铁匠争产案辩护。因为这个案件没有先例，要辩护十分困难。但 Webster 没有退缩，自己投入大量的时间和金钱，搜集、查找各种资料，找到了辩护的依据，赢了官司。然而，铁匠看到他辩护时十分轻松，而不知道他为了准备付出了大量的金钱、时间和精力，只付给他一元作为报酬。但 Webster 并不计较。多年后，他为铁路理事某案辩护，正好援引此案做先例，赢了官司，名利双收。小说由此提醒人们，对自己的事业，要保持热情，不要计较一时的得失，付出终会有回报。另外一篇《幸运之怪物》③，写美国人白尔德温，出身贫寒，以其勤俭聪慧，几经起落，"此厩中之小厮，航船之师者，砖场之苦力，木厂之脚夫，竟一跃而为银行总理矣"。但他并不安于现状，"以为通人所能之事业，虽得多金，亦不足以炫世"，在成为银行家后，又率队进入内华达沙漠探险，并在旧金山建造商场，成为一代巨富。和当时的很多人一样，刘半农显然也希望引入美国实业家的执着和进取精神来改良中国社会。

此外，刘半农还翻译了两篇美国政治领袖的故事，以此来

---

① 半侬：《橡皮傀儡》，《礼拜六》第 27 期，1914 年 12 月 5 日。
② 半侬：《奉赠一元》，《礼拜六》第 29 期，1914 年 12 月 19 日。
③ 半侬：《幸运之怪物》，《礼拜六》第 4 期，1915 年 2 月 27 日。

"作个人之志气"。其中《大将军华盛顿家居之轶闻》① 写华盛顿参加独立战争之前在乡间的生活轶事。他不爱读书、不善拼写，但喜好钻研生活中的小事，如改造铁犁、修理石磨、管理锯木工人等；他的生活简朴不奢华，又从母亲那里继承了独立自主的天性，最终，他抛却了安稳富足的生活而参加了独立战争。华盛顿的伟大，正源于其朴实和对生活的执着热爱，因此，文末写道："读者以为平淡无足异乎？亦知夫如此不世出之人物，此平淡无足异之家居生活，有以培植蕴酿之乎？"

另一篇《逐客令》②，通过一件小事写出了富兰克林的精神。一个年轻人在风雪夜来到一个村庄，找到密雪司富兰克林家的客栈，要求住宿，但因为客满遭到户主老妇人的拒绝。于是，年轻人用尽各种借口，在她的客栈里待了一夜，向住在那里的几位律师宣扬美利坚独立，并抨击英国的统治。到天亮时，年轻人才向老妇人承认，自己就是她的儿子富兰克林。原来，他只是在百忙之中回来看望母亲，希望能以陌生人的身份住一晚后就离开，由此既表现了他对母亲的爱，更突出了他对革命事业的奉献精神。

除了这些历史上的伟大人物外，刘半农也很注意描写普通人成长的小说。《奴儿脱籍记》写俄国一位叫漱沙的男孩，系一农奴的儿子，一次在路上偶然听见劫匪密谋要抢劫主人潘朴夫男爵，于是，漱沙赶忙向男爵报信，却被劫匪打晕。男爵请来救兵，击退了劫匪。为了感谢漱沙的救命之恩，男爵满足了

---

① 半侬：《大将军华盛顿家居之轶闻》，《中华妇女界》第 1 卷第 5 期，1915 年 5 月 25 日。

② 半侬：《逐客令》，《中华教育界》第 5 卷第 2 期，1916 年 2 月 25 日。

漱沙的要求，除去了他的奴籍。后来，漱沙戎为富商，他又出钱为父亲和祖父除去了奴籍。小说突出了"凡做事，必须勤勉有恒，方有成功的希望"[1]这一主题。

而另一篇《南山情碣》[2]则赞扬了两个普通人的爱国之情。小说写英国和荷兰发生战争期间，英国二兵托密和一名叫美丽的荷兰乡村女子相爱。一次战斗中，英军被荷兰军队包围，托密试图突围寻找援军。他请美丽用绳子将他吊下山谷。在这一过程中，美丽意识到，如果让他逃脱，就是背叛了自己的祖国，但如果不提供帮助，就是背叛了爱情。于是，只将他吊至半山腰，而自己跳崖自杀。而托密也艰难地成功突围，在找到援军后也饮弹自杀。两人的合葬墓，崖下一石碣，供人凭吊。

此外，刘半农还翻译一些社会生活题材的小说，塑造理想的人格形象。《希腊拟曲·盗讧》[3]写甲乙两名强盗对话。两人杀一少年，抢劫钱财。乙表示后悔，尤其是看到少年的恋人在高处等他后，十分心痛。甲则谴责乙过于懦弱。最后，乙将钱还给甲，离去。盗贼乙的同情心让人印象深刻。

他还翻译了屠格涅夫的几篇小说。其中，《乞食之兄》写一个乞丐向"我"伸手乞讨，但"我"并没有钱给他，只伸出手和他握了握手。乞丐得到了安慰，"我"也觉得自己

---

① 半侬：《奴儿脱籍记》，《中华学生界》第 1 卷第 9、10 期，1915 年 9 月 25 日、10 月 25 日。

② 半侬：《两山情碣》，《中华妇女界》第 1 卷第 3 期，1915 年 3 月 25 日。

③ 半侬：《希腊拟曲·盗讧》，《中华小说界》第 2 卷第 10 期，1915 年 10 月 1 日。

受到了馈赠。《地胡吞我妻》写主人公坐雪橇时，听少年驭者讲丧妻之痛。下车后，多给了车夫几个铜币。《嫠妇与菜汁》写一乡主夫人，见一嫠妇丧子之后，仍然啜引菜汁，便指责她为何丧子之后还能有胃口。老妇解释，自己已多日滴水未进，而且胃口也不好，只是今日能够买盐，调入菜汁中，才觉得味美，因此多喝了些。夫人由此对老妇表达了深深的同情。①

另一篇《卖花女侠》② 写一位卖花姑娘芬斯的侠义行为。小说开始写一位叫菲立的青年和一个叫白仑克的富家小姐相爱，遭到对方家庭反对，于是，菲立携白仑克私奔到了马赛，住在自己的弟弟马力司家中。不过，菲力很快被抓，并被投入监狱。有一位叫芬斯的姑娘，与马力司相交甚好。她向担任监狱长的叔父求情，释放了菲立。而后，白仑克怀孕，双方家庭因为遗产继承问题产生了一系列争夺。在此期间，芬斯协助白仑克带着孩子出逃，并与菲立团聚。而菲立也参加了工人运动，但最后不幸死于决斗。

与早期那些滑稽消遣性的作品相比，刘半农的这些翻译作品表现出了新的特征：一是情节的戏剧性弱化了，这明显与文学市场上的大众趣味拉开了距离；二是出现了具有精神和人格感召力的人物形象，他们身上体现出来的乐观、执着、宽容、同情、侠义等品质，对读者不能不形成一定的冲击力，而更为

---

① 以上两篇见半侬：《杜谨讷夫之名著》，《中华小说界》第 2 卷第 7 期，1915 年 7 月 1 日。

② 刘复半侬：《卖花女侠》，《小说大观》第 10—12 集，1917 年 6 月 30 日、9 月 30 日、12 月 30 日。

特别的是，这些小说往往都不再是纯粹的故事，而是包含了一定的心理描写成分，通过人物内心的纠葛来体现其精神和人格的伟大。刘半农通过翻译对象的选择来体现自己的 "意识情感怀抱"，表明新的文学观念在他那里已经成形。

第三节 以负面形象 "输荡新机"

要推动社会进步，仅仅以正面的形象来引导精神上的提升是不够的，还必须明确指出陋习和病根的所在，以对症下药。因此，除了以正面的形象来作 "无形之鞭策" 外，刘半农还翻译了一些描写人性和社会阴暗面的作品，以此来表达对现实的批判。这也是《中华小说界》的基本主张之一：

> 一曰祛社会之习染也。穿耳缠足，有妨体育。迎神赛会，浪掷金钱。谈星相则妄邀天倖。虐奴婢则惨无人理。尔虞我诈，信誓皆虚，积垢丛污，卫生不讲，凡兹恶点，相习成风。小说界以罕譬曲喻之文，作默化潜移之具，冀以挽回末俗，输荡新机。①

在作者看来，要革除中国人迷信、尔虞我诈、不讲卫生等方面的陋习，移风易俗，需要用 "罕譬曲喻之文" 以 "默化潜移" 的方式来推进。由此，"罕譬曲喻" 就与滑稽消遣区分开

---

① 瓶庵：《发刊词》，《中华小说界》第 1 卷第 1 期，1914 年 1 月 1 日。

来了。滑稽消遣所追求的是精神上的放松，而"罕譬曲喻"所包含的，就不只是放松，可能还有悲伤、愤怒、振作等各式各样的精神效果，并最终得到精神或思想上的升华。

刘半农为此也翻译了不少旨在批判现实的作品。这些作品可以分为两类。

第一类是描写人性阴暗面的，有《我将死矣》《可畏哉愚夫》《赌孽》《丹墀血》《玉簪花》等。这类小说所描写的主要人物，都存在某方面的缺陷。

1914年5月发表的《我将死矣》①刻画了一个胆小的负面人物形象。主人公是法国的一位律师，胆小怕事。朋友在弥留之际，请他代立遗嘱，并在死去前握了他的手。由此，他点起烟斗，陷入了对传染病的恐惧中。他想到，传染病的症状就是右肋发热。随后收起烟斗，赶忙回家。一路上，他发现右肋更热更痛了。回家后，他向妻子哀叹自己快要死了。妻子帮他脱去衣服，发现烟斗灼伤了他的皮肤，烧坏了衣服。原来不过是虚惊一场。由此，小说对那种胆小懦弱的人进行了尖刻的讽刺。

1915年翻译的屠格涅夫的《可畏哉愚夫》②，写一位愚夫被人嘲笑庸俗顽钝、不合时宜，想到了一个好办法除去恶名。他出门后，凡见到别人夸赞的画、书、人，均予以斥责，由此，人们改变了对他的看法。他也因此名声大噪，竟被聘为报社主笔。于是，他将此风格发扬光大，对人对事无不斥责贬

---

① 半侬：《我将死矣》，《中华小说界》第1卷第5期，1914年5月1日。
② 半侬：《杜谨讷夫之名著》，《中华小说界》第2卷第7期，1915年7月1日。

抑，让人望而生畏。小说对扭曲的社会人心造成宵小横行的现象进行了揭露，既滑稽又引人深思。

1915 年 1 月的《疗妒》①，写侦探勃伦纳尔为文纳托里奥男爵侦破夫人钻石项链失窃案。夫人一开始嫉妒丈夫，后请催眠师鲁平那治疗自己的嫉妒之心。鲁平那通过施展催眠术，骗取了十万酬金的支票。夫人不得已自盗项链以偿鲁平那。后鲁平那被捕，但夫人怕自己过去的妒行被公开，向丈夫求情。丈夫在谴责了鲁平那后，将她驱逐。小说写嫉妒心给他人和自己带来的伤害，批判现实的意图十分明显。

1915 年 6 月发表的《情语》②，也是写家庭生活的。罗马的女郎西思伽，在父母去世后，和妹妹一道被未婚夫蔡提当作自家咖啡馆的女仆使用，并且被蔡提抛弃。于是，西思伽决定离开罗马去美国。临行前，她告诫妹妹不要亲信男子。多日后，妹妹爱密怜，嫁给子爵的儿子楷鲁。由于楷鲁的父母反对，爱密怜只好和他秘密举行婚礼并同居。不料，子爵破产了，要求儿子迎娶一位钢铁大王的遗孀白夫人，以扭转家境。楷鲁听从了父言。婚礼当天，爱密怜得到消息，赶到婚礼现场，发现这位白夫人竟然就是自己从美国归来的姐姐西思伽。于是，西思伽放弃了婚礼，与妹妹隐居终老。而楷鲁也因此臭名昭著，孤独终老，阴险狡诈之徒未能善终。

《玉簪花》③ 写主人公在路边捡到一朵玉簪花，觉得好看，就戴在衣襟上，不料这其实是某团伙的接头暗号，因而误入某

---

① 半侬：《疗妒》，《礼拜六》第 31 期，1915 年 1 月 2 日。
② 海澄、半侬：《情语》，《中华小说界》第 2 卷第 6 期，1915 年 6 月 1 日。
③ 半侬：《玉簪花》，《小说大观》第二集，1915 年 10 月 1 日。

绑架团伙的作案窝点。这伙人绑架了政敌法国财政总长恺罗之女，试图用暴力迫使她交出父亲的密信。主人公救出了恺罗姑娘。而恺罗姑娘的母亲，为替女儿报仇，枪杀了政敌加尔米特。最终，由主人公出面为夫人作证。在结尾处，作者议论说，恺罗先生虽位高权重，一世英名，却保护不了家人，在关键时刻，还不如"我"这样一个平凡人："孰贤孰愚"？

《丹墀血》写一位王子复仇的故事。悉司利亚国王驾崩，太子威丹因为年幼，便让弗林齐尔摄政。弗林齐尔心怀不轨，密谋篡政，于是，以出国考察的名义，让威丹前往巴黎，但又派人暗中跟随，伺机加以谋害。威丹躲过了谋杀，秘密潜回国内。弗林齐尔宣布太子已经归来，找了个与威丹长相相似的人，欲立为国王。此时，真正的太子威丹从人群中跳出杀掉了弗林齐尔，完成了复仇。小说最后对阴险狡诈之徒进行了批判："弗林齐尔狡诈，终其生，只赢得染丹墀之颈血于悉司利亚，作伪奚为哉？"[1]

《赌孽》[2] 写一个赌徒身败名裂走向毁灭的故事。威梯是一位伯爵的儿子，他生性好赌，不但输光了父亲给自己的购物款五万英镑，还在朋友却克的怂恿下借下了十二万英镑的高利贷用作赌本，结果输得血本无归。回家之后，他又盗取了父亲的股票，试图用作赌资，但被却克骗走。后来，威梯结婚成家，仍然赌性不改，输光了礼金，又在却克的怂恿下去拦路抢劫，不想误杀了表弟的父亲。羞愧难当的威梯最终饮弹自杀。

---

① 半侬：《丹墀血》，《小说海》第 2 卷第 11 期，1916 年 11 月 1 日。
② 半侬：《赌孽》，《新闻报·快活林》，1916 年 8 月 14—18 日。

　　这几篇小说中的负面人物，要么胆小，要么虚伪，要么贪婪。他们最终都受到了嘲弄或惩罚。小说惩恶扬善的目的，在此表现得特别明显。

　　第二类进行现实批判的作品，主要以描写社会阴暗面为主，如《伦敦之质肆》《如是我闻》《我矛我盾》《默然》《韩庐忆语》《塾师》《乾隆英使觐见记》等。

　　1914 年 8 月发表的《伦敦之质肆》（《中华小说界》第 1 卷第 8 期），被标注为"社会小说"。小说写伦敦典当行的情形。一位老太太来典当衣物，被伙计退回，老太太反复哀求，最后只换得很少的钱。除了批判典当行的剥削外，还批判了金钱对人心的腐饲导致的整个社会道德堕落的现象。

　　《未完工》①写"我"在旧货店看到两幅未完工的人物画像。其中一幅画像中的主角，一个流浪汉向"我"讲述了这两幅未完工的画像的由来。他曾经是一个富家子弟，邀请一位画家为他和他的恋人画像。在作画过程中，他的父亲破产了。于是画家停止了画作，恋人也离他而去。小说对那种唯利是图、趋炎附势的小人表达了不满。

　　1915 年 11 月发表的《如是我闻》（托尔斯泰著）②，也是一篇"社会小说"。小说的叙述者"我"在道中遇到多位农民，见证了其贫苦无告的情景。其中有被迫卖病牛以维持衣食之需的老妪，有一家断粮三日的矿工，有为了付房租而被迫买马的农民，还有将自己的幼儿送人做杂役的。在小说最后，叙

---

　　① 半侬：《未完工》，《中华小说界》第 2 卷第 1 期，1915 年 1 月 1 日。
　　② 半侬：《如是我闻》，《中华小说界》第 2 卷第 11 期，1915 年 11 月 1 日。

述者说："推穷之所自，莫不以无地为言"，认为俄国农民贫困的根本原因，就在于其土地所有制。

另一篇"社会小说"《我矛我盾》系作者根据西方小说和电影改编而成，也对社会现实进行了批判。其中第一个故事写一位叫妈沙的贫穷老妪，赁屋而居，发现屋漏，便要求房主维修，不料反被房主污蔑损害其房屋，并威胁将其赶出，妈沙主动离开，想要到别处寻找"公理"。随后，她到了镇上，在购买食物时遭遇短斤少两的欺骗。妈沙提出质疑，遭到店主史金弗林的暴力威胁，于是，又往别处寻找"公理"。后来，她又到了一村上，遇到一位农民，说到其儿子被村中一富家公子骑马踢伤，不但没有获得赔偿，反而被讹诈。又一农民因为欠史密司钱，被牵走耕牛。妈沙见村中无"公理"所言，于是到了城里。遇到一富家女仆，因为遭主人误解而被打伤。她告诉妈沙，城中有绅士名叫"公理"，将与"慈悲"举行婚礼，妈沙或可前去申冤。果然，在婚礼当天，妈沙喊冤，受到公理、慈悲的热情接待，并为她惩罚了恶人。不过，妈沙随即发现，这一切原来只是自己的一个梦。第二天，她根据梦的指引到了城中，果然遇到一场婚礼，新郎新娘与她梦中的"公理""慈悲"极为相似。她刚出口喊冤，就被旁边的武士拖走毒打。

第二个故事写一位富人，好慈善，人称"善痴"。一日天寒，"善痴"先生怜路人饥寒，于是出门施舍。一路上分别遇到卖花妇女、报童和举广告牌的。他以高价购买，让他们休息，并将自己的衣物给他们。随后，他带着鲜花、报纸和广告牌，衣不蔽体地来到公园，见一女神雕像，怜其饥寒，潸然泪下，不料他刚刚救助的几个人以为他是疯子，抢夺了鲜花、报纸和广告牌，并抢走了他余下的钱。回家路上，他见一饥寒小狗，于是将其带回家，与其相依为伴，并感叹人不如狗会感恩。译者在后记中写道："半农曰：观乎第一事，恻隐之心必油然而生，观乎第二事，则恻隐之心欲生莫由。我矛我盾，将何以处之？曰本吾良心，行吾之志，放吾眼光，毋受人愚。"①

另外，安特莱夫的《默然》②，虽标注为"哀情小说"，但实际上写的也是家庭生活，不过，刘半农的翻译目的却在于进行现实的批判。小说写一个女孩自杀后，整个家庭陷入了沉默之中。但刘半农却增添了情节，将女儿自杀归因为父母不和。刘半农由此发挥道："犹如政治家争斗，致百姓受害。"一篇家庭小说由此具有了社会政治批判的意味。而鲁迅将它翻译为《默》，更看重的是其对阴森恐怖的气氛和人物心理纠葛的刻画，与刘半农的意图相去甚远。

1916 年发表的《韩庐忆语》则变成了政治批判小说。小说写英王爱德华七世去世后，留下一只叫凯撒的家犬。小说以这只犬的口吻，写了昔日它和主人亲密相处的情形。译者最后写道："凯撒一狗耳，受人豢蓄。蓄者死，犹能殉之。以身被衣食取诸民，民困将死，而不能有以舒其困者，毋亦有愧于凯撒欤！"③ 译者由此将小说的意义引向了对统治者的批判。

《塾师》则写美国一家私塾的情形，老师强迫学生学习拉丁文、算数等课程，如果学生调皮，就用戒尺或大棒抽打。译者写道："则欧美古代之学塾，其腐败一何让与我！夫以腐败不

---

① 半侬：《我矛我盾》，《中华小说界》第 3 卷第 1 期，1916 年 1 月 1 日。
② 半侬：《默然》，《中华小说界》第 1 卷第 10 期，1914 年 10 月 1 日。
③ 半侬：《韩庐忆语》，《小说大观》第 6 集，1916 年 6 月。

让与我者，而一转瞬间，其学校制度之完备，以为我国所称誉，所模仿者，何哉？曰此之谓社会之进步。"① 由此，译者对中国社会的停滞不前给予了批判。

1917年，中华书局还出版了刘半农翻译的马嘎尔尼所著的《乾隆英使觐见记》。该书写马嘎尔尼1793年作为英国使臣来访中国的见闻，包括中国的地理风貌、中国人的性格特征、民间百态、繁复的礼仪和官场的腐败低效等。刘半农认为，这本书对英国的外交具有重要意义："盖自有此书，而吾国内情，向之闭关自守不以示人者，至此乃尽为英人所烛。彼其尺进寸，益穷日之力，合有形无形之以谋我者，未始非此书为其先导也。"随后，他指出，华人之冒险精神，以及对世界的发现，并不落后于西方，然而，留下的记录却不过是为了取悦帝王，"荒渺无稽，参以鬼神怪异"，并不能"有裨国是"，为此，他对那些出洋考察，归来却以"无用之书祸及梓氏"的外交使节，给予了批判。②

以上这些翻译作品，对人性、社会或文明进行了明确的批判，清楚地呈现了刘半农在文学市场的夹缝中所顽强坚持的文学理想，即文学作品必须通过承载作者的现实关怀而获得价值上的提升。刘半农认为，文学家除了通过正面人物形象的塑造而"自造一理想世界"外，还需要"各就所见的世界，为绘一维妙维肖之小影"。③ "自造一理想世界"和书写自己"所见的

---

① 半侬：《塾师》，《小说大观》第六集，1916年6月。

② 刘半农：《乾隆英使觐见记·序》，上海：中华书局1917年版。

③ 刘半农：《诗与小说精神上之革新》，《新青年》第3卷第5期，1917年7月1日。

世界",都是作者(译者)主体意识的表达,而不是对文学市场上大众趣味的迎合,由此,不能不说刘半农实际上已经形成了与现代的"文学"相司的立场。

第四节 以"正轨""救说部之流弊"

刘半农在翻译活动中,虽然一方面受到文学市场主流趣味的牵掣,不得不投其所好地翻译一部分纯粹的滑稽消遣类作品,但另一方面,他也顽强地坚持着自己通过文学干预现实的理想。在翻译中,这种理想是通过译者有意识的解说原作的思想倾向、选择具有人格或精神感召力的或具有现实批判意义的作品来体现的。除此之外,刘半农对于文学本身,也有革新的愿望。

自晚清小说界革命之后,上海中华书局的《中华小说界》对晚清以来的小说进行了这样的批判:

> 凡事不能有利而无害。自说部发达,其势力遍于社会。于是北人以强毅之性濡染于三国水浒诸书。南人以优柔之质寝馈于西厢红楼等籍。极其所至,则狭邪倾心接席,辄自托于宝玉张生屠沽,攘臂登台,亦比迹于李逵许褚。模仿泰西形式,花冠雪服,结婚竟可自由,崇拜虚无党员,炸弹手枪,广座居然暗杀。慕隐形易容之术,肬箧何妨。信禁宝斗法之谈,揭竿遽起,艳情本以醒世,而恋爱益深;神怪本属寓言,而迷信增剧。小说界务循正轨,

取鉴前车；力矫往昔之非，稍尽一分之责。①

在瓶庵看来，晚清小说的主要弊病，不在于形式，而在于其精神和思想上的病态。旧派小说要么过于暴力，要么过于优柔。新派小说则无视现实的规则或者思想的界限，如宣扬无政府主义和暗杀，情节荒诞不经，走火入魔，恋情变成了艳情，寓言变成了迷信，趣味低下，因此需要一番精神和趣味上的革新，以"救说部之流弊"。而刘半农也反过来指责柯南道尔和威廉·勒苟的作品"已非小说之正，且亦全无道理"。②

刘半农在《中华小说界》上发表的一部分小说，除了干预现实外，还通过生活中一个个悲剧性的故事，来呈现一种精神上的"正轨"，如《此何故耶》《悯彼孤子》《英王查理一世喋血记》《暮寺钟声》等。

《此何故耶》③ 写波兰革命人士及其家属的遭遇。耶起浮曾经是波兰爱国独立人士，事业受挫后，隐居乡下。一日，老友的儿子弥古尔来拜访，耶起浮以为他是为了大女儿文达来的，然而，一周后，弥古尔不告而别。只有小女儿亚尔平那明白，弥古尔爱上了自己。随后，1830 年波兰又爆发了反俄独立运动，弥古尔参加了战斗。耶起浮和文达都支持。起义失败后，弥古尔被流放。文达嫁给了波兰富人。耶起浮病逝。耶起

---

① 瓶庵：《发刊词》，《中华小说界》第 1 卷第 1 期，1914 年 1 月 1 日。

② 刘半农：《诗与小说精神上之革新》，《新青年》第 3 卷第 5 期，1917 年 7 月 1 日。

③ 半侬：《此何故耶》，《中华小说界》第 1 卷第 11—12 期，1914 年 11 月 1 日、12 月 1 日。

浮夫人和亚尔平那回到家乡。亚尔平那不顾继母反对，追随弥古尔到了流放地，与之结婚，随后有了两个孩子，但孩子不幸患病夭亡。两人正在愁苦怀疑之际，遇到了鲁苏洛——一个为波兰独立而奋斗的人，听他讲述了自己起义失败的遭遇，并受到鼓舞。随后，亚尔平那试图带弥古尔逃离流放地，最终失败，两人在流放地郁郁而终。小说主人公的悲惨遭遇让人同情，但其顽强的斗志和对革命事业的热情，一扫其中阴郁，让人看到了人性中的伟大。

《悯彼孤子》[①]为日本作家德富芦花所作，写一个孤儿的遭遇。一日黄昏，"我"散步遇到秋天子爵家的仆人带着他年幼的女儿芳子散步，随即交代了其身世。芳子的母亲，貌美贤惠，嫁给秋天子爵，生下芳子。然而秋天却是个游手好闲之辈，靠继承财产才过上好日子，整日沉迷于肉体享乐，最终妻子自杀身亡，秋天也病死，芳子便成了孤儿。作者对其表达了深深的怜悯之情。这种怜悯之情，在刘半农看来，就是一种不越常轨的纯正的感情。

《英王查理一世喋血记》描写了英王查理一世被处死前的种种细节，尤其是与下属的对话和举动。刘半农认为，这篇小说表现出了查理一世宽厚、柔弱、平凡的一面，并非什么十恶不赦之人。将国王处死，根本不是解决问题的方法。因此，他在长篇前言中指出，查理一世"昏聩失职之罪，诚不容辞，若必欲置之于死，窃以为过当。昔有明思宗皇帝殉国，论者哀之。谓祖宗造孽，子孙食报，又谓君非亡国之君，臣实亡国之

---

① 半侬：《悯彼孤子》，《中华小说界》第 2 卷第 5 期，1915 年 5 月 1 日。

臣。余谓查理之败，亦半由于乃父之专横，半由于佞臣之用事。读者苟疑吾言，试观其临刑时之举动神情，当亦深惜其愚驽无能，而为之一掬伤心之泪也"。① 刘半农认为，那些一味鼓吹革命的言论，如"炸弹手枪，广座居然暗杀"之类的，根本不是救世之道，反而带来社会的混乱。由此，刘半农对激进变革的思想进行了批判。

《暮寺钟声》② 写一个爱情悲剧。叙述者旅行到英国某村庄，遇到某少女的葬礼。该女子与驻扎在当地的一军官相爱，不料后来军官移驻别处，杳无音信。女子在苦苦的思念中抑郁而终。小说对这位多情女子的不幸表达了同情。而另一篇《卑田院客》③，则写一位痴情男子的不幸遭遇。小说一开始写乡村教师保尔，爱上了餐厅老板女儿罗可德。罗可德的恋人地西亚参军后音信全无。一天下课后，保尔来到餐厅向罗可德表白，并被接受。此时，经常来餐厅长时间逗留的一个乞丐摔门而出。罗可德忽然想起，他的眼神，很像失散多年的恋人地西亚。等她回过神来，乞丐已消失不见。考虑到《中华小说界》对西方"结婚竟可自由"的反对，刘半农可能希望通过这两个"艳情"故事来"醒世"，表达对任何无节制的或无原则的感情的批判。

另外，他在别处发表的《诛心》《终生恨事》《廿六人》等，虽未标注为"哀情小说"，但都哀而不伤，通过一个个悲

---

① 半侬：《英王查理一世喋血记》，《中华小说界》第 2 卷第 8 期，1915 年 8 月 1 日。

② 半侬：《暮寺钟声》，《中华小说界》第 2 卷第 12 期，1915 年 12 月 1 日。

③ 半侬：《卑田院客》，《小说海》第 1 卷第 5 期，1915 年 12 月 1 日。

剧，写出了人物向善的精神。

《诛心》① 被标注为"哲理小说"，写一个盗贼在死刑前夜的梦。白拉白司是一个杀人越货的盗贼，被囚禁在监狱，第二天将被执行死刑。夜里，他听到狱卒谈论自己时，称自己是"一无良心之金壬耳"，随即良心发现。在梦中，一位司心之神对他进行了审判。他辩解说，自己不过是杀人越货，比起那些不动刀子却杀人无数的人好多了。随即，司心之神对他的这一想法进行谴责，认为他是一个心死之人。随后，他又梦见自己被赦免，而让自己的心代替自己接受死刑。他的心被众人剁碎之后，变成了鬼，被天堂、地狱和人间拒绝。他由此体会到了无良心之人身后将面临的痛苦，因此宁愿自己的身体接受死刑，而让心保持完整。梦醒后，他坦然地接受了死刑，以让自己的心灵获得解放。

《终生恨事》写脑雅克见儿子与同伴争斗，遂讲述自己少年时的一桩恨事来教育孩子。脑雅克还是学生时，与出身贫穷、成绩优异的滔穆友好，然而，又受到另一位顽劣的同学，盗猎者的儿子约那司的蛊惑，旷课外出游玩，被滔穆撞见。在老师的逼问下，滔穆交代了实情，于是，与脑雅克交恶。后来，脑雅克略有悔意，打算与约那司的父亲参与一次盗猎的冒险行动以满足好奇之心后，就与滔穆和好。然而，滔穆在帮助母亲劳动时被坍塌的沙土堆掩埋丧命。脑雅克由此悔恨终身。译者最后称赞这部小说"描摹学生心理处，无不丝丝入扣，洵

---

① 半侬：《诛心》，《中华小说界》第 2 卷第 9 期，1915 年 9 月 1 日。

不可多得之作也"。①

　　《廿六人》②（高尔基著）写俄国一饼干厂工人们的生活。他们生活在阴暗潮湿的地下室里，每日醒来，便是单调重复的劳作。只有一位收饼干的姑娘到来，并向大家露出她纯真的微笑时，大家才感到了这个世界的一丝亮色和生命的美好。

　　在以上这些翻译作品中，刘半农都讲求思想和精神的"正轨"。他反对任何有可能破坏社会稳定的激进思想，反对无节制无原则的情感放纵，而希望在人物的挫折和磨难中，表现出对正义、善良和淳朴的坚守。这无疑反映了其保守的一面。

第五节　以"意识情感怀抱"藏纳于文

　　1916 年 10 月，刘半农在《新青年》第 2 卷第 2 期上发表了《灵霞馆笔记·爱尔兰爱国诗人》，介绍了爱尔兰独立运动以及运动中的三位诗人柏伦克德、麦克顿那和皮亚士。刘半农翻译了柏伦克德的《火焰诗》（"The Sparkle"）组诗（七首）和《悲天行》（"I See His Blood Upon the Rose"）组诗（三首）、麦克顿那的《咏爱国诗人》（"On a Poet Patriot"）组诗（三首），以及皮亚士的《割爱》（"To His Ideal"）组诗（六首）和《绝命诗》（"To His Death"）两首。这些诗歌大多歌颂自由和爱国精神，或者慷慨赴死的勇气。如柏伦克德的《火

---

　　①　半侬：《终身恨事》译后记，《中华学生界》第 1 卷第 1 期，1915 年 1 月 25 日。

　　②　半侬：《廿六人》，《小说海》第 2 卷第 5 期，1916 年 5 月 1 日。

焰诗》第一首写道：

> BECAUSE I used to shun
>   Death and the mouth of Hell,
> And count my battle won,
> When I should see the sun
>   The blood and smoke dispel.

我昔最惧死 不

顾及黄泉　自数

血战绩 心冀日

当天 日当天

血腥尽散如飞烟①

（刘半农译）

这些"性灵激荡""激昂慷慨"也显示出了刘半农在翻译上的新变化。对这一变化，我们应作如下认识：

首先，从文体上看，他不再局限于小说和戏剧，也开始翻译诗歌。相比较而言，小说和戏剧故事性更强，更具有娱乐消遣的效果，而诗歌，则抒情性更强，能更直接地表达心声。这表明，刘半农在尝试更为直接地进行自我表达的文学方式。另外，他翻译的这些诗歌，从形式上看，旧体诗词的色彩十分浓厚。而一年多前，远在美国的胡适已经在尝试用散文体来译

———————————

① 刘半农：《灵霞馆笔记·爱尔兰诗人》，《新青年》第2卷第2期，1916年10月1日。

诗，并逐渐开始尝试白话诗歌了。虽然两人的最终目标都是实现自我的自由表达，但刘半农还没有想到诗歌形式的革新。这一方面表明，在文学变革这方面，刘半农还未有特别前瞻性的思考；另一方面，摆脱游戏消遣的文学而自由地表达心声是他这一时期最为关切的。

其次，从发表空间上看，他将这些翻译诗歌发表在《新青年》上，而不是"鸳蝴派"的刊物上，表明他对文学的两种不同走向以及当时文学空间的分野有着清醒的认识。娱乐消遣性是"鸳蝴派"的特色，而注重精神和思想品格的作品，则应该投向《新青年》。

倚徙新旧之间的刘半农，接下来还在《新青年》上延续了"灵霞馆笔记"系列。其中，涉及诗歌的有《拜轮遗事》（第2卷第4期）、《阿尔萨斯之重光 马赛曲》（第2卷第6期）、《咏花诗》（第3卷第2期）、《缝衣曲》（第3卷第4期）等。另外，刘半农也在《新青年》上发表了少量翻译小说，不过，粗略统计刘半农在《新青年》（第1—9卷）上发表的作品（暂不计嵌入"灵霞馆笔记"系列中的诗歌），我们可以发现，诗歌占绝大多数：

	原创	翻译
诗歌	23	27
小说	1	0
戏剧	2	0

可以说，在试图抽身于"鸳蝴派"期间，刘半农的主要精力，逐渐转移到了诗歌创作和翻译上。他还掀起了搜集民歌的

热潮。这表明，诗歌是刘半农所找到的进入新文学的最好方式。

1917 年 5 月，刘半农在《新青年》上发表了《我之文学改良观》一文。在这篇文章中，刘半农主要阐述了"文学"这一概念的内涵。他指出，应该把"文学"和"文字"（一般的书写）区分开来。所谓"文字"，主要目的在于"传达意思"，而"文学"，则是指"以风格上的美感为主要特征的书写类型，比如诗歌、散文、历史、小说，或者美文"（The class of writings distinguished for beauty of style, as poetry, essays, history, fictions, or Belles-lettres）。这两者最大的区别就在于"文字"所包含的"精神"，"在其所记之事物，而不在文字之本身也"，而文学所包含的"精神"，"发生于作者脑海之中"。简单地说，文学与其他形式的书写之间的区别在于，在文学创作中，作者必须有自我的表达，"故必须作者能运用其精神，使自己之意识情感怀抱——藏纳于文中"。① 而这种自我表达，便是"美感"的基础。

在《诗与小说精神上之革新》一文中，他又重复了这一观点。他指出，"作诗本意，只须将思想中最真的一点，用自然音响节奏写将出来便算了事，便算极好"，而多年来的诗歌则偏离了"真"这一原则，为此，"诗的精神上之革新，实在是复旧"。②

---

① 刘半农：《我之文学改良观》，《新青年》第 3 卷第 3 期，1917 年 5 月 1 日。

② 刘半农：《诗与小说精神上之革新》，《新青年》第 3 卷第 5 期，1917 年 7 月 1 日。

刘半农一直渴望在作品中体现自己的"意识情感怀抱"，体现"思想中最真的一点"，而注重娱乐性、消遣性的"鸳鸯派"文学，甚至叙事性强的小说，都不能满足他的这一追求。因此，在进入新文学阵营后开始大规模地创作诗歌之前，刘半农反思了过去的文学道路：

> 我说我们这班人，大家都是"半路出家"，脑筋中已受了许多旧文学的毒。——即如我，国学虽少研究，在一九一七年以前，心中何尝不想做古文家，遇到几位前辈先生，何尝不以古文家相助；先生试取《新青年》前后所登各稿比较参观之，即可得其改变之轨辙。——故现在自己洗刷自己之外，还要替一般同受此毒者洗刷，更要大大的用些加波力克酸，把未受毒的清白脑筋好好预防，不使毒菌侵害进去。[①]

他的这些反省，最为明显地体现在《通俗小说之积极教训与消极教训》这篇论文中。对于自己曾翻译过的柯南道尔，他批判说：

> 侦探小说的用意，自要促进警界的侦探知识；就本义说，这等著作家的思想，虽然陋到极处，却未能算得坏了良心；无如侦探小说要做得好，必须探法神奇；要探法神

---

① 刘半农：《刘半农致钱玄同》（1917年10月16日），见《刘半农文选》，北京：人民文学出版社1986年版，第26页。

奇，必须先想出个奇妙的犯罪方法；这种奇妙的犯罪方法一披露，作奸犯科的凶徒们，便多了个"义务顾问"……①

他甚至指出，有人认为侦探小说的输入造成了上海犯罪率的上升。而这其中的原因，就在于这种小说本身是"消极"的，只能给人"消极的教训"。所谓"消极的教训"，"便是纪述恶事，描摹恶人，使世人生羡慕心，模仿心"，而与之相反，"积极的教训"，"便是纪述善事，描摹善人，使世人生痛恨心，革除心"。而从文学接受的效果来看，"消极的教训"往往被扭曲，成为"做恶人的直观教育"。在这一点上，"鸳蝴派"小说虽也标榜"改良社会""启发民智"，"辅助教育"，但因为沉湎于娱乐消遣，其中的教训传达得不明确，最终反而起到了负面作用。因此，在叙述过程中，作者的主观介入是十分重要的。而这正是刘半农在此前的文学翻译中，通过发挥译者的主体性，所力图解决的问题。

回顾刘半农早期的文字生涯，我们可以看到，在他从"鸳蝴派"走入新文学阵营，成长为一名新文学作家的过程中，翻译是他工作的主要内容。身在"鸳蝴派"大本营的上海，面对新兴的文学市场，刘半农选择以文学翻译作为生计，因而不得不考虑读者的趣味，在选材上注重娱乐消遣效果。不过，他也

① 刘复：《通俗小说之积极教训与消极教训》，《太平洋》第1卷第10期，1918年7月15日。

尽可能地在翻译的过程中，通过解说原文、有意识地选择特定的翻译对象等方式来表达自己的意图，由此，译者的主体性被有效地转换成了文学的主体性，增加了作品的警示教育、批判现实、弘扬正面价值、歌颂美好人性的功能。他的翻译作品中那些生动的人物形象、鲜明的价值取向，不再是源文本在汉语中的重现，而是经由译者主动选择、重新编码后所创造的文化资源。这种翻译的主动性，在一定程度上与他后来提出的"文学"概念所强调的"意识情感怀抱"相一致。他翻译的那些"红男绿女之小说"也由此具有了"文学"的性质。

由此，我们可以说，上海的文学市场为他解决了生计问题，也部分地解决了"理想"问题。就任北大教授和《新青年》编辑后，刘半农不但解决了生计问题，也解决了"理想"问题，终于能按照自己的意愿从事文学活动了。他选择了诗歌这种最能有效实现自我表达的文体，作为进入新文学的途径。由此，刘半农完成了由旧入新的过程。

第八章　世界文学版图中的
艺术与理想

　　1921 年初，文学研究会在北京成立。远在上海的沈雁冰，除和朱希祖、蒋百里仅有点头之交外，与其他发起人均素昧平生，但也被列入了发起者名单，并受命对《小说月报》进行改革，作为文学研究会名义上的会刊。由此，沈雁冰一跃成为新文学阵营的中心人物之一。然而，自 1916 年从北大预科毕业进入商务印书馆编译所以来，沈雁冰还未真正开始文学创作。直到 1927 年，他才以"茅盾"的笔名发表文学作品。在这一段时间里，他的文字工作，主要是编译。

　　一名编译为何突然被新文学的中心吸纳？除了文学研究会与商务印书馆的合作提供的机缘外，沈雁冰本人通过其文字所体现出来的思想和志趣，也是重要原因。由此，全面梳理沈雁冰早期的翻译工作，有助于我们理解他的成长历程以及中国新文学在发生初期所面临的问题及可能的选择。

第一节　培育"社会种子"

　　1916 年，沈雁冰自北大预科毕业后，进入商务印书馆编译所。此时的商务印书馆，还没有形成后来的规模和特色，而只是一家专注于教育的出版机构。十多年前，张元济受夏瑞芳之邀加盟商务印书馆时，就相约"以扶助教育为己任"。① 这一理念深深地影响着商务印书馆的发展方向，其最明显的表现，就是多年来商务印书馆一直以出版教科书为主，同时还翻译出版普及性的社会科学和自然科学著作，并开办了一系列教育机构、经营文具用品的商店等。

沈雁冰最初在这里的工作，也都围绕着"教育"这一宗旨展开。一开始，他在英文部进行了一个多月的阅卷工作，随后，受高梦旦的指派，接替孙毓修翻译美国人谦本图（Frank George Carpenter）的《衣》（*How the World is Clothed*）、《食》（*How the World is Fed*）、《住》（*How the World is Housed*）三本书，由此开始了自己的翻译生涯。

谦本图1855年生于美国俄亥俄州的曼斯菲尔德，是著名的地理作家、摄影家和环球旅行家。他曾到亚洲旅行，1924年逝世于南京。在生命中的最后一年，他出版了记录自己亚洲见闻的 *Carpenter's Geographical Reader*：*Asia* 一书。据孙毓修介绍，谦本图到上海旅行时，亲自将《衣》《食》《住》三本书赠予了他。这三本书分别介绍了衣物、食物和住房的起源、材料、加工、贸易等情况。孙毓修显然是把这三本书作为青少年教育读物来看待的：

盖学校所课之地理有三，曰地文，曰地质，曰政治。

① 张元济：《东方图书馆概况·缘起》，见《商务印书馆九十五年》，北京：商务印书馆1992年版，第21页。

学童所以必授之者，非以广知世界各国之天时风土人情习尚，裨为农者知所播种，为工者知所仿效，为商者知所贸迁也乎？故三种地理之结果，则为人生地理。

在孙毓修看来，这套书的基本特点，就是"纯言人生者也"，即与人生相切合。地理教育的目的，并不是单纯地传播知识，而是为了指导以后的工作和生活。然而，多年来我国却没有如此全面的"人生地理"书："此犹作通鉴者，既记古今治乱兴亡之事，不暇更为通典通考等书，而必待杜君卿马端临一流人为温公补其缺憾。"而现在，谦本图的著作填补了这一空白："今谦君作此，以自弥其缺憾，其愿宏矣。"[①] 不过，因为精力有限，他只译完了前三章，便全部交给沈雁冰负责。沈雁冰对谦本图的著作评价不高，但认为也有可取之处，那就是"文字还流利生动"，"作为通俗读物给青年们一点知识"。[②] 这表明，沈雁冰走上翻译的道路，主要是一种职业行为，而不是被思想和志趣所召唤。

不过，在翻译过程中，沈雁冰也发挥了主动性和创造性，通过大量的增删改易，加入了自己的观点和立场，将原作的教育功能由普及科学知识和指导人生，扩展到了提升精神面貌和情感价值上。大体来说，这些改易可以分为两大类。一类是表达对底层劳动者的同情，可谓"阶级的立场"。如在描述蚕丝

---

① 桐乡沈德鸿编，无锡孙毓修校：《衣食住》（第一册）序言，上海：商务印书馆1918年版，第1—2页。

② 茅盾：《我走过的道路》（上），北京：人民文学出版社1997年版，第125页。

的成形时，译者发挥道："计合千一百茧之丝，乃成生丝一磅。然则吾人之遍身罗绮者，正不知合几许可怜虫之惨淡经营，又不知费几许桑女蚕妇，晨昏劬劳，乃成之也。遍身罗绮者，不是养蚕人之句，能勿慨然。"① 在讨论水稻种植时，译者又加上了这样的话："盖农之劳苦，莫过于种稻者。粒粒盘中米，滴滴农人汗。其价固宜贵也。吾国赤贫之人，乃不能数米为炊，而代以黍稷。"② 另一类改易则可谓"民族的立场"。这其中，既有对中华文明的赞赏，也有对当下中国的忧虑。比如，在介绍织布和制衣的历史时，沈雁冰特别提醒："西人知织羊毛以为布。其事已古。然较之我国发明蚕桑，则又瞠乎其后矣。"③"我国开化最早。欧人批毛饮血之时，我国圣王垂裳而治天下久矣。"④ 在提升民族自信心的同时，他又对中国在世界经济格局中的地位表现出了忧心，如在讨论丝绸贸易时，译者写道："中国进口货，多于出口数倍。而出口中之丝，则西人织为奇巧之缎，还售之中国，又倍蓰之利焉。欲求金钱之不外溢，生计之不日艰，又安可能也？此所以自通商以来，中国感受外来经济势力之压迫，日甚而月深也。"⑤ 在这里，沈雁冰不但加入了自己的评论，而且用译者的主体明确地取代了原作者的主体。在不能自主选择翻译对象以达其志的情况下，沈雁冰通过翻译过程中的创造性改变，巧妙地表明了自己的立场，使科普

---

① 桐乡沈德鸿编，无锡孙毓修校：《衣食住》（第一册），第78—79页。
② 同上书，第48页。
③ 同上书，第66页。
④ 同上书，第187页。
⑤ 同上书，第34—35页。

著作不但成为传播知识的工具，还明确发挥了情感和精神教育的作用。

在翻译完《衣》《食》《住》之后，商务印书馆国文部朱元善又请求高梦旦安排沈雁冰协助其编辑《学生杂志》。当时朱元善同时负责主编《学生杂志》《教育杂志》和《少年杂志》。这几种杂志的读者，也主要是青年人。朱元善主要从日本的教育杂志中选择文章作为稿源，请人编译后刊登。在此时，他还订阅了《青年杂志》（《新青年》）作为把握社会思想动向的参考，并从中受到启发，萌生了革新杂志的念头，于是授意沈雁冰撰写了革新宣言。

这篇革新宣言就是《学生与社会》。在这篇文章中，沈雁冰指出，"学生为一国社会之种子，国势之强弱，固宜社会之良窳为准，而社会之良窳，又以其种子之善否为判"，而如果我国"欲长保此国力而益进于文明，则非社会种子之悉能尽职，悉能胜任不可"。为此，他向作为"社会种子"的青年学生提出了这样的希望：

> 学生时代，精神当活泼，而处事不可不慎；处事宜乐观，而于一己之品行学问，不可自满；有担当宇宙之志，而不可先事骄矜，蔑视他人。尤需要有自主心，以造成高尚之人格，切用之学问，有奋斗力以战退恶运，以建设新业。①

---

① 雁冰：《学生与社会》，《学生杂志》第 4 卷第 12 号，1917 年 12 月 5 日。

随后，他又在《一九一八年之学生》这篇文章中，再次将对青年学生精神修养上的要求细化为"革新思想""创造文明"和"奋斗主义"。① 沈雁冰的这些针对青年的号召，很容易让人联想到陈独秀的《敬告青年》等宏文中对青年的几大要求。

在对青年进行精神和思想启蒙这一基本思想框架下，沈雁冰将主要精力放在了编译工作上。这些作品可以分为这样几大类：

第一类是科普作品或科幻小说，如《二十世纪后之南极》（《学生杂志》第 5 卷第 7 号，1918）、《小儿心病治疗法》（《妇女杂志》第 6 卷第 1 号，1920）、《时间空间的新概念》（《学生杂志》第 7 卷第 7 号，1920）、《关于生命现象本质的新理论》（《学生杂志》第 7 卷第 10 号，1920）、《火山——地球上的火山月球上的火山和实验室里的火山》（《学生杂志》第 7 卷第 10 号，1920）等。另外还有科幻小说《三百年后孵化之卵》（《学生杂志》第 4 卷第 1、2、4 号，1917）和科普小说《两月中之建筑谭》（《学生杂志》第 5 卷第 1、2、3、4、6、8、9、12 号，1918）。

其中，《三百年后孵化之卵》为英国科幻作家威尔斯的作品。小说写一个探险家来到马达加斯加岛寻找古时大鸟遗卵的经历。在历经艰辛后，他终于获得了几枚，但归途中，他所雇用的几位当地黑奴相继死亡，而自己孤身一人漂流到了一座荒

---

① 雁冰：《一九一八年之学生》，《学生杂志》第 5 卷第 1 号，1918 年 1 月 5 日。

岛上，艰难地生存了下来。多日后，一枚鸟卵成功孵化并逐渐长成了一只大鸟，逃入林中，偶尔还与探险家发生冲突。探险家试图通过火烧荒岛的方式战胜大鸟。不幸在搏击中昏迷，却为路过的英国海军所救，最后回到了英国。小说结尾这样写道："余虽归祖国，而吾心转恨恨，以为不如荒岛之乐。彼荒岛乃自由国也，无礼数以拘吾身，无法律以拘吾行。日出而作，日入而息，饥而食，饱而嬉，乃今不可得矣。"由此，在讲述了惊险刺激的冒险故事外，小说还是试图传达一种人生和生活态度，而这也有可能是译者所看重的。

另外一篇《两月中之建筑谭》，系美国作家洛赛尔·彭特（Russel Bond）所著，由沈雁冰和沈泽民合译。小说写两位中学生秦墨和比尔暑假期间在纽约游历的所见所闻。初到纽约时，两人见证了纽约街头的繁华，又近距离观察了消防员灭火的过程。随后，两人又参观了一处高塔修建工地，了解了高塔的建筑知识。再之后，两人又参观了隧道工地，并担任了一个星期的挖掘工人（沙猪），两人还在一场火灾中表现英勇，挽救了工友的生命。他们也对底层工人的生存状况有了切身了解，并产生了深深的同情。最后，两人还参观了吊桥修建工地、军舰船坞修筑工地以及潜艇演习等。小说除了普及科学知识外，还渗透着对社会现实的批判。小说最后交代两位中学生思想上的收获："然则人之不贤不肖，又何常之有耶，不学之人，譬犹无钱入市，我其学乎，惟学可以明道，惟学可以立身，惟学可以养气，我其学乎。"由此，小说明确地表达了激发学生学习热情的意图。

第二类是名人励志故事，如《履人传》《缝工传》《福熙将军》等。根据朱元善的要求，沈雁冰在商务印书馆的涵芬楼图书馆找到了《我的杂志》（*My Magazine*）和《儿童百科全书》（*Children's Encyclopedia*），从中拣选出了《履人传》《缝工传》的材料。《履人传》讲述了鞋匠出身的哲学家威廉·卡莱（William Carey）、宗教活动家乔治·福克思（George Fox）、海军将领克罗斯来·萧物尔（Cloudesley Shovell）以及教育家约翰·邦特（John Pounds）的人生经历，希望广大学生能"效卡莱之好学，百折不回；学乔治之束身，不为众涅；效萧物尔之见义忘生、约翰之贫而好善"。① 而《缝工传》则讲述了裁缝出身的新教徒殉道者约翰·百特培（John Badby）、绘制了英国地图的史学家约翰·思批特（John Speed）、捉拿查理一世的卫兵乔治·裘安斯（George Joyce）以及为解放黑奴而奔走的社会活动家约翰·胡耳门（John Woolman）与乔治·汤姆生（George Thompson）的义举，以期在"叔世风教扫地，礼义废弛，滔滔颓流，不知所底"的时代，有人能够"励志高抗，一言一行，可以风薄俗，惩邪忒，而救陷溺之人心"。② 《福熙将军》则讲述了"一战"期间协约国军总司令福熙将军（Ferdinand Foch）的"摧德奥之武力主义而伸大义于天下"的英勇事迹，表达了对英雄的歌颂之情。③

第三类是哲理性的作品，如《求幸福》（《学生杂志》第5卷第10、11号，1918）、《地狱中之对谈》（《学生杂志》第6卷第2号，1919）。

---

① 雁冰：《履人传》，《学生杂志》第5卷第4号，1918年。
② 雁冰：《缝工传》，《学生杂志》第5卷第9号，1918年。
③ 雁冰：《福熙将军》，《学生杂志》第6卷第1号，1919年。

其中，剧本《求幸福》写"老年"想要寻找"幸福"。"经验"告诉他应该通过"真理"去寻找，而"财"则认为可以在"声色"那里找到。于是一行人来到"声色"那里，结果老人不但没有找到"幸福"，反而被"邪心"引到了"死"那里。老人于是悔悟，决定听从"经验"的劝告，去寻找"真理"。另一部剧本《地狱中之对谈》系萧伯纳所作，以唐西恩（唐璜）与恶魔的对话构成。唐西恩说自己找不到快乐，因为人类都没有脑子，被生活中的劳苦和贫困压制着。而恶魔却告诉他，人类有了脑子也不会有什么好结果，因为大家都把智慧用在制造杀人工具上了："老天公所有的什么瘟疫呀，饥馑呀，种种杀人利器呀，他们全会用化学的力量，用机械的力量来制造了。"而发明这些杀人工具的人，"也就是那甜蜜蜜的名字，叫什么正义呀，义务呀，爱国呀等等的人。自有了这一种制度，便是那聪明一些的人，本来有慈善心肠的，归根反变了个破坏中的尤破坏了"。沈雁冰在前言中说："全节所言，大率为说明天上冥想之乐，及人间世之惨酷，而又昌言世人对于地狱之误解，以为人间乃真地狱耳。是篇仅摘译关于人间世之惨酷一节，其前所记天上冥想之乐及后所言地狱误解云云，皆舍之。读者即此，已不难见 Bernard Shaw 所抱之主义矣。其嫉恶战争之情，畅说无遗；尤足为当今之好战者下一棒喝。"[1] 不难看出，这两个剧本的教育意义都十分明显。

总的看来，沈雁冰这一阶段的编译作品，不管是普及科学

---

[1]　四珍（沈雁冰）：《地狱中之对谈》，《学生杂志》第6卷第2号，1919年。

知识，提升精神面貌，还是传播人生哲理，都是为了教育青少年学生，培育"社会种子"，因而倾向于通过翻译传递某种价值。这与商务印书馆的经营理念以及《学生杂志》的办刊宗旨相一致。尽管他在编译过程中，通过增删改易，在一定程度上传达了自己的思想，但他的编译工作主要还是一种职业行为。到此时，他还不能够按照自己的心愿选择翻译对象，甚至可能连通过翻译来实现自身的文化理想这一愿望都还没有形成。他要真正成长为翻译家，还需要突破《学生杂志》的种种限制。

第二节 知识与价值：
多重空间之间的纠葛

1919 年 8 月 20 日，沈雁冰在《时事新报·学灯》上发表了翻译小说《在家里》（契诃夫著）。小说写一个叫 Vera 的姑娘从都市回到了乡下的家中。家里只剩下姑母和祖父两位亲人了。一家人依靠强势的姑母所经营的工厂为生。在乡下，Vera 感觉到与整个环境格格不入，繁琐的事务和无趣的农民都让她感到厌倦，连她的姑母介绍给她的 Neshtchapov 医生，也让她感到厌倦："他们好像不知什么是祖国，是宗教，是公共利益。有时候他们讲文学或者其他的抽象问题，那就从医生 Neshtchapov 的脸上看得出来：对于这种问题，他是无论如何不会有兴趣的，而且久矣他不读什么东西，也正想不读什么东西。"由此，Vera 陷入了无尽的苦闷中："我做什么？我到哪里去呢？"终于有一天，她由于情绪突然失控，殴打了仆人。随后，她跑到野地里反省了自己，并决心改变。最终，她决定嫁给医生，并留在工厂里，开始新的生活："她要留心屋子里的事情，看护乡下人，在学校里教书，凡是她一辈的女人所做的事，她都做。"她还重新找到了人生的意义："人生在世，只合放弃一己的生活，将自己混入这无边无际，永久无穷，庄严的草地里，和他那花，他那古代的坟墓，他那很远的天空做一起，这样方才对……"小说写出了一个读书人在现实面前的妥协和顺从，但这种妥协和顺从从主体一方面说却是"放弃一己的生活"，突破精神界限，实现了更大的自由。这篇翻译小说的发表，对沈雁冰来说具有不同寻常的意义：首先，他开始在《学生杂志》之外发表作品了，这意味着他有可能摆脱这份杂志的种种限制，而获得传播自己的思想和价值观念的新空间；其次，他可以按照自己的意愿选择翻译对象了。与此前在《学生杂志》上的那些翻译作品相比，《在家里》没有明确而直接地向青少年学生传达某种教谕，而是以丰富的细节和心理描写见长，而且面对的也是更为广泛的读者群体。这意味着沈雁冰的翻译事业，由职业行为向"志业"转变。

对这一转变，沈雁冰曾经这样追忆："'五四'运动爆发了，在它的影响和推动下，我开始专注于文学，翻译和介绍了大量的外国文学作品。《学生杂志》不适合刊登的，我就投稿给上海的《时事新报》的副刊《学灯》。……由于我常在《学灯》上投稿，《时事新报》的主编张东荪办《解放与改造》时就约我写文章。"① 这段话表明，在入职商务印书馆近三年后，

---

① 茅盾：《我走过的道路》（上），北京：人民文学出版社1997年版，第148页。

沈雁冰的职业发展迎来了新的空间，但也面临着一定的束缚，需要他作出选择。在此，我们需要注意的是：一、在五四运动的影响下，他开始翻译什么样的文学作品；二、为什么他喜欢的作品有些却不适合刊登在《学生杂志》，《学生杂志》对他的志趣和抱负到底有着怎样的限制；三、张东荪所主持的两个研究系的刊物，为什么能成为他的新选择。

首先，激发沈雁冰翻译热情的，是俄罗斯文学。五四运动前后，俄国十月革命在中国知识界引发了一阵介绍俄罗斯社会、思想和文学的热潮。这其中，《新青年》属急先锋。沈雁冰很早就接触到了《新青年》杂志。李大钊的《庶民的胜利》《我的马克思主义观》等文章都引发了他对俄罗斯文学的强烈兴趣。他承认："从一九一九年起，我开始注意俄国文学，搜求这方面的书。这也是读了《新青年》给我的启示。"① 为此，他为《学生杂志》撰写了《托尔斯泰与近日之俄罗斯》一文，介绍了俄国文学和托尔斯泰的基本情况。在他看来，英、法、俄是西方世界的三大代表。在十五六世纪，英国因为其立宪政治而成为那个时代的代表；随后，在 18 世纪，法国人因为其共和思想而成为这个时代的代表；而到了 19 世纪，"俄人思想一跃而出始兴之时代，亦即大成之时代。20 世纪后数十年之局面，决将受其影响，听其支配。今俄之 Bolshevism 已弥漫于东欧，且将及于西欧。世界潮流澎湃动荡，正不知其伊何底也"。② 他认为俄罗斯文学代表了新的世界潮流。而正在寻求摆

---

① 茅盾：《我走过的道路》（上），第 146 页。
② 雁冰：《托尔斯泰与今日之俄罗斯》，《学生杂志》第 6 卷第 4 号，1919 年 4 月 5 日。

脱历史危机的中国知识分子，对世界的发展潮流，不可不随时保持关注。出于这一意图，他翻译了托尔斯泰、契诃夫、高尔基、萨尔蒂科夫、库普林等俄罗斯作家的作品。

而为什么这其中的有些作品，不适合刊登在《学生杂志》呢？我们首先来看看此时他发表在《学生杂志》上的另一部俄罗斯文学作品《活尸》。

《活尸》系托尔斯泰的剧本，1920 年刊于《学生杂志》第 7 卷第 1—6 号。该剧写丽莎与维克托之间的情感纠葛。两人青梅竹马，但后来丽莎嫁给了菲地亚。婚后，菲地亚发现丽莎真正爱着的是维克托，为了成全他们，整日在外赌博饮酒，与歌女厮混，并提出离婚。而根据宗教里的训条，离婚对一个女人来说是一种罪恶。而维克托的母亲，也认为一个离婚的女人是不洁的，因此，坚决反对维克托与丽莎相爱。菲地亚为了让丽莎和维克托在一起，决定自杀，并在自杀前让朋友带了一封信给丽莎，表达了成全她与维克托的意愿。但一位朋友突然到来阻止了菲地亚自杀。从此，菲地亚隐姓埋名地生活。而丽莎也和维克托结婚了。突然一天，菲地亚在酒后向人讲述了自己的经历。此人立即向警察报告，于是丽莎被起诉犯有重婚罪。为了让丽莎免受重婚罪处罚，维克托在庭审期间自杀身亡。沈雁冰指出，这个剧本最明显地体现出了所谓"托尔斯泰的主义"。这种主义包括三个方面："第一是劳动主义。……只吃了不做工——或做那些不生产的事，——是最可耻的"；"第二就是他所主张的爱他主义。托尔斯泰的爱他主义，就是不肯因为自己的方便，去损害别人的快乐。就使自己的方便是正当的，也不肯"；"第三便是他的爱情见解。……他当情是神圣非凡的东西。不但要高贵，而且要真挚。"① 虽然这是一出感情戏，但在沈雁冰看来，剧本可以"给少年当头棒喝"，教育意义十分明显，因而，适合发表在《学生杂志》。

到此，我们可以看出，沈雁冰在翻译对象的选择上，面临着知识生产还是价值传达的问题。《学生杂志》有意影响和改造读者，偏重价值的传达，而这似乎不是沈雁冰从事文学翻译的全部动因。他将那些"《学生杂志》不适合刊登的"作品，投向张东荪主编的两个"研究系"的刊物，就可以理解了。

所谓"研究系"，是指在反袁斗争后形成的一个政治派别。它的前身为进步党，但护国战争后，该党分裂为三派，分别以孙洪伊、梁启超、汤化龙为首领。1916 年 8 月，汤化龙一派成立了宪法案研究会。9 月，梁启超一派则成立了宪法研究同志会。很快，汤、梁的两个组织就合并为宪法研究会，人称"研究系"。其主要舆论阵地为北京的《晨钟报》和上海的《时事新报》。1918 年，梁启超、蒋百里、张东荪等又在宪法研究会的基础上成立了新学会，以《解放与改造》为会刊。在历次政治斗争中，"研究系"的政治倾向和组织形式有不少变化，但其研究学理的风气却一以贯之。如宪法研究会就主张"以自由精神，按国情，察外势，据学理以研究宪法案，以期成良宪为宗旨"。② 1917 年，张东荪接替张君劢担任《时事新报》主笔后，也大量刊登介绍西方各种学说的文章。1918 年成立的新学会更是明确地表示以"研究世界新思潮新学说"③ 为基本宗

---

① 雁冰：《活尸》译者序，《学生杂志》第 7 卷第 1 号，1920 年 1 月 5 日。
② 《宪法案研究会之宣言及简约》，《晨钟报》第 2 版，1916 年 9 月 2 日。
③ 张东荪：《新学会宣言书》，《解放与改造》第 1 卷第 1 号，1919 年 9 月。

旨。该学会的会刊《解放与改造》也"主张解放精神物质两方面一切不自然不合理之状态，同时介绍世界新潮以为改造地步"。而其所介绍的"世界新潮"，范围极广，"凡关于哲学，心理学，社会伦理，政治，经济，教育，法律，生物，文学等著述，与前项宗旨相符者，皆所欢迎"。① 由此，我们不难看出"研究系"的两个刊物对沈雁冰所具有的吸引力：

一方面，这两个刊物所涵盖议题的广度、研究问题的深度，是单纯以教育青少年学生为主要目的的《学生杂志》所不具备的。

另一方面，其"研究世界新思潮新学说"的主张，与沈雁冰对翻译的认识相一致。他在《学灯》上发表的《我对于介绍西洋文学的意见》一文，清楚地表明了这一立场："多译研究问题的文学固然是现社会的对症药；新思想宣传的急先锋，却未免单面；只拣新的译，却未免忽略了文学进化的痕迹。……治哲学的倘然不先看哲学史就看古来大哲学家的著作，不晓得以前各家本体论的说头怎样，现在研究到怎样，价值论知识论又怎样，而只看现代最新的学说，则所得的仍只是尝试，不算是研究。文学自然也是如此的。"② 在他看来，仅仅考虑文学作品所反映的社会问题、思想，或者仅仅考虑其时代性，都是不妥当的。文学翻译就应该以"研究"的态度，根据欧洲文学发展的历程（从古典主义一直到新浪漫主义），进行系统的介绍。在《对于系统的经济的介绍西洋文学的意见》一文中，他主张

---

① 《本刊启事一》，《解放与改造》第 1 卷第 1 号，1919 年 9 月。

② 冰：《我对于介绍西洋文学的意见》，《时事新报·学灯》1920 年 1 月 1 日。

不但要翻译"切要"的西洋文学，还要翻译"系统"的西洋文学思潮史，而在发表翻译作品时，尤其要考虑知识的普及：

> 国人（普通人）对于西洋文学的派别源流，明白的很少，各文学家的生平和著作的特色，明白的也很少，所以我以为最好介绍一篇的时候，附个小引，说明这位文学家的生平和著作；如其那篇东西是有特别意思的，或作者因特别感触而作的，最好在小引之外，再加一个序……①

事实上，这一时期沈雁冰大量的翻译作品，都是带有小引或序的。这与研究系的主张在形式上是十分契合的。因而，他发表在《学灯》和《解放与改造》上的大部分翻译作品，如《新偶像》《市场之蝇》《广义派政府下的教育》《I. W. W. 的研究》等政论，并不能直接说明沈雁冰接受了尼采主义、无政府主义、布尔什维克的思想；同样，《在家里》《他的仆》《情人》《一段弦线》《卖诽谤的》《方卡》《一个农夫养两个官》《暮》等也不能证明他接受了作者的思想和价值观。在介绍这些作品时，他所表现出来的基本态度还是以知识介绍为尚。

与此同时，沈雁冰也在商务印书馆内部拓展发表空间，那就是向《东方杂志》投稿。《东方杂志》作为商务印书馆影响力最大的刊物，虽经历了徐珂、孟森、杜亚泉、钱智修等多任主编，而且各主编的思想和编辑方针也有差异，但揭示西方文

---

① 雁冰：《对于系统的经济的介绍西洋文学的意见》，《时事新报·学灯》1920 年 2 月 4 日。

化的缺陷并力图发扬东方文化的优点这一基本立场，则一直延
续着，尤其是在杜亚泉时期。在纷纷主张西化的思想大潮中，
杜亚泉则坚持对西方文化进行批判性吸收的立场。比如，在分
析"一战"的根源时，杜亚泉指出，西方文明早已走上了歧
途："然自十九世纪物竞天择之说兴，而利己主义、重金主义、
强权主义、军国主义柜继迭起，于是金权兵权乃藉此学说，席
此时机，愈益猖獗。非复法律道德所能遏制。"① 而与追求金钱
和强权的文明相比，我国的文明则"以自然为善"，"对于自己
求其勤俭克己安心守分"，"道德上不但不崇拜胜利，而且有蔑
视胜利之倾向"，为此，他坚信"吾国固有之文明，正足以救
西洋文明之弊，济西洋文明之穷者"。最终，他提出"调和
论"："两文明相互接近，故抱合调和，为势所必至"。② 在此
背景下，杜亚泉特别注重介绍 19 世纪末 20 世纪初的西方新思
潮，因为这些思潮都针对西方 19 世纪以来的文明所显露的弊
端进行了批判，如社会主义、国家主义等。如他翻译的幸德秋
水的《社会主义神髓》，就批判了资本主义工业革命以来随着
物质财富的极大增长而出现的贫富分化和社会矛盾加剧的现
象。另外，杜亚泉还介绍了叔本华的唯意志论和般哈提的主战
论中的国家主义，并认为提倡国家主义，有助于中国从弱肉强
食的世界格局中重新崛起："自固国基，精力内蕴，自不患无

---

① 　高劳（杜亚泉）：《金权与兵权》，《东方杂志》第 15 卷第 5 号，1918 年 5
月 10 日。
② 　伧父（杜亚泉）：《静的文明与动的文明》，《东方杂志》第 13 卷第 10 号，
1916 年 10 月 10 日。

胜人之处。国家主义，无有稳健于此者。"①

很明显，与《学生杂志》一样，《东方杂志》也具有清楚明确的立场，特别是在批判 19 世纪西方物质文明和科学至上主义这一问题上。而沈雁冰在这一时期非常感兴趣的欧洲社会思潮如无政府主义、社会主义，以及文学思潮如写实主义、新浪漫主义等，也都或隐或现地含有对西方 19 世纪文明的批判。由此，他的译文《巴苦宁和无强权主义》《俄国人民及苏维埃政府》，以及翻译文学作品如《为母的》《心声》和剧本《沙漏》《和平会议》《遗帽》《市虎》等，能在《东方杂志》上发表，就可以理解了。

不过，沈雁冰似乎在有意淡化自己的价值倾向，而特别强调"研究介绍"的中立立场："那时，二十世纪才过了二十年，欧洲最新的文艺思潮还传不到中国，因而也给了我一个机会对十九世纪以前的欧洲文学作一番系统的研究。"②他在《东方杂志》上发表的《现在文学家的责任是什么？》一文，也重申了自己是采取"研究"的立场进行翻译的。他指出，当时许多作家争相标榜"表现人生""宣传新思想"，把黑幕小说称为"莫泊桑主义小说""写实小说"，甚至将来有可能把《封神榜》称为神秘派，把《镜花缘》《草木春秋》称为表象派。对这种知识上的混乱，必须"辟邪去伪"。这就对翻译家提出了要求：

① 高劳（杜亚泉）：《国家主义之考虑》，《东方杂志》第 15 卷第 8 号，1918 年 8 月 10 日。

② 茅盾：《我走过的道路》（上），第 150 页。

所以我以为现在文学家的责任是在将西洋的东西一毫不变动的介绍过来；而在介绍之前，自己先得研究他们的思想史，他们的文艺史，也要研究到社会学人生哲学，更欲晓得各个名家的身世和主义。不然，贸然翻译出来，译时先欲变原本的颜色，译成后读的人读了一遍又要变颜色，那是最可怕的！①

他不但提出要忠实地翻译西洋的文学作品，还要系统地介绍作家的生平和思想，以及整个西洋的思想史、文学史、哲学史等。只有这样，才能真正了解西洋文学的本来面貌，从而避免知识上的混乱，揭穿那些盲目追赶时髦、胡乱标榜的投机者。

除了按照朱元善的旨意为《学生杂志》撰稿外，沈雁冰还为朱元善主编的另一份刊物《教育杂志》编译稿件。《教育杂志》创刊于1909年，是朱元善手下的另一份教育类刊物，主要探讨中小学教育理念、管理和方法并介绍新式教科书，面对的读者群为中小学教师和管理者。他在《教育杂志》上发表了自己翻译的瑞典作家拉格洛夫的小说《罗本舅舅》。② 小说写80年前，一个叫罗本的孩子坐在石阶上，受凉后夭折了，随后，他的母亲就以此来告诫女儿不要坐在石阶上。虽然女儿从未见过这位夭折的哥哥，对他的传说半信半疑，但在长大后有

---

① 佩韦：《现在文学家的责任是什么？》，《东方杂志》第17卷第1号，1920年1月10日。

② ［瑞典］拉绮洛孚：《罗本舅舅》沈雁冰译，《教育杂志》第14卷第3期，1922年3月20日。

了自己的孩子时，却又以罗本舅舅的遭遇来告诫自己的孩子不要做越轨的事情，并添加了许多子虚乌有的细节。就这样，一代又一代的家长们虽然年幼时并不太相信这个传说，但都在成为父母之后，用它来约束自己的孩子。小说似乎在暗示，精神束缚的形成，往往源于宣扬者的功利性追求，而不是真正的信仰，但一种谎言被重复多次，宣扬者也有可能由怀疑转为相信。这无疑对青少年的教育和成长具有一定的启示意义。

除此之外，同时主编《妇女杂志》的王蕴章，也邀请沈雁冰为他的杂志编译稿件。创刊于 1915 年 1 月的《妇女杂志》，力图"捄正匡迪""尚柔"和"孤偏"传统女学，塑造新的女学①，因而，一开始都是"提倡贤妻良母主义"。而在五四的冲击下，王蕴章也试图"改弦易辙"，提倡妇女解放。沈雁冰应邀在上面发表了一系列有关妇女问题的政论。他的《妇女解放问题的建设方面》《妇女教育运动概略》等文章，提出了妇女解放的一些建议。比如，他认为，妇女解放应该从家庭、教育和职业三方面着手。在家庭方面，应该提倡公厨和儿童公育，废除大家庭和小家庭；在教育方面，应该多建设妇人学校；而在职业方面，他主张将各家的家务事合并起来交给专门的机构完成，省出人力从事其他工作。②

他还在《妇女杂志》上发表了翻译小说《强迫的婚姻》（第 6 卷第 1 号，1920 年 1 月 5 日）、《结婚日的早晨》（第 6 卷第 2 号，1920 年 2 月 5 日）、《情敌》（第 6 卷第 4 号，1920

---

① 《发刊词一》，《妇女杂志》第 1 卷第 1 号，1915 年 1 月 5 日。

② 佩韦：《妇女解放问题的建设方面》，《妇女杂志》第 6 卷第 1 号，1920 年 6 月 5 日。

年4月5日）。这些小说都以婚姻家庭为题材。

《强迫的婚姻》是斯特林堡的短篇小说，写一个叫爱列席夫的少年，自幼丧父，与母亲和几位姨妈生活在一起。他的生活受到了严格的约束，精神极为压抑。15岁时，他爱上了园丁的女儿，但家里人却做主让他和表妹鲁意斯结婚。婚后，他心里总是牵挂着园丁的女儿，而尽力疏远鲁意斯。最后，苦闷的他堕落为一个酒鬼，并变卖了家产以供享乐。小说结尾说："他看到他不幸的根源在家庭——社会组织一般的家庭；不许小孩子独立，到了时候了，也不许小孩独立。他不怨他的妻，伊也不幸，也是这神圣法律条件底下的一个牺牲人！"小说所涉及的婚姻自主这一话题，也正是在五四的热潮影响下《妇女杂志》极力关注的。

《结婚日的早晨》是奥地利剧作家施尼茨勒的作品，系沈雁冰从 Anatol 这部剧中摘译的第七幕。这部分写一个叫阿纳都的男子，在结婚前夜到未来的岳父家中参加晚宴，遇到一个诗人，是未婚妻以前的恋人。在第二天结婚日的早晨，他醒来后想起这一幕一直闷闷不乐，于是，也去寻找自己真正爱恋的一位女伶绮罗纳。在得知阿纳都要结婚后，绮罗纳暴怒不已，而阿纳都趁乱逃脱，去参加他的婚礼了。沈雁冰说："使我们看了这剧本的，不说女伶撒泼，也不骂贵人（即阿纳都）没道德，也不可怜那个等着做新娘的女子，只觉得这种的自由结婚，这种的男女社交公开，实在是虚有其名，黑幕重重！"他认为："男女社交问题——现在的男女社交——在西洋各国已经感着'过'的痛苦，正和我们终归赶着'不及'的痛苦一般。西洋文学家指斥的多着呢！我们欲改造社会，岂可复蹈人间的覆辙！所以我是始终主张对于男女问题，不应该直援西洋的例，亦步亦趋。我们只可以拿他们做的事情做参考，不是仿了样便是做到'男女平等'或是什么'女子解放'了。也不是做到了男女自由结婚，脱去'父母之命'、'媒妁之言'的束缚，便算婚姻问题已得解决！……自然，我不是赞成'父母之命'、'媒妁之言'是结婚的正当办法，但我也不认有些西洋式的结婚，就算解决婚姻问题。这是要郑重声明的。"这一观点，与《妇女杂志》提倡"新女学"而不是盲目照搬西方的立场是一致的。

不过，沈雁冰也力图在夹缝中实践自己介绍西洋文学的意图。他在《妇女杂志》上发表的《情敌》，也是斯特林堡的作品，但并没有直接触及妇女解放的议题。这个剧本写一个 X 女士对 Y 女士的讲话，由 Y 女士曾经疑心 X 女士将她排挤出皇家剧院开始，谈到了 X 女士的孩子、丈夫，以及她丈夫与 Y 女士见面时如何地尴尬、X 女士在生活习惯上追随 Y 女士等。全篇仅由 X 女士一人的独白构成，"所描写者虽然只限于'心理竞争'，全篇不着一句动作话，然而读者由此可影影想见后面所藏之各种'人类命运的活动'，活活出现。我们从 X 夫人一人的说白中，已经晓得他们三个人的命运了。并且晓得三个人的关系和性情；好比读了三厚本大著作"。很明显，这个剧本发表在《妇女杂志》上，可能主要是因为它的题材涉及女性问题。沈雁冰看重的只是它的艺术手法，而不是它本身传达了什么意义。

由此可见，在商务印书馆时期，翻译对于沈雁冰来说存在着"职业"和"志业"的冲突。很多时候，他的翻译是出于职业的要求，但他自己又希望能在翻译中实践自己的理想。为此，他巧妙地利用了商务印书馆出版的多种刊物，在履行职责的同时尽力践行自己的理想。而这一矛盾，随着沈雁冰受命主持《小说月报》的"小说新潮"栏目，以及改组《小说月报》，才得以逐渐消除。

1919 年 11 月，同时主编《小说月报》的王蕴章，又邀请正在帮助孙毓修校对《四部丛刊》的沈雁冰主持"小说新潮"栏目。当时，新文学的声势正逐渐盛大，商务印书馆高层授意王蕴章改革《小说月报》。于是，王蕴章找到了沈雁冰，但不让他插手创作栏，而只让他负责专门刊登西洋小说或剧本的"小说新潮"栏目。沈雁冰为此撰写了《〈小说新潮〉栏预告》，明确表示，《小说月报》的宗旨就是"要使东西洋文学行个结婚礼，产出一种东洋的新文艺来！"为此，他强调"介绍西洋文学，要注重源流和变迁，然后可以讲到现代"。[①] 他指出，西洋小说完成了从浪漫主义到写实主义，再到表象主义和新浪漫主义的发展历程。而我国还停留在写实以前，因此急需介绍西洋新派小说。但他认为，介绍应该偏重于艺术一面，而不是思想一面："文学是思想一面的东西，这话是不错的。然而文学的构成，却全靠艺术。……欲创造新文学，思想固然要紧，艺术更不容忽视。思想能够一日千里的猛进，艺术怕不是'探本穷源'便办不到。"[②] 这仍然是在重复他此前的翻译思

---

① 佚名：《〈小说新潮〉栏预告》，《小说月报》第 10 卷第 12 号，1919 年 12 月 25 日。

② 佚名：《〈小说新潮〉栏宣言》，《小说月报》第 11 卷第 11 号，1920 年 1 月 25 日。

路。不过，作为主编的他，仍然摆脱不了旧势力的影响。当时
这个栏目发表的小说，并不都合乎沈雁冰的心意，如周瘦鹃翻
译的《畸人》（法国 G. 伏兰著）、王蕴章翻译的《放假日子到
了》（泰戈尔著）等。新旧参半的《小说月报》最终两边不讨
好，销量直线下降。这促使张元济、高梦旦下决心进行彻底改
革，而王蕴章也正好引咎辞职。

就在此时，郑振铎等人在北京会晤了张、高二人，提出要
商务印书馆出版一种文学杂志，作为即将成立的文学研究会的
会刊，但张、高二人并不同意出版新刊，只同意改组《小说月
报》。沈雁冰由于在"小说新潮"栏的初步革新工作得到了肯
定，被任命为《小说月报》的新主编，主导改革。在"改革宣
言"中，沈雁冰提出《小说月报》将"更新而扩充之，将于
译述西洋名家小说而外，兼介绍世界文学潮流之趋向，讨论中
国文学革进之方法"。除了重申将大力介绍西洋文学，沈雁冰
还提出了自己介绍西洋文学的立场：

> 同人以为今日谈革新文学非徒模仿西洋而已，实将创
> 造中国之新文艺，对世界尽贡献之责任；夫将欲取远大之
> 规模尽贡献之责任，则预备研究，愈久愈博愈广，结果愈
> 佳，即不论如何相反之主义咸有研究之必要。①

"不论如何相反之主义咸有研究之必要"即是将文学翻译

---

① 佚名：《〈小说月报〉改革宣言》，《小说月报》第 12 卷第 1 号，1921 年 1
月 10 日。

视为一种知识生产行为，抱着客观的态度进行介绍，而不是推广其思想和价值倾向。到此，沈雁冰终于有了一个可以自由施展理想的舞台。

他的这一主张，与文学研究会的主张也有一致性。该会宣言说明了发起这个社团的基本目的：联络感情、增进知识、建立著作工会的基础。这其中，第二项表明了其对于建设新文学的基本主张："研究新文学的更是专靠外国的资料；但是一个人的见闻及经济力总是有限，而且此刻在中国要搜集外国的书籍，更不是容易的事；所以我们发起本会，希望渐渐造成一个公共的图书馆研究室及出版部，助成个人及国民文学的进步。"① 这表明，文学研究会认定自己的主要工作是研究介绍外国文学。其简章第二条将这一意思表达得更为明确："本会以研究介绍世界文学整理中国旧文学创造新文学为宗旨。"② 这里所说的"外国资料""研究介绍"，表明在翻译外国文学时，其重心在于知识的传播。

第三节　主潮之外的世界文学版图

沈雁冰对西洋文学的发展主流曾有这样的判断："西洋古典主义的文学到卢骚方才打破，浪漫主义到易卜生告终，自然主义从左拉起，新表象主义是梅德林开起头来。……一直到现

---

① 《文学研究会宣言》，《小说月报》第 12 卷第 1 号，1921 年 1 月 10 日。
② 《文学研究会简章》，《小说月报》第 12 卷第 1 号，1921 年 1 月 10 日。

在的新浪漫派。"① 而他也翻译介绍了大量自然主义、表象主义和新浪漫主义的作品。不过,他的视野并不局限于此。他主张对西方文学进行"穷本探源"式的系统介绍和研究:"既要借鉴于西洋,就必须穷本溯源,不能尝一脔而辄止。我从前治中国文学就曾穷本溯源一番过来,现在既把线装书束之高阁了,转而借鉴于欧洲,自当从希腊、罗马开始,横贯十九世纪,直到'世纪末'。"② 为此,他先后介绍了古希腊神话、北欧神话、古希腊文学、古罗马文学、骑士文学、文艺复兴时代文艺等。在主编《小说月报》后,他还开辟了"海外文坛消息"专栏,介绍世界各地的文学动态,包括欧洲、亚洲、澳洲、北美洲和南美洲的作家作品和文学运动。他还翻译了不少上述地区的文学作品。这样,他就将欧洲近代以来的浪漫主义、写实主义、表象主义和新浪漫主义潮流之外的文学,带入了人们的视野。这算是沈雁冰对中国翻译文学事业的重要贡献。

在翻译这些欧洲文学主潮之外的文学作品时,沈雁冰非常注重通过单个的文学作品来呈现一国或一民族文学的基本面貌,因此,他常常会撰写译序或译后记来介绍相关的背景知识。

由于注重国家或民族文学的整体面貌,我们可以将沈雁冰所翻译的这些文学作品大致分为这样几类:一是东欧文学;二是北欧和西欧地区的文学;三是拉丁语地区文学;四是犹太民族文学;五是亚洲文学。

首先,在东欧文学方面,他翻译了十余篇短篇小说和剧

---

① 冰:《我对于介绍西洋文学的意见》,《时事新报·学灯》1920 年 1 月 1 日。

② 茅盾:《我走过的道路》(上),第 150 页。

本。从题材上看，这些作品大致可以分为三类，一是反战文学；二是对苦难者的同情；三是对人性的深刻揭示。

从 19 世纪中叶以来，东欧尤其是巴尔干地区，一直是帝国主义列强争夺的重要区域。东欧人民由此形成了深刻而长久的战争创伤记忆。拉兹古的文学则是这种记忆的典型记录。他的《一个英雄的死》（《小说月报》第 12 卷第 3 号，1921 年 3 月 10 日）写一位战死者最后的疯狂和痛苦状态。亚托·卡达的团长在战争中头部负伤后，在医院里接受了手术，但生命垂危，一遍遍地喊着"留声机"。原来，在负伤的时候，他正用留声机欣赏"拉姑柴进行曲"，而另一位士兵梅尔萨的头颅被炸掉，一张唱片飞到了他的头颅处。这一幕萦绕在团长的心头，他的头脑中出现了幻象，一个个头上戴着唱片的人闪现在眼前。他一遍遍地喊着"留声机"，却被医院的人当作疯子，遭到所有人的嫌弃。在斯心裂肺的呼喊声中，团长死去了。另一篇《复归故乡》（《文学》第 141—153 期，1924 年 9 月 29 日—12 月 22 日）也是写战争给人带来的创伤。蒲丹是一位富人家的马夫，和美丽的冯丝珈相爱，后来匈牙利与俄国的战争爆发，蒲丹在"为了祖国"这一号召的鼓动下参军，但不幸在战争中被炸掉了半边脸，变成了一个极为丑陋的人，遭到了人们的嘲笑。在退伍回家的火车上，他一直担心家乡的朋友和未婚妻玛丝珈都不认识他，会嫌弃他。正好在火车上遇到曾经鼓动他加入社会党的驼背米哈利。蒲丹曾经非常瞧不起他。现在，米哈利又向他讲述社会不平等的理论，说只有穷人才上前线保护富人，而富人在后方开兵工厂发大财，还调戏这些士兵留守的老婆和厂里的女工，包括他的未婚妻玛丝珈。蒲丹听闻此事，怒不可遏地痛打了米哈利。回到家乡后，玛丝珈一见蒲丹，被他的面目吓得跑开了。蒲丹提出要和她结婚。玛丝珈则提出这事需要她的老板答应。激愤之中，蒲丹杀掉了她的老板，而他自己也被人打死。伐佐夫的《他来了么?》(《妇女杂志》第9卷第2号，1923年2月1日）则以1885年保加利亚和塞尔维亚之间的战争为背景，写一个母亲的悲惨遭遇。她依依不舍地送儿子上了战场，在担惊受怕中，她收到了儿子的来信，报告自己打了胜仗，并畅想了战后回家的种种场景。母亲在欢喜中，看到保加利亚士兵押着一群塞尔维亚俘虏走来，心里突然想到这些俘虏的母亲也会在家担惊受怕，于是给他们拿来了酒暖身，并在心底里追问："都是上帝的信徒呀……那么他们为什么要厮打呢?"战争结束后，士兵们都陆续回到了家中。母亲在大雪中却再也没有等到儿子回来。而乌克兰作家Lésya Ukráinka的《巴比伦的俘虏》虽属于历史题材的剧本，也写到了战争带来的苦难。一群犹太人被俘虏后，日日遭受着死亡、饥饿和寒冷的威胁。其中一个叫伊利柴尔的歌者，却为敌人的国王唱歌，以换取安稳的生活。当众人指责他时，他辩解说自己是为了搜集情报，意图有朝一日报仇雪恨，因此忍辱负重。乌克兰长期遭受俄罗斯的压迫，沈雁冰认为这部剧本"隐指乌克兰人奴役于强邻之事"。而对于作者的文学地位，沈雁冰介绍说："Lésya Ukráinka 给乌克兰文学以必须的丰富用语，并且引进欧洲文学，以抵抗极端国故论的乌克兰日的衰颓精神。"①

---

① 沈雁冰：《巴比伦的俘虏》译后记，《小说月报》第12卷第10号，1921年10月10日。

对东欧反战文学的翻译，可以上溯到鲁迅和周作人的《域外小说集》。当时，鲁迅翻译过迦尔洵的《四日》和跋佐夫的《战争中的威尔珂》。然而，与周氏兄弟通过翻译来寄托"那种同情于'被侮辱与损害'的人与民族的心情"①不同，沈雁冰是抱着"介绍"的初衷来翻译这些小说的。他分别写了长篇译后记来介绍拉兹古和伐佐夫。沈雁冰特别引用了罗曼·罗兰对拉兹古的评价，认为拉兹古的小说集《战中的人》甚至超越了巴比塞的《火》，因为巴比塞的《火》"是喊出将来的胁迫，但是对于现在却没有'，而《战中的人》"却是审判现在，人类立在证人的厢里，关于'屠杀人者'控诉。……这本书的作者，拉兹古，将来就是第一排的证人，指摘一九一四年人类大耻事开演时人们的狂惝妄念"。不过，沈雁冰还是从知识传播的角度来翻译拉兹古的。他指出，"一战"后产生的战争小说，包括拉兹古的《战中的人》也许具有"永久价值"，然而"中国都不曾译过，实在觉得有些寂寞，我所以译了这一篇"。② 这表明，完成中国人对世界文学知识的拼图，是他翻译拉兹古小说的重要动力。同样，在详细介绍了伐佐夫的生平后，他也高度评价了伐佐夫的文学成就："他的诗和小说，以非常直接而热切的情调，反映出一个受辱的农业民族的悲愤与痛苦，希望与快慰。他生当保加利亚力争自由之时，所以他的著作大都有爱国思想；然而他又是爱好自然，喜和平的诗人，战争的残

---

① 周作人：《现代小说译丛》（第一集）序言，上海：商务印书馆1922年版，第1—2页。

② 雁冰：《一个英雄的死》译后记，《小说月报》第12卷第3号，1921年3月10日。

酷，他是根本反对的。"① 这是对伐佐夫创作的思想、主题、风格的精准概括。

除了战争所带来的创伤外，沈雁冰还特别注意东欧文学中对苦难者的书写。这些人的苦难，主要来自社会的不公。波兰小说家热罗姆斯基的《暮》（《时事新报·学灯》1920 年 1 月 12—14 日）写到了东欧社会底层人所受到的压迫和贫穷的生活状态，而女性在这种社会结构中，则要遭受来自阶级的压迫和男性的暴戾所造成的双重伤害。小说写雇工怀莱克·杰巴为雇主挖掘鱼塘，但被雇主克扣薪水，美好的愿望落空，他将怨气发泄到了帮工的妻子身上。在劳动时，妻子心里总牵挂着留在家里的婴儿，但杰巴不允许她回家看望，并对她拳脚相向，场面血腥残忍。克罗地亚作家卡尔斯基的《茄具客》（《小说月报》第 12 卷第 10 号，1921 年 10 月 10 日），则写到了东欧农村社会的阶级对立以及落后的官僚体制是如何毁掉一个年轻人的人生的。小说的主人公是一位叫姜科的青年。他在黑夜里赶了两个多小时路去与自己的恋人，一个叫茄具客的女子相会。天亮时，两人又不得不分开。因为宗教背景不同，他们的恋情受到了多方阻挠。茄具客的父亲提出，只要姜科从族人那里争取到田产，就允许他们结婚，却又同时准备将女儿嫁给一个叫土奴的有钱人。土奴从中作梗，让姜科与族人的田产官司迟迟得不到解决。茄具客的音讯渐渐少了。姜科终于知道她要嫁给土奴。在婚礼那天，姜科突然提着棍棒出现在婚礼队伍里，然

---

① 雁冰：《他来了么?》译后记，《妇女杂志》第 9 卷第 2 号，1923 年 2 月 1日。

而，在棍棒还没有落在土奴头上时，姜科就疯狂地大笑着跑开了，最后不知所踪。处处碰壁的姜科，由此被毁掉了。沈雁冰则在这篇小说的后记中介绍了克罗地亚和塞尔维亚的历史和文学发展过程，尤其是 19 世纪初克罗地亚的方言运动以及基督教和伊斯兰教在本地区的冲突在文学作品中的反应。他称小说作者卡尔斯基"当是作风近于自然派的作家"，而这篇小说中"虽然充满了本乡风俗，然他那深刻的两性争斗的描画，现代人看了，无有不感动的——不仅仅是一篇恋爱小说而已"。①

　　对战争和社会苦难的书写，使东欧文学充满着哀婉的气息。这种气息也弥散到了其他题材的作品中。捷克作家南罗达的《愚笨的裘纳》则写一个孩子的精神苦闷。裘纳是一个 18 岁的孩子，但身体羸弱，不善言辞，因而常被人嘲笑为"愚笨的裘纳"。在这个世界上，只有他的姐姐关心他，甚至他的母亲和哥哥都嫌弃他。后来，姐姐恋爱了，裘纳开始变得闷闷不乐，最后在姐姐出嫁前夜上吊自杀。沈雁冰在译后记中详细介绍了作者的生平和文学地位，并由此简述了波希米亚新兴文学发展史。他指出，南罗达实为波希米亚新兴文学之父，"为波希米亚新兴文学开了道，筑了基，然后有芙乞立支基（Yarcslav Vrchlicky，1853—1912）、珊区（Svatoplak Cêch，1846—　　）等大家来发扬光大"。②

　　沈雁冰翻译的另外一类东欧文学，则通过不同的世态人心

① 沈雁冰：《茄具客》译后记，《小说月报》第 12 卷第 10 号，1921 年 10 月 10 日。

② 沈雁冰：《愚笨的裘纳》译后记，《小说月报》第 12 卷第 8 号，1921 年 8 月 10 日。

来对人性进行探索、揭露和批判。匈牙利作家密克萨斯的《旅行到别一世界》(《小说月报》第 12 卷第 9 号，1921 年 9 月 10 日) 写一个闭塞的村庄在面临现代新事物的冲击时所表现出来的滑稽可笑的行为。小说里的村民有拒绝远行的传统，其中有个叫保罗·莱迪基的人甚至为了留在村庄而拒绝了皇帝的征召。后来村里通了铁路，村民们对火车进行了各种嘲笑和质疑。突然有一天，传来了莱迪基在远方城里的医院病逝的消息。村民们为他准备好了隆重的葬礼，在火车站列队迎接他的遗体。然而当火车进村的时候，他们并没有发现他的遗体。原来的他的遗体被人送上了另一列火车，他在死后不得不在奥地利国内东西南北旅行了一个礼拜。小说由此对村民封闭保守的传统进行了无情的嘲弄。裴多菲的《私奔》(《小说世界》第 1 卷第 1 期，1923 年 1 月 5 日) 写一位叫安局罗的老人娶了一个年轻貌美的妻子安娜，而安娜却与安局罗的侄儿卡尔暗通款曲，并私奔到了布达佩斯。两人经历了短暂的快乐后，正在为生计发愁时，一个陌生人送来一大笔支票，足够他们衣食无忧地生活一年。然而，六个月后，卡尔就离开安娜回到了叔叔家中。他告诉老安局罗，安娜虽然外表美丽，但内心恶毒，自己实在无法忍受。而老安局罗告诉他，自己也早就受够他了。为了感谢侄儿与她私奔，让自己解脱，他才偷偷让人送去了支票。小说对那种虚假的恋爱进行了嘲讽。

莫尔奈的剧本《盛筵》(《小说月报》第 13 卷第 7 号，1922 年 7 月 10 日) 则将讽刺的矛头对准了上层阶级。某大资本家在家里举行晚宴，他正打算向宾客们讲述自己从一个乡下的贫苦人家的孩子成长为布达佩斯的大资本家的历程时，突然一群警察出现，表示要搜查整个屋子，并要将其带走。这位资本家及其家人被吓得惊慌失措。最后，这位警察脱下了自己的装扮，原来是一位老朋友的恶作剧。而这位资本家再也不敢讲自己的发迹史了。他另一部剧本《马额的羽饰》（《小说月报》第 16 卷第 6 号，1925 年 6 月 10 日）则批判了人性的残酷。剧本由两个小孩的对话构成。男孩彼得病重即将离世，小女孩琼尼却明确告诉他，他就要离世了，希望他能够把铜球和陀螺赠送给她。而这两样东西却正是这个还未理解死亡意义的小男孩最钟爱的。沈雁冰对莫尔奈的生平和文学成就也进行了较为详尽的介绍，并高度评价了他的创作：在艺术风格上，"他是个写实派的作家，但是他又不完全拘泥于写实主义的范围内"，"他的诙谐是尖刻到带着冷气的"；而在主题上，"他剥去了人类行动的表皮，探索他的内心，所得只是'牵于物欲'四个字……若问他们的动机，只是自私，未尝有善或恶的观念"。在人生的洞察方面，莫尔奈是极为深刻的："他的观察是深入肉里的，然而又不杂主见的。"[①] 这两篇作品很好地印证了这一判断。

奥地利施尼茨勒的《界石》揭露了爱情的虚伪。阿纳托尔搜查女朋友爱密丽安的抽屉，发现两颗宝石，感到不快。在刚开始恋爱时，阿纳托尔就嫉妒爱丽安以前谈过恋爱，便将她所有的首饰扔掉了。这一次，他便不断地追问这两颗宝石的来历。爱密丽安向她解释是以前的项链上掉下的。但安纳托尔仍

---

① 冬芬：《盛筵》译者附记，《小说月报》第 13 卷第 7 号，1922 年 7 月 10 日。

然怒气未消，于是爱密丽安告诉他这宝石值 25 万，说完便将其投入了火中。安纳托尔瞬间原形毕露，慌忙从火中寻找宝石。对这些作品，沈雁冰都作了知识性的介绍，尤其是其艺术手法。比如，他指出，施尼茨勒的剧本"只将人生的一二面拣出，用最清楚最斟酌的字，极高妙的艺术方法表现出来"。①

热罗姆斯基的小说《诱惑》（《时事新报·学灯》1919 年 12 月 18 日）书写了一个情感冲破宗教道德束缚的故事。小说写一位苦修中的少年，立志做修道士，在一个夜晚听到一对情人的情歌，见到两人约会的场景，内心的禁锢被打破，认识到了情欲实为人的生命中不可抗拒的力量，只有正视它，灵魂才能获得自由。同样，捷克作家珊区的小说《旅程》（《小说月报》第 12 卷第 10 号，1921 年 10 月 10 日）也书写了情欲之爱冲破理智束缚的故事。小说写"我"在邮轮上遇到一位叫华尔德的德国教授，与他新婚的妻子和侄儿一起到克里米亚旅游。教授是一位过于理性迂腐的人。他总是坚信"人是不快乐的，因为他不满意自己的命运，想象中的快乐总是像在远处似的，不是眼前实在有的。如果有一天他实现了他这梦想便又看出这个已经不是从前所想的那样了"，"我的人生观，我的野心，就在合梦想与实在而为一"。然而，他的妻子和侄儿，却倾向于精神上的自由和现实的声色之乐，"一切的浪漫主义的毒质流布在伊的头脑里"，于是，这位教授"发愿要医好伊这浪漫主义毒"。在旅行前他安排好了一切细节，不容许有任何意外。在船到目的地之前，他一大早将侄儿和妻子叫醒，拿出一大堆

---

① 冰：《界石》小引，《时事新报·学灯》1919 年 9 月 18 日。

书籍和照片给他们讲述克里米亚的历史。忍无可忍的侄儿决心报复，留下了一封信，说自己和华尔德教授的妻子私奔了。华尔德教授慌忙之中四处寻找他们。最终，"我"帮助他们重逢了，而华尔德教授最终发现，自己身上也存在着非理性的爱，由此反省了自己此前的人生观。沈雁冰也在译后记中介绍了作者的文学地位，并由此推及整个捷克的文学风貌："从此地的这篇短篇看来，我们可以推想到那在九十年代风行到捷克文学的颓丧派（广义的）的影响，珊区也是受到的。"[①] 沈雁冰在选择翻译对象时，往往都是这样选择一国具有代表性的作家，通过以点带面的方式，对该国的文学发展史进行介绍。

其次，在北欧和西欧文学方面，他翻译了挪威作家般生（Björnson）和包以尔，以及瑞典作家苏特尔褒格、荷兰作家斯宾霍夫等人的作品。

他所翻译的般生的剧本《新结婚的一对》是一出家庭喜剧。第一幕写阿克尔和罗拉刚刚结婚，与罗拉的父母住在一起。在生活中，他逐渐发现罗拉还是个未长大的孩子，于是提出要让她离开父母，和他一起搬到镇上住。第二幕写罗拉的朋友麦昔尔特为了照顾罗拉，和他们一起搬到了镇上。罗拉隐隐察觉阿克尔与麦昔尔特之间互有好感，打算和父母同去意大利旅游，以成全两人，但对麦昔尔特的背叛也深感失望。最后，麦昔尔特道出了原委，当初她愿意一起搬到镇上来，是想让罗拉能够尽快适应新的生活。而罗拉父母的这次旅行，也是她安

---

① 冬芬（沈雁冰）:《水程》译后记，《小说月报》第 12 卷第 10 号，1921 年 10 月 10 日。

排的，并且她也将和他们同去，但她离开的前提，就是阿克尔和罗拉能够和好。了解真相后，阿克尔和罗拉又和好如初，并且恢复了对麦昔尔特的信任。沈雁冰所看重的，是这部剧本的艺术特色："第一幕内所含的意思在第二幕内明白喊出来，且示一个解决的方法。"①

苏特尔褒格的《印第安水墨画》写"我"从一位少年画家那里得到了一幅风景画，将它展示给一个小烟店的店员，她追问："这是什么意思呢？"在"我"看来，这幅画并没有特别的意思。但我的回答并不让她满意，甚至还受到了她的指责："我再也不苦索人生的意义了——但是这倒不是因为我已经找得了人生的意义。"小说情节简单，篇幅短小，但沈雁冰却撰写了和小说差不多篇幅的译后记，详细介绍了作者的生平、思想和创作风格，称他是"丰富而活动的现代文学界中的首座艺术家"，"他的眼光确实是无伪的，他有从微事中发挥出大道理的本事……日常生活内遇见的种种小事，一到他的笔下就没有一件是太平淡了或太肤浅了，他都可以借这一件事来深深地表达出他所见的人生的毫无意义"。②

包以尔的小说《卡利奥森在天上》（《小说月报》第 13 卷第 4 号，1922 年 4 月 10 日）具有强烈的虚构色彩，写一对贫苦农民夫妻今生和来世的生活。农民彼得和妻子卡利奥森过着普通劳动人的日子。后来，卡利奥森病逝，天使将她带到了天

---

① 冬芬：《新结婚的一对》译后记，《小说月报》第 12 卷第 1 号，1921 年 1 月 10 日。

② 沈雁冰：《印第安水墨画》译后记，《小说月报》第 12 卷第 7 号，1921 年 7 月 10 日。

堂。在那里，她看见那些生前没有实现自己愿望的人，都过上了理想的生活。上帝问她需要什么时，她什么都不需要，只想回到家里。于是，天使又带她回到了家中。她作为一个隐形的人，看到彼得重新娶了妻，自己的孩子受到了后母虐待，然后长大成人各自成家。随后，彼得也病逝了。卡利奥森带着他来到天堂，请求上帝赐给他们一块地和两头牛，和从前在人间一样地劳作并幸福地生活着。沈雁冰在《小说月报》第 12 卷第 3 号"海外文坛消息"栏介绍了包以尔，后又写了《包以尔的人生观》来介绍他的思想，并编写了《包以尔著作英译已出版者一览表》。另外，沈泽民还翻译了《包以尔传》。由此可见沈雁冰对包以尔的推崇。沈雁冰指出，包以尔的人生观，就是"悲观与乐观"都"只是一件东西的两方面"，而两者之间的转换，"全在主观心理上的转移"。而包以尔认为，爱情及其背后的"生之要求"的努力，则可以使人"忘了世界的丑恶，使人负荷重大困苦而不自觉痛苦"。[①]

荷兰作家斯宾霍凸的剧本《路意斯》（《小说月报》第 13 卷第 8 号，1922 年 8 月 10 日）写一个女性的悲剧。路意斯结婚后，受到了丈夫的冷落，整日独守空房。在此期间，一个有钱的老头开始追求她，但都被她拒绝了。他的父亲带着律师来，要将她接回去。一开始，路意斯并不同意，无奈自己的母亲病重，希望她陪伴。于是她答应了。正准备启程时，女仆送来了账单。原来，她赌博输掉了一大笔钱。而此时，那个追求

---

① 沈雁冰：《包以尔的人生观》，《小说月报》第 13 卷第 4 号，1922 年 4 月 10 日。

她的老头又来了。于是，路意斯拒绝了父亲，准备去迎接那个有钱的老头。

犹太文学也是沈雁冰关注的重点。在《小说月报》的首期"海外文坛消息"栏中，他就介绍了犹太新文学的大致情况。他指出，19世纪末犹太新文学的兴起，是世界文坛上值得注意的大事，因为以前人们都认为"犹太既不能于物质上对世界文化尽一份力，精神上更不消说了"，而现在这种观念起了变化，"几乎全世界的大民族都在研究"犹太新文学。他还提到了宾斯奇（Pinski）、阿西（Asch）、考白林（Kobrin）等人。① 后来，他又在《小说月报》第12卷第7号上刊发了厂晶（李汉俊）翻译的日本千叶龟雄的《犹太文学与宾斯奇》一文。该文介绍了19世纪末以来的犹太新兴文学运动，指出亚布拉莫维奇、拉比诺维奇、潘莱士、宾斯奇、阿胥等是这场运动的代表人物。② 随后他又在《小说月报》第12卷第10号上发表了自己撰写的《新犹太文学概观》一文，详细地介绍了阿布拉莫维奇、拉比诺维奇、斯配克托、潘莱士、宾斯奇等人的文学成就。他称潘莱士是"新犹太作家中最好的短篇小说家，而且也是第一个使用严格的写实主义的作家"，又称斯宾奇、阿胥、考白林为"现代的中坚作家"，而宾斯奇的著作"能描写到灵魂的深处，透过现代文明表皮的假面而刺着内在的痛创"。③ 在

---

① 沈雁冰：《海外文坛消息》，《小说月报》第12卷第1号，1921年1月10日。

② 千叶龟雄著，厂晶（李汉俊）译：《犹太文学与宾斯奇》，《小说月报》第12卷第7号，1921年7月10日。

③ 沈雁冰：《新犹太文学概观》，《小说月报》第12卷第10号，1921年10月10日。

这一时期，他翻译了潘莱士、宾斯奇、阿胥、拉比诺维奇的部分作品。

波兰犹太作家潘莱士（Isaac Leib Peretz）的《禁食节》，写一个饥饿的家庭的生活片段。一个冬夜，某穷苦人家的床上躺着四个饥饿的孩子，母亲告诉他们，父亲很快就会买面包回来。然而，最后，父亲并没有带回面包，因为他在外奔波一天，并没有挣到钱。绝望的母亲哭了起来，父亲制止她说，这样会得罪上帝的。随后，父亲告诉孩子们说今天是禁食节，于是孩子们兴奋地唱歌庆祝着节日。沈雁冰为这篇小说写了长篇译后记，介绍了潘莱士的文学地位以及犹太文学的其他主要代表性作家。他还引用了佛洛格的诗歌《沙与星》和《犹太儿童》来说明在犹太文学中，虽然也有坚定的宗教信仰，但也有部分人产生了对宗教的怀疑，"神只教犹太人做了受人践踏的砂粒"。[①]

宾斯奇的小说《拉比阿契巴的诱惑》（《小说月报》13 卷1 号，1922 年1 月10 日）也写了宗教对人性的压抑。小说主人公是一位叫拉比的犹太教牧师。一开始，他立志将犹太教发扬光大，决定禁绝肉欲，离开美丽的妻子，发誓要发展一万两千名门徒才回家。于是他周游四方，在某地经受住了美女的色诱，终于完成了目标，在快到家门时，他听到妻子与人谈论说，自己作出牺牲没有关系，如果丈夫能发展出两万四千名门徒，她会更加骄傲。牧师于是再次出走，突然一天，在山谷

---

① 沈雁冰：《禁食节》译后记，《小说月报》第12 卷第7 号，1921 年7 月10日。

里，他在幻象中受到了一个裸女的诱惑，等回过神来时，他感觉到了"羞愧而卑贱"，"从此以后他不能讥笑那些做下淫罪的人们了"。他的剧本《美尼》（《小说月报》第 12 卷第 8 号，1921 年 8 月 10 日）也写到了宗教信仰的虚妄。战争期间，敌军的士兵就要袭来，某教堂的两位长相丑陋的年迈修女，担心受到侮辱，抛弃了信仰，打算逃走。而另一位年轻貌美的修女，主动留下来，守护长明灯。果然，敌军的两个士兵到来，对她的留守感到震惊，最后还是侮辱了她。而另一部剧本《波兰——一九一九》写战争期间波兰的一个地窖里人们的生活，所有的人都遭受着寒冷、饥饿、死亡的威胁。一个叫拉比的人认为大家遭受折磨只是因为忘记了上帝，而另一个诗人则告诫大家要相信光明终将到来。全剧没有一以贯之的线索，仅由松散的对话构成。沈雁冰认为，这种独幕剧"这样新颖的体裁是宾斯奇所独创的"。虽然剧本简单地"借'人物'的口，宣传自己的主张"，但这篇作品仍然"显示矛盾的人性"，是值得肯定之处。[①]

阿胥的剧本《冬》（《小说月报》第 12 卷第 9 号，1921 年 9 月 10 日）写两姐妹之间的纠葛。一个年老的女人和两个女儿生活在一起。大女儿罗麦 32 岁，小女儿胡茄 20 岁。她一直为她们的婚姻大事发愁。一天，一位媒人来告知，有一位大公司年轻的经理要来相亲。此前，一家人都认为应该先解决大女儿罗麦的问题，但媒人认为，罗麦年龄太大，只有小女儿胡茄合

---

① 希真（沈雁冰）：《波兰——一九一九年》译者附志，《小说月报》第 13 卷第 9 号，1922 年 9 月 10 日。

适，如果错过这次机会，连胡茄也要耽误了。于是，胡茄开始打扮，准备迎接客人。而母亲趁机与罗麦谈话，并劝她也要认真考虑婚姻大事。无奈之下，罗麦表示今晚愿意相亲，于是也开始打扮。这时，她才发现今晚要相亲的是妹妹，于是帮助妹妹打扮。此时，来相亲的年轻经理裘达登场了，而他似乎与罗麦早就相识……沈雁冰认为，剧中写到的两姐妹"是依了犹太人素有的自己牺牲的观念而行动"。正因如此，沈雁冰称阿胥为"希伯来思想的作者"。①

而拉比诺维奇的小说《贝诺思亥尔思来的人》则具有明确的讽刺色彩。小说写"我"在火车上遇到一个阿根廷来的富有商人。他从小在欧洲的一个小镇长大，受尽了欺凌，忍饥挨饿，后来为了逃避一位牧师的控制，渡过大洋逃到了阿根廷的贝诺思亥尔思，在那里经商，成了富翁，受到了以色列教会的表彰。这次，他要回到家乡做慈善事业。家乡的人们已经为他准备好了隆重的欢迎仪式。然而，直到"我"下车，他也没有告诉我他到底做什么生意，只是强调自己："不是喊卖祷告书的！"由此，小说将批判和讽刺的矛头直接对准了宗教。沈雁冰称"他的短篇小说于滑稽之中又含哀痛，于浅露中实含深意，说者比之美国的马托温（Mark Twain）"②。

对犹太新兴文学的翻译，表明了沈雁冰对当时世界文学思潮的高度敏感和超前的眼光。而更值得赞赏的是，沈雁冰还将

---

①　沈雁冰：《新犹太文学概观》，《小说月报》第 12 卷第 10 号，1921 年 10 月 10 日。

②　沈雁冰：《贝诺思亥尔思来的人》译后记，《小说月报》第 12 卷第 10 号，1921 年 10 月 10 日。

目光投向了西班牙和南美地区，较早地向国内读者译介了拉丁语地区的文学。这其中，包括阿根廷的梅尔顿思、智利的巴僚斯、尼加拉瓜的达利哇、巴西的阿赛凡度以及西班牙的作家倍那文德和伐尔音克兰的作品。

梅尔顿思的小说《伧夫》写一对恋人重逢的故事。一位叫乔治的作家在公园里遇到一位落魄的伧夫，经过交谈，才知道他曾经和一个摩尔女郎相爱，因为要陪父亲到意大利疗养而不得不与恋人分开，后来，恋人移情别恋，嫁给了他人。这位伧夫输光了遗产，流落街头。乔治邀请他到家中讲述自己的经历，但临时有事外出，让自己的妻子乌兰丽婀暂时接待他。伧夫到来后，才发现乌兰丽婀就是他曾经的恋人。乌兰丽婀请求他不要再见自己的丈夫，并且不要再自暴自弃下去。伧夫回答说，自己可以不见他的丈夫，但不会放弃目前这样的生活："我乐于这样的生活。这样的生活使我最快乐了！"沈雁冰虽然并不熟悉原作者的状况，但还是撰写了译后记，对阿根廷的文学作了简要的介绍："阿真廷现在也是独立国，但仍用西班牙语；他们的文人虽然含着杂种人的血，但以近于拉丁人种气质者为多。多热情，重意气，是他们生活的主调。"① 这段话可以说是准确地概括了南美人的典型性格，而这也体现在了小说主人公伧夫身上。

达利哇的《女王玛勒的面网》则充满了童话色彩，写天上的神仙分别将大理石、虹的色彩、音律和青天的青色赐给地上

---

① 冯虚女士（沈雁冰）：《伧夫》译后记，《民国日报·觉悟》1921 年 10 月 10 日。

的四个人，而这四人分别成了雕塑家、画家、音乐家和诗人，但他们都不满意于这个世界，进而对自己的艺术感到了失望。于是，女王玛勃从天而降，给他们做了一层面网，使他们"把人生看成玫瑰色的甜梦"。四位艺术家不再失望了，其他的人也沉浸在了这美丽的梦境中。沈雁冰同样为这篇小说撰写了译后记，介绍了作者的大致生平，并称赞作者达利哇为"伟大的抒情诗人"。他又介绍了美洲的西班牙侨民文学运动。他们提倡自由主义和物质主义，而随后，由于法国巴奈西派的影响，象征主义也开始盛行。达利哇即是其中的代表。他还特别指出，南美人是拉丁族与印第安族的混合种，加上生活环境的不同，其性情和思想与西班牙不同，因而需要和西班牙文学区别开来。①

巴僚斯的《爸爸和妈妈》通过描写小孩之间过家家的游戏揭露了在家庭中女性地位低下、在社会中男性受到殖民者和资本家双重压迫的社会现实。沈雁冰在简短的后记中称作者是"南美的智利国现代最大的小说家和戏剧家"。②

阿赛凡度的《最后一掷》写一个赌徒的遭遇。这个赌徒输光了家业，只剩下十个鲁意斯的钱币了，他打算到赌场做最后一搏，赢钱后就到巴黎还清赌债，然后到美洲去，在那里发了大财后再回到欧洲尽情挥霍。果然，他赢了一局又一局。最终让庄家都输光了。然而，周围那些嫉妒和羡慕的人们发现，他

---

① 雁冰：《女王玛勃的面网》附识，《小说月报》第12卷第11号，1921年11月10日。

② 冬芬（沈雁冰）：《爸爸和妈妈》译后记，《小说月报》第13卷第11号，1922年11月10日。

很长时间已经一动不动了。有人去摇动他的身体，他瞬间倒在了自己一夜之间赢来的一大堆金钱上。原来，他早就变成僵尸了。沈雁冰介绍作者称："阿赛凡度却不是执着于废奴的宣传运动的。他立刻找得了自己的路，活泼泼地描写他所看见的人生，说他要说的话"，而且，"曹拉是他的先生，他的小说大都是现实的无怜悯的写照"。而他所看重的，正是这篇作品的艺术特色："此篇未必是他的代表作品，然而用寥寥二千多字描写赌场的空气，因赌倾家的公子的心情，都很深刻，我很喜欢他，所以便翻译了。"①

此外，他还翻译了部分西班牙文学作品，最早的是倍那文德的剧本《太子的旅行》。在 20 世纪 20 年代，新文学阵营内部曾掀起一股倍那文德翻译热潮。除沈雁冰翻译了他的《太子的旅行》外，张闻天还翻译了他的《热情之花》和《伪善者》，胡愈之翻译了《怀中册里的秘密》。另外，沈雁冰撰写的《倍那文德的作风》、赵景深的《倍那文德的幸运与厄运》、张闻天为《热情之花》撰写的译序等，都让读者对这位西班牙戏剧家有了较为全面深入的了解。沈雁冰称，西班牙文学本来就充满着浪漫色彩，后来虽受到法国写实主义的影响，但这种浪漫的基调仍未改变。沈雁冰翻译的这部《太子的旅行》即具有这样的特点。主人公是一位从小养尊处优的太子，生活在童话世界里，幻想着美丽的天仙和完美的爱情。在他心目中，最理想的恋人就是某个国家最小的公主。长大后，他的父亲派遣他

---

① 沈雁冰：《最后一掷》译后记，《小说月报》第 14 卷第 5 号，1923 年 5 月 10 日。

的老师和一位仆从和他一起远游，以增长见识。经过种种危险之后，三人到了另一个王国。这个王国的三个公主都想嫁给她。通过问题测试，他发现最小的公主内心邪恶，反而是二公主最为善良。于是选择了二公主。像神话中那样娶某个王国最小的公主这一愿望就此落空了。最后，太子在众人面前发表了感想："我现在见得我的一切梦想都实现了，因为我相信他们。我已经找到像天仙那样善良的好人……我已经得到了个教训，指导我们为要造出美的世界，必须先梦想着美的世界。光荣哉神话故事！我说他们中间没有一篇是不好的！那些知道怎样把生活做成美丽的故事的人们就是有幸福的人。"这部剧散发着浪漫的色彩，并巧妙地传达出了某种人生哲理。沈雁冰称"倍那文德是个改革家，又是教训者，然而他的著作里并没有严重的显然的教训主义的态度"。[①] 这部剧很好地证明了这一判断。

　　沈雁冰后来还翻译了西班牙作家伐尔音克兰的小说《首领的威信》。小说写一位山区的老向导向"我"讲述往事。在拿破仑统治时期，法国军队经常骚扰西班牙，由此西班牙民间游击队兴起。这些游击队经常被法军和西班牙政府军围剿。那时候，这位老向导也组织了一支游击队。他经常让几个儿子指挥战斗，而自己则到深山里发展队伍。一天，他回到家里，发现妻子被政府军绑在树上，家里一片狼藉。追问之下，他了解到妻子被迫向政府军交代了几个儿子的藏身之处。于是，他将妻子带到一座教堂前枪杀了。小说充满着悲壮的传奇色彩。沈雁冰同样撰写

---

① 沈雁冰：《倍那文德的作风》，《小说月报》第 14 卷第 2 号，1923 年 2 月 10 日。

了译后记，介绍了作者的创作情况。他称："伐尔音克兰的作品内又有着他的家乡人的坚凝残酷的气度。这种蛮性，配合着古传说的阴郁神怪但是幻美的空气，便使伐尔音克兰的作品是一种特别的——茄列西亚的；要翻译出来是不可能的。"①

除了欧洲的、美洲的，沈雁冰也翻译了少量亚洲的文学作品，如印度作家泰戈尔的短篇小说《髑髅》、亚美尼亚作家阿哈洛垠的《却绮》。泰戈尔的《髑髅》写落后的思想和习俗对人性的压抑。"我"是一个医科学校的学生，卧室里有一个供研究用的骷髅。一天夜里，在睡梦中，这个骷髅的主人，一个女子，来寻找她的骷髅，并向"我"讲述了她的故事。她曾是一个年轻貌美的女子，婚后不久丈夫就去世了，但当时的习俗不允许她改嫁。她与哥哥的朋友，一个叫薛茄的医生暗通款曲，但医生却没有勇气向她表露心声。一日，医生突然要借用她哥哥的马车。她通过打听得知，原来医生要结婚了，借用马车去接新娘。得到消息后，她服毒自尽了。最后，"我"也从梦中醒了过来。这篇小说通过一个悲剧故事对社会习俗进行了批判。在小引中，沈雁冰对泰戈尔也作了简单介绍，指出"他的人生观是求美和真的实现；精神自由和活泼便是实现的方法"。②阿哈洛垠的《却绮》写一个寒冷的冬夜，农民们都在屋子里聊天时，一个叫却绮的亚美尼亚人进来了。他的同族人都逃走了，只有他一个人留在这个村子，充当更夫，常常受到歧视。大家谈起前两天冻死的一个村民时，都认为每个人有自

---

① 沈雁冰：《首领的威信》译后记，《小说月报》第17卷第3号，1926年3月10日。
② 雁冰：《髑髅》小引，《东方杂志》第17卷第2号，1920年1月10日。

己的命运。却绮却站起来说，自己不相信命运。于是，他讲述了在亚美尼亚人和克尔支人的一次战斗中，他外出借粮，被一个克尔支人捉住，正要送往警察局。他意识到，自己的死期快到了。但突然之间，他抓住机会，杀死了那个克尔支士兵，得以逃脱。听完此故事，大家都相信却绮"是自己支配自己命运的伟人"，从此不再歧视他了。沈雁冰为这篇小说写了简短的译后记，大致介绍了阿哈洛垠的经历，特别指出亚美尼亚受到土耳其的压迫对他的影响，以及"他许多好短篇小说的背景都是他生身之乡"。①

总的来看，沈雁冰所翻译的这些在文学潮流和地域上都具有"边缘"性质的文学作品，显得零散而不成体系。这些作品的主题和思想，虽都具有积极、进步的色彩，但沈雁冰看重的是其艺术水平及其对中国新文学的借鉴价值。他尤其希望通过翻译让读者尽可能地了解某国或某个民族文学的风貌，在头脑中形成一幅较为完整的世界文学版图。由此，翻译的功能主要是文学知识的生产，而不是价值的传递。

第四节　描写方法的模范：自然主义

沈雁冰在多个地方都反复提到，近代以来，欧洲文学经历了从浪漫主义到自然主义，再到新表象主义、新浪漫主义的发

_____

① 沈雁冰：《却绮》译后记，《小说月报》第13卷第9号，1922年9月10日。

展历程。不过，沈雁冰对浪漫主义采取了拒斥的态度，因为"'浪漫主义已死'的呼声叫彻了东西两欧"。① 他主张从自然主义开始介绍，因为"不忠实的描写方法"是中国文学不发达的原因之一，而相比之下，"自然派描写眼前平凡的事物，件件是真实的"，正好补救这一缺陷。在对待自然主义方面，尽管引起很多争议，但他的立场非常坚定："自然主义在世界文坛上，似乎是过去的了，但是一向落后的我们终归文学若要上前，则自然主义这一期是跨不过的"，中国文学还远未到"自由发展"的阶段。②

这表明，沈雁冰翻译介绍自然主义的作品，看中的是其艺术手法。他的目的，主要是让新文学作家能够学习描写手法。在他那里，可归入自然主义一脉的作家主要分布在法国和俄国，包括高尔基、莫泊桑、契诃夫、巴比塞、斯特林堡、萨尔蒂科夫、库普林、列斯科夫等，另外还有部分东欧、北欧作家。

其中，高尔基的《情人》写"我"隔壁的租户 Teresa，常常让"我"代她给她的情人 Boles 写信，又让"我"以 Boles 的名义给她写回信。而这个情人只不过是她自己虚构出来的。胡适后来也翻译过这篇小说，不过，与胡适看重小说所表达出来的怜悯之情不同，沈雁冰很欣赏这篇小说的艺术特色：

---

① 沈雁冰：《倍那文德的作风》，《小说月报》第 14 卷第 2 号，1923 年 2 月 10 日。

② 雁冰：《文学作品有主义与无主义的讨论》，《小说月报》第 13 卷第 2 号，1922 年 2 月 10 日。

从艺术一面看，这一篇最妙的地方，在描写 Teresa 这个人——马中的主人。我们初读了数页，Teresa 是个卑贱的影子现在眼前；读至终篇，实在只在一二行里，霎的把 Teresa 翻过来，是个高傲的影子，我们满心的可怜又可敬！这是何等的手段！①

小说并没有直接书写 Teresa 的遭遇，而只是通过她找"我"读信、写信的几个片段，将她的遭遇、性格和精神最准确地呈现了出来。沈雁冰看重的不是小说的思想和精神，而是这种独特的艺术手法。这也是他从知识生产的角度翻译外国文学的初衷：

现在为着要人人能领会打算，为将来自己创造先做系统的研究打算，却该尽量把写实派自然派的文艺先行介绍，却更宜注意于艺术一方面；因为观察和思想是可以一时猛进的，艺术却不能同一步子。我见现在有许多新文学，包有很好的理性和观察，却因为艺术手段不高，便觉得减色，所以我相信该先从这一方面著手。②

在他看来，就创造新文学而言，获得素材（观察）和新的思想，并不困难，难的是提高艺术水平。翻译文学的首要目的，不是介绍新的思想，而是介绍其艺术手法，让新文学作家

① 冰：《情人》译者又记，《时事新报·学灯》1919 年 10 月 28 日。
② 冰：《我对于介绍西洋文学的意见》，《时事新报·学灯》1920 年 1 月 1 日。

们学习模仿。

沈雁冰在翻译俄罗斯文学时，还注重以比较文学的视野来加以介绍。比如在介绍高尔基时，他指出高尔基的文学"多半写下流社会的苦况"，而英国的迭更司"总算是个会描写下流社会苦况的文学家了"，但他的作品不亲切，"显然以上流人道下流人苦味"。而且，高尔基的作品与契诃夫的不同。高尔基的作品主要色彩在"写实"，而契诃夫的则有"自然派"的味道。① 他还指出了俄国自然主义与法国自然主义的源流关系："自然主义的本家是法国，俄国德国的自然主义作家明明是受了法国自然主义的影响，然而法国的自然主义并不变成'新镣铐'，俄、德的作家也产出不朽的作品来了。"② 由此，他从对俄国文学的兴趣出发，翻译了俄国的自然主义作品，又循着自然主义的发展线索，回溯到了法国自然主义。

随后，在翻译莫泊桑的《一段弦线》和契诃夫小说《卖诽谤的》时，他继续比较了俄国自然主义和法国自然主义的区别。《一段弦线》写一个叫瓦乞考纳的人，素来节俭，一天在集市上弯腰捡到了一根弦线放进口袋里，却被人误会捡了另一个人遗失的钱包，遭到警察的询问和搜身。他反复向警察和路人申明他只是捡了一根弦线，但无人相信他。第二天，一个农工拾到了钱包，送还给了失主。瓦乞考纳认为自己终于清白了，没料到人们却以为这位农工是他的同伙。他只能像祥林嫂一般不断地为自己辩解，"他重新讲他这件故事，话是一天长

---

① 冰：《情人》译者记，《时事新报·学灯》1919 年 10 月 25 日。

② 雁冰：《为什么中国今日没有好小说出现——复汪敬熙》，《小说月报》第 13 卷第 3 号，1922 年 3 月 10 日。

一天，每天加进新的证明去，更恳切的宣言和更庄严的誓"，然而，"他愈否认，他的辩论愈巧，人家相信的心愈少"，一直到死他都还喊着"一小段弦线"，试图为自己辩白。而契诃夫的小说《卖诽谤的》（《时事新报·学灯》1919 年 10 月 11—14日）也是写众口铄金给人的精神带来的困扰。小说写 Akhineyev 教授在女儿举行婚礼时，在厨房里与厨娘 Marfa 谈话，被 Vanykin 看见并误会为两人在接吻，于是 Vanykin 四处传播谣言，任 Akhineyev 怎样解释，大家还是以讹传讹，就这样 Akhineyev 生活在无法辩白的困境中。在为《一段弦线》撰写的译序中，沈雁冰提到，人们常常将莫泊桑和契诃夫相提并论，因为他们"有客观的艺术手段"，不过两者的差别在于，莫泊桑"总不告诉你他的寄情（sympathy）在那块，你不能知道，只好猜"，而契诃夫"虽然亦不告诉你，但是你却知道，不必去猜"，由此，他指出了法国文学和俄国文学的某种差异："法国文学家的冷风吹到俄国，俄国文学家添上了'人类同情'（Human Sympathy）的热气，便变成俄国的文学。"① 这实际上也表明了自然主义和现实主义的差异，即自然主义更倾向于客观的描写，而现实主义则在客观描写的同时，在一定程度上呈现出作者的现实关怀。他后来所翻译的契诃夫的《方卡》（《时事新报·学灯》1919 年 12 月 24—25 日）写鞋匠学徒方卡给爷爷写信，讲述自己在城里的悲惨生活。在这篇小说中，主人公的同情和对现实的批判之情就更为明显了。

　　确实，沈雁冰所翻译的俄罗斯文学作品，多数都具有明显

① 冰：《一段弦线》译者识，《时事新报·学灯》1919 年 10 月 7 日。

的批判现实的色彩。萨尔蒂科夫的《一个农夫养两个官》写两个俄国官员突然被投放到一个荒岛上，很不习惯没有咖啡和制服的生活，也没有取得食物的技能，只好挨饿。随后，他们抓到了一个农夫，便驱使农夫为他们提供食物，于是，他们过上了比在莫斯科还优渥的生活。后来，他们觉得岛上太无聊，想要回到莫斯科，让农夫造了一艘船，将他们送回去了。① 另一篇《失去的良心》则是一个寓言故事。"良心"遭到了人们嫌弃。一开始，它化身为一片破布，被一个醉汉捡起，于是，这个醉汉立刻反省了自己的过去，十分自责，万般痛苦中，他赶紧将这片破布塞给了开酒店的朋友波洛柯立奇。拿到"良心"后，波洛柯立奇也立刻反省了自己非法卖酒的行为，并劝顾客戒酒，虽然他感到了心安，但他的妻子再也接受不了不能赚钱的状况，于是将"良心"转给了警察卡脱钦。卡脱钦以前喜欢强拿别人的财物，然而获得"良心"后，他立刻转变了，不但赔偿了被他强抢过的商贩，还向一群乞丐施舍饭食。见他举止怪异，妻子找出藏在他身上的"良心"，转给了征税官勃列局斯基。正在和孩子们讨论放高利贷的勃列局斯基一收到"良心"，马上改变了态度，不但反对高利贷，还打算补上以前未兑现的捐款。他也将"良心"寄给了别人。随后，"良心"就在人世间流转着，谁都不愿意收留它。最后，一个商人的妻子提议，将"良心"放入一个纯洁的孩子身体里，等他长大，让

① M. Y. Saltykov：《一个农夫养两个官》，冰译，《时事新报·学灯》1919 年 12 月 27—29 日。

世人不再害怕良心。① 厍普林的《杀人者》写一群人在屋里讨论社会上的暴大。其中的一个人，回忆了自己曾经为了减轻一只受伤的猫的痛苦而执着地将其击毙的经历，并表达了自己的悔恨之情。另外一人则认为，社会中的杀人者更为可恶："在这班杀人者心中，是没有愤怒，没有忧愁，也没有怨恨的，只是因为喋血的早贱疯狂病占据了他们的脑筋，使他们不能休止。"②

　　与上述批判现实的倾向不同，列斯考夫的《蠢人》则树立了一个理想的典型。小说写一个叫潘卡的孤儿，本分老实，长大后做了农奴，曾经替一个犯错的孩子接受惩罚，在克里米亚战争中，又主动参军，在军队里也是勤勤恳恳，任劳任怨。退役后，他到草原做了横霸一方的土豪关甲强的牧马人。关甲强抓住了一个盗马贼，留给潘卡看管。潘卡释放了他，让他重新获得自由，洗心革面。而众人也请求关甲强不要惩罚潘卡，因为"他是个义人"。潘卡说："那个姓关的叫我看守你像看守我自己的灵魂一样。你可知道一个人该怎样的看守他的灵魂么？我的兄弟，他不该专想着他的灵魂不较受伤，他该替'别人'耽待，教'别人'不受损害。"③ 与之相似的，莫泊桑的《西门的爸爸》也写了底层人的美好。小说写一个叫西门的孩子，因为被同学嘲笑没有爸爸，打算跳河寻死，被一个叫菲立

---

　　① 薛特林：《失去的良心》，冬芬译，《小说月报》第 12 卷号外《俄罗斯文学研究》，1921 年 9 月。

　　② 库普林：《杀人者》，冬芬译，《小说月报》第 12 卷号外《俄罗斯文学研究》，1921 年 9 月。

　　③ 列斯考夫：《蠢人》，冬芬译，《小说月报》第 12 卷号外《俄罗斯文学研究》，1921 年 9 月。

的铁匠救起，从未享受过父爱的西门问菲立能否做他的爸爸，菲立答应了。于是，西门就到同学们当中宣布菲立就是自己的爸爸。西门的母亲勃兰妞因此经受着各种流言蜚语的议论。菲立勇敢地向勃兰妞求婚，从此名正言顺地成为了西门的爸爸。①

除了俄国、法国小说外，沈雁冰还翻译了斯特林堡的部分具有自然主义色彩的作品。

瑞典的斯特林堡被作为表现主义的代表作家看待，但他的相当一部分作品却具有明显的现实主义色彩。《他的仆》写女性独立思想在一个新婚家庭引起的波澜。一个码头管理者和一个带着新思想的小姐结婚后，为了让她保持独立的人格，一开始不让她负责任何家庭事务，每天只是游乐，但妻子觉得这样会让人误以为自己依靠男人而迷失了自我，决定负责家务事，可是自己并不在行，于是两人发生了争吵，决定分摊家庭开销费用，然而各种细账一算下来，妻子还得倒贴丈夫钱。最后，"伊不再欲算账；永久不要了"。沈雁冰翻译这篇小说，只是希望人们审慎面对西方新思想，不要盲目跟风："在现在这种人心迷乱的社会里，又加上新思潮的狂潮；进取的精神果然很要紧，迟疑审慎，十二分研究的心理倒也不可不存。"② 这种"研究"的态度，倒是与《学灯》的立场一致，也与他翻译外国文学的初衷一致。

瑞典斯特林堡的另一篇小说《人世间历史之一片》也是写家庭生活的，但视角极为独特：一个人回到曾经的住处，屋子

---

① 莫泊三（莫泊桑）：《西门的爸爸》，雁冰译，《新青年》第 9 卷第 1 号，1921 年 5 月 1 日。

② 冰：《他的仆》译者识，《时事新报·学灯》1919 年 9 月 18 日。

里留下的一片纸记录了他曾经的生活，银行代表他的工作，花
儿匠和马车、家具店和装饰房屋匠代表他的恋爱和婚姻，职业
介绍所代表仆人的来去，最后是丧事经理人，代表他妻子的
死。这半张纸记录了他不快乐的人生。小说最后写道："有多
少可怜的人儿，咳，连这一点乐事都永远不曾享受过呵！"虽
然字里行间透露着隐隐的伤感，但沈雁冰在后记中还是对斯特
林堡作了知识性的介绍，并特别指出，这篇小说表明作者"是
个自然派的小说家"，而他的另外一些作品，"却又是象征的和
神秘的"。[①]

　　相对来说，沈雁冰对自然主义的介绍，是较为完整的。自
然主义的主要作家及其代表性作品，他都有提及或者翻译。他
对自然主义的肯定，主要在于其艺术手法，而不是其价值取
向。事实上，他对自然主义的价值取向还有所批判。这样，对
自然主义文学的翻译，也明显地呈现为知识生产行为。

第五节　使人不失望：
从表象主义到新浪漫主义

　　在为《学生杂志》编译稿件时，沈雁冰都抱着传播某种价
值观念的意图。而后来，在翻译自然主义以及欧洲文学主潮之
外的其他文学时，他都将翻译视为文学知识的生产行为，要么

---

　　① 雁冰：《人间世历史之一片》译后注，《小说月报》第 12 卷第 4 号，1921
年 4 月 10 日。

介绍自然主义的描写手法，要么介绍某国或某民族的文学风貌。他的初衷，是希望新文学作家能够通过研究外国文学提高艺术水平。但这并不意味着他在文学翻译中放弃了价值追求。他对表象主义和新浪漫主义的提倡即体现了这一点。

沈雁冰曾反复申说自然主义的局限性。在《为新文学研究者进一解》中，他指出，自然主义是对浪漫主义的"反动"，有其进步意义，但"决不能靠他去创造最高格的文学"，因为从原则上讲，文学需要的是"观察"和"想象"，而自然主义偏重前者，正好补救了浪漫主义"只重想象的偏失"，但却过犹不及。与此同时，文学需要用分析和综合两种方法来表现人生，但自然主义只注重分析，"以致见的都是罪恶，其结果是使人失望，悲闷，正和浪漫文学的空想虚无使人失望一般，都不能引导健全的人生观"，"而在社会黑暗特甚，思想锢弊特甚，一般青年未曾彻底了解新思想意义的中国提倡自然文学，盛行自然文学，其害更甚"。他甚至断言，在中国推行自然主义文学的后果就是"颓丧精神和唯我精神的盛行"。① 在《我们现在可以提倡表现主义么?》一文中，他对表象主义和自然主义、新浪漫主义的价值作了比较。他认为，写实主义虽然能够揭露社会的黑暗丑恶，但最终却会产生负面作用，那就是"人心迷溺"："写实文学的缺点，使人心灰，使人失望，而且太刺戟人的感情，精神上太无调剂"，而提倡表象主义，"便是

---

① 雁冰:《为新文学研究者进一解》，《改造》第 3 卷第 1 号，1920 年 9 月 15 日。

想得到调剂"。[①]　这样，他极力主张在中国介绍表象（象征）主义。

在沈雁冰那里，表象主义主要是一种表现手法："按照实在的形状写出来，美的还他一个美，丑的还他一个丑，这便叫写实主义。用象征比喻的方法来描写来说明，便叫表象主义。"他认为班扬的《天路历程》、易卜生晚年的剧本、霍普特曼以及高尔斯华绥等人的作品，也都有表象的成分。[②]　当然，最具典型性的，还是梅特林克等人的作品。

1919年10月15日，沈雁冰在《解放与改造》第1卷第4期上发表了自己翻译的梅特林克的剧本《丁泰琪的死》。该剧主人公丁泰琪是一个年幼的男孩。他的父亲早已去世，两个哥哥也不知去向。只有两个姐姐伊格兰纳和勃冷三尔在一个孤岛上为皇后做仆人。有一天，突然有人将丁泰琪送到岛上。一路上，丁泰琪听到人们议论，说将他送到岛上是王后的旨意。而他的姐姐勃冷干尔也在宫中无意中听到王后打算派人尽快将丁泰琪送到岛上。于是，大家都陷入了恐惧之中。夜里，果然宫中的人来抢夺丁泰琪。一番攻守之后，丁泰琪被带走，送到王后那里。最后，王后将这个孩子掐死。沈雁冰认为，其中"'在城堡影下不见阳光的城'都是表象的"。当然，除此之外，剧中的孤岛、大海、黑暗，甚至王后、丁泰琪和他的死亡等，都具有某种象征意义，在单纯弱小的东西被不可抗拒的强力摧毁这一过程中，共同营造出了一种恐怖和悲哀的气息。不

---

① 雁冰：《我们现在可以提倡表现主义么？》，《小说月报》第11卷第2号，1920年2月25日。

② 雁冰：《表象主义的戏曲》，《时事新报·学灯》1920年1月5—7日。

过，这些意象的象征意义是比较明显的，因此沈雁冰说《丁泰琪的死》"只拿表象作附属品"。①

沈雁冰翻译的夏脱（叶芝）的剧本《沙漏》，也是表象主义的代表作。该剧写一位智叟，知识渊博，但对什么都怀疑。一位愚公向他讨要一便士，并表示，如果得到一便士，便可降福于他。愚公还称自己见过很多安琪儿。智叟给了他四个便士，将他打发走了，但并不相信上帝真的存在。然而，安琪儿降临了，并告诉他等沙漏里最后一粒沙落下，他就将要死亡，除非他能够在这之前找到一个信徒，然后忏悔自己的言行。于是，智叟立刻改变了信仰，皈依了上帝，并依次向自己的学生、妻子、孩子求助，无奈他们长期受到智叟的影响，均表示"没有天，没有地狱，除了我们眼能见的，更没有东西"，还反过来质疑智叟在说梦话。在最后一刻，愚公成了他的信徒，而他也终于明白："人到生命和意识粉碎的时候，那真理才像豆芽胚内一般的出来。"这部剧本通过智叟的精神转变，表达了对理性至上主义的怀疑。其象征手法也是非常明显的：

> 这篇剧本的智叟（wise man）即是表象理性的知识，愚公即是表象直觉的知识，照智叟的办法，大家所得见的是怀疑，绝无真实，照愚公的办法——所谓赤子似的信仰心（Childlike faith）——才可以得到"真"。

这段话不但阐明了《沙漏》这部剧本的象征意义，也表达

①　雁冰：《表象主义的戏曲》，《时事新报·学灯》1920 年 1 月 5—7 日。

了沈雁冰本人对表象主义在文化史、精神史上的意义。在沈雁冰看来，19世纪以来，随着科学的勃兴，理性至上主义的盛行导致了人类精神的迷失。叶芝的意义就在于：'夏脱主义是不要那诈伪的、人造的、科学的、可得见的世界，他是主张'绝圣弃智'的（参看《近代文学的反流》）；他最反对怀疑，他说怀疑是理性的知识遮蔽了直觉的知识（Rational knowledge obscure intuitive knowledge）的结果。理性只求可得见的世界，那边是不真（unreal）的世界，真的是不可得见的。"①

随后，沈雁冰翻译的爱伦·坡的短篇小说《心声》，也具有表象主义色彩。小说是一个精神病人的自述。他在深夜里杀害了一位老人，将尸体掩藏在地板下。天亮时，警察来了，他若无其事地带领警察勘察现场，但内心十分紧张。最后，一无所获的警察不再怀疑他了。但警察们并没有马上离去，而是坐下来闲聊。这使得他越来越紧张，最后终于爆发，坦白了罪行。沈雁冰称："亚伦坡以神秘著名"，他的作品"大都是幻想的、非人间的，然而却又是常来我们精神界中撞击的"。② 整篇小说具有非写实的特征，而主人公对那位老人的恐惧以及将他杀害的行为，由此也具有某种象征意义。沈雁冰说"有的是著作中的一段是表象，有的是著作全部是表象"③，而这篇《心声》明显属于后者。

不过，在沈雁冰那里，表象主义弥补了自然主义的弊端，而且是"到新浪漫主义的一个过程"，因此才不可忽略，但真

---

① 雁冰：《沙漏》译者注，《东方杂志》第17卷第6号，1920年3月10日。
② 雁冰：《心声》译者志，《东方杂志》第17卷第18号，1920年9月25日。
③ 雁冰：《表象主义的戏曲》，《时事新报·学灯》1920年1月5—7日。

正能解决"人心迷溺"这一问题的，是新浪漫主义。在沈雁冰看来，新浪漫主义才是文学发展的新阶段。它不同于此前的浪漫主义。浪漫主义的"自由"精神冲破了古典主义的束缚，但后来受到了两方面的影响而走向没落：一是唯心论的影响，让人们"把主观的描写抬到过分高了，大家都尽着一个脑袋内所能的去空想妄索；只管向壁虚造，没根没柢地去发挥他们主观的真善美，而实在又想不出什么了不得的空想，说来说去，仍不过落在前人的窠臼罢了"；二是工业革命和科技进步的影响，"科学万能的思想深中人心，几乎处处地方都要用科学方法来配合上去，太不合科学方法的浪漫文学自然也欲受知识阶级的鄙视"。这样，浪漫主义便被更具有科学和理性精神的写实主义和自然主义取代了。但写实主义发展到后来，也呈现出了弊病：一是"在太重客观的描写"；二是"在太重批评而不加主观的见解"。其后果就是"枯涩而乏轻灵活泼之致"，在揭露社会黑幕的时候，"徒事批评而不出主观的见解，便使读者感着沉闷烦忧的痛苦，终至失望"。这样，就需要对写实主义的科学、客观、理性的倾向进行反拨："现在中国提倡新思潮的，当然不想把唯物主义科学万能主义在中国提倡，则新文学一面也当然要和他步伐一致，要尽力提倡非自然主义的文学，便是新浪漫主义了（New-Romanticism）。"① 如果说 18 世纪的浪漫主义是对古典理性主义的反拨，那么，20 世纪的新浪漫主义，则是对 19 世纪的科学理性主义的反拨，其目的，就是要通过

---

① 雁冰：《为新文学研究者进一解》，《改造》第 3 卷第 1 号，1920 年 9 月 15 日。

对人类精神的滋养而树立新的理想。

　　沈雁冰对新浪漫主义的理解，最清楚地呈现在他为自己翻译的爱尔兰剧作家邓萨尼（唐珊南）的剧本《遗帽》所撰写的序言上。该剧写一位衣冠楚楚的来客，站在伦敦街边，先后央求一位劳动者、一位书记和一位诗人代他到旁边的屋里把帽子取出来。劳动者很好奇他为什么非得要得到那一顶帽子，追问里面是不是放了什么契据，而来客试图给他一些金钱，让他把帽子取出来。劳动者动心了，但又怕警察找麻烦，于是走开了。而书记则表示自己可以扶来客进屋去拿，但来客坚持要让书记代他去取。于是，多疑的书记也走开了。与两位过于现实的人相比，最后来的诗人，则显示出了不同的精神取向。来客称自己和屋里的太太吵过架，又打算加入军队到非洲去。这引起了诗人的兴趣。来客又让他装成修钢琴的或者修热气炉的工人混进屋里。但诗人厌恶"一个不熟练的手弹出来的钢琴声音"，又认为铸造工人不配生产热气炉上的装饰品："我不愿看恶劣的东西，不愿听恶劣的声音"。他反对进屋取帽子，认为来客一旦进屋，就会和屋里的女主人和好，将来就会结婚建立家庭，"和别人一样，浪漫思想于是死了"。他怂恿来客到非洲去，战死在荒无人烟的黄沙里，那样"只有金口的浪漫者记得你"。来客于是决定自己进屋。但此时警察到来了……在这个剧本中，现实社会中的利害、理性、法律、制度等，都构成了对人的精神的束缚，而诗人对非洲的向往，则代表着精神上的自由与超越。这种精神上的疗救，正是沈雁冰所理解的新浪漫主义的核心。在译者序中，他写道：

　　自十九世纪末叶自然主义大盛以来，文学艺术倾重于观察（Observation）、分析（Analyzes）而忽略于想象（Imagination）与综合（Syntax）。惟其重观察也，故少诏示而多抨击；惟其重分析也，故多见其丑恶而不见恶中有善。故自然主义盛极之后，人徒见人生之无价值，社会之恶劣，而悲愤失望，不知所以自处。二十年前戏曲中首起表象主义之运动（Symbolist Movement）开始于法国之表象派诗人（其中以 Paul Verlaine 为之魁）而盛于梅德林（M. Maeterlinck）之剧本。尔后在德有哈德门（G. Hauptmann），霍夫曼柴（V. Haufman Thal），在英有爱尔兰之新文学家如夷执（B. Yeats），葛雷古夫人（Lady Gregory）等，皆反抗自然主义者也。故世或称之为新浪漫主义运动。唐珊南之剧本盖亦此派也。然戏曲上之新浪漫运动在二十世纪之初，成绩未能卓著，或有靳与以新浪漫之名而单称之曰表象派者，则尚袭用其始名也。其实新浪漫主义之复兴，盖近代主要之倾向，非可以表象概之。……自然主义时代可谓为"文学经科学洗礼之时代"，今则为新理想复兴之始期，文艺之进化，此为必经之途辙；昔人称十九世纪初卢骚浪漫主义之兴起为文学上之解放，则今亦一解放，即对于自然主义之解放是也。[①]

　　在这段文字中，沈雁冰说明了自然主义的特点及其局限，以及新浪漫主义与自然主义、象征主义的关系。在他看来，新

---

　　①　雁冰：《遗帽》译者附识，《东方杂志》第 17 卷第 16 号，1920 年 8 月 25 日。

浪漫主义和象征主义都是对自然主义的反抗，而且，两者具有重合之处，比如，哈德门、霍夫曼柴、夷执、葛雷古夫人等象征主义者，也被归入新浪漫主义。但新浪漫主义不等于象征主义，最关键的地方就在于，相对于象征主义，新浪漫主义更明确地呈现出了"新理想"，有更明确的正面价值引导，就像这篇《遗帽》对精神超起的鼓吹那样。

其实，沈雁冰在翻译梅特林克的剧本《室内》时，就已经明确提出新浪漫主义在精神价值引导方面具有重要作用了。该剧写一个女孩弱死后，一个老人带着一个陌生人去给她的家人报信，而刚走到门外，看到一家人幸福安宁的生活，不敢将噩耗告诉他们。沈雁冰在后记中指出，"《室内》一篇便是象征'灵魂'的孤独凄清（The solitariness of the scul）"。相对于自然主义"都只为肉体的刺戟忘却灵魂的安慰培养"，最终使"灵界枯窘烦闷到极点，所以看了是使人失望"，这部作品"开始提出'灵魂孤独'给人看，他篇中写室内诸人的平静寂寞是多少深刻而警醒呀"。沈雁冰认为，自然主义和现实主义主要是批判现实的，这容易让人产生悲观失望的情绪，而象征主义却可以滋养人的精神，让人重新树立"理想"。[1]

沈雁冰最为看重的新浪漫派作家，是爱尔兰的葛雷古夫人（格雷戈里夫人）。他一共翻译了六部葛雷古夫人的剧本。

其中，《月方升》（《时事新报·学灯》1919 年 10 月 10日）写一群警察在一个港口围捕一个起义领袖。虽然他们知道

---

① 雁冰：《室内》译者序及附注，《学生杂志》第 7 卷第 8 号，1920 年 8 月 5日。

做这件事良心会受到谴责，但在服从命令这一理念的驱使下，再加上 100 磅的赏金和擢升的诱惑，大家还是决定尽力职守。过了一阵，来了一个唱小曲的人，声称认识他们要通缉的人，可以留下帮助警察辨认。在与警察队长的交谈中，他提醒警察"你今夜要捉的人，小时也曾坐在矮墙头上，唱这种歌……也许你从前同淘玩耍的孩子，你今天或明天将他捉住，送他到法庭……也许从前有一夜，你们唱了后，旁的孩子将他们的计划告诉你，那是谋得自由的计划，你也许入了他们的伙……那么现在处于困难情形的，也许竟是你了"。他还劝警察队长"站在百姓的那一边"。瞬间，警察队长明白了此人就是那个通缉犯，但他却支开了别的警察，放他逃走了。最后，连他自己都感到奇怪，为什么会对 100 磅的赏金不再动心。警察拒绝了实利的诱惑，而选择忠于自己的良知。外在物质利益的诱惑与内在精神理想的冲突这一主题，在沈雁冰那里几乎成了新浪漫主义区别于其他文学的标志。

另一部剧本《旅行人》(《民国日报·妇女评论》第 30—31 期，1922 年 3 月 1 日、8 日)，写一个妇人，曾经是一户人家的佣人，在一个冬夜被主人赶了出来，她像乞丐一样向远方走去，途中得到了一位"世界的王"的帮助，指引他到了一户人家，成了男人的妻子，然后有了一个儿子，过上了安稳的生活。为了感谢这位"世界的王"，这个妇人每年都要准备食物，等待这个"世界的王"重新到来。今年，她也准备了食物，并把儿子留在家中，到镇上购买其他食物。这时，来了一个乞丐一样衣衫褴褛的人，和她的儿子愉快地玩耍着。妇人回来后见此情景，赶走了这个乞丐。然而，这个乞丐留下的一枝花提醒她，他就是曾经救她的那位"世界之王"。妇人瞬间明白了自己以貌取人而不善于发现别人内心的美好而犯下的错误。

《市虎》（《东方杂志》第 17 卷第 17 号，1920 年 9 月 10 日）写县官和警察一起在一个乡村集市上巡查，县官对杂乱的集市和乡民们表现出不屑。一个叫夹克司密司的村民正要去卖马草，将马草叉落在了勃脱莱法龙家。法龙拿着叉子去找夹克。一个叫加散丁的传播谣言说法龙用马草叉杀死了夹克，而纠纷的根源在于法龙与夹克的老婆私下相好。正当人们议论纷纷时，法龙带着马草叉赶到了，请求人们将叉子转交给夹克，正好被警察抓住。法龙被指控杀人，而此时，夹克也唱着歌出现了。但县官还是认定，两个人串通制造了一起杀人案，于是将两人都抓走了。

《海清·赫佛》（《新青年》第 9 卷第 5 号，1921 年 9 月 1 日）写哥龙小镇将要进行农民道德发展的宣讲会，然而宣讲人因故不能按时参加。此时，一个在传闻中道德水平极高的叫海青·赫佛的人出现了，他带着许多表彰的证书和奖章，受到大家的追捧。然而，他自己已经厌倦了这样的生活，渴望能够有一些叛逆的行为，以释放自己的压抑。于是他偷走了屠夫的一块肉。正好这块肉来自于一头病猪，正被卫生队长追查。海青·赫佛的这一举动反而救了屠夫。由此，屠夫对他称赞不已。另外，海青·赫佛还偷走了教堂的金币，当人们误认为是送电报的小童偷走的时，海青·赫佛又承认系自己所为，人们又认为他这是为了挽救这个小童而甘愿为他顶罪，由此更对他的道德称赞不己。沈雁冰在译后记中说："他那《传布新闻》、《乌鸦》，与此篇《海青·赫佛》，都是把'误会'作为全剧的主要节目，但《海青·赫佛》一篇我读了另有感触，总觉得‘误会’之外，似乎尚隐藏着一层意思，而这意思，或者就是人类最大的一个弱点了。"[1] 他所说的"人类最大的一个弱点"，即是偶像崇拜。剧本由此讽刺了那些在精神上不能够自主的庸众。

《乌鸦》（《民国日报·妇女评论》第34—37、44 期，1922年3月29日，4月5日、12日、19日，6月7日）写一个杂货铺老板娘布劳特烈克夫人因为欠债被起诉，就要被没收财产赶到贫民窟了，于是她写信给他的兄弟高南求助。高南到来后，想要资助她还债，但又不想亲自露面，便委托一位叫南思托的人将钱转交给她，并嘱咐他不能提钱的真实来源。于是，南思托谎称将布劳特烈克夫人的乌鸦重金卖给了一个从非洲回来的人。消息传开后，整个小镇的人们纷纷出门逮乌鸦，甚至其他鸟儿，并要求南思托告知买鸟人的信息。南思托无法提供信息，就此受到了人们的围攻和指责。

《狱门》（《民国日报·妇女评论》第65—66 期，1922年11月1日、8日）写一个老妇人的儿子被人诬陷，投入了监狱。她带着儿媳妇赶了很远的路，来到监狱看自己的儿子。然而，走到监狱门口，她向狱卒打听，才知道儿子早就被执行了死刑。

总的来看，葛雷古夫人的这几个剧本，都具有非常明显的现实主义色彩，只是与自然主义相比，作者的立场和价值引导

---

① 沈雁冰：《海清·赫佛》译后记，《新青年》第 9 卷第 5 期，1921 年 9 月 1日。

更为明显一些。这表明，在沈雁冰那里，新浪漫主义主要不是一种风格或者手法，而是强调作者的主体介入和明确的价值立场。这就不难理解他为何将瑞典的罗格洛孚女士（拉格洛夫）和法国的巴比塞也视为新浪漫派的作家。

他对"新浪漫派"这一概念的策略性使用，非常明显地体现在他为罗格洛孚女士的《圣诞节的客人》撰写的序言中："我们要晓得写实主义盛行三十年以来，近一二十年中已经有点衰歇的气象。表象主义和神秘主义复振以来，合而成了新浪漫派。像女士这种理想派，也可以算到新派里去的，我所以特地介绍了一篇到了中国来。"① 他又将新浪漫派称为"理想派"，清楚地表明他所理解的新浪漫派，主要特征就是要呈现出某种理想，或正面的价值观。

他所翻译的这一篇小说《圣诞节的客人》，主人公是一个叫罗斯得的老人，会音乐，贫苦，以帮人抄写乐谱为生，但因为经常饮酒，常常被人嫌弃。圣诞节前，他到了旧友大胡琴家李齐科洛家，打算讨些事做。李齐科洛收留了他，让他抄写乐谱。因为他的存在，大家都觉得圣诞节的气氛被破坏了。在圣诞节前一日，他抄完了乐谱，而李齐科洛经不住众人的劝言，只好送走罗斯得，让他到别处谋生。然而，在圣诞节期间，家家户户忙着过节，并没有差事，罗斯得忍着饥饿，经受了一次又一次冷漠的拒绝和绝望。另一方面，李齐科洛在家为不得已赶走了老友而闷闷不乐。于是，夫人马上差人把罗斯得请了回

---

① 雁冰：《圣诞节的客人》译者识，《东方杂志》第 17 卷第 3 号，1920 年 2 月 10 日。

来，让他担任孩子的家庭教师。孩子们天真烂漫的眼神和纯洁无邪的灵魂，也促使罗斯得决心约束自己，改掉恶习。整个家庭又恢复了欢乐的气氛。夫人说："倘然今天不是圣诞节，我也许不敢这么干；但是我们的救主既然敢将和他自己的儿子一般的小孩子们放在我们这些灵魂有罪的人的中间，我所以也敢让我小孩子们试试救一个人的灵魂。"其实，这篇小说从风格上看，更偏向于写实主义，但或许是因为其表达了精神拯救的主题，所以被沈雁冰视为新浪漫派。

同样，法国作家巴比塞也被沈雁冰纳入新浪漫派。他翻译了巴比塞的多篇小说。其中，《为母的》写一位叫马丹绮苏蓓的母亲刚刚遭遇了幼子夭亡的悲剧，到医院里领取孩子遗留的几件衣服。在返回的途中，他看到墙角下有一些猫的尸体，是解剖实验室抛弃的，看着那微小的尸体，她内心里产生了对生命的敬畏和同情，认识到在死亡面前，一切生命都是平等的："投在这个骨堆上的兽类，只不过当是一种不成形的无尽的秽物。音调好听的生物，样子好看的生物都归于尽，成为一堆废物。悲剧的幻形，和一个人的心，一样地黑，一样地不成形的……无论生命的形成有千千万万，大的小的，复杂的简单的，而'死'只是一个，只是'同一'的……"最后，他将亡儿的衣服披在了小猫的尸体上，"大小刚巧正好，像是特地裁制的呢"。①

巴比塞的小说《名誉十字架》写"我"随军到了非洲一

---

① 巴比塞：《为母的》，雁冰译，《东方杂志》第 17 卷第 12 号，1920 年 6 月 25 日。

个村庄，与当地的鲁陆勃人交战。"我"用枪射杀了一对正在约会的恋人。在查看尸体时，"我"被倒塌的茅屋掩埋，晕了过去。醒来时，"我"发现自己身在医院，并得知，自己的战友都被鲁陆勃人杀掉了，而自己因为被掩埋在茅草屋废墟下，躲过一劫。法国军队随后夺回了村子，屠杀了全部鲁陆勃人。"我"作为唯一的幸存者，被任命为荣誉联队的骑士，被授予了十字勋章。于是，"我"带着荣誉回到了家乡。乡人为"我"安排了隆重的迎接仪式。一个记者还问"我"在非洲有什么伟大的事业。"我"说不记得了，记者说"我"是不愿意讲述自己的英雄事迹。然而，回到家之后，"我"又想起了那对被"我"射杀的恋人，感到自己犯下了罪行，于是把那十字勋章藏了起来，感到它像"偷来的东西一样"。[①]

巴比塞的另一篇小说《复仇》批判了人类的复仇意识。小说写"我"和妻子在马戏团工作，妻子是驯狮人，在工作中不幸受狮子攻击身亡。愤怒之下，"我"射杀了狮子，为妻子报了仇。然而，看着狮子的尸体，"我"感到了生命是"一个伟大强武而美丽的创造品"，产生了悔恨之情。然后，"我"认识到复仇是没有意义的事情。"我"的行为并不比狮子高明。复仇的结果，不过是使人发狂。多年之后，"我"一直生活在悔恨之中，"竟人的生命是如此之可贵"，于是，"我恨不大喊反对复仇，我求你们大家都要打破这个圈套，复仇只是痛苦上又

①　巴比塞：《名誉十字架》，雁冰译，《解放与改造》第2卷第13号，1920年7月1日。

加痛苦"。①

巴比塞的小说《错》则写一个人在少年时富有恻隐之心，但他渐渐发现自己对动物的同情心胜过对人类的同情心，如对跟随主人葬礼的一只孤零零的狗、被牧羊人锯掉角和拔掉牙的鹿、在君士坦丁堡被屠杀的狗、被宰杀的小羊、在斗牛场死去的牛等。后来战争爆发了，他参加了远征军。在一次战斗中，与一名敌军骑兵相遇。他故意抬高了枪口，击毙了士兵，却没有伤害他的马。但他从此陷入了深深的自责中。小说最后写道："那号为人类感情中最大感情的怜悯心，是用'了解'和'光明'合成的……将来总有一天，我们的心会多了解富的人物和了解苦的人物一般。我祈祷那个比现在要好些的将来。"②

与罗格洛孚女士的《圣诞节的客人》一样，巴比塞的这几篇小说，写实主义的色彩也更明显。但在主题上，这几篇小说的主人公都是通过某种悲剧性的遭遇认识到了生命的平等、尊严与意义，体现了一个精神升华的过程，给人类展示出了希望和光明。沈雁冰就此认定，这便是新理想主义的特征："巴比塞的小说的体裁算得是写实派，但思想却决不是写实派，可说是新理想派……巴比塞的体裁虽仍是写实，但大概都含有一种新人生观在文字夹行中。"③ 可以看出，沈雁冰对新浪漫派的定义，主要是从思想主题上，而不是从写作风格上。由此，他的

---

① 巴比塞：《复仇》，雁冰译，《解放与改造》第 2 卷第 14 号，1920 年 7 月 15 日。

② 巴比赛：《错》，雁冰重译，《学艺杂志》第 2 卷第 4 号，1920 年 7 月 30 日。

③ 雁冰：《为母的》译者记，《东方杂志》第 17 卷第 12 号，1920 年 6 月 25 日。

翻译，又回到了价值论而不是知识论的思路上。而且，需要特别注意的是，沈雁冰所翻译的最早一篇他称为"新浪漫派"的作品，梅特林克的剧本《室内》，就发表在以教育青少年为宗旨的《学生杂志》上。

到此，我们已经对沈雁冰在开始文学创作之前所进行的长达十年的翻译活动进行了一番整体考察，发现他从事的翻译工作，具有如下特征：

一是经历了一个由"职业"向"志业"、由被动向主动的转变过程。

二是两条线索同步展开，即一方面坚持翻译"自然主义—表象主义—新浪漫主义"这一欧洲文学主潮中的作品，另一方面则是翻译欧洲主潮之外世界各地区的文学作品。

三是他的翻译立场，对一部分文学作品，看重的是其所传达的思想价值；而对另一部分作品，看重的是其艺术价值，把这些文学作品作为纯粹的知识引入进来。

他对如何利用西方文化资源有着明确的态度。在他心目中，文学发展的趋势是新浪漫主义。新浪漫主义的意义就在于它对精神的滋养和对理想的坚守，属于价值的承载者。这之前的象征主义只是在反抗理性的束缚方面具有积极意义，而自然主义在描写方法上具有借鉴之处，但这两种潮流的文学，主要都只能作为"知识"来普及。至于这一潮流之外的其他文学，如边缘地区的文学，欧洲古典文学等，也同样只能作为"知识"来对待。对"浪漫主义"，因为其空洞虚无，脱离现实，他则表现出了明显的排斥态度。

沈雁冰在翻译事业上轻重有别，急缓有序，不执一隅，体现出了他对翻译文学和中国新文学的关系的系统而长远的思考：

> 我们并不想仅求保守旧的而不求进步，我们是想把旧的作研究材料，提出他的特质，和西洋文学的特质结合，另创出一种自有的新文学出来。我们现在辟这一栏，便是此意，不是徒然"慕欧"。①

尽管他对自然主义的描写手法、新浪漫主义的精神取向十分肯定，但他也只是希望能吸收这些"特质"，最终"另创出一种自有的新文学出来"。翻译由此"不是徒然'慕欧'"，而是主动地输入、改造、利用外来文化的方式，呈现出了明确的文化主体性。

尤其值得注意的是，在近代以来学习西方的大潮中，在"文学革命"初期以西方文学为"模范"的呼声下，沈雁冰回应了时代的要求，翻译了欧洲文学主潮中对新文学具有借鉴价值的文学作品，但同时又坚持以客观冷静的立场来"了解"世界。这促使他把目光投向了那些对中国来说不具有政治、文化方面的威压的边缘国家的文学，更为从容地呈现出了"看"的姿态。这种边缘处的"看"，更明确地体现了近代以来中国人在文化救赎过程中克服文化自卑心理和建立身份认同的艰难努力。

---

① 佚名（沈雁冰）：《"小说新潮"栏宣言》，《小说月报》第 11 卷第 1 号，1920 年 1 月 25 日。

第九章 "风韵译"与
新文学的身份

　　郭沫若不但是现代文学史上的重要诗人，也是一位重要的诗歌翻译家。在留学日本期间，他开始从事诗歌翻译，并在诗歌创作上逐渐由旧体诗向新诗转变。到 20 世纪 20 年代初，当他作为新诗人崛起于诗坛的时候，他在诗歌翻译方面也有了一套成熟的经验，并将之命名为"风韵译"。可以说，作为新诗人的郭沫若，与作为诗歌翻译家的郭沫若，是一同成长起来的。因而，要考察郭沫若进入新文学的过程和方式，就不能忽略他在翻译领域里的活动。

　　本章在借助翻译研究的理论和方法的基础上，将以郭沫若的翻译实践，特别是他的"风韵译"为考察中心，通过揭示那些影响和制约着他的翻译活动与翻译思想的文学史因素，即他的诗学观念、他对新文学的身份想象，来呈现郭沫若对于新文学史的独特意义。

第一节 "风韵译"的诗学阐释

　　1917 年，郭沫若曾编译过一本《太戈尔诗选》，后来他又翻译了海涅的情诗，辑成一本《海涅诗选》，但都未能出版。

这是郭沫若诗歌翻译生涯的开始阶段。这个时候，他还没有自觉地思考翻译本身的问题。到 1919 年翻译歌德的《浮士德》时，他开始表露出自己在翻译方面的焦虑："我在译录之前，敢敬告我 Goethe 先生的英灵：请赐我以神慧的天光，使我得完全之了觉，以补我拙劣之手笔。"① 在歌德的巨著面前，郭沫若意识到了自己"手笔"的"拙劣"，意识到翻译工作，绝不仅仅是语言转换那样简单，而需要翻译者本身"得完全之了觉"。此时的郭沫若，已经有了一种译者的"自觉"，意识到了译者的身份对于翻译的重要性。郭沫若对这一问题进行深入思考的结果，便是"风韵译"的提出。

郭沫若第一次提出"风韵译"，是在 1920 年 3 月。他协助田汉翻译了《歌德诗中所表现的思想》（日本盐釜作）一文中所引用的歌德的诗。在附白中，郭沫若提出：

> 诗的生命，全在那种不可把捉之风韵，所以我想译诗的手腕于直译意译之外，当得有种"风韵译"。顾谢陋如余，读歌德诗，于其文辞意义已苦难索解；说到他的风韵，对于我更是不可把捉中之不可把捉了。②

从这段话中，我们可以得出如下信息：第一，"风韵译"是就诗歌翻译而言的；第二，"风韵译"是不同于"直译"和"意译"的另外一种翻译，它不会像直译那样严格地遵从原著

---

① 郭沫若：《Faust 钞译》，《时事新报·学灯》，1919 年 10 月 10 日。
② 郭沫若：《沫若附白》，《少年中国》第 1 卷第 9 期，1920 年 3 月 15 日。

的句式、意义，也不会像"意译"那样始终"忠实地"传达原著中的信息。第三，"风韵译"的目的，是要传达"诗的生命"，即"那种不可把捉之风韵"，因此，要理解"风韵译"的涵义，必须理解郭沫若的诗学，必须理解他所说的"诗的生命"，即所谓"风韵"是什么。

郭沫若认为，"无论甚么人，都是有理智的动物，都有他自己的宇宙观和人生观"[①]，而一个诗人的诗歌观念，是以宇宙观与人生观为基础的。因此，我们可以从以下三个层次来梳理郭沫若的诗学："泛神论"的宇宙观、"完满"的人生观和以自我表现为中心的诗歌观。

郭沫若的宇宙观深深地打上了"泛神论"的烙印。这种"泛神论"，来自庄子、王阳明、泰戈尔、加皮尔、歌德和斯宾诺莎等人。

郭沫若自幼喜读庄子。他在《三个泛神论者》一诗中，将庄子、斯宾诺莎和加皮尔都归入"泛神论"者之列。在《惠施的性格与思想》中，他指出，庄子的宇宙本体论，在于所谓的"道"。对庄子的"道"，郭沫若解释说："道是一切的本体，一切都是道的表相，表相虽有时空的限制，而本体则超绝一切"。[②] 而这个道，在王阳明那里，被称为"理"。王阳明说："心即理也。天下又有心外之事，心外之理乎?"[③] 一切都可归

---

① 郭沫若：《郭沫若致宗白华》（1920年1月18日），见《三叶集》，《郭沫若全集》文学编第15卷，北京：人民文学出版社1989年版，第23页。

② 郭沫若：《惠施的性格与思想》，见《郭沫若全集》历史编第3卷，第286页。

③ 王阳明：《传习录·上》，见《王阳明全集》上册，上海：大东书局1936年版，第2页。

之于"理",因而,这个"理"便是世界的本体。不过,这个所谓的"理",与庄子的"道"不同。"道"是"自本自根","自古以固存"的,是一种客观的存在,而王阳明所说的"理",存于"心"中,需要主观的感悟、体验。但郭沫若还是将这个"理"与庄子的"道"等同了起来:"此处所说的'理'是宇宙的第一因原,是天,是道,是本体,是普遍永恒而且变化无定的存在。"①

在留日时期,郭沫若还通过泰戈尔的作品,接触到了印度的泛神论思想。对于泰戈尔的哲学,郭沫若曾经解释说:

> 他的思想我觉得是一种泛神论的思想,他只是把印度的传统精神外穿了一件西式的衣服。'梵'的现实,'我'的尊严,'爱'的福音,这可以说是太戈儿的思想的全部,在婆罗门的经典《优婆泥塞图》('Upanisad')与檀陀派(Vedanta)的哲学中流贯着的全部。梵天(Brahma)是万汇的一元,宇宙是梵天的实现。②

在《奥义书》中,"梵"是终极的实在或者宇宙精神,而创造神梵天则是这种"梵"的具体化身。作为宇宙本体的"道""理"和"梵",在加皮尔那里,被称为"神"。

加皮尔受到当时印度宗教改革运动的影响,反对任何有形的神,认为"万物皆是神的创造性活动的一部分(everything is

---

① 郭沫若:《王阳明礼赞》,见《郭沫若全集》历史编第 3 卷,第 294 页。
② 郭沫若:《太戈儿来华的我见》,见《郭沫若全集》文学编第 15 卷,第 271 页。

a part of the creative Play of God)",人们不需要通过宗教仪式或身体修行就可以接近"神圣的存在"(Divine Reality),即世界的本体。曾协助泰戈尔翻译了《加皮尔诗歌百首》的英国学者伊伍林·安德希尔(Evelyn Underhill)在诗集的导言中说:"加皮尔似乎依次是一个吠檀多信徒(Vedantist)、毗湿奴教信徒(Vaishnavite)、泛神论者(Pantheist)、超验主义者(Transcendentalist)、婆罗门教徒(Brāhman)和苏菲教徒(Sūfī)。"①他承认加皮尔的思想有泛神论色彩。

郭沫若阅读过《伽毗百吟》(即《加皮尔诗歌百首》),因此,他也很可能了解这篇导言的内容。他认定加皮尔就是一个泛神论诗人。当宗白华来信要他作泛神论的诗的时候,他回复道:"要我做'说明诗人与 Pantheism 底关系'的诗……我看这类的诗,泰果尔英译的 A Hundred Poems of Kabir 中,首首皆是,尽可以尽量地引用。"②

另外,郭沫若还接触到了斯宾诺莎的泛神论思想。在他看来,在斯宾诺莎的哲学体系中,世界的本体是"神"(Deus),但"神,我理解为绝对无限的存在,亦即具有无限多属性的实

---

① 加皮尔是 15 世纪印度民著名诗人、音乐家。他出生于一个穆斯林家庭,但后来成为印度教首领罗摩难陀(Rāmānanda)的学徒。在当时,婆罗门教(Brāhmanism)的宗教仪式出现了越来越严重的形式化、繁琐化的倾向。罗摩难陀继罗摩奴者(Rāmānuja,1017—1137)在印度南部发起改革运动之后,把这一运动推向了印度北部。加皮尔的泛神论思想,与这场反宗教仪式的改革运动有关。他是一个异端分子(heretic),对任何体制性的(institutional)宗教都抱有反感。他认为神是无处不在的,任何人都可以不通过任何有形的形式来接近它。参见 Underhill, Evelyn, "Introduction", *One Hundred Poems of Kabir*, trans. by Tagore, Rabindranath. Macmillan, 1915.

② 郭沫若:《郭沫若致宗白华》(1920 年 1 月 18 日),见《三叶集》,《郭沫若全集》文学编第 15 卷,第 26 页。

体，其中每一属性各表示永恒无限的本质"。① 这个"无限多属性的实体"，就是世界的本体，一切都可归于这个"神"。

郭沫若对斯宾诺莎的了解，来自歌德的自传《诗与真》（Dichtung und Whrheit）第四部第十六卷。他也将歌德归入泛神论者之列："我想他确是个 Pantheist。他是最崇拜 Spinoza 的。……司皮诺志是 Pantheist，是不用说的。歌德受了司皮诺志底感化，也是一种既明的事实。"②

在《诗与真》中，歌德在说明"我的思想和斯宾诺莎的关系密切到什么程度"时，透露出了自己的宇宙观："自然循着永恒的必然的规律而运行，而起作用，这种规律是那样神圣的，以至连神也不能怎样变更它。"③ 歌德将自然之本体，即斯宾诺莎的"神"，理解为一种绝对的、不可变更的必然性。

对郭沫若的诗学来说，"泛神论"最重要的影响体现在自我与世界的关系方面，即将一切都视为某种本体（道、理、梵、神）的表象，自我也是这种"本体"的表象之一。郭沫若说："泛神便是无神。一切自然只是神的表现，自我也只是神的表现。我即是神，一切自然都是自我的表现。"④ "我"与"神""自然"合二为一，这之间没有任何有形的"神"。自我

---

① ［荷兰］斯宾诺莎：《伦理学》，贺麟译，北京：商务印书馆 1959 年版，第 3 页。

② 郭沫若：《郭沫若致宗白华》（1920 年 1 月 18 日），见《三叶集》，《郭沫若全集》文学编第 15 卷，第 23 页。

③ ［德］歌德：《诗与真》下，见《歌德文集》第 5 卷，刘思慕译，北京：人民文学出版社 1999 年版，第 720 页。

④ 郭沫若：《〈少年维特之烦恼〉序引》，见《郭沫若全集》文学编第 15 卷，第 311 页。

具有了神性，便成为一个"开辟洪荒的大我"。因此，郭沫若从"泛神论"那里得来的，是一种强烈的主体意识。

在"泛神论"的基础上，郭沫若把人生看作是与"神""自然"，与宇宙万物合一的过程。这个合一的过程，就是不断地追求人生的"完满"。为此，他曾提出"直线形"和"球形"两类人格发展观：

> 直线形的发展是以他一种特殊的天才为原点，深益求深，精益求精，向着一个方向渐渐展延，展到他可以展及的地方为止……球形的发展是将他所具有的一切的天才，同时向四方八面，立体地发展了去。

他更认可"球形的发展"，而后者的代表，在他看来，就是孔子和歌德。他说歌德"同时是 Faust，Gott Uebermenche；他同时又是 Mephistonheles，Teufel，Hund"。他又这样解释孔子的多面人格："孔子对于南子是要见的，'淫奔之诗'他是不删弃的，我恐怕他还是爱读的！"歌德和孔子'灵肉两方面都发展到了完满的地位"。① 要实现"完满"的人格，就需要向各方面不断地扩充自我，突破现世中一切有形无形的束缚，以此来获得一种完全的智慧。

郭沫若宣称自己"愿学歌德"，与他当时的生存处境也有很大的关系。因为与佐藤富子同居，郭沫若面对着来自各方面

---

① 郭沫若：《郭沫若致宗白华》（1920 年 1 月 18 日），见《三叶集》，《郭沫若全集》文学编第 15 卷，第 19、21 页。

的压力，对自己的"人格"也失去了信心。在给田汉的信中，他"把我自身的污秽处，表白了个干净"①，讲述了他和佐藤富子恋爱的全过程，并等待田汉对两人的友谊"宣布死刑"。同时，他又写信给宗白华，表达了"常恨我莫有 Augustine，Rousseau，Tolstoi 的天才，我不能做出部赤裸裸的《忏悔录》来"的痛切之心。随后，田汉用歌德的感情生活为例来劝慰郭沫若："我以为他那种行为便是狂热与'移气'的好代表，一生恋人过十九个，偶有误解，便不告而去，十年情交以色衰而见弃，若讲罪恶，那么歌德的晚年更是'罪恶的精髓'了。"②歌德的这种"移气"，就是不断地超越现有的生存处境，突破作为表象的世界，从各方面努力扩张自我，最终接近世界的本体。

在《诗与真》中，歌德清楚地论证了这种人生观的泛神论依据。由于"泛神论"提供了一个绝对的"本体"，信仰泛神论的人"确信事物的永恒性，必然性和规律性"，把人生视为一个不断接近这一本体的过程：

> 我们生而具有的毁灭不了的轻率性（适应性）特别足以为此事之助，靠着这种天性，一个人可以在任何瞬间舍弃一桩事物，只要他在别时有新的事物可以移情就成了。因而，我们无意识地不断地更新和恢复自己整个的生涯。

① 郭沫若：《郭沫若致田汉》（1920 年 2 月 15 日），见《三叶集》，《郭沫若全集》文学编第 15 卷，第 39 页。

② 田汉：《田汉致郭沫若》（1920 年 2 月 18 日），见《三叶集》，《郭沫若全集》文学编第 15 卷，第 58 页。

我们以一种热情来替代别种的热情；事业，爱情，嗜好，玩艺，我们都一一尝试过，为的是到头要喊出"一切都是空虚"的叹声。

歌德认为，人的"轻率性（适应性）"，促使人不断地拥抱新事物，"都一一尝试过"，"不断地更新和恢复自己整个的生涯"，从而让生命保持活力，不致停滞。这种人生观中"含有智慧和不容否认的真理"，因为在现代世界，"一切都号召我们要克己"，而长时间的"克己"和压抑，造成的后果就是："我们辛苦得来的东西，天惠的好处，为人所剥夺，在我们还没有对之了然以前，我们就必须——初时是部分地，后来全般地——抛弃自己的个性。"① 因此，"不断地更新和恢复自己整个的生涯"，就是要恢复自己的个性，就是要摆脱"肉体生活，社交的生活，风俗，习惯，世故人情，哲学，宗教，以至许多偶然发生的事"带来的束缚和压迫，就算是"错误"和"渎神"，就算最后只能喊出"一切都是空虚"也在所不辞。

正是在这个意义上，郭沫若才说歌德"同时是 Faust, Gott, Uebermenche；他同时又是 Mephistonheles, Teufel, Hund"。在给宗白华的信中，郭沫若说："歌德一生只是一些矛盾方面的结晶体，然正不失其所以为'完满'。"② 可见，所谓的"完满"的人格，实际上是一种通过多面性、包容性来不

---

① 歌德：《诗与真》下，见《歌德文集》第 5 卷，刘思慕译，第 718—719 页。

② 郭沫若：《郭沫若致宗白华》（1920 年 2 月 16 日），见《三叶集》，《郭沫若全集》文学编第 15 卷，第 46 页。

断张扬的人格。它最终的指向是宇宙的本体。

这种"完满"的人格，便是郭沫若的诗歌观的基础，因此，他的诗歌观就具体化为以自我表现为中心。

郭沫若曾经指出，"真诗""好诗"的标准应该是："我们心中的诗意诗境之纯真的表现，生命源泉中流动出来的 Strain，心琴上弹出来的 Melody，生之颤动，灵的喊叫。"① 在谈到自己的文学生涯时，他又说："我自幼便嗜好文学，所以我便借文学来以鸣我的存在，在文学之中更借了诗歌的这支芦笛。"② 可以看出，他是明确地把自我表现作为诗歌的本质来看待的。因此，在区分诗歌与其他体裁的时候，他说："立足于诗歌一方面的人，他们的见解便偏重主观，主张文艺是出于自我的表现。"③ 所有这些都充分表明，郭沫若是一以贯之地坚持"诗的本质专在抒情"这一主张的。④ 而所谓"抒情"，不是与说理、叙事等相区别的写作手法，而是指诗人主体的自我表现。

与这种诗歌观相应的是，郭沫若并不把语言、形式方面的因素理解为诗歌的决定性因素。他曾为诗歌提出了这样的公式："诗 =（直觉＋情调＋想象）＋（适当的文字）。"⑤ 其中，

---

① 郭沫若：《郭沫若致宗白华》（1920 年 1 月 9 日），见《三叶集》，《郭沫若全集》文学编第 15 卷，第 13 页。

② 郭沫若：《论国内评坛及我对于创作上的态度》，见《郭沫若全集》文学编第 15 卷，第 225 页。

③ 郭沫若：《文学的本质》，见《郭沫若全集》文学编第 15 卷，第 343 页。

④ 郭沫若：《郭沫若致宗白华》（1920 年 2 月 16 日），见《三叶集》，《郭沫若全集》文学编第 15 卷，第 47 页。

⑤ 郭沫若：《郭沫若致宗白华》（1920 年 1 月 9 日），见《三叶集》，《郭沫若全集》文学编第 15 卷，第 16 页。

直觉是一些"浑然的情绪"①，属于心理的范畴；而所谓"情绪"的解释是："一切感情，加上时间的要素，便成为情绪的。"也就是指一段起伏变化着的感情。而"想象"，这是人关于"宇宙万汇"的"活动着的印象"。这些是诗歌的决定性因素：

> 我想诗人的心境譬如一湾清澄的湖水，没有风的时候，便静止着如一张明镜，宇宙万汇的印象都活动在这影子里面。这风便是所谓直觉，灵感，这起了的波浪便是高涨着的情调。这活动着的印象便是徂徕着的想象。这些东西，我想来便是诗的本体，只要把它写了出来，它就体相兼备。②

这里所说的"这些东西"，即"直觉""情调""想象"，"便是诗的本体"。同时，郭沫若明确指出，押韵、音节、声调这些形式方面的因素并不能决定诗歌的本质：

> 我们试读瓦格奈（Wagner）歌剧剧本时，只能称之为歌而不能称之为诗。何以故？因为外在的韵律成分太多了。自从文字发明以后，诗歌表示的工具由言语更进化为文字。诗歌遂复分化而为两种形式。诗自诗，而歌自歌。……诗之精神在其内在的韵律（Intrinsic Rhythm），内在的韵律

① 郭沫若：《郭沫若致宗白华》（1920年2月16日），见《三叶集》，《郭沫若全集》文学编第15卷，第49页。
② 郭沫若：《论节奏》，《创造月刊》第1卷第1期，1926年10月5日。

（或曰无形律）并不是甚么平上去入，高下抑扬，强弱长短，宫商徵羽；也并不是甚么双声叠韵，甚么押在句中的韵文！这些都是外在的韵律或有形律（Extraneous Rhythm）。内在的韵律便是"情绪的自然消涨"。①

押韵、音节、声调等，对于诗歌来说，都是外在的东西（"外在的韵律"）。真正决定诗歌本质的是"内在的韵律"："诗之精神在其内在的韵律"。这种内在的韵律，就是"情绪的自然消涨"，即起伏变化着的感情，而这种感情的变化，是由"直觉""灵感"推动的（"这风便是所谓直觉，灵感"）。因此，郭沫若所说的"抒情"，不是那种被组织的、被控制的"抒情"，而是与"直觉"紧密地联系在一起的非理性的抒情。他说："只是我对于诗的直感，总觉得以'自然流露'的为上乘。"② 所谓"自然流露"便是强调"抒情"的非理性化。这样，我们才看到了《女神》中那个恣肆而毫无克制的抒情主人公。

只有通过"直觉"呈现出来的自我，才是真正的自我。郭沫若指出，"直觉"是诗的"原始细胞"，只有注重"直觉"，才不会有"丝毫的矫揉造作"，因为理性是受外在制约的，只

---

① "郭沫若致李石岑"，见《民铎》月刊第 2 卷第 5 号，1921 年 2 月；郭沫若在 1922 年 1 月的《〈少年维特之烦恼〉序引》中重复了这一点："诗的本质，不在乎韵脚的有无。有韵脚者可以为诗，而有韵脚者不必都是诗。……诗可以有韵，而诗不必一定有韵。"（郭沫若：《〈少年维特之烦恼〉序引》，见《郭沫若全集》文学编第 15 卷，第 309 页）。

② 郭沫若：《郭沫若致宗白华》（1920 年 2 月 16 日），见《三叶集》，《郭沫若全集》文学编第 15 卷，第 47 页。

会对自我形成遮蔽。因此，郭沫若论诗，非常强调人格的优先性："我今后要努力造'人'，不再乱做诗了。人之不成，诗于何有?"[1]

现在，我们可以肯定，郭沫若说"诗之精神在其内在的韵律"，其中的"诗之精神"，与郭沫若在谈论"风韵译"时所说的"诗的生命"（"诗的生命，全在那种不可把捉之风韵"），有同样的所指，即诗歌本质的决定性因素。而既然诗歌的"内在的韵律"是随着"直觉"而产生的"情绪的自然消涨"，那么，诗歌中那种"不可把捉之风韵"，也有同样的所指了。

到此，我们可以得出结论，所谓"风韵译"，指的是要在所翻译的诗歌中，呈现出一个"情绪的自然消涨"的过程，而这个过程，必须是由"直觉"推动的，这样，译诗才能呈现出一个真实的主体形象。

第二节 "风韵译"的主体策略及其论争

劳伦斯·韦努蒂（Lawrence Venuti）在《译者的隐身：一部翻译史》（*The Translator's Invisibility: A History of Translation*）一书中，谈到了人们对于翻译的评价标准：

> 一个翻译文本，不管是散文或者诗歌，小说还是非小

---

[1] 郭沫若：《郭沫若致宗白华》（1920年2月16日），见《三叶集》，《郭沫若全集》文学编第15卷，第50页。

说，当语言或者风格的特殊性的消失，让它看起来是透明的（transparent）的时候，在表面上看起来是反映了外国作家的个性（personality）、意图（intention）或者外国文本的核心意义（essential meaning）的时候——换句话说，当翻译在表面上看起来不是翻译，而是"原创（original）"的时候，大多数的出版人、批评家和读者，就会认为它是可以被接受的（acceptable）。[①]

这段话的意思是说，在一般的标准中，真正的翻译应该是"透明的"，译本完完全全是原作者的主体人格、意图和所表达的意义的呈现，其中不能有任何译者的踪迹，即译者是不在场的，是"隐身"的。[②] 这样的翻译才能够被认为对原文是"忠实的"，才是"可以被接受的"。这种翻译观的最大特征，就是对原文无比的尊重，译本不过是原文在另一种语言中的重现，是原文的附庸，译者是原作者的附庸。

郭沫若在自己的诗歌翻译中，敏感地意识到了一般的翻译规则对译者"隐身"的要求。但是，在他的诗学观念里，诗歌的本质与一种强烈的主体意识联系在一起。译文能否真实地传达原诗作者的主体性？译文应该如何处理译者的主体？对此，他的解决方案是：

　　诗的翻译，假使只是如象对翻电报号码一样，定要一

---

① Venuti, Lawrence, *The Translator's Invisibility: A History of Translation*, P1. Shanghai: Shanghai Foreign Language Education Press, 2004.

② Ibid.

字一句的逐译，这原是不可能的事。因为这样逐字译了出来，而译文又要完全是诗，这除非是两种绝对相同的语言不行。两种绝对相同的语言是没有的，如果有时就无须乎翻译了。随你如何说，诗的翻译，绝不是那么一回事！诗的翻译应得是译者在原诗作中所得的情绪的复现。①

在这段话中，郭沫若首先回答了译文能否传达原诗作者的主体性问题。在他看来，所谓的翻译的"透明性"，即所谓"忠实"，实际上是一种幻象，是根本不可能实现的，即便是"象对翻电报号码一样，定要一字一句的逐译"也是不可能的。因此，原诗作者的主体性是无法通过翻译来传达的。郭沫若通过否定翻译中的"对等性"观念而颠覆了长期以来在一般的翻译观念中占统治地位的"原著/译本"的二元对立观念，并不认为译本是原著的复现和传达，这样就消解了原著的权威而肯定了译本的自主性。

其次，关于原诗作者的主体与译者主体的关系问题，郭沫若认为，诗歌翻译首要的问题是要让译诗具有诗歌的本质，能够成其为诗歌，不能成为机械的"电报"，而根据他的诗歌观念，诗歌的本质即在于"直觉"所推动的"情绪的自然消涨"，以及由此呈现出来的主体性。现在，既然原诗作者的主体性已经无法传达，那么，要让译诗成其为诗，要让译诗中呈现出某种"情绪"和主体性，只能用译者的主体突置换原诗作

---

① 郭沫若：《古书今译的问题》，见《郭沫若全集》文学编第 15 卷，第 166 页。

者的主体，用译者的"情绪"来置换原诗作者的"情绪"。他的解决方案就是："诗的翻译应得是译者在原诗作中所得的情绪的复现。""风韵译"实际上就是译者在阅读了原诗之后，获得了某种灵感和情绪，然后用自己的语言"复现"出来，因此，它与那种在语言上忠实于原文的"直译"和在意义上忠实于原文的"意译"完全不同。

郭沫若的这种翻译观，其实是他长期翻译经验的总结。这可以通过他对待泰戈尔、海涅、歌德的方式看出来。

1914 年，郭沫若在日本读到了泰戈尔的作品，为他的"宗教意识"所吸引。他之所以对泰戈尔的"宗教意识"产生了特别的兴趣，是因为他具体的生活处境："宗教意识，我觉得是从人的孤寂和痛苦中生出来的。寄居异乡，同时又蕴含着失意的结婚悲苦的我，把少年人活泼的心机无形中倾向在玄之又玄的探讨上去了。"[1]

而他对海涅的翻译，也有特殊的生活背景："我和安娜恋爱以后另外还有一位影响着我的诗人是德国的海涅，那时候我所接近的自然只是他的恋爱诗。"[2]他所翻译的《幻境》《打渔的姑娘》《悄静的海滨》《归乡集第十六首》等，都是海涅早期的作品，多描写失意的爱情。而后来的海涅，成为了一名政治诗人。但郭沫若对海涅的政治诗和政治生涯，都没有表现出什么兴趣。

---

[1] 郭沫若：《太戈儿来华的我见》，见《郭沫若全集》文学编第 15 卷，北京：人民文学出版社 1990 年版，第 269—270 页。

[2] 郭沫若：《我的作诗的经过》，见《郭沫若全集》文学编第 16 卷，北京：人民文学出版社 1989 年版，第 213 页。

　　更具有典型意义的，是他随后在翻译歌德的《浮士德》时所表现出来的态度和策略。

　　1919 年，共学社邀请他翻译《浮士德》。他觉得第二部"更长，更难译"，而且 '那里面所包含的帝王思想，反对革命（这个革命的意义与现代的不同），使我最难忍耐"，因此，他决定不译第二部。在当时，只有第一部让郭沫若翻译起来感到很痛快，因为"少年歌德的情感和我那时候的情感很合拍，思想也比较接近"①。当然，第一部中也有让他感觉吃力的地方。"《浮士德》这部诗剧，仅就第一部而言，仅可称为文字游戏之处要在对成以上。像那《欧北和酒寮》、《魔女之厨》、《瓦普几司之夜》及《夜梦》，要算是最没有诗意的地方。那些文字杂在诗剧里面而滥竽诗名，仅是在有韵调的铿锵而已。在这些地方译得最吃力。假如要用散文译出时，会成为全无意味的一些骸骨。用韵文译出，也不外是下乘的游戏文字而已。"② 选择不译第二部，这种行为本身就是译者的意识形态的表达；而与原作的亲近感或者疏离感，又是译者诗学观念的表达。

　　另外，需要补充说明的是，到了 20 世纪 40 年代，郭沫若对《浮士德》的第二部又有了新的理解："这样经过了将近三十年的时间，我自己也积累了一些生活经验，参加了大革命，又经过了抗日战争，看到了蒋介石的反动统治的黑暗，一九四六年又到了上海，又在国民党匪帮的白色恐怖下经历了一段惊涛骇浪的生活，这时再回过来看《浮士德》第二部，感情上就

---

　　① 郭沫若：《论文学翻译工作》，见《郭沫若全集》文学编第 17 卷，北京：人民文学出版社 1989 年版，第 74 页。
　　② 郭沫若：《创造十年》，见《郭沫若全集》文学编第 12 卷，第 75 页。

比较接近了，翻译起来也非常痛快，觉得那里面有好些话好象是骂蒋介石的。结果，在很短的时间内便把它译完了。"① 由此看来，他对《浮士德》第二部的理解，完全是受自己的意识形态的直接制约的。

其实，郭沫若不但在翻译实践中注重自己的意识形态和诗学观念的表达，在认识其他事物的时候，也往往是以自我为中心，从自我的观念和需要出发的。这几乎可以说是郭沫若对待他者的一种典型方式。比如他对王阳明的认识，就很能说明他的这种认识方式。

1914 年，在日本调养精神衰弱症时，他每天除了静坐外，还要"读《王文成公全集》十页"。王阳明（文成）是晚期宋明理学的代表人物。他的哲学主要包括"心即理"的本体论、"知行合一"的认识论和"致良知"的修养论三个命题。② 王阳明说："心即理也。天下又有心外之事，心外之理乎?"③ 这个"理"，便是宇宙的本体，而"心"和"理"是同一的，因此，"理"的存在实际上需要主观的体验和感悟，这便是"天人合一"的理论基础，也是"知行合一"的认识论、"致良知"的修养论的哲学基础。这一理论的最终目的，落实在了"去人欲存天理"上，要求从个人的内心来强化对封建纲常的认同。

---

① 郭沫若：《论文学翻译工作》，见《郭沫若全集》文学编第 17 卷，第 74 页。

② 参见侯外庐等主编：《宋明理学史》下卷（1），北京：人民出版社 1984 年版，第 206 页。郭沫若在《王阳明礼赞》中只提到了前两项（郭沫若：《王阳明礼赞》，见《郭沫若全集》历史编第 3 卷，北京：人民文学出版社 1984 年版，第 294 页）。

③ 王阳明：《传习录·上》，见《王阳明全集》上册，上海：大东书局 1936 年版，第 2 页。

不过，在郭沫若心目中，王阳明却是一个敢于反抗权威的勇士。而这种反抗，不仅仅是外在的，也是内在的："他努力净化自己的精神，扩大自己的精神，努力征服'心中贼'以体现天地万物一体之仁……"他认为王阳明的一生，具有两个特色："（一）不断地使自我扩充；（二）不断地和环境搏斗。"这种在精神上的"净化"和"扩大"，显然是处于精神危机中的郭沫若所需要的。但是，在王阳明那里，这种"净化"的最终目的，是要强化封建道德的权威。郭沫若不否认自己的认识可能存在偏差，但却固执地坚持自己的认识方式："我对于他的探讨与哲学史家的状态不同，我是以彻底的同情去求身心的受用。"①

"以彻底的同情去求身心的受用"是郭沫若对待他者的一个基本方式，或者说，是他的一种典型的精神结构，即从自我的具体处境和需要出发，来决定自我与他者的位置和关系，从而实现自我的特定目的。所谓"彻底的同情"，从郭沫若对王阳明的阐释来看，并不是指对他者的全面、深入的了解，而是以自我的需要为出发点和归宿，来塑造一个他者，在这个他者身上实现自我的投射。

泰戈尔、海涅、歌德等翻译对象，在郭沫若那里，实际上也成了一个个自我投射的对象。因此，郭沫若在自己的翻译中，总是努力地通过翻译对象来表达自我，而"风韵译"就是这种翻译方式和经验的典型表达。

---

① 郭沫若：《王阳明礼赞》，见《郭沫若全集》历史编第 3 卷，第 289、291、290 页。

重视译者自我的表达，就必然消解原文的权威，不再履行对原文"忠实"的承诺。在 1922 年关于《茵梦湖》的翻译论争中，郭沫若就强调"风韵译"允许"字义有失"：

> 我始终相信，译诗于直译，意译之外，还有一种风韵译。字面，意义，风韵，三者均能兼顾，自是上乘。即使字义有失而风韵能传，尚不失为佳品。若是纯粹的直译死译，那只好屏诸艺坛之外了。①

郭沫若的翻译理念，与那种尊重原文，重视翻译的"忠实性"的理念完全不同。允许译本不忠于原文，是"风韵译"理论的一大特色，也是它引起诸多批评和论争的主要原因。梁俊青、孙铭传、田楚侨、闻一多等都批评过他的翻译不"忠实"。张荫麟甚至说他翻译的《浮士德》"其谬误荒唐，令人发噱之处，几于无页无之"。② 从这些看似技术性的批评论争中，我们可以进一步看出两种翻译理念的分歧。

1923 年 9 月 10 日，《创造》季刊出版了"雪莱纪念号"，发表了郭沫若翻译的雪莱的诗歌多首，并有郭沫若编订的《雪莱年谱》，另外还有张定璜、徐祖正的研究文章。在郭沫若的这些译诗中，不少都体现了他"风韵译"的努力，而随后产生的论争，也与此相关。

---

① 郭沫若：《批判意门湖译本及其他》，《创造》第 1 卷第 2 期，1922 年 6 月 24 日。

② 张荫麟：《评郭沫若译〈浮士德〉上部》，《大公报·文学副刊》第 13 期，1928 年 4 月 2 日。

首先站出来批评郭沫若的，是梁俊青。他在《文学》（此前的《文学旬刊》）上发文，批评郭沫若的"译文"不通，应该"向雪莱谢罪"。郭沫若当时未予回应。后来，又有孙铭传的《论雪莱〈Naples 湾畔悼伤书怀〉的郭译》一文出炉，引起了论争。

孙铭传批评郭沫若有多处误译，比如，译本中第三节是：

> 啊！我是失望而多病，
> 心也不平，身也不宁，
> 贤者坐而忘机。
> 行则智光冠顶。
> 我也无那种卓荦的殊珍。
> 我无名，无势，无爱，无闲情，
> 我环顾周遭
> 人皆熙熙而乐名；
> 命杯于我独不深湛。

（原诗为：

> AlasI have nor hope nor health，
> Nor peacewithin nor calm around，
> Nor that content surpassing wealth
> The sage in meditation found，
> And walked with inward glory crowned—
> Nor fame，nor power，nor love，nor leisure．

Others I see whom these surround——

Smiling they live, and call life pleasure;——

To me that cup has been dealt in another measure.）

孙铭传关于这一节的批评主要集中在两个地方：

首先，第 3 至 5 行的翻译，与原诗语义不符。因为郭沫若没有弄清楚第 4、5 行的"The sage in meditation found，/ And walked with inward glory crowned"是"content surpassing wealth"的定语从句，把这三行翻译为"贤者坐而忘机/行则智光冠顶，/我也无那种卓荦的殊珍"。但按照语义，原诗的意思大致应该是："贤者在坐而忘机中发现，并在顶着内心的荣光行走时所携带的那种殊珍，我是没有的。"是先有了"坐而忘机"（meditation），然后才有"殊珍"（content surpassing wealth），但郭沫若的翻译，把"坐而忘机"当作了"殊珍"本身。孙铭传批评他把存在的先后顺序颠倒了。

第二个争议的地方是"我环顾周遭"这一行的翻译。孙铭传认为："原诗此行为'Others I see whom these surround'用散文的句法写，当为'I see others whom these surround'或'These surround others whom I see，'（第一句更合理些，）大意是说'我见别人的周遭尽是这些'。"① 孙的意思是说，"whom these surround"是"others"的定语从句，整句话的意思应该是"我看见（这些东西所包围着的）其他人"。而郭沫若翻译为"我

① 孙铭传：《论雪莱〈Naples 湾畔悼伤书怀〉的郭译》，《创造日》第34——37 期，1923 年 8 月 27——30 日。

环顾周遭",实际上将"这些东西所包围着的"这一定语略去了。

郭沫若在答辩中也承认,"因为我图简便的缘故,把 whom these surround 略去了"。但他又解释说:"因为有了下句意思已足。"① 在这里,"这些东西所包围着的其他人",大意就是指"那些生活在名、势、爱、闲情中的人"。如果删去这一定语,再联系下面一行"人皆熙熙而乐名",也大体能看出这些"人"就是指的"那些生活在名、势、爱、闲情中的人",但意义已经不准确了。

自然,这样的论争中含有不少意气的成分,但是,论争的根源,绝不在关于"误译"的技术性层面上,而是在翻译理念上:"我对于翻译素来不赞成逐字逐句的直译,我以为原文中的字句……或先或后,或综或析,在不损及意义的范围以内,为气韵起见可以自由移易。尊文中所指摘处多以直译相绳,这是我们未能彼此十分了解的原故。"② 郭沫若说孙铭传"多以直译相绳",又说"我们未能彼此十分了解",实际上是道出了这场论争的真正根源,即郭沫若把翻译完全看成是译者自我的表达,因而不需要尊重原文,不需要在词句和意义上"忠实于"原文,而孙铭传一方认为,翻译应该忠实于原文,应该"忠实地"再现原文。

尽管受到了"不忠"的指责,但郭沫若仍然顽强地为自己的翻译理念辩护。他还曾以莪默伽亚默的《鲁拜集》为例来力

---

① 郭沫若:《答孙铭传君》,《创造日》第 38 期,1923 年 8 月 31 日。
② 同上。

申自己的翻译理念："我读过荒川茂氏的日译。据荒川氏说：他的译文是从波斯文直译，斐池的英译是读了原诗所得的感兴用自己的文字写出来的。原文的一节有时分译成三四节，原文的三四节又有时合译成一节的。但是我宁肯读英译。英译是完美的译品，这是久有定评的了。"① 郭沫若不喜欢那种一般人认为比较"精确"的直译，而是喜欢"读了原诗所得的感兴用自己的文字写出来的"那种重写，是因为后者中包含着译者的"感兴"，呈现出了一个活生生的主体。由此可以看出，这种翻译理念，与他那以自我表现为中心的诗学观念是密切相关的。

第三节　翻译主体与新文学的身份想象

"风韵译"颠覆了原著的权威地位，特别突出译者的主体性，这是它与"直译"和"意译"的最大区别。现在要来看看郭沫若的这一翻译理念在现代翻译史中的位置及其文学史方面的原因。

首先从严复的"信""达""雅"说起。严复说："求其信，已大难矣。顾信矣不达，虽译犹不译，则达尚焉……顾信达而外，求其尔雅。"在这三者之中，"信"与"达"处于同样重要的位置，因为"顾信矣不达，虽译犹不译"，而"雅"则显得相对次要。一般认为，"信"指的是"忠实"，但何为

---

① 郭沫若：《批判意门湖译本及其他》，《创造》第 1 卷第 2 期，1926 年 4 月 16 日。

"达"？严复解释道：

> 今是书所言，本五十年来西人新得之学，又为作者晚出之书。译文取明深义，顾词句之间，时有所颠到附益，不斤斤于字比句次，而意义则不倍本文。题曰达恉，不云笔译，取便发挥，实非正法。①

所谓"达"，是指对语言的灵活组织："时有所颠到附益，不斤斤于字比句次。"但语言层面上的灵活变换，必须以意义上的"忠实"为前提和归宿。

严复还认为，因为西文的语法结构与汉文相差甚远，如果采用"直译"的办法，"则恐必不可通"，"而删削取径，又恐意义有漏"。② 在这种情况下，只有采用意译的办法，既保证了意义的"忠实"，又保证了"译文"的通顺。在这个意义上，"为达即所以为信也"，即意译的目的，同样是为了保证译文的"忠实"。因此，尽管严复的翻译也有许多"不忠实"的地方，甚至在有的地方还有自己的发挥，但是，在他的翻译理念中，所有这些翻译策略的最终目的，都是为了更好地"显其意"，更忠实地传达原文的意义。因此，可以说，同样是对原文的"不忠实"，严复的"不忠"与郭沫若不同，反而是为了更好地"忠实于"原文。

另外一位重要的翻译家林纾，因为不懂外语，不曾像严复

---

① 严几道：《译〈天演论〉例言》，见黄嘉德编《翻译论集》，上海：西风社1941 年版，第 3 页。

② 同上书，第 4 页。

这样从技术层面来讨论翻译问题。他谈论翻译，主要关注翻译的功能。在 1900 年为《译林》杂志撰写的序言中，林纾指出：

> 亚之不足抗欧，正以欧人日励于学，亚则昏昏沉沉，转以欧之所学为淫奇而不之许，又漫与之角，自以为可胜。此所谓不习水而斗游者尔！吾谓欲开民智，必立学堂；学堂功缓，不如立会演说；演说又不易举，终之唯有译书。①

林纾把翻译放到近代以来"西学东渐"的潮流中，认为它对启蒙事业来说，比立学堂、演说更直接、更经济。尽管他的翻译改易较多，但是，既然翻译对象被当作启蒙的思想资源来看待，那么，原文的权威性就自然地得到了维护。在这一点上，他与严复是一致的。

这种翻译理念在近现代的翻译史上一直占据主流位置。继严复、林纾以后，胡适、鲁迅、周作人、刘半农等都非常强调原文的权威性。胡适在留学美国期间，在日记中谈到自己所翻译的《哀希腊歌》时说："此诗全篇吾以四时之力译之，自视较胜马苏两家译本。一以吾所用体较恣肆自如，一以吾于原文神情不敢稍失，每委曲以达之。至于原意，更不待言矣。"② 胡适认为自己的翻译优于马君武、苏曼殊的翻译，其中一个重要原因就是自己的翻译保持了原文的"神情"和"原意"。在

---

① 林纾：《〈译林〉序》，《译林》创刊号，1901 年 3 月 5 日。
② 胡适：《留学日记》（一）卷三，上海：商务印书馆 1947 年版，第 192页。

"文学革命"时期，胡适把西洋文学作为新文学的模范来看，认为建设新文学的方法"就是赶紧多多的翻译西洋的文学名著做我们的模范'①。这都表明，作为翻译家的胡适，是尊重原文的权威的。

鲁迅和周作人都主张采用直译，实际上也是为了尊重原文。在《域外小说集》的序言中，鲁迅就提出自己的翻译准则是"迻译亦期弗失文情'。在《略例》中又写道："任情删减，即为不诚。故宁拂戾时人，迻徙具足耳。"② 在 1913 年为《艺术玩赏之教育》撰写的附记中，鲁迅再次强调自己的翻译原则是："循字迻译，庶不甚损原意。"③ 而周作人也多次强调自己的"直译"主张。在答复张寿朋的《文学改良与孔教》一文时，他提出："我以为此后译本……要使中国文中有容得别国文的度量……又当竭力保持原作的'风气习惯，语言条理'。最好是逐字译，不得已也应逐句译，能可'中不像中，西不像西'，不必改头换面。"④ 这些翻译思想的一个基本的共通之处就是尊重原文，以原文为中心。从"文学革命"的倡导者，到"文学研究会"的主要成员，都坚持这种基本的翻译理念。郑振铎曾经在谈到他的翻译主张时说：

① 胡适：《建设的文学革命论》，《新青年》第 4 卷第 4 号，1918 年 4 月 15 日。

② 鲁迅：《域外小说集·序言》、《域外小说集·略例》，见《鲁迅全集》第 10 卷，第 168、170 页。

③ 鲁迅：《〈艺术玩赏之教育〉译者附记》，见《鲁迅全集》第 10 卷，第 461 页。

④ "周作人答张寿朋"，见《文学改良与孔教》，《新青年》第 5 卷第 6 期通信栏，1918 年 12 月 15 日。

> 译书自以能存真为第一要义。然若字字比而译之，于中文为不可解，则亦不好。而过于意译，随意解释原文，则略有附会，大错随之，更为不对。最好一面极力不求失原意，一面要译文流畅。[①]

直译完全遵从原文的语言形式，而意译是要在语言形式上进行灵活变通，不过这种变通是为了更好更"忠实"地传达原意。因此，不管是直译还是意译，它们在尊重原文这一点上其实是一致的。与郑振铎的"存真为第一要义"的观点类似，沈雁冰也提出："你的译本不能失这篇作品的真精神。"[②] 尽管这些翻译思想内部存在差异，但它们的基本精神，都可归于刘半农的一个基本观点："当知译书与著书不同，著书以本身为主体，译书应以原文为主体。"[③]

与以上一脉的翻译理念相比，在郭沫若的"风韵译"中，"主体"不再是"原文"，而是译者。这种情况的出现，与郭沫若对待翻译的不同态度有关。前文谈到在郭沫若那里，翻译实际上是被作为译者的一种自我表达方式来看待的。这除了受郭沫若的诗学观念影响外，还与郭沫若对翻译的轻视有关。

在 1921 年关于"处子和媒婆"的论争中，郭沫若就批评"国内人士只注重媒婆，而不注重处子；只注重翻译，而不重

---

① 郑振铎：《我对于编译丛书的几个意见》，《时事新报·学灯》，1920 年 7 月 8 日。

② 沈雁冰：《新文学研究者的责任与努力》，《小说月报》第 12 卷第 2 期，1921 年 2 月 10 日。

③ 刘半农：《文学革命之反响·奉答王敬轩书》，《新青年》第 4 卷第 3 号，1918 年 3 月 15 日。

产生"。他又批评当时的文坛"凡是外来的文艺，无论译得好坏，总要冠居上游；而创作的诗文，仅仅以填补纸角"。他要求"打破偶象崇拜的陋习"，认为尽管翻译对于我国的文化建设十分必要，但不管怎样，"只能作为一种附属的事业，总不宜使其凌越于创造、研究之上，而狂振其暴威"。①

对于郭沫若的观点，文学研究会的郑振铎在《文学旬刊》第4号上进行了反驳。郑振铎认为郭沫若低估了翻译的作用："我们看文学，不应当只介绍世界文学，对于中国新文学的创造，也很有益处。就文学的本身看，一种文学作品产生了，介绍来了，不仅仅是文学的花园，又开了一朵花；乃是人类的最高精神，又多了一个慰藉与交通的光明的道路了。"郑振铎认为，由于不存在一种全世界通用的语言，因而，翻译一部文学作品，对于译本的读者来说，"就如同创造了一个文学作品一样；他们对于人们的最高精神上的作用是一样的"。在中国人对世界文学还没有很好的了解的情况下，翻译是非常必要的。②郑振铎反复强调翻译的价值，但只能从翻译对读者的影响来说明，而不能像郭沫若那样从主体表达的角度来说明，因为按照人们的基本看法，翻译的创造性终不如创作。

很明显，那些重视翻译、把翻译作为一项严肃的工作来认真对待的人，必然会要求自己的翻译尽可能地"忠实"，尽可能地尊重原文。而只有持相反态度的人，才会在自己的翻译中随意地增删剪裁，完全把翻译当成自己的创作。因而，郭沫若

---

① "郭沫若致李石岑"，见《民铎》月刊2卷第5号，1921年2月。
② 西谛：《处女与媒婆》，《文学旬刊》第4号，1921年6月10日。

的翻译中"误译"重重，不是因为他的水平不够，而是因为他并不看重翻译的价值和作用。关于郭沫若和郑振铎所代表的文学研究会在翻译理念上的分歧，鲁迅在《上海文艺之一瞥》中也明确指出来了：

> 创造社是尊贵天才的，为艺术而艺术的，专重自我的，崇创作，恶翻译，有其憎恶重译的，与同时上海的文学研究会相对立。……文学研究会也正相反，是主张为人生的艺术的，是一面创作，一面也看重翻译的，是注意于介绍被压迫民族文学的，这些都是小国度，没有人懂得他们的文字，因此也几乎全都是重译。①

鲁迅指出了"创造社"和"文学研究会""相对立"的一个基本方面就在于创造社"恶翻译"，而文学研究会"看重翻译"。两个社团之间关于翻译的论争，虽然有意气成分，但为什么翻译会被当作论争的一个基本主题而反复出现呢？其背后的原因不是偶然的。从根本上说，这与他们对新文学的身份的不同想象有关，与他们不同的新文学建设方案有关。

在"文学革命"时期，胡适提出新文学建设的一个基本方案就是："赶紧多多的翻译西洋的文学名著做我们的模范。"而对于新文学的语言建设，傅斯年认为应该依靠翻译："自己做文章时，径自用我们读西文所得，翻译所得的手段，心里不要忘欧化文学的主义。务必使我们做出的文章，和西文近似，有

---

① 鲁迅：《上海文艺之一瞥》，见《鲁迅全集》第 4 卷，第 295 页。

西文的趣味。"① 关于新文学的内容，周作人提出"人的文学"和"平民的文学"。根据他的阐释，这实际上是欧洲文学史和思想史的产物。而对于这种文学的建设，周作人指出："还只是希望将来的努力，能翻译或造作出几种有价值有生命的文学作品。"② 在这种背景下，新文学的倡导者们，基本上都是翻译家，而《新青年》上刊登的文学作品，也以翻译居多。重视翻译的传统延续到了文学研究会中。在《文学研究会宣言》的三条章程中最关键的一条是"增进知识"（其他两条是"联络感情"和"建立著作工会的基础"）。而所谓的"增进知识"，主要指关于外国文学的知识："整理旧文学的人也应该应用新的方法，研究新文学的更是专靠外国的资料。"③《文学研究会简章》第二条也明确规定"本会以研究介绍世界文学整理中国旧文学创造新文学为宗旨'。文学研究会中的大部分成员，如周作人、郑振铎、耿济之、沈雁冰、王统照等，都在从事翻译工作，不少人就是专门的翻译家。可以说，文学研究会主要是一个翻译家的团体。

在"文学革命"的倡导者和文学研究会同仁那里，西洋文学是新文学的模范，而新文学则是西洋文学投射在另一种语言中的镜像或附生物。这便是他们对新文学的身份的想象。这样，新文学的建设，实际上就是通过翻译，输入外国文学，让作家研习模仿。新文学的写作实际上是建立在知识（更具体地说，是关于外国文学的知识）上的，而不是个体经验上的。

---

① 傅斯年：《怎样做白话文》，《新潮》第 1 卷第 2 期，1919 年 2 月 1 日。
② 周作人：《平民的文学》，《每周评论》第 5 号，1919 年 1 月。
③ 《文学研究会宣言》，《小说月报》第 12 卷第 1 号，1921 年 1 月 10 日。

　　而"创造社"的成员对新文学有另外一种想象，他们介入新文学的方案也就有所不同。郭沫若在《创造十年》中回忆"创造社"的缘起时就谈道：

> 那时候我最不高兴的是商务印书馆出版的《东方杂志》和《小说月报》，那是中国有数的两大杂志。但那里面所收的文章，不是庸俗的政谈，便是连篇累牍的翻译，而且是不值一读的翻译。小说也是一样，就偶尔有些创作，也不外是旧式的所谓才子佳人派的章回体。①

　　他们反对当时文坛翻译盛行的状况，认为应该从创作而不是翻译入手来建设新文学。创造社所想象的新文学，并不是以西洋文学为"模范"的，也就不再是西洋文学在汉语中生成的一个镜像或附生物，而是向作家的个体经验敞开的，是建立在作家的自我表达上的。这样，在创造社同仁那里，新文学通过强化作者的个体身份而获得了一种独立于西洋文学之外的民族身份和文化身份。因而，宗白华说郭沫若是"一个东方未来的诗人"，这其中的"东方"，就不仅仅是一个地理概念，而主要是一个文化概念了。郭沫若通过《女神》而展示出来的"大我"的形象，也不仅仅是一个个体的"我"，而应该是一个民族的"我"。在这个意义上，郭沫若的出现，对新文学来说，就具有了另外一种不同于文学研究会的价值。在资本主义和西方现代性不断普遍化、"西学东渐"的潮流不断激荡和西方文

---

　　① 郭沫若：《创造十年》，见《郭沫若全集》文学编第12卷，第45页。

化霸权笼罩全球的这一百多年来，郭沫若通过对文学和文化的个体身份和民族身份的诉求而表达出来的卓识和勇气，尤为难能可贵。毫无疑问，抵制西方文化霸权的最直接最有效的方法，就是在翻译中设置屏障，拒绝传递西方文化的主体性和权威。正是在这个意义上，本书高度肯定"风韵译"的历史意义，尽管从知识传播的角度说，它不是一种值得肯定的翻译方法。

郭沫若及创造社同仁，与文学研究会成员以及更早的"文学革命"的倡导者们，在新文学的身份想象上存在着根本的分歧。郭沫若及创造社同仁注重自我表达，实际上是要让新文学获得一种民族身份，摆脱西洋文学的话语专制。因此，他们不赞成通过翻译来建设新文学，对翻译表现出了轻视的态度，而在自己从事翻译的时候，也就不再追求翻译的"忠实"，维护原文的权威，而是把翻译作为表达自我的方式。从这个意义上说，郭沫若的"风韵译"实际上是建立在他对新文学的身份想象的基础上的。

不过，就文学研究会一方来说，那种依靠翻译来发展新文学的方案，终究只能是权宜之计。翻译的地位不可能永远高于原创文学，不可能始终处于"模范"的位置。关于这一点，翻译理论家伊文-佐哈尔在谈到翻译与文学史的关系时，有明确的论述。他认为，当一种文学处于"年轻"或者"边缘"时期，或者当一种文学处于危机、转折点、文学真空（literary vacuums）的时候，翻译就会占主导地位，相反，当一种文学处于强盛时期，翻译就会居于从属地位。但翻译的正常位置，应该是从属性的，因为文学不可能长期处于"年轻"或"边缘"时期，而"危机""转折点"和"文学真空"，也不是文学的常态。① 作为文学研究会成员的胡愈之，也意识到了翻译的地位必然会下降的趋势："翻译外国文学在目前自然也是一桩要事；但我们不要忘了：翻译不过是过渡期的办法，文艺运动的终极，却在创作。"② 郭沫若及"创造社"质疑翻译的"模范"地位，正显示了新文学即将完成依靠翻译的"过渡期"而走向自我、走向成熟的趋势。因此，我们可以通过翻译的位置变化，来反观文学史的发展。这是我们在现代文学研究中讨论翻译问题的意义所在。

---

① 参见 Even-Zohar, Itamar, "The Position of Translated Literature within the Literary Polysytem", in Venuti, Lawrence ed., *The Translation Studies Reader*, New York and London: Rutledge, 2000, pp. 199 – 204.

② 愈之:《新文学与创作》,《小说月报》第 12 卷第 2 号, 1921 年 2 月 10 日。

结　语

如果说近 500 年来的世界历史，就是"现代世界体系"（伊曼纽尔·沃勒斯坦语）形成的历史，或者西欧资本主义在全球扩张的历史，那么，我们可以说，这也同样是欧洲的文化试图在全世界普遍化的过程。随着中国逐渐被纳入这一体系中，中国文化本身也遭遇到了冲击。

自晚清以来，面对西方列强在经济、政治和文化方面咄咄逼人的态势，一批先进的知识分子开始思考挽救危亡的道路，最终在学习西方这一问题上形成了基本共识。在这种背景下，翻译不但成为中西交流必然借助的一种方式，而且，更是中国挽救危亡所不可或缺的武器。中国的"西学"系统由此便逐渐建立起来并日臻完善。

"文学"作为西学系统的一部分，在晚清时期也开始传入中国。"Literature"这一概念被翻译到了汉语中，并通过媒体、教育等中介得到了广泛的传播。"文学"这一概念为新的知识分子提供了一个审视文化遗产的视角，又为他们提供了一种自我表达的重要方式。随着新式学校的建立和新知识分子群体的产生，以及大量报刊的出现，"文学"作为一种现代的机制，在中国得到了确立。

　　"文学"所带来的，不仅仅是一套阅读和消费机制，还有一整套的价值观的改变，并最终影响到了社会力量的分化组合。

　　因为"文学"是一种从西方传入的现代的体制，在其建立初期，翻译就被赋予了十分重要的作用。新文学家们不但翻译了大量的文学理论著作和文学作品，还通过文学翻译来输入新的道德伦理观念，又试图通过"直译"的方式来建立一种新的白话——欧化语；另外，在文学翻译的过程中，新文学家们还发现了大量中国不曾有过的文体类型，从而将它们转化为汉语文体。整个中国的写作系统，由此发生了巨变。这样建立起来的新文学，被认为是适合现代人书写自己的现代经验、表达自己的现代思想的。

　　这其中，有许多的精神遗产是值得珍视的。比如，胡适敏锐地发现了"文学"在思想和精神方面的沟通和动员作用，同时极力输入西方的科学精神。鲁迅的热情，则主要在精神乃至整个人类文明的疗救上。他的思想中，最为难能可贵的，就是不孤立地看待中国的问题，而是把这些问题放入整个世界格局以及人类文明进程中进行思考。周作人对人性的思考，其落脚点在于对个人的动物性和社会性的尊重，并由此建立起一套尊重个体而同时又不侵犯他人自由的新秩序。刘半农因为长期浸淫于上海的文学市场，他的翻译作品整体上格调不高，但他也通过自己的实践努力地证明了，新的思想与市场相结合并得到推广和落实，或许才能让思想的价值得到真正体现。沈雁冰则巧妙地利用了西方的现代主义文学，将其视为一种革除西方文明弊病和拯救人心的良药，并帮助中国国民实现精神上的强大。而郭沫若则通过对个体表达和创造性的强调，以及对翻译的贬抑，同样显示出了一个民族在精神和心理上成长的要求。

由此看来，虽然在新文学发生时期，翻译文学被视为新文学的"模范"，但新文学的倡导者们都始终怀抱着主动利用西方的文化资源来塑造新的国民这一宗旨。他们通过这种主动的选择、改造和利用，显示出了政治、经济、军事等"硬实力"弱小的国家，如何重建文化、思想和精神上的主体性，从而找到自身的救赎之路。面对强势的外来文化，闭目塞听或者唯欧是慕都是不可取的。

当然，落实到文学上，这一策略也留下了不少问题。我们发现，这些年来，时不时总会有关于新文学的成就、价值，甚至方向的争论。比如，新文学在建立初期，虽然也隐隐地吸收了许多传统的文学和文化资源，但是，在策略上，却不得不呈现出一种与传统决裂的态势，并且明确宣称要以翻译文学为模范。这一事实在很长的时间里影响着人们的判断。同时，因为新文学的很多文体都是从西方输入的，大多采用的是西方的标准，这势必影响到那些习惯了阅读传统文学的人们的审美热情。除此之外，新文学的语言问题，也常常被提出来争论。在文学革命之初，为了更精确地表达思想，新文学家们提出了比较激进的欧化方案，试图通过翻译来创造一种新型的汉语。这种语言与人们的语言习惯和审美习惯之间有一定的距离。这种距离也在一定程度上影响到人们对新文学的态度。

中国新文学最初的成立，确实需要依赖翻译文学，但文学的生产，毕竟依靠的是创作者的个人经验、思想和才华，更何况传统文学的影响，一直都存在。一个时代有一个时代的文学，在过去的将近一百年的发展历史中，新文学成功地记录、传达了中国人的生活经验和感情。因此，我们必须承认，中国新文学虽是一种现代的创造，但它同样是属于我们民族的宝贵精神遗产。如何看待外来影响和民族传统，在今后的很长时间里，仍然会影响到人们对中国新文学的态度。

还有一点，当我们迎来中华文化的全面复兴，我们必须妥善处理好中外文化关系这一重大问题。而在这方面，中国新文学提供的经验值得我们久久地回味。

参考文献

（期刊以刊名拼音为序；图书以作者或编者姓名拼音为序；
文学作品不列入）

一、史料类

1. 期刊

《安徽俗话报》《北京大学月刊》《晨报副刊》《创造》
《创造日》《创造月刊》《创造周报》《大陆》《独立周报》《东
方杂志》《格致汇编》《河南》《甲寅》《教育世界》《解放与
改造》《竞业旬报》《每周评论》《民报》《民铎》《女子世界》
《平报》《清议报》《诗》《少年中国》《绍兴教育会月刊》《时
事新报·学灯》《太平洋》《小说月报》《新民丛报》《新潮》
《新青年》《新小说》《新译界》《新月》《学衡》《万国公报》
《文学》《文学旬刊》《文学周报》《译林》《中国白话报》《中
华小说界》。

2. 文集、资料集等

阿英编：《晚清文学丛钞·小说戏曲研究卷》，北京：中华书局，1960。

陈独秀：《陈独秀文章选编》（上、中、下），北京：生活·读书·新知三联书店，1984。

陈崧编：《五四前后东西方文化问题论战文选》，北京：中国社会科学出版社，1985。

陈子展：《中国近代文学之变迁 最近三十年中国文学史》，上海：上海古籍出版社，2000。

古城贞吉：《支那文学史》，东京：经济杂志社出版，1897。

郭沫若：《文艺论集》，上海：光华书局，1929。

郭沫若：《创造十年》，重庆：作家书屋，1943。

郭沫若：《沫若自传·少年时代》，上海：海燕书店，1947

郭沫若：《郭沫若全集》（文学编）北京：人民文学出版社，1992。

胡适：《四十自述》，上海：亚东图书馆，1933。

胡适：《胡适文集》，北京：人民文学出版社，1998。

胡适：《胡适日记全编》（曹伯言整理），合肥：安徽教育出版社，2001。

胡云翼：《新著中国文学史》，上海：北新书局，1932。

黄遵宪：《日本国志》，光绪二十四年（1898）浙江书局重刻本。

黄遵宪：《黄遵宪集》（上、下），天津：天津人民出版社，2003。

康有为：《康有为全集》，北京：中国人民大学出版社，2007。

梁启超：《饮冰室合集》，北京：中华书局，1988。

林传甲：《中国文学史》，广州：存真阁，1914。

林乐知：《文学兴国策》，广学会光绪二十二年（1896）本。

鲁迅：《鲁迅全集》，北京：人民文学出版社，2005。

鲁迅译：《鲁迅译文全集》，北京鲁迅博物馆编，福州：福建教育出版社，2008。

罗新璋、陈应年编：《翻译论集》（修订本），北京：商务印书馆，2009。

马建中：《适可斋记言》，光绪二十三年（1897）本。

末松谦澄：《支那古文学略史》，东京：文学出版社，1882。

浦江清：《浦江清文史杂文集》，北京：清华大学出版社，1993。

沈亦云：《亦云回忆》，台北：传记文学出版社，1980。

田寿昌、宗白华、郭沫若：《三叶集》，上海：亚东图书馆，1923。

王韬：《弢园文录外编》，光绪九年（1883）排印本。

文字改革出版社，编：《清末文字改革文集》，北京：文字改革出版社，1958。

西风社编：《翻译论集》，上海：西风社，1940。

熊月之主编：《晚清新学书目提要》，上海：上海书店，2007。

曾国藩：《曾国藩全集》，长沙：岳麓书社，1994。

郑观应：《盛世危言增订新编》，台北：台湾学生书局，1965。

郑振铎编：《晚清文选》，上海：生活书店，1937。

朱有瓛主编：《中国近代学制史料》，上海：华东师范大学出版社，1986。

周作人：《苦口甘口》，石家庄：河北教育出版社，2002。

周作人：《知堂回想录》，石家庄：河北教育出版社，2002。

周作人：《中国新文学的源流》，石家庄：河北教育出版社，2002。

二、工具书类

曹伯言、季维龙编著：《胡适年谱》，合肥：安徽教育出版社，1986。

陈福康：《郑振铎年谱》，太原：三晋出版社，2008。

丁文江、赵丰田编：《梁启超年谱长编》，上海：上海人民出版社，1983。

龚继民、方仁念编：《郭沫若年谱》，天津：天津人民出版社，1992。

郭文友：《千秋饮恨：郁达夫年谱长编》，成都：四川人民出版社，1996。

《李大钊年谱》编写组编：《李大钊年谱》，兰州：甘肃人民出版社，1984。

鲁迅博物馆鲁迅研究室编：《鲁迅年谱》（增订版，1—4），北京：人民文学出版社，2000。

孙应祥编：《严复年谱》，福州：福建人民出版社，2003。

唐宝林、林茂生：《陈独秀年谱》，上海：上海人民出版社，1988。

唐金海，刘长鼎主编：《茅盾年谱》，太原：山西高校联合出版社，1996。

徐瑞岳编著：《刘半农年谱》，中国矿业大学出版社，1989。

张菊香、张铁荣编著：《周作人年谱》，天津：天津人民出版社，2000。

张允侯等编：《五四时期的社团》，北京：生活·读书·新知三联书店，1979。

中共中央马克思、恩格斯、列宁、斯大林著作编译局研究室编：《五四时期期刊介绍》，北京：生活·读书·新知三联书店，1959。

三、相关研究

陈福康：《中国译学理论史稿》，上海：上海外语教育，2000。

陈国球：《文学史书写形态与文化政治》，北京：北京大学出版社，2004。

陈平原：《二十世纪中国小说史》（第一卷），北京：北京大学出版社，1989。

陈平原：《中国小说叙事模式的转变》，北京：北京大学出版社，2003。

陈平原编：《近代中国的百科辞书》，北京：北京大学出版社，2007。

陈永国编：《翻译与后现代性》，北京：中国人民大学出版社，2005。

陈玉刚：《中国翻译文学史稿》，北京：中国对外翻译出版公司，1989。

陈万雄：《五四文化的源流》，北京：生活·读书·新知三联书店，1997。

戴燕：《文学史的权力》，北京：北京大学出版社，2002。

方锡德：《中国现代小说与文学传统》，北京：北京大学出版社，1992。

方锡德：《文学变革与文学传统》，北京：北京大学出版社，2003。

高远东：《现代如何"拿来"——鲁迅的思想与文学论集》，上海：复旦大学出版社，2009。

格里德：《胡适与中国的文艺复兴》，鲁奇译，南京：江苏人民出版社，1993。

郭延礼：《中国近代翻译文学概论》，武汉：湖北教育出版社，2005。

李今：《三四十年代苏俄汉译文学论》，北京：人民文学出版社，2006。

刘进才：《语言运动与中国现代文学》，北京：中华书局，2007。

刘禾：《跨语际实践》，宋伟杰等译，北京：生活·读书·新知三联书店，2002。

刘禾：《帝国的话语政治》，杨立华等译，北京：生活·读书·新知三联书店，2009。

马祖毅：《中国翻译简史（五四以前部分）》，北京：中国对外翻译出版公司，1998。

钱穆：《国史新论》，北京：生活·读书·新知三联书店，2001。

钱钟书等：《林纾的翻译》，北京：商务印书馆，1981。

沈福伟：《中西文化交流史》，上海：上海人民出版社，2006。

史书美：《现代的诱惑》，何恬译，南京：江苏人民出版社，2007。

王宏志编：《翻译与创作》，北京：北京大学出版社，2000。

王宏志：《重释"信、达、雅"——20 世纪中国翻译研究》，北京：清华大学出版社，2007。

王锦厚：《五四新文学与外国文学》，成都：四川大学出版社，1996。

王宪明：《语言、翻译与政治》，北京：北京大学出版社，2005。

王瑶：《中国现代文学史论集》，北京：北京大学出版社，1998。

许宝强、袁伟编：《语言与翻译的政治》，北京：中央编译出版社，2001。

杨伯峻译注：《论语译注》，北京：中华书局，1982。

乐黛云：《比较文学与中国现代文学》，北京：北京大学出版社，1987。

乐黛云、王宁主编：《西方文艺思潮与二十世纪中国文学》，北京：中国社会科学出版社，1990。

曾晓逸主编：《走向世界文学：中国现代作家与外国文学》，长沙：湖南人民出版社，1985。

张灏：《梁启超与中国思想的过渡》，南京：江苏人民出版社，2005。

张隆溪、温儒敏编：《比较文学论文集》，北京：北京大学出版社，1984。

张先飞：《"人"的发现——五四文学现代人道主义思潮源流》，北京：人民出版社，2009。

Lundberg, Lennart, *Lu Xun as a Translator*, Stockholm：Stockholm University, 1989.

Pollard, David, ed., *Translation and Creation*, Amsterdam：John Benjamins Publishing Company, 1998.

四、理论类

柄谷行人：《日本现代文学的起源》，赵京华译，北京：生活·读书·新知三联书店，2006。

金隄：《等效翻译探索》，北京：中国对外翻译出版公司，1998。

雷蒙·威廉斯：《关键词》，刘建基译，北京：生活·读书·新知三联书店，2005。

Bassnett, Susan & Lefevere, André ed., *Constructing Cultures：Essays on Literary Translation*, Shanghai：Shanghai Foreign Language Education Press, 2001.

Lefevere, André, *Translation, Rewriting and the Manipulation of Literary Fame*, Shanghai：Shanghai Foreign Language Education

Press, 2004.

Robinson, Douglas, *Western Translation Theory*, Beijing: FLTRP, 2006.

Steiner, George, *After Babel: Aspects of Languages and Translation*, London: Oxford UP, 1973.

Wilss, Wolfram, *The Science of Translation*, Shanghai: Shanghai Foreign Language Education Press, 2001.

Venuti, Lawrence, ed., *The Translation Studies Reader*, NY & London: Routledge, 2000.

后　记

本书系由我的博士论文扩展而成。与原文相比，不但篇幅增加将近一倍，许多论述也有大幅度调整。在当初博士论文的后记中，我交代了选题的缘起、写作的过程和感想，兹照录如下：

2006 年 9 月，我的导师方锡德先生介绍我进入孙玉石先生主持的"中国现代诗论丛编"项目组，参与其中的"译介卷"的编辑工作。根据当时的设想，我未来的毕业论文，也将在这个项目中产生。

在编选的过程中，我翻阅了大量的原始期刊，对文学史的发展状况，有了较为直观的感知。其中一个最为深刻的印象就是，我们熟读的文学史上提到的许多耳熟能详的人物，其实不仅仅是作家、理论家或批评家，同时也是翻译家。在中国现代文学史上，相当大的一部分人都从事过与翻译有关的活动。而且，他们的翻译活动或者翻译思想，与我们的新文学的发展密切地联系在一起。然而，在我们这个学科里，就目前的状况来看，对这方面的关注显然还不够。

　　曾经有老师提出，我们现代文学这个学科，还有许多的领域有待开掘，比如现代的旧体诗创作、电影、戏曲、音乐等等。我想，我们还应该在这个名单上，加上"翻译"。将翻译研究纳入中国现代文学史的研究，才会让我们这个学科更加丰满、立体。可喜的是，现在已经有一些学者认识到了这一问题，并进行了相关的研究，取得了具有启示意义的成果。

　　当然，在进行这项研究之前，必须要考虑学科的分工问题，然后，才能找到属于我们这个学科的视角、方法和议题。在很多时候，翻译要么作为独立的学科存在，要么被划分到比较文学这一学科中。但是，这并不会影响我们介入这一领域的合法性，因为现代作家的许多翻译活动，与新文学的发展有着密切的关系。而通过具体的历史细节的梳理，我发现，翻译与新文学的关系，也不仅仅是影响与被影响的问题。因此，翻译学和比较文学，都不能完全满足我们的认识需求。在这一问题上，我初步的认识是，我们从事中国现代翻译文学的研究，必须服务于中国现代文学这个学科，而不是其他的学科。而在研究方法上，目前在很大的程度上，则只能借鉴翻译学或者比较文学里的方法。至于我们所要讨论的议题，则是与翻译相关的新文学的发展问题。

　　总的来说，在研究过程中，我一直力图贯彻这样的原则：以翻译活动、翻译思想、翻译作品为研究对象，而不是以笼统的"外国文学"为对象；同时，牢牢地坚守现代文学这个学科范围。

对我来说，很多的问题都需要从头摸索。为此，我花费了大量的时间来研究翻译理论，关注翻译研究领域的新进展，并思考如何吸收其中有益的成果来进行自己的研究。此外，论题的选择、全文的结构安排等，都经过多次的调整。其中有焦虑、疲惫、不安，也有欣喜和期待。不管怎样，最终，在无数个日夜之后，就有了眼前的这份答卷。

这篇论文从选题，到最终完成，都凝聚着方老师的大量心血。我受教于方老师门下七年。在我的求学生涯中，方老师是指导我时间最长的老师，而我，也是在他门下时间最长的学生。在我的生命中最宝贵的七年里，有这样一段缘分，是我的幸运。方老师不但教给我知识，也教给我许多做人的智慧。除了说声感谢外，我更愿意在以后的日子里，踏踏实实地生活，严谨地做学问，诚恳地待人，让我所受益于方老师的一切，也能够有益于他人，以此来作为对恩师的报答。

我还要感谢现代文学教研室的孙玉石老师、陈平原老师、商金林老师、温儒敏老师、高远东老师、吴晓东老师、姜涛老师、王风老师，以及参加过我论文的开题和预答辩的张颐武老师、贺桂梅老师、张恩和老师、李今老师等，从他们的课堂、著述或者谈话中，我受益良多。

此刻，窗外树影婆娑。我想起了远方的父母。他们给我了生命，又给了我思考的习惯和一颗上进的心。而今，他们唯一的心愿，不过是希望我能平平安安地生活着。而我的兄长们，则一直在为我的成长操心，并做出了很多的牺牲。想到他们，我的内心便充满温暖，而这个世界，在我的眼里是如此的柔和。

我还要感谢我求学生涯中的所有老师和同学，以及一路陪伴我的朋友们。此刻，他们的影子，像电影的画面一样，在眼前一一闪过。有了他们，我的生命是饱满的。

这是论文的最后一页。我的人生，到此也就要翻过最为重要的一页了。未来会怎样，我不知道，只有带着感激，平静地等候。

二○一○年五月二十一日星期五凌晨书毕于燕园

而今，时间已过去七年有余。因生性迂缓，辗转南北，兴趣别移，更重要的是很多思考无法得出满意的结论，因此，修订时断时续，完成后又长时间束之高阁。而今，终于有了出版的机会，重读旧稿，慨叹学界风雷激荡，日新月异，这一论题似不讨喜，只是一字一句，未尝违心，或以为慰。

最后，特别感谢我所就职的暨南大学翻译学院的院长赵友斌教授的知遇之恩。是他促成了本书的出版。中央编译出版社的贾宇琰副总编为本书出版提供了帮助，编辑王琛女士和景淑娥女士为本书的最终成形付出了艰辛的劳动，在此一并致谢。

2018 年 3 月 15 日又记